다빈치
코드

다빈치 코드

THE DA VINCI CODE

댄 브라운 지음 | 양선아 옮김 **1**

베텔스만

다시
블라이스를 위해
어느 때보다 더

감사의 글

맨 먼저 나의 친구이자 편집자인 제이슨 카우프만에게. 그는 이 프로젝트에 아주 열심이었고, 이 책이 무엇에 관한 것인지 진정으로 이해해 준 사람이다. 그리고 누구와도 비교할 수 없는 하이드 랑게에게. 그녀는 《다 빈치 코드》의 열정적인 챔피언이자 비범한 에이전트이며 신뢰하는 친구이다.

아량과 믿음, 뛰어난 지도력을 보여준 더블데이 출판사의 특별한 팀 분들에게도 감사의 마음을 다 표현할 수가 없다. 특히 시작할 때부터 이 책을 믿어준 빌 토머스와 스티브 루빈에게 고맙다는 말을 하고 싶다. 또한 마이클 팔콘을 필두로 수잔 허츠, 자넬 모버그, 재키 에벌리, 아드린 스파크스와 같은 초기 팀의 핵심 멤버들, 더블데이 출판사의 재능이 넘치는 마케팅 팀, 그리고 근사한 책 표지를 만들어준 마이클 윈저에게 고마울 뿐이다.

책의 자료를 조사할 때 이들이 도와준 덕분에, 나는 루브르 박물관, 프랑스 문화부, 구텐베르크 프로젝트, 파리 국립 도서관, 그노시스 협회도서관, 루브르 박물관의 회화 연구부서와 기록 문건 서비스, 가톨릭 월드 뉴스, 국립 그리니치 천문대, 런던 기록협회, 웨스트민스터 사원의 증서 수집품, 존 파이크와 미국 과학자연맹, 그리고 다섯 명의 오푸스 데이 회원들과 닿을 수 있었다. 그 중 셋은 지금도 회원이고 두 명은 탈퇴하였다. 이들은 오푸스 데이 내부에서 겪은 경험을 근거로 오푸스 데이의 부정적인 면과 긍정적인 면, 양쪽 모두를 들려주었다.

수많은 자료 서적을 찾아 돌아다니던 워터 스트리트 서점과 수학 교사이자 작가인 우리 아버지 리처드 브라운께 감사드리는 것 또한 빼놓을 수 없다. 황금비율과 피보나치 수열은 아버지의 도움이 컸다. 스탄 플란톤, 실비 바우델로크, 피터 맥귀언, 프랜시스 맥키너니, 마지 와첼, 앙드르 베르네, 앤커볼 웹 미디어의 켄 켈러허, 카라 소태크, 카린 포팸, 에스더 성, 미리엄 아브라모위츠, 윌리엄 턴스톨-페도에, 그리핀 우든 브라운에게도 감사의 마음을 전한다.

끝으로 이 소설에 신성한 여성을 그리면서, 내 삶을 어루만진 아주 특별한 두 여성을 언급하지 않는다면 나는 태만한 사람이 되고 말 것이다. 우선 동료 문인이자 교육자, 음악가이며 역할 모델인 우리 어머니 코니 브라운, 그리고 예술사가이자 화가이고 제일선의 편집자인 나의 아내 블라이스. 내가 아는 한 그녀는 의심할 여지 없이 가장 재능 있는 여인이다.

댄 브라운

사실

1099년에 설립된 유럽의 비밀단체, 시온 수도회는 실제로 존재하는 조직이다. 파리 국립 도서관은 1975년에 기밀문서로 알려진 양피지들을 발견했는데, 거기에는 아이작 뉴턴, 보티첼리, 빅토르 위고, 레오나르도 다 빈치를 포함한 수많은 시온 수도회의 회원들 이름이 있었다.

'오푸스 데이'라는 바티칸의 성직 자치단은 아주 독실한 가톨릭 분파다. 세뇌와 강압, '육체의 고행'으로 알려진 위험한 종교의식들이 보도되면서, 이 교파는 최근 논란거리가 되기도 했다. 오푸스 데이는 미국 뉴욕 시 렉싱턴 가 243번지에 4천 7백만 달러짜리 미국 본사 건물을 얼마 전에 완공했다.

이 소설에 나오는 예술작품과 건물, 자료, 비밀 종교의식 들에 대한 모든 묘사는 정확한 것이다.

프롤로그

　루브르 박물관의 관장 자크 소니에르는 대화랑의 아치형 천장 아래를 비틀거리며 걷고 있었다. 소니에르는 제일 가까이 있는 카라바조의 그림으로 돌진했다. 일흔여섯 살의 이 노인은 도금된 그림 액자가 벽에서 떨어질 때까지 잡아당겼다. 소니에르가 뒤로 넘어지자 그림이 몸을 덮쳤다. 소니에르의 예상대로 화랑의 출입을 봉쇄하는 철문이 천둥소리를 내며 떨어졌다. 마룻바닥이 흔들렸다. 얼마 지나지 않아 비상벨이 울려댔다.

　소니에르는 숨을 헐떡거리며 잠시 누워 있었다.

　'나는 아직 살아 있다.'

　캔버스 아래에서 기어나오며 소니에르는 몸을 숨길 만한 장소를 찾아보았다.

　"움직이지 마시오."

　냉기에 가까운 목소리였다.

　소니에르는 손과 무릎이 얼어붙는 것을 느끼며 머리를 천천히 돌렸다.

4, 5미터 떨어진 철문 밖에서 소니에르를 공격하던 남자의, 산처럼 큰 그림자가 철창 안을 들여다보고 있었다. 몸집이 큰 사내였다. 유령처럼 창백한 피부에 가늘고 하얀 머리카락을 뒤집어쓴 사내의 눈동자는 암적색이고 홍채는 분홍색이었다. 색소결핍증인 듯한 사내는 외투에서 권총을 꺼내 철창 사이로 소니에르를 겨누었다.

"도망치지 말았어야 했소."

들어보지 못한 특이한 억양이었다.

"그것이 어디에 있는지 말하시오."

"무슨 얘긴지 도통 모르겠소."

화랑 마룻바닥에 힘없이 무릎을 꿇으며 관장은 말을 더듬거렸다.

"거짓말을 하고 있군."

남자는 소니에르를 바라보았다. 유령처럼 반짝이는 눈동자 외에는 움직임이 없었다.

"당신과 당신 형제들이 갖고 있는 그것은 당신들 게 아니오."

소니에르는 일순간 아드레날린이 솟구치는 것을 느꼈다.

'어떻게 이 작자가 그걸 알지?'

"오늘 밤 정통 수호자들이 복귀하실 것이오. 그것이 어디에 숨겨져 있는지 말하시오. 그럼 당신은 살 수 있소."

남자는 권총을 낮춰 소니에르의 머리에 겨누었다.

"그게 목숨을 걸 정도로 중요한 비밀이오?"

소니에르는 숨을 쉴 수가 없었다.

남자는 총신을 내려다보며 고개를 약간 숙였다.

소니에르는 손을 들어 방어 자세를 취했다. 그리고 천천히 말했다.

"잠깐 당신이 원하는 걸 얘기해 주겠소."

관장은 신중하게 말을 꺼냈다. 지금 하려는 거짓말은 수없이 연습하던 것이다…… 기도하는 매 순간, 결코 쓸 일이 없기를 바라면서 말이다.

소니에르가 말을 마쳤을 때, 남자는 뽐내듯 미소를 지었다.

"그래, 그 사람들이 말한 그대로군."

소니에르는 움찔했다.

'그 사람들?'

"그들을 찾아냈지. 세 명 다. 그들도 당신이 방금 말한 대로 얘기하더군."

거대한 몸집의 남자는 빈정거렸다.

'그럴 리 없어!'

세 명의 집사와 관장의 진짜 신분은 그들이 보호하고 있는 고대 비밀만큼이나 신성한 것이다. 소니에르는 집사들이 죽기 전에 엄격한 절차에 따라 똑같은 거짓말을 했음을 깨달았다. 그것은 조직의 규정이기도 했다.

남자는 다시 권총을 겨누었다.

"당신이 사라지고 나면 진실을 아는 유일한 사람은 내가 되겠군."

'진실.'

순간 소니에르는 진짜 공포에 맞닥뜨려졌다.

'내가 죽으면 진실은 영원히 사라진다.'

관장은 본능적으로 몸을 숨기기 위해 기어가기 시작했다.

권총이 발포되었다. 총알이 복부에 박힐 때 소니에르는 타는 듯한 열기를 느꼈다. 관장은 쓰러졌다. 천천히 몸을 움츠리며 소니에르는 철창 사이로 남자를 응시했다.

남자는 이제 소니에르의 머리를 향해 권총을 정확히 겨누고 있었다.

소니에르는 눈을 감았다. 두려움과 후회가 폭풍처럼 휘몰아쳤다.

빈 화랑에 딸각 하는 소리가 울려퍼졌다.

소니에르는 눈을 번쩍 떴다.

남자는 즐겁다는 듯이 권총을 슬쩍 내려다보았다. 권총의 둘째 핀으로 손을 뻗던 남자는 순간 생각을 바꿨는지, 소니에르를 비웃으며 말했다.

"여기서 내 일은 끝났군."

관장은 하얀 셔츠에 난 상처를 내려다보았다. 흉골 아래가 5, 6센티 미터가량 피로 물들어 있었다.

'위장.'

무참하게 총알은 심장을 비껴갔다. 알제리 전쟁에 참가한 베테랑으로서 소니에르는 이런 끔찍한 죽음을 목격했었다. 고작 15분 정도만 살 수 있을 터였다. 위산이 흉강에 스며들면, 독 때문에 천천히 독살될 것이다.

"고통이란 좋은 것이오, 선생."

남자가 말했다. 그러고는 사라졌다.

혼자가 된 자크 소니에르는 고개를 다시 철문으로 돌렸다. 덫에 갇힌 꼴이었다. 적어도 20분 동안 저 철문은 열리지 않을 것이다. 누군가 다가오더라도 소니에르는 이미 죽은 목숨일 것이다. 그러나 지금 소니에르를 사로잡는 두려움은 자신의 죽음에 대한 두려움보다 훨씬 큰 것이었다.

'반드시 비밀을 전해야 한다.'

비틀거리며 일어난 소니에르는 살해된 세 형제를 떠올렸다. 그리고 자신들보다 먼저 활동한 윗세대와 그들 모두에게 맡겨진 사명을 생각했다.

'깨져서는 안 될 지식의 사슬.'

그리고 이제, 갑자기, 그 모든 노력에도 불구하고, 모든 안전장치에도 불구하고, 소니에르는 유일하게 남은 연결고리이자 지금까지 지켜온 엄청난 비밀의 외로운 수호자이다.

소니에르는 떨리는 몸을 이끌었다.

'방법을 찾아야 해……'

박물관 대화랑에 갇힌 소니에르는 횃불을 건네줄 수 있는 지상의 유일한 사람이다. 소니에르는 이 고상한 감옥의 벽들을 응시했다. 세상에서 가장 유명한 그림들이 오랜 친구처럼 자신을 내려다보며 웃고 있는 것 같았다.

고통으로 얼굴을 찡그리면서 소니에르는 모든 힘과 재능을 끌어모았다. 소니에르는 그의 필사적인 임무를 위해 얼마 남지 않은 자신의 시간을 다 써야 한다는 것을 너무나 잘 알고 있었다.

1

로버트 랭던은 천천히 깨어났다.

어둠속에서 전화벨이 울리고 있었다. 작고 익숙하지 않은 울림이었다. 손으로 침대 옆을 더듬어 불을 켰다. 눈을 가늘게 뜨고 주위를 둘러본 랭던은 루이 16세 시대의 가구들과 수작업으로 된 프레스코 벽화, 거대한 마호가니 기둥이 침대 네 귀퉁이에 서 있는 호화로운 르네상스풍의 침실을 둘러보았다.

'대체 여기가 어디지?'

침대 기둥에 걸려 있는 자카드 천의 목욕 가운에는 '리츠 파리 호텔'이라고 적혀 있었다.

느리게 안개가 걷히기 시작했다. 랭던은 수화기를 집어 들었다.

"여보세요?"

"랭던 씨? 제가 손님을 깨웠는지 모르겠습니다."

남자의 목소리였다.

침대 옆의 시계를 본 랭던은 망연자실했다. 밤 12시 32분. 겨우 한 시간 정도 잤는데 죽은 듯이 잔 것 같았다.

"저는 호텔 안내인입니다, 손님. 방해해서 죄송합니다만, 방문객이

와 계십니다. 몹시 급한 일이라고 하시는데요."

랭던은 아직도 의식이 흐릿했다.

'방문객?'

침대 옆 탁자 위의 구겨진 광고지가 눈에 들어왔다.

파리 아메리칸 대학이 자랑스럽게 제안하는
로버트 랭던과의 밤
하버드 대학, 종교 기호학 교수

랭던은 신음했다. 오늘 밤에 그는 샤르트르 대성당의 돌들에 숨겨진 이교도의 상징에 관한 슬라이드를 가지고 강의했다. 아마 청중 가운데 보수적인 사람들은 심사가 뒤틀렸을 것이다. 일부 종교학자들은 그의 숙소까지 쫓아왔다.

"미안합니다만, 지금 무척 피곤하고 또……"

"하지만 손님, 아주 중요한 분입니다."

안내인은 목소리를 낮추더니 다급하게 속삭였다.

랭던에겐 의심의 여지가 없었다. 종교화와 종교의식의 기호에 관한 그의 책들은 예술계에서 그를 유명인사로 만들어 버렸다. 지난해, 바티칸에서 공표된 사건에 그가 연관되어 있다는 사실이 알려지자, 그의 유명세는 하늘 높은 줄 모르고 치솟았다. 그 이후 자칭 대단한 역사학자나 예술가 나부랭이들이 랭던의 방 문에 꼬리를 물고 이어졌다.

랭던은 되도록 공손하게 말하려고 애썼다.

"그 방문객의 이름과 전화번호를 좀 받아 놓을 수 있습니까? 그리고 그분께 제가 화요일, 파리를 떠나기 전에 전화드리겠다고 전해 주십시오. 그럼 수고하십시오."

안내인이 뭐라고 항의하려는데 랭던은 전화를 끊었다.

자리에서 일어나 앉아 침대 옆에 놓인 호텔의 '숙박고객 안내서'를 본 랭던은 눈살을 찌푸렸다. 안내서의 표지는 '빛의 도시에서 아기처럼 자는 법, 리츠 파리 호텔에서의 포근한 잠' 따위의 선전 문구를 자랑하고 있었다. 랭던은 방을 가로지르는 전신 거울을 들여다보았다. 거울에 비친, 헝클어지고 지친 남자가 낯설어 보였다.

'넌 좀 쉬어야 해, 로버트.'

지난 몇 년 간 그는 과도하게 일했다. 하지만 랭던은 거울에 나타난 그 증거를 받아들이려 하지 않았다. 평소에는 날카롭게 빛나던 푸른 눈동자가 오늘 밤에는 흐릿하게 풀려 있었다. 강한 턱과 보조개가 팬 뺨에는 수염이 거뭇거뭇하게 자라 있었다. 관자놀이 근처에는 회색 머리카락들이 굵고 거친 흑발 사이로 깊게 길을 내었다. 학교의 여자 동료들은 그 회색 머리카락이 랭던의 문학적인 외모를 강조해 준다고들 했다.

《보스턴 매거진》이라면 당장이라도 만날 텐데.'

당황스럽게도 지난달, 《보스턴 매거진》은 랭던을 보스턴의 가장 흥미로운 인사 열 명 가운데 한 명으로 선정했다. 영광인지 뭔지 모를 그 선정 때문에 랭던은 하버드 동료들의 끊임없는 놀림에 시달려야 했다. 집에서 5천 킬로미터나 떨어진 이곳에서 가진 오늘 밤 강의는 그에게 또 다른 명예를 안겨주었다.

만원을 이룬 파비용 도핀의 아메리칸 대학에서 주최자가 입을 열었다.

"신사 숙녀 여러분, 오늘 밤 우리의 손님은 소개가 따로 필요 없는 분입니다. 이분은 수많은 책의 저자입니다. 《비밀 분파의 기호학》《조명학의 예술》《표의문자의 잃어버린 언어》 그리고 《종교적인 도상학*》 등 다수의 책을 집필하셨는데, 말 그대로 대단한 책들입니다. 여러분 중 대다수가 수업 교재로 이분의 책을 사용하고 있을 겁니다."(도상학:그리스도나 성모, 성화에 나타난 기호를 풀이하고 연구하는 학문.)

관중석에 있던 학생들은 열렬히 고개를 끄덕였다.

"저는 오늘 밤, 인상적이고 다양한 이분의 관심 분야를 공유하는 것으로 이분을 소개할 계획이었습니다. 그런데……"

주최자는 무대에 앉아 있는 랭던을 장난스럽게 쳐다보았다.

"청중 가운데 한 분이 방금 제게 이것을 건네주었습니다. 말하자면…… 흥미로운 소개라고나 할까요."

주최자가 들고 있는 것은 《보스턴 매거진》이었다.

랭던은 몸을 움츠렸다.

'제기랄, 저게 어디서 났지?'

여자는 얼빠진 기사의 일부를 발췌해 읽기 시작했다. 랭던은 의자속으로 몸이 점점 가라앉는 듯 느껴졌다. 30초 정도 지나자 청중은 히죽히죽 웃기 시작했다. 그러나 여자는 그만둘 기세가 아니었다.

"그리고 지난해 바티칸 비밀회의에서 자신의 이례적인 역할에 대해 랭던 씨가 공개적인 설명을 거절한 일은, 우리 잡지가 가장 흥미로운 인물로 랭던 씨를 꼽는 일에 확실한 점수를 보탰다."

여자는 청중을 선동했다.

"여러분, 더 듣고 싶어요?"

청중은 갈채를 보냈다.

주최자가 다시 기사로 고개를 숙이자 랭던은 누군가 저 여자를 막아줬으면 하고 바랐다.

"비록 랭던 교수가 우리의 일부 젊은 수상자들처럼 외모가 굉장히 매력적이라고 생각되지 않을 수도 있으나, 이 사십대의 학자는 학자로서의 매력 이상의 것을 가지고 있다. 사람을 사로잡는 랭던 교수의 외모는 이례적으로 낮은 바리톤의 목소리로 완성된다. 랭던 교수의 여학생들은 이 목소리를 '귀를 위한 초콜릿'이라고 표현한다."

강당에 폭소가 터졌다.

랭던은 서투른 웃음을 억지로 지어 보였다. 다음에 무슨 말이 나올지 이미 알고 있었다. 해리스 트위드를 입은 해리슨 포드에 관한 우스꽝스러운 기사 몇 줄이 더 나올 터였다. 더구나 오늘 밤 랭던은 해리스 트위드와 바바리 터틀 넥을 입고 있었다. 랭던은 더 이상 참을 수가 없었다. 그는 행동을 취하기로 결정했다.

랭던은 어정쩡하게 서서 주최자를 연단에서 밀어내며 말했다.

"고맙습니다, 모니크 씨. 《보스턴 매거진》은 말을 꾸미는 데 확실히 재능이 있죠."

당황스러운 한숨을 쉬며 랭던은 청중을 향해 돌아섰다.

"그리고 여러분 중 누가 저 기사를 제공했는지 알아낼 수만 있다면, 영사관을 통해 그 사람을 추방하게 하겠습니다."

청중들은 웃어댔다.

"자, 여러분, 모두 아시다시피, 저는 오늘 밤 기호의 힘에 대해 얘기하려고 이 자리에 왔습니다……"

전화기가 침묵을 깨며 다시 한 번 울렸다.

호텔에 대한 불신으로 신음하면서 랭던은 수화기를 들었다.

"네?"

예상한 대로 호텔 안내인이었다.

"랭던 씨, 다시 한 번 사과드립니다. 그 방문객이 지금 손님 방으로 가고 있다는 사실을 알려 드리려고 전화했습니다. 알려 드려야 할 것 같아서요."

랭던은 이제 잠이 완전히 깨었다.

"방문객을 지금 내 방으로 보냈단 말이오?"

"죄송합니다, 손님. 하지만 이런 분은…… 이분을 막을 힘이 제게는 없습니다."

"대체 그 사람이 누구요?"

하지만 안내인은 이미 전화기에서 사라지고 없었다. 그때 육중한 주먹이 랭던의 방문을 두드렸다.

랭던은 침대에서 빠져나와 목욕가운을 걸치고 문으로 향했다.

"누구요?"

"랭던 씨? 당신과 얘기를 좀 해야겠습니다. 저는 제롬 콜레 부관입니다. 중앙사법경찰국(DCPJ)에서 나왔습니다."

남자의 영어에는 날카롭고 권위적인 울림이 배어 있었다.

랭던은 멈칫했다.

'사법경찰?'

DCPJ라면 미국의 FBI와 비슷한 기관이다.

안전고리를 걸어 둔 채 랭던은 문을 조금 열었다. 랭던을 쳐다보는 남자의 얼굴에는 아무 표정도 없었다. 그는 무척 말랐고, 공무원 차림인 푸른 제복을 입고 있었다.

"들어가도 되겠습니까?"

남자가 물었다.

랭던은 망설였다. 낯선 사람의 누르께한 눈이 자기를 쳐다보자 기분이 좋지 않았다.

"대체 무슨 일입니까?"

"저희 반장님이 비공식적인 문제로 당신의 전문적인 능력을 원하십니다."

"지금요? 자정이 넘었는데요."

랭던은 가까스로 말을 뱉었다.

"오늘 밤 루브르 박물관 관장을 만날 예정이었다는데, 맞습니까?"

랭던은 의아함이 치밀어 올랐다. 오늘 밤 강의가 끝나면 자크 소니에르와 술 한잔하기로 했었다. 하지만 소니에르는 모습을 보이지 않았다.

"그렇습니다. 그런데 당신이 그걸 어떻게?"

"당신의 이름을 관장의 수첩에서 발견했습니다."

"저는 잘못한 일이 없다고 생각됩니다만?"

DCPJ 요원은 절박한 한숨을 내쉬더니, 열린 문 틈 사이로 폴라로이드 사진 한 장을 들이밀었다.

사진을 본 랭던은 온몸이 굳는 듯했다.

"이 사진은 사건이 발생한 지 한 시간도 채 되기 전에 찍은 것입니다. 루브르 박물관 안에서요."

사진의 이상한 이미지를 보고 있노라니 강한 혐오와 충격이 부풀어 오르는 분노로 바뀌었다.

"누가 이런 짓을 했습니까?"

"바로 그 질문에 대답할 수 있도록 당신이 우리를 도와주었으면 합니다. 관장을 만날 계획이었다는 것과 기호학에 대한 당신의 지식을 참고로 말입니다."

사진을 바라보며 느낀 공포가 이제는 두려움으로 이어졌다. 사진의 광경은 끔찍하고도 기이했다. 불편한 데자뷔 감각마저 몰고 왔다. 1년하고 조금 더 전에 지금과 비슷한 도움을 요청받았다. 24시간이 지난 뒤, 그는 바티칸 시티에서 거의 목숨을 잃을 뻔했다. 하지만 이 사진은 전혀 달랐다. 사진의 장면이 불안할 정도로 익숙했다.

DCPJ 요원은 시계를 보았다.

"반장님이 기다리고 계십니다."

랭던은 요원의 얘기를 거의 듣지 않았다. 그의 두 눈은 여전히 사진에 꽂힌 채였다.

"여기 이 기호와 시체가 아주 이상하게……"

"시체의 자세 말인가요?"

요원이 물었다.

한기를 느끼며 랭던은 고개를 들어 끄덕였다.

"대체 누가 사람에게 이런 짓을 할 수 있는지 상상할 수가 없군요."

요원은 내키지 않는 표정이었다.

"이해하지 못하셨군요, 랭던 씨. 이 사진의 모습은……"
요원은 뜸을 들였다.
"소니에르 관장이 직접 한 것입니다."

2

    1.6킬로미터 떨어진 브뤼예르 가에 있는 고급 저택의 입구에서는 사일래스라는 이름을 가진 덩치 큰 알비노*가 느릿느릿 걸어 들어가고 있었다. 대못이 박힌 말총 허리띠가 허벅지에 매달려 살을 파고들었지만, 사일래스의 영혼은 주인에 대한 봉사의 만족감에 젖어 노래를 불렀다.(알비노 : 선천성 색소결핍증, 즉 백피증인 사람.)

    '고통은 좋은 것이다.'

    저택으로 들어서던 사일래스는 로비를 살폈다. 아무도 없었다. 친구들이 깨지 않기를 바라며 조용히 계단을 올라갔다. 침실 문은 열려 있었다. 이곳에서는 문을 잠그는 것이 금지되었다. 사일래스는 침실로 들어가 등으로 문을 밀어 닫았다.

    방은 검소했다. 딱딱한 나무 바닥에 소나무 옷장과 침대로 쓰는 삼베 매트가 구석에 놓여 있을 뿐이다. 이번 주에 사일래스는 이곳 방문객이다. 하지만 뉴욕에 이와 비슷한 은신처를 갖는 축복을 수년 동안 누리고 있었다.

    '주님은 내게 쉴 곳과 삶의 목적을 제공하신다.'

    마침내 오늘 밤 사일래스는 그 빚을 갚기 시작했다고 느꼈다. 그는 옷장으로 서둘러 다가가 맨 아래 서랍에 숨겨져 있던 휴대 전화기를 찾아서 번호를 눌렀다.

"네?"

남자의 목소리가 전화를 받았다.

"스승님, 막 돌아왔습니다."

"말해라."

사일래스의 연락을 받게 되어 몹시 즐겁다는 투로 전화의 목소리는 명령했다.

"네 명 모두 죽었습니다. 세 명의 집사들…… 그리고 우두머리인 마스터도요."

마치 애도하는 듯한 침묵의 순간이 이어졌다.

"그럼 자네가 정보를 갖고 있겠군."

"네 명 모두 일치했습니다. 각각 따로따로 말입니다."

"그럼 자넨 그들의 말을 믿는다는 건가?"

"그들의 일치된 증언을 우연으로 볼 수는 없지 않습니까?"

흥분된 숨소리가 이어졌다.

"훌륭해. 비밀 엄수에 대한 조직의 명성이 너무 자자해서 걱정했는데 말이야."

"죽음에 대한 예감이 강력한 동기였습니다."

"그래, 제자여, 내가 알아야 할 것에 대해서 얘기해 보거라."

사일래스는 희생자들에게서 모은 정보가 충격적이라는 것을 알고 있었다.

"스승님, 네 사람 모두 클레 드 부트(clef de voute)*의 존재를 인정했습니다…… 전설의 쐐기돌 말입니다."(클레 드 부트 : 금고를 여는 열쇠.)

전화기 너머에서 급히 숨을 들이쉬는 소리가 들렸다. 사일래스는 그 흥분을 느낄 수 있었다.

"쐐기돌이라…… 정확히 우리가 예상한 대로군."

전설에 따르면, 조직은 '클레 드 부트' 또는 '쐐기돌'이라고 알려진 돌로 된 지도를 만들었다고 한다. 조직의 가장 큰 비밀이 잠든, 최후의 장소를 밝혀줄 정보가 새겨진 석판이다. 그 비밀은 매우 엄청난 것이어서 그것을 보호하는 일이 조직의 존립 이유가 되었다.

"그 쐐기돌을 갖게 될 때, 우리는 한걸음 더 다가서는 것이다."

스승이 말했다.

"스승님이 생각하시는 것보다 가까이 있습니다. 쐐기돌은 여기 파리에 있습니다."

"파리? 믿어지지 않는군. 그렇게 간단하다니."

사일래스는 오늘 밤 일어난 일들을 자세히 보고했다. 네 명의 희생자들이 어떻게든 필사적으로 자신들의 허망한 목숨을 구하기 위해 죽기 바로 직전에 비밀을 실토한 일들을 말이다. 네 명 모두 같은 얘기를 했다. 쐐기돌은 파리의 오래된 생 쉴피스 교회 안에 교묘하게 숨겨져 있다고 말이다.

"주님의 집에 말이냐? 감히 우리를 이렇게 조롱하다니!"

스승이 소리쳤다.

"그자들이 수백년을 숨겨온 것처럼 말이죠."

승리의 기쁨을 가라앉히기라도 하듯 스승은 침묵에 빠져들었다. 그러다 마침내 입을 열었다.

"자네는 오늘 신께 아주 훌륭한 예배를 드린 것이네. 우리는 이를 위해 수백년을 기다려 왔어. 자네는 반드시 그 돌을 내게 가져와야 해. 즉시! 오늘 밤 안으로. 거기에 걸린 대가는 알고 있겠지."

그 대가는 계산할 수 없을 정도라는 것을 사일래스도 잘 알고 있었다. 하지만 스승의 요구는 불가능해 보였다.

"하지만 교회는 요새와 같습니다. 특히 밤에는요. 제가 어떻게 들어갈 수 있겠습니까?"

확신에 찬 스승의 목소리는 해야 할 일을 설명하기 시작했다.

전화를 끊고 난 사일래스는 기대감에 온몸이 근질거리는 느낌이었다.

'한 시간.'

사일래스는 중얼거렸다. 고맙게도 스승은 신의 집으로 들어가기 전에 참회할 시간을 준 것이다.

'오늘 저지른 죄에 대해 내 영혼을 깨끗이 씻어야 한다.'

오늘 벌어진 죄악은 신성한 목적하에 행한 것이었다. 적들에 대한 신의 전쟁은 수백 년 동안 있어 왔다. 용서는 보장된 것이다. 그렇다 하더라도 면죄는 희생을 요구한다는 것을 사일래스는 알고 있었다.

사일래스는 그림자를 끌면서 알몸으로 방 한가운데에 무릎을 꿇었다. 그리고 대못이 박힌 말총 허리띠가 허벅지를 옥죄는 것을 살폈다. 《길》의 신실한 추종자들은 모두 이 장치를 착용한다. 그리스도가 겪은 고통을 끊임없이 환기시키는 도구로는 살을 파고드는 날카로운 금속 갈고리가 박힌 가죽 채찍도 있다. 이런 도구들이 불러오는 고통은 육체의 욕망을 다스리는 데 도움이 되었다.

오늘은 기본 착용 시간인 두 시간 넘게 하고 있었지만, 사일래스는 오늘이 보통 때와 다르다는 것을 알고 있었다. 허리띠의 버클을 잡고 한 단계 더 조이자, 허리띠의 갈고리들이 살 속으로 더 깊게 파고들었다. 천천히 숨을 토해 내면서 사일래스는 고통의 정화 의식을 음미했다.

'고통은 좋은 것이다.'

스승 중의 스승인 호세마리아 에스크리바 신부의 신성한 주문을 되뇌면서 사일래스는 속삭였다. 에스크리바는 1975년에 죽었지만 그의 지혜는 계속 살아 있고, 그의 말은 이 땅 수천 명의 신실한 충복들이 바닥에 무릎을 꿇고 '육체의 고행'으로 알려진 신성한 의식을 수행할 때 여전히 속삭여지고 있다.

사일래스는 마룻바닥에 정결하게 말려 있는 두꺼운 밧줄로 고개를 돌렸다.

'원칙.'

밧줄의 굵은 매듭에는 마른 피가 붙어 있었다. 자기의 고뇌가 정화되기를 고대하며 사일래스는 짧은 기도문을 외웠다. 그런 뒤 밧줄의 한 쪽 끝을 쥐고 눈을 감은 채 어깨 너머로 휘둘렀다. 밧줄의 매듭이 등을 찍어 대는 아픔이 느껴졌다. 사일래스는 밧줄로 자기 살을 난도질하면서 한 번 더, 한 번 더 외쳤다.

"Castigo corpus meum(내 몸에 체벌을 내려라)!"

마침내 피가 흐르는 것이 느껴졌다.

3

시트로엥 ZX의 열린 창문으로 상쾌한 4월의 공기가 느껴졌다. 오페라 하우스의 남쪽을 지나 방돔 광장을 가로질러 갔다. 자동차의 보조석에 앉아 생각을 가다듬던 로버트 랭던은 이 도시가 자기 옆을 지나면서 눈물을 흘리는 것 같은 기분이 들었다. 재빨리 마친 샤워와 면도는 랭던을 말쑥해 보이게 했지만 그의 근심을 잠재우지는 못했다. 참혹한 관장의 시체 사진이 랭던의 마음에 각인되어 있었다.

'자크 소니에르가 죽었다.'

랭던은 관장의 죽음으로 깊은 상실감을 느꼈다. 소니에르는 은둔자로 명성을 날리고 있었지만, 예술에 대한 그의 헌신은 존경심을 불러일으켰다. 푸생과 테니르스의 그림들 속에 숨겨진 비밀부호에 관한 소니에르의 책들은 랭던이 즐겨 사용하는 교재이기도 했다. 오늘 밤의 만남을 몹시 고대하던 랭던은 관장이 모습을 드러내지 않아 실망했었다.

다시 관장의 시체 사진이 떠올랐다.

'자크 소니에르가 직접 그렇게 했다?'

사진의 이미지를 떨쳐내며 랭던은 창 밖으로 고개를 돌렸다.

도시는 이제 꾸불꾸불한 아랫길로 이어졌다. 수레에 사탕을 팔고 있는 노점상들, 쓰레기 봉지를 거리에 내놓는 식당 종업원들, 재스민 향이 묻어나는 산들바람에서 늦은 밤의 온기를 느끼려고 서로 감싸안는 연인들. 시트로엥 자동차는 사이렌을 울리며 이 혼돈 속을 누볐다. 2음조의 거슬리는 사이렌 소리는 칼처럼 교통의 흐름을 갈랐다.

"랭던 씨가 아직 파리에 있다는 사실을 알면 반장님이 기뻐하실 겁니다. 정말 다행입니다."

호텔을 떠난 후 요원은 처음으로 말문을 열었다.

본질적으로 다른 표상과 이념들의 숨겨진 상관성을 탐구하는 데 일생을 보내는 사람으로서, 랭던은 세계를 역사와 사건들이 서로 심오하게 짜여진 거미집으로 보았다. 랭던은 하버드에서 기호학 수업시간에 종종 이렇게 말했다.

'관계는 눈에 보이지 않을 수도 있다. 하지만 그것들은 항상 거기에 있다. 표면 바로 아래에 묻힌 채 말이다.'

"파리의 아메리칸 대학에서 내가 어디에 있는지 알려줬겠군요?"

랭던이 말했다.

요원은 고개를 저었다.

"아뇨, 인터폴입니다."

'인터폴. 물론 그랬겠군.'

랭던은 생각했다. 모든 유럽의 호텔들이 숙박 수속을 밟을 때 여권을 보여 달라고 하는, 겉으로 보기엔 아무것도 아닌 것처럼 보이는 이 요청이 공식적인 행동 이상의 것을 의미한다는 것을 랭던은 깜박 잊고 있었다. 그것은 법이기도 했다. 유럽 어디에 있든, 인터폴 수사관들은 누가 어디에서 자는지 정확하게 짚어낼 수 있었다. 리츠 호텔에 묵고 있는 랭던을 찾아내는 데는 아마 5초밖에 걸리지 않았을 것이다.

시트로엥이 도시를 남쪽으로 가로지르자, 조명을 받고 있는 에펠 탑이 오른쪽 멀리 모습을 드러냈다. 에펠 탑을 보며 1년 전의 장난기 어린 약속을 떠올린 랭던은 비토리아를 생각했다. 6개월마다 지구상의 낭만적인 장소에서 만나자고 했었다. 에펠 탑도 그 중 하나였을 것이다. 그러나 슬프게도 1년 전에 로마의 시끄러운 공항에서 키스를 나눈 것이 마지막이다.

"그녀를 올라가 봤습니까?"

요원이 고개 너머로 물었다.

랭던은 자신이 잘못 알아들었다고 생각하고 흘끗 쳐다보았다.

"뭐라고요?"

요원은 창 밖으로 에펠 탑을 가리켰다.

"무척 아름답죠, 안 그런가요? 그녀는 프랑스의 상징입니다. 저는 그녀가 완벽하다고 생각합니다."

랭던은 멍하니 고개를 끄덕였다. 기호학자들은 프랑스에서 저 3백 미터짜리 남근상보다 적절한 국가적 상징을 찾을 수 없다고 종종 말한다. 프랑스는 남성스러움과 여성스러움, 나폴레옹이나 난쟁이 페팽처럼 불안하고 왜소한 지도자들로 유명한 나라이긴 하지만 말이다.

리볼리 가의 교차로에 이르렀을 때 신호등이 붉은색으로 바뀌었다. 하지만 시트로엥은 속도를 늦추지 않았다. 요원은 앞에 가던 세단을 앞질러 카스티글리온 가의 숲이 우거진 구역으로 질주해 들어갔다. 카스티글리온 가는 파리의 센트럴 파크로 불리는 유명한 튈르리 정원의 북쪽 입구 역할을 하는 곳이다. 여행객들은 대부분 튈르리 정원을 여기 피어난 수천 송이의 튤립과 연관시켜서 잘못 이해한다. 튈르리는 낭만과는 거리가 먼 단어이다. 공원은 한때 이 도시의 유명한 붉은 기와, 즉 튈르를 만들기 위해 진흙을 채굴하던 엄청나게 크고 오염된 채굴장이었다.

황량한 공원에 들어서자, 요원은 계기판 아래로 손을 뻗어 사이렌을 껐다. 랭던은 갑작스러운 정적을 음미하며 안도했다. 자동차의 창백한 할로겐 헤드라이트가 공원의 자갈길을 훑었다. 타이어는 졸린 듯한 리듬으로 억양을 실어 노래하듯 윙윙 굴러갔다. 랭던은 항상 튈르리를 신성한 땅으로 생각했다. 이곳에서 클로드 모네는 형식과 색을 실험했고, 문자 그대로 인상파 운동의 탄생이 고무되었다. 하지만 오늘 밤에는 이상한 분위기를 품고 있었다.

시트로엥은 공원 중앙 가로수 길의 서쪽 아래로 접어들더니 갑자기 왼쪽으로 방향을 틀었다. 원형 분수를 돌아 한적한 나무 길을 통과하자 널찍한 사각형 공간이 나타났다. 랭던은 아치 모양의 거대한 돌로 표시된 튈르리 정원의 끝을 바라보았다.

캐러젤의 아치.

캐러젤의 아치에서 주신제 의식이 한 번 열리긴 했어도, 예술지상주의자들은 이 장소를 전혀 다른 이유로 숭배했다. 튈르리 끝의 산책길에서는 동서남북 네 곳에 있는, 세계에서 가장 훌륭한 미술 박물관이 모두 보였기 때문이다.

센 강과 볼테르 부두를 건너 남쪽인 오른쪽 창문 밖으로는, 옛날 철도역사로 쓰이던 오르세 미술관의 모습이 드라마틱하게 보였다. 왼쪽으로 눈을 돌리면, 파리국립근대 미술관이 있는 퐁피두 예술 문화 센터의 초현대적인 건물의 꼭대기를 볼 수 있다. 그리고 뒤편 서쪽으로는 죄 드 폼 국립미술관의 고대 람세스의 오벨리스크가 나무들 위로 솟아 있다는 것을 랭던은 알고 있었다.

아치 길을 통과해서 곧게 뻗은 동쪽에는 세계에서 가장 유명한 ㄷ자 형의 르네상스 궁전인 루브르 박물관이 있다.

랭던이 눈동자로 거대한 건축물을 흡수하려는 헛된 시도를 하는 사이, 익숙한 호기심이 고개를 들었다. 아찔할 정도로 넓은 광장을 가로질러 루브르의 당당한 정면이 파리의 하늘을 배경으로 성채처럼 서 있었다. 거대한 편자 모양으로 생긴 루브르 박물관은 유럽에서 가장 긴 건물이다. 이 편자 모양의 건물을 펼치면 에펠 탑을 세 개 늘어놓은 것보다 길다. 심지어 박물관 양 날개 사이에 있는 수백만 평방미터의 광장도 박물관 정면의 폭에는 도전하지 못한다. 랭던은 한때 루브르 박물관 주변을 한 바퀴 걸어보았다. 길이가 약 5킬로미터나 되었다.

대략 6만 5천 3백 점이나 되는 루브르의 예술품들을 모두 감상하는 데는 5주 정도 걸리지만, 여행객들은 대부분 랭던이 '루브르의 보물찾기'라고 부르는 축약된 코스를 선택한다. 박물관을 통틀어 가장 유명한 세 가지 미술품에 눈도장을 찍고 가려는 단거리 경주 같은 것이다. 이 보물들은 〈모나리자〉와 〈밀로의 비너스〉 〈승리의 날개〉다. 아트 부치월드는 5분 56초 안에 이 명작들을 모두 보았다고 자랑삼아 떠벌렸다.

요원이 무전기를 꺼내 빠르게 프랑스어로 말했다.

"랭던 씨가 도착했습니다. 이 분 전입니다."

해독하기 어려운 대답이 지지직거리며 흘러나왔다.

요원은 무전기를 넣은 뒤 랭던을 돌아보았다.

"출입문에서 반장님이 기다리고 계실 겁니다."

요원은 루브르 광장의 자동차 출입 금지 표지판을 무시했다. 그리고 도로의 연석 위로 시트로엥을 몰고 갔다. 조명 빛을 받으며 분수를 뿜어내는 일곱 개의 삼각형 연못에 위풍당당하게 둘러싸인 루브르 박물관이 보이기 시작했다.

'피라미드.'

루브르 박물관의 새로운 입구는 박물관만큼이나 유명했다. 중국 출신의 미국인 건축가 I. M. 페이가 디자인한 신현대적인 유리 피라미드 입구는, 르네상스 앞마당의 품위를 해친다고 믿는 전통주의 신봉자들의 냉소와 논쟁을 불러일으켰다. 괴테는 건축물을 얼어붙은 음악이라고 표현했다. 페이를 비평하는 이들은 이 피라미드를 칠판 위의 손톱 자국이라고 비꼬았지만, 진보적 옹호론자들은 22미터 가까운 높이의 투명한 피라미드를 고대 구조와 현대 방식의 빛나는 결합, 그 이상이라며 환영했다. 새 천년으로 루브르를 이끄는 신구(新舊)의 상징적 연결고리로서 말이다.

"저 피라미드가 마음에 드십니까?"

요원이 물었다.

랭던은 눈살을 찌푸렸다. 프랑스 사람들은 미국인에게 이 질문을 하는 것을 좋아하는 것 같았다. 이것은 함축적인 질문이다. 피라미드가 마음에 든다고 하면 안목 없는 미국인이 되어 버리고, 마음에 안 든다고 하면 프랑스인에게 모욕이 되는 식이다.

"미테랑은 대담한 남자였죠."

랭던은 다소 엉뚱하게 응답했다. 피라미드를 의뢰한 이 대통령은 '파라오 콤플렉스'로 고통받았다고 알려져 있다. 단독으로 이집트의 오벨리스크와 이집트 예술, 그 인공물로 파리를 채우려 한 프랑수아 미테랑은 이집트 문화에 애착이 강했다. 그 정도가 지나쳐서, 프랑스 사람들은 작고한 미테랑 대통령을 여전히 스핑크스라 부르고 있었다.

"반장은 누구입니까?"

화제를 바꾸려고 랭던이 물었다.

"브쥐 파슈. 우리는 토로라고 부릅니다."

피라미드 정문으로 다가가면서 요원은 말했다.

모든 프랑스인의 별명이 이상한 동물 이름일까 궁금해하면서 랭던은 요원을 슬쩍 쳐다보았다.

"반장을 '황소'라고 부른단 말입니까?"

요원의 눈썹이 활처럼 치켜 올라갔다.

"랭던 씨의 프랑스어 실력은 생각보다 훌륭하군요."

'프랑스어 실력은 시시하지만, 12궁도 도상학은 꽤 쓸 만하지.'

타우루스자리는 황소를 의미한다. 점성술은 세계 어디에서나 통용되는 상징의 정수다.

요원은 차를 세우고 두 분수 사이에 있는 피라미드 한 면의 커다란 문을 가리켰다.

"저게 입구입니다. 행운을 빕니다, 선생."

"함께 안 갑니까?"

"제 임무는 선생을 여기까지 모시는 것입니다. 저는 다른 일이 있습니다."

랭던은 한숨을 내쉰 뒤 차에서 내렸다.

'이건 당신네 서커스로군.'

요원은 시동을 걸고 속도를 냈다.

혼자 남은 랭던은 떠나가는 자동차의 불빛을 지켜보며 이 광장을 빠져나가 택시를 잡아타고 침대로 돌아갈 수도 있다는 생각을 했다. 하지만 뭔가가 그것은 불순한 생각이라고 랭던에게 말하고 있었다.

분수의 안개 속으로 다가가며 랭던은 전혀 다른 세계로 통하는 상상의 문턱을 넘고 있다는 느낌을 받았다. 꿈결 같기만 한 이 밤의 묘한 분위기가 랭던 주위로 내려앉고 있었다. 20분 전까지만 해도 호텔에서 곤히 자고 있었다. 그런데 지금은 황소라고 불리는 경찰 반장을 기다리며 스핑크스의 지시로 지어진 투명한 피라미드 앞에 서 있는 것이다.

'난 살바도르 달리의 그림 속에 갇힌 거야.'

랭던은 생각했다.

거대한 회전문이 달린 정문으로 랭던은 터벅터벅 걸어갔다. 로비에는 흐릿한 불이 켜져 있을 뿐, 아무도 없는 것 같았다.

'노크해야 하나?'

하버드의 저명한 이집트 학자들 중 일찍이 피라미드의 정문을 두드리고 답을 구해 본 자가 있는지 궁금했다. 손을 들어 유리를 두드리려는 순간, 아래쪽 어둠 속에서 계단을 올라오는 인물이 있었다. 땅딸막한 남자는 어둠 때문에 네안데르탈인처럼 보였다. 어깨에 두 줄 단추가 달린 짙은 양복을 입은 남자는 한치의 실수도 없을 것 같은 권위를 풍기며 다가왔다. 휴대 전화기로 통화하던 남자는 문에 도착하자 전화를 끊었다. 남자는 랭던에게 들어오라고 손짓했다.

랭던이 회전문을 밀고 들어가자 남자가 말했다.

"저는 브쥐 파슈입니다. 중앙사법경찰국의 반장입니다."

남자의 어조는 귀에 거슬리는 굉음으로, 마치 폭풍이 몰려드는 것 같다는 표현이 적합했다.

랭던은 손을 내밀었다.

"로버트 랭던입니다."

파슈의 큰 손바닥이 랭던의 손을 으깰 듯이 감쌌다.

"사진을 보았습니다. 당신네 요원은 자크 소니에르가 스스로 그런 짓을……"

흑단처럼 새까만 파슈의 눈동자는 잠겨 있었다.

"랭던 씨, 당신이 사진에서 본 것은 소니에르가 한 일의 시작에 불과합니다."

4

브쥐 파슈 반장은 넓은 어깨를 뒤로 젖히고, 턱을 가슴팍으로 끌어당겨 성난 황소처럼 몸을 움직였다. 검은 머리에 오일을 발라 뒤로 매끄럽게 넘겨 화살 모양의 앞머리가 두드러져 보였다. 돌출된 이마를 둘로 가르는 듯한 중앙의 V자 모양의 머리는 함선의 뱃머리를 연상시켰다. 반장의 눈은 밟고 있는 바닥을 태우기라도 할 것 같았다. 모든 문제를 철저하고 엄격하게 다룬다는 명성 그대로, 반장의 눈은 화염 같은 빛을 발하고 있었다.

랭던은 반장을 따라서 유리 피라미드 아래의 낮은 중앙홀로 이어지는 대리석 계단을 내려갔다. 그리고 기관총으로 무장한 두 명의 사법 경찰 앞을 지나갔다. 메시지는 명료했다. 오늘 밤 파슈 반장의 허가 없이는 아무도 여기를 드나들 수 없는 것이다.

홀로 내려오면서 랭던은 점점 치밀어 오르는 전율과 싸워야 했다. 파슈의 존재가 오히려 고마웠다. 이 시간의 루브르는 묘지 같은 음산한 분위기였다. 어두운 영화관의 통로처럼 계단은 발판마다 깔린 조명으로 희미한 빛을 내고 있었다. 랭던은 머리 위의 유리에 닿아 진동하는 자신의 발소리를 들을 수 있었다. 고개를 들자, 투명한 지붕 바끝으로 분수에서 피어난 안개가 조명을 받아 흐릿하게 사라지는 광경이 보였다.

"마음에 듭니까?"

파슈는 넓은 턱으로 위를 가리키며 물었다.

랭던은 이 말장난에 싫증이 나서 한숨만 내쉬었다.

"예. 당신네 피라미드는 대단합니다."

파슈는 투덜거렸다.

"파리의 얼굴에 난 흉터일 뿐이죠."

'원 스트라이크.'

이 반장이란 작자는 재미라곤 없는 경직된 사고방식의 인간일 것이라는 느낌이 들었다. 랭던은 파슈가 미테랑 대통령의 강력한 요청에 의해, 정확히 666장의 유리판을 사용해 이 피라미드가 세워졌다는 것을 알고 있는지 궁금했다. 이 이상한 요청은 666이 사탄의 숫자라고 주장하는 음모론 애호가들 사이에서 뜨거운 얘깃거리가 되었다.

지하 로비로 더 내려가자, 입을 크게 벌린 것 같은 어두운 공간이 나타났다. 지하 17미터 아래에 건설된 6천 5백 평방미터의 새로운 로비가 끝없는 동굴처럼 뻗어 있었다. 루브르의 외관과 어울리도록 따뜻한 느낌의 황토색 대리석으로 건설된 지하 홀은, 보통 때엔 햇빛과 관광객들로 힘차게 맥박 치는 곳이다. 하지만 오늘 밤은 홀 전체가 차가운 교회당의 지하실 같은 분위기를 풍기고 있어서 어둡고 황량했다.

"박물관의 보안 요원들은?"

랭던이 물었다.

"조사."

랭던이 자기 팀의 성실성에 의문이라도 제기한 것처럼 파슈는 간단히 대꾸했다.

"명백하게, 출입이 금지된 누군가가 오늘 밤 들어온 것이 확실합니다. 박물관의 모든 야간 경비원들은 지금 쉴리 관에서 조사받고 있습니다. 오늘 저녁은 제 요원들이 박물관을 접수했습니다."

고개를 끄덕인 랭던은 파슈와 보조를 맞추기 위해 빨리 움직였다.

"자크 소니에르 관장과 잘 아는 사이입니까?"

반장이 물었다.

"아닙니다. 한 번도 만난 적이 없으니까요."

파슈는 놀란 듯했다.

"첫 만남이 오늘 밤이 될 뻔했다는 얘깁니까?"

"예. 제 강의가 끝난 후 아메리칸 대학의 리셉션 자리에서 만날 작정이었죠. 하지만 관장은 나타나지 않았습니다."

파슈는 작은 수첩을 꺼내 뭔가를 적었다. 걸어가면서 랭던은 다른 피라미드를 언뜻 보았다.

'역 피라미드.'

중간층의 접합 부분에서 종유석처럼 천장에 거꾸로 매달린 거대한 채광창이었다. 파슈는 아치 모양의 터널 입구로 통하는 짧은 계단으로 안내했다. 터널의 입구 위에는 '드농'이라는 표지가 있었다. 드농 관은 루브르의 3대 구역* 중 가장 유명한 구역이다.(루브르의 3대 구역 : 드농, 쉴리, 리슐리외.)

"오늘 만남은 누가 제안했습니까? 당신인가요, 아니면 관장인가요?"

갑자기 파슈가 물었다.

랭던은 질문이 이상하게 들렸지만 터널로 들어서면서 대답했다.

"소니에르 씨가 제안한 것입니다. 몇 주 전에 관장의 비서가 전자메일로 연락해 왔습니다. 이번 달에 파리에서 강의가 있다는 얘기를 관장이 들었다고 하더군요. 그러면서 제가 파리에 머무르는 동안 의논하고 싶은 게 있다고 했습니다."

"뭘 의논하려 했지요?"

"저도 모르죠. 하지만 예술에 관해서가 아니겠어요? 우리는 관심사가 비슷하니까요."

파슈는 회의적인 표정이었다.

"관장이 왜 만남을 제안했는지 당신은 전혀 알지 못한다는 얘기군요."

그랬다. 그 당시 랭던은 궁금하긴 했지만 그렇다고 꼬치꼬치 물어볼 수도 없는 일이었다. 자크 소니에르는 사생활이 알려지지 않기로 유명했고, 참석하는 자리도 많지 않았다. 그래서 랭던은 자크 소니에르를 만난다는 것만으로도 감사하게 여기고 있었던 것이다.

"랭던 씨, 관장이 살해된 오늘 밤에 당신과 무엇을 의논하려 했는지 짐작가는 게 있습니까? 수사에 도움이 될 것 같습니다만……"

질문의 신랄함에 랭던은 불쾌했다.

"정말이지 전혀 짐작할 수가 없습니다. 물어보지 않았거든요. 연락을 받은 것만으로도 영광이라고 느꼈으니까요. 저는 소니에르 씨의 작업을 존경하는 사람입니다. 제 수업 시간에 소니에르 씨의 원문을 종종 사용할 정도로요."

파슈는 수첩에 이 사실도 적어 넣었다.

두 사람은 드농 관을 절반 정도 걸어왔다. 랭던은 벽 쪽에 두 개의 에스컬레이터가 멈춰 서 있는 것을 볼 수 있었다.

"그러니까 당신은 소니에르 씨와 관심사를 공유하고 있었군요."

"그렇습니다. 사실, 지난해의 대부분을 소니에르 씨의 주요 전문 분야를 다루는 책의 초고를 쓰는 데 보냈습니다. 할 수만 있다면 소니에르 씨의 뇌를 끄집어내고 싶었지요."

파슈가 힐끗 쳐다보았다.

"뭐라고요?"

파슈는 잘 이해되지 않은 게 틀림없었다.

"그 주제에 관해서 소니에르 씨의 생각을 듣고 싶었다는 얘깁니다."

"알겠습니다. 그런데 무슨 주제였습니까?"

어떻게 표현해야 할지 몰라 랭던은 잠시 망설였다.

40

"본질적으로, 원고 내용은 여신숭배에 관한 도상학입니다. 여성의 고결함에 대한 개념과 그와 연관된 예술과 상징들을 다루는 것이죠."

파슈는 두툼한 손으로 머리를 긁적였다.

"소니에르 씨도 이에 대해 알고 있었습니까?"

"아무도 모릅니다만……"

"알겠습니다."

랭던은 파슈가 전혀 이해하지 못했음을 알 수 있었다. 자크 소니에르는 지상에 나타난 최초의 여신을 다룬 도상학자로 알려져 있었다. 소니에르는 다산, 여신숭배, 위카*, 신성한 여성에만 열정을 지닌 것이 아니었다. 루브르 박물관장으로서 20년의 재임 기간 동안, 소니에르는 박물관에 여신과 관련된 지상의 예술품들을 최대한 수집하는 데 일조했다. 가장 오래된 그리스 델피 신전의 여제사장의 쌍도끼부터 시작해 금 지팡이, 서 있는 작은 천사들 같은 티예 앙크* 수백 점, 고대 이집트에서 사악한 영혼을 쫓아내는 데 쓰인 시스트럼*, 호루스를 기르는 여신 이시스의 모습을 묘사한 입상들의 당당한 진용에 이르기까지 루브르의 수집품은 엄청난 것이었다.(위카 : 땅 혹은 대지에 바탕을 둔 종교로, 새로운 이교도의 하나. 티예 앙크 : 여성의 생식기관을 나타내는 상징으로 고리가 달린 T자 모양. 생식과 장수를 상징하며, 오늘날 여성을 나타내는 기호(우)에서 그 흔적을 찾을 수 있다. 시스트럼 : 고대 이집트 사람들이 여신 이시스 제사 때에 쓰던 금속 악기.)

"자크 소니에르 씨가 당신의 원고에 대해 알고 있지 않았을까요? 그래서 당신 책에 도움을 주려고 만나자는 전화를 한 게 아닐까요?"

랭던은 머리를 흔들었다.

"사실, 제 원고에 대해서는 아무도 모릅니다. 아직 초고 상태이니까요. 그리고 편집장 외에는 누구에게도 보여준 적이 없습니다."

파슈는 침묵에 빠져들었다.

랭던은 다른 이유를 덧붙이지 않았다. 사실 그는 누구에게도 원고를 보여준 적이 없었다. 〈잃어버린 신성한 여성의 기호들〉이란 가제를 달아둔 3백 페이지가량의 초고는 기존의 종교적 도해에, 전통에 얽매이지 않고 논쟁거리가 될 새로운 해석을 들이대고 있었다.

랭던은 작동을 멈춘 에스컬레이터에 도착했다. 하지만 파슈가 더 이상 옆에 없다는 것을 깨닫고 멈춰 섰다. 돌아보자, 파슈는 5미터 정도 뒤의 엘리베이터 앞에 서 있었다.

"엘리베이터를 타겠습니다. 아시겠지만, 화랑은 걸어가기에는 꽤 머니까요."

엘리베이터 안으로 들어가면서 파슈가 말했다.

엘리베이터는 드농 관의 기다란 두 층을 오르는 수고는 덜어줄 터였다. 그러나 랭던은 움직이지 않았다.

"뭐가 잘못되었습니까?"

성마른 얼굴로 파슈는 엘리베이터 열림 버튼을 누르고 있었다.

에스컬레이터를 뒤돌아보며 랭던은 한숨을 토해 냈다.

'잘못된 것은 아무것도 없지.'

랭던은 엘리베이터 쪽으로 터덜터덜 걸어가면서 자신에게 거짓말을 했다. 랭던은 소년이었을 때 쓸모 없어진 우물에 빠진 적이 있었다. 구출될 때까지 몇 시간 동안 좁은 공간 안에서 철벅거리며 거의 죽을 뻔한 경험을 했었다. 그후 폐쇄된 공간에서 병적인 공포심을 느끼고 있었다. 엘리베이터나 지하철, 스쿼시 코트 같은 곳 말이다.

'엘리베이터는 안전한 기계다. 줄에 매달린 작은 금속상자일 뿐이야!'

랭던은 스스로 타일렀지만, 결코 그 말을 믿지는 않았다. 숨을 참으며 랭던은 엘리베이터 안으로 들어섰다. 문이 닫히자 익숙한 아드레날린의 울렁거림이 느껴졌다.

'고작 이 층일 뿐이다. 십 초면 돼.'

"당신과 소니에르 씨, 한 번도 얘기를 나눈 적이 없습니까? 편지 왕래도 없었습니까? 우편으로 뭔가를 주고받은 적은 없습니까?"

엘리베이터가 움직이기 시작하자 파슈가 물었다.

역시 이상한 질문이었다. 랭던은 고개를 저었다.

"아니오, 없습니다."

그 사실을 마음에 각인시키는 것처럼 파슈는 머리를 곧추세웠다. 아무 말도 하지 않고 파슈는 눈 앞의 문짝만 뚫어지게 응시했다.

랭던은 자기를 둘러싼 네 벽들 외에 다른 것에 신경쓰려고 노력했다. 반질반질한 엘리베이터 문에 반장의 넥타이 핀이 반사되어 비쳤다. 칠흑 같은 마노 보석 열세 개가 박힌 은제 십자가 모양이었다. 랭던은 적이 놀랐다. 열세 개의 보석이 박힌 십자가라는 뜻의 크룩스 젬마타(crux gemmata)라 불리는 상징이었다. 열세 개의 보석은 그리스도와 열두 제자를 나타내는 기독교적인 표의문자였다. 경위야 어떻든 간에 랭던은 프랑스 경찰 반장이 자기의 종교를 공개적으로 드러내리라고는 생각지도 못했다. 순간, 여기는 프랑스라는 생각이 새삼 들었다. 이 나라에서 기독교는 종교도 특권도 아니다.

"이건 크룩스 젬마타입니다."

갑자기 파슈가 말했다.

깜짝 놀란 랭던은 문에 반사된 파슈의 모습을 마주하려고 고개를 들었다.

엘리베이터가 덜컹거리며 멈추고 문이 열렸다.

천장이 높기로 유명한 루브르 화랑의 확 트인 공간을 기대하면서, 랭던은 엘리베이터에서 재빨리 빠져나왔다. 하지만 그가 걸음을 내디딘 세계는 기대한 것과는 달랐다.

랭던은 놀라서 멈칫했다.

파슈가 흘끗 쳐다보았다.

"랭던 씨, 관람 시간 이후의 루브르는 본 적이 없겠지요?"

'그런 적은 없죠.'

태도를 바로하려고 애쓰면서 랭던은 생각했다.

빠짐없이 조명을 받는 루브르 화랑들이 오늘 밤엔 놀라울 정도로 어두웠다. 위에서 비추는 관람용 흰색 조명 대신에, 조도가 낮은 붉은 조명이 바닥에서 빛을 발하고 있었다. 간헐적인 붉은 조명 조각들이 타일 바닥 위로 엎질러진 것 같았다.

어둑어둑한 복도를 쳐다보며, 랭던은 이런 장면을 예상했어야 했음을 깨달았다. 대부분 일류 화랑들은 전략적으로 밤에는 조도가 낮고, 덜 위협적인 붉은 조명을 채택하고 있었다. 이것은 야간에 경비 요원들이 복도를 순찰할 때, 그림이 빛에 과다 노출되면 희미하게 보이는 것을 막기 위해 예술품을 상대적으로 어두운 곳에 두기 위한 배려였다. 오늘 밤 박물관 안엔 숨막힐 듯한 긴장감이 감돌았다. 보통 때라면 솟구쳐 보이는 아치형 천장이 낮고 어두운 공허한 공간으로만 보였다.

"이쪽으로."

파슈는 오른쪽으로 홱 돌더니 연결된 여러 개의 화랑을 지나갔다.

파슈를 뒤따라가면서 랭던의 시력은 점차 어둠에 적응해 갔다. 거대한 암실에서 현상되고 있는 사진들처럼 커다란 유화들이 사방에서 모습을 점차 드러내고 있었다…… 랭던이 화랑을 지나갈 때, 그림들의 눈도 그를 따라왔다. 랭던은 박물관 특유의 익숙한 공기를 느낄 수 있었다. 탄소 향이 희미하게 감도는 메마르고 탈이온화된 향기였다. 관람객들이 토해 놓은 부식성 강한 이산화탄소를 제거하기 위해서, 사방에 설치된 석탄 필터가 장착된 산업용 습기 제거기 때문이었다.

벽을 따라 올라간 높은 곳에서는 보안용 카메라들이 관람객들에게 분명한 메시지를 보내고 있었다.

'우리가 당신을 보고 있다. 어느 것에도 손대지 마시오.'

"모두 진짜인가요?"

감시 카메라를 가리키며 랭던이 물었다.

"물론 아닙니다."

파슈는 고개를 저었다.

랭던은 놀라지 않았다. 이 정도 크기의 박물관을 비디오로 감시한다는 것은 비용 면에서도 말이 안 되고, 효과 차원에서도 신통치 않을 것이기 때문이다. 루브르 박물관을 비디오로 감시하려면, 몇백 명의 전문 인력이 필요할 것이다. 대부분의 큰 박물관들은 이제 봉쇄 정책을 펴고 있다. '도둑이 오지 못하게 막는 일은 그만두자. 차라리 도둑을 안에 가두어 버리자'는 의미다. 침입자가 예술품을 옮기려고 하면, 예술품이 있는 화랑 주변이 봉쇄되는 것이다. 도둑은 경찰이 도착하기도 전에 철창 안에 갇힌 자기 꼴을 보게 될 터였다.

대리석 화랑 앞쪽에서 목소리들이 울려 왔다. 웅성거리는 소리는 오른쪽으로 쑥 들어간 큰 방에서 나오는 듯했다. 밝은 불빛이 복도로 흘러나오고 있었다.

"관장실입니다."

반장이 말했다.

관장실로 다가가면서 랭던은 소니에르의 우아한 취미를 엿보았다. 따뜻한 재질의 목재, 나이 든 거장의 그림들, 엄청나게 큰 골동품 스타일의 책상, 그 위에는 완전 무장한 60센티미터 정도의 중세 기사상이 놓여 있었다. 사무실은 전화를 하고 뭔가를 받아 적는 경찰 요원들로 북적거렸다. 그들 중 한 명은 소니에르의 책상에 앉아서 노트북 컴퓨터에 뭔가를 적고 있었다. 관장실은 오늘 저녁 DCPJ의 임시 본부가 된 모양이었다.

"여러분, 어떤 경우에도 우리를 방해하지 마십시오. 듣고 계십니까?"

사무실 안에 있던 사람들이 모두 고개를 끄덕였다.

랭던은 호텔 문 앞에서부터 출입 허가증을 달고 있었다. 파슈와 랭던은 어떤 상황에서도 방해받지 않을 것이다.

한 무리의 요원들을 남겨 두고, 파슈는 랭던을 어두운 홀 아래로 안내했다. 루브르의 가장 인기 있는 장소인 대화랑으로 들어가는 입구가 30미터 정도 앞에서 어렴풋이 모습을 드러냈다. 대화랑은 루브르 박물관에서 가장 소중한 이탈리아 걸작품들이 모여 있는, 끝이 보이지 않을 정도의 긴 방이다. 랭던은 이미 이곳에 소니에르의 시신이 누워 있음을 알 수 있었다. 유명한 기하학 문양의 마룻바닥이 폴라로이드 사진에 한치의 실수도 없이 찍혀 있었던 것이다.

출입구는 거대한 강철 격자로 막혀 있었다. 중세의 성채들에서나 이용했을 법한 격자다.

"봉쇄용 보안 철창입니다."

격자 가까이 다가가서 파슈가 말했다.

어둠 속의 철창은 탱크라도 가둘 수 있을 것처럼 보였다. 랭던은 희미하게 불을 밝힌 동굴 같은 대화랑을 철창 사이로 들여다보았다.

"먼저 들어가십시오, 랭던 씨."

랭던은 돌아섰다.

'나 먼저 들어가라고? 어디로?'

파슈는 격자 밑부분의 바닥을 몸짓으로 가리켰다.

랭던은 아래를 보았다. 어둠 속이라 눈치 채지 못했지만, 철창은 60센티미터가량 들어 올려져 있었다.

"이곳은 루브르 보안요원들에게는 아직 출입금지 구역입니다. 경찰 과학수사국(PTS)에서 나온 저희 팀이 지금 막 조사를 끝냈습니다."

파슈가 입구를 가리켰다.

"아래로 들어가십시오."

랭던은 겨우 기어 들어갈 좁은 공간을 응시하다가, 위에 매달린 육중한 철문을 올려다보았다.

'농담이겠지?'

철문은 침입자를 내리치려고 기다리는 단두대 같았다.

파슈가 프랑스어로 뭐라고 툴툴거리더니 시간을 체크했다. 그러더니 무릎을 꿇고 덩치 큰 몸을 숙여 철창 아래로 미끄러져 들어갔다. 안으로 들어간 파슈는 철창 사이로 랭던을 뒤돌아보았다.

랭던은 한숨을 내쉬었다. 손바닥을 반질반질한 마룻바닥에 짚은 채, 배를 바닥에 깔고 앞으로 끌었다. 그러나 입고 있던 해리스 트위드의 목덜미가 철창에 걸려 찢어지고, 뒤통수를 철문에 박고 말았다.

'아주 우아하군, 로버트.'

서투르게 철창 밑을 빠져나온 후 일어서면서, 랭던은 오늘 밤이 아주 길 것 같다는 생각이 들었다.

5

오푸스 데이의 새로운 미국 본사이자 회담 센터인 머리 힐은 뉴욕의 렉싱턴 가 243번지에 자리잡고 있다. 1만 2천 평방미터짜리 빌딩은 4천 7백만 달러 이상이라는 가격이 매겨져 있고, 붉은 벽돌과 인디애나 석회암으로 치장되어 있다. 메이 앤 핀스카가 디자인했고, 빌딩 안에는 백 개가 넘는 침실과 여섯 개의 식당, 도서실, 거실, 회의실, 사무실이 있다. 2층과 8층, 16층에는 목공예와 대리석으로 장식된 교회가 있고, 17층은 모두 주거 지역이다. 남자들은 렉싱턴 가에 위치한 정문으로 드나들었지만, 여자들은 다른 쪽에 있는 출입문을 사용해야 했다. 이 건물 안에서는 시각적으로나 청각적으로 여자와 남자가 항상 분리되어 있었다.

이른 저녁, 마누엘 아링가로사 주교는 자신의 아파트 펜트하우스에서 전통적인 검정 사제복을 입고 작은 여행가방을 꾸리고 있었다. 보통 때 같으면 허리에 자줏빛 띠를 둘렀을 테지만, 오늘 밤은 일반인들과 섞여서 여행할 참이었다. 주교는 자신의 높은 지위 때문에 사람들의 시선을 끄는 것을 좋아하지 않았다. 오로지 예리한 시선을 가진 사람들만이 14캐럿짜리 자수정과 커다란 다이아몬드들, 그리고 수공

예로 만든 미트라* 모양의 홀(忽)이 박힌 금반지를 눈치 챌 수 있을 것이다. 여행가방을 어깨에 짊어지면서 주교는 짧은 기도를 올리고 아파트를 나섰다. 운전사가 공항까지 데려다주기 위해 아래에서 기다리고 있었다.(미트라 : 주교들이 의식 때 쓰는 관.)

로마로 향하는 비행기에 앉은 아링가로사는 창문을 통해 어두운 대서양을 내려다보았다. 해는 이미 졌지만, 주교는 자기만의 별이 떠오르고 있음을 알고 있었다.

'오늘 밤 전투는 승리할 것이다.'

한 달 전 자신의 제국을 무너뜨리려는 세력에 대항해서 아무런 힘도 쓸 수 없던 것을 생각하면 그저 아찔할 뿐이었다.

오푸스 데이의 수장으로서, 아링가로사는 지난 10년 간 자신의 삶을 오푸스 데이, 즉 '신의 사업'에 관한 복음을 널리 알리는 데 바쳐 왔다. 1928년 스페인 사제인 호세마리아 에스크리바에 의해 설립된 이 단체는 보수적인 가톨릭 가치로의 회귀를 주장했다. 그리고 회원들에게는 신의 사업을 위해 자신들의 삶을 희생할 것을 권고했다.

오푸스 데이의 전통철학은 프랑코 독재시절 이전의 스페인에서 뿌리를 찾을 수 있다. 하지만 1934년 호세마리아 에스크리바의 정신이 담긴 《길》의 출간과 함께 에스크리바의 메시지는 전세계로 퍼져나갔다. 이 책에는 평소 생활하면서 신의 사업을 행할 수 있는 999개의 명상이 수록되어 있었다. 현재 42개 언어로 번역되어 4백만 부 이상이 판매되었으므로 오푸스 데이의 힘은 세계적이라고 해도 과언이 아니다. 세계 거의 모든 주요 도시에서 오푸스 데이의 건물과 교육센터, 심지어 대학교까지 찾아볼 수 있다. 오푸스 데이는 가장 빠르게 성장하고, 재정도 가장 안정된 가톨릭 교파였다. 하지만 불행히도 종교적인 냉소와 예찬, 텔레비전 선교사들이 판치는 요즘 시대에 날로 확장되는 오푸스 데이의 부와 힘은 의혹의 대상이 되고 있음을 아링가로사는 알았다.

"많은 사람들이 오푸스 데이를 뇌를 세척하는 종교의식이라고 부릅니다. 또 어떤 이들은 초보수적인 기독교의 비밀 분파라고도 합니다. 어느 쪽입니까?"

기자들이 가끔 묻는 말이었다.

그때마다 주교는 끈기 있게 대답했다.

"그 어느 쪽도 아닙니다. 우리는 가톨릭 교회입니다. 일상생활에서 실천할 수 있는 한 가톨릭 교리를 열심히 따르는 일을 우선시 하는 사람들의 모임입니다."

"신의 사업이란 게 반드시 수입의 십 분의 일을 헌금으로 내고, 순결에 대한 서약과 채찍질이나 말총 허리띠를 통한 속죄를 포함하는 것입니까?"

"여러분은 오푸스 데이의 극히 일부만을 얘기하고 있습니다. 오푸스 데이에는 여러 참여 단계가 있습니다. 수천 명의 오푸스 데이 회원들은 결혼을 했고, 가정이 있으며, 자기들이 속한 사회에서 신의 일을 행합니다. 그 밖의 사람들은 오푸스 데이의 수도원에서 고행의 삶을 선택했지요. 이러한 선택은 모두 개인적인 것입니다. 하지만 오푸스 데이의 모든 사람들은 신의 사업을 행하면서 더 나은 세계를 만든다는 목표를 공유하고 있습니다. 이는 확실히 경탄할 만한 원정이지요."

하지만 이런 이성적인 논리가 항상 들어맞는 것은 아니었다. 미디어는 항상 스캔들을 파고들었다. 대부분의 큰 조직들처럼 오푸스 데이 역시 조직 전체에 그림자를 드리우는 잘못 인도된 몇몇 영혼들이 회원으로 있었다.

두 달 전, 오푸스 데이 그룹은 미국의 중서부 지역에 있는 한 대학교에서 환락 상태를 종교 체험이라 믿고 환각제에 취한 신입회원들을 붙잡았다. 또 다른 대학교의 학생은 갈고리가 박힌 말총 허리띠를 하루 권장시간인 두 시간 넘게 사용해, 치명적인 위험에 빠지기도 했다. 얼마 전에는 삶에 환멸을 느낀 보스턴의 한 젊은 금융투자가가 자살을 기도하기 전에, 자기의 전 재산을 오푸스 데이에 넘긴다고 서명한 사건도 있었다.

'잘못 인도된 양 떼 무리들.'

마음은 신도들에게 향한 채 아링가로사는 생각했다.

물론 가장 당혹스러운 일은 FBI 스파이, 로버트 한센의 공개재판이었다. 그 과정에서 로버트 한센이 오푸스 데이의 신실한 회원이라는 것과, 자기 방에 비디오 카메라를 몰래 설치했다는 것이 밝혀졌다. 한센의 친구들은 몰래 카메라를 통해서 한센이 자기 부인과 성행위하는 장면을 지켜보기도 했다. 판사는 '독실한 가톨릭 교인의 유희로는 보기 어렵다'고 언급했다.

슬프게도 이러한 일련의 사건들이 오푸스 데이의 감시 네트워크 (ODAN)라고 알려진 새로운 감시단체를 탄생시키는 데 일조했다고 볼 수 있었다. 이 단체의 인기 웹사이트인 www.odan.org는 오푸스 데이 구회원들의 증언을 빌려, 오푸스 데이 가입을 경고하는 놀라운 이야기들을 늘어놓고 있다. 이제 미디어는 오푸스 데이를 '신의 마피아' 혹은 '그리스도의 제사'로 치부하고 있다.

'우리가 이해하지 못하는 것을 두려워해야 한다.'

아링가로사는 오푸스 데이가 얼마나 많은 인간들을 부유하게 만들었는지 비평가들이 알고 있는지 궁금했다. 오푸스 데이는 바티칸의 전적인 승인과 축복을 받고 있었다.

'오푸스 데이는 교황 자신의 개인적인 교파다.'

하지만 최근에 오푸스 데이는 미디어보다 훨씬 강력한 힘의 위협을 받고 있다. 아링가로사 자신도 몸을 숨길 수 없는 예기치 못한 적……다섯 달 전에 힘의 균형이 변화무쌍하게 흔들린 사건이 있었다. 아링가로사는 그 충격에 아직도 비틀거리고 있다.

"사람들은 자기들이 시작한 전쟁을 아직 모르고 있어."

비행기 창문 밖으로 어두운 대서양을 내려다보며 아링가로사는 자신에게 속삭였다. 순간 아링가로사의 눈은 비행기 창에 비친 낯선 자기 얼굴에 머물렀다. 납작하게 휜 코가 어두운 장방형의 얼굴을 지배하고 있었다. 코는 젊은 선교사 시절, 스페인에서 한방 얻어맞아 주저앉은 것이다. 신체 결함은 이제 별다른 인상을 주지 못했다. 아링가로사는 영혼의 세계에 있지, 육체의 세계에 있는 게 아니다.

비행기가 포르투갈의 해안을 통과할 때, 아링가로사의 사제복 주머니 안에 있던 휴대 전화기가 진동했다. 비행 도중 휴대 전화기의 사용을 금하는 규정에도 불구하고, 이 통화는 놓칠 수 없었다. 오직 한 사람만이 이 번호를 알고 있고, 그 사람이 이 휴대 전화기를 우편으로 보내준 것이다.

흥분된 감정으로 주교는 조용히 대답했다.

"네?"

"사일래스가 쐐기돌의 행방을 알아냈소. 돌은 파리에 있소. 생 쉴피스 교회 안이오."

전화를 건 사람이 말했다.

아링가로사는 미소를 지었다.

"그럼 가까이 있군요."

"즉시 쐐기돌을 얻을 수 있소. 하지만 당신의 힘이 필요하오."

"물론입니다. 무엇을 해야 하는지 말해 주십시오."

휴대 전화기의 전원을 껐을 때, 아링가로사의 심장은 쿵쿵 뛰고 있었다. 그는 다시 공허한 밤 하늘로 시선을 돌렸다. 주교는 자신이 벌이기 시작한 일 때문에 난쟁이처럼 작아지는 기분이었다.

8백 킬로미터 떨어진 곳에서, 사일래스라는 이름을 가진 알비노는 물이 담긴 작은 대야 앞에 서 있었다. 등에서 흐르는 피를 손으로 문질러, 붉은 피가 물에 퍼지는 모습을 지켜보고 있었다.

'히숍*으로 나를 정화시키리라. 그럼 나는 깨끗해질 것이다.'(히숍 : 히숍풀. 성서의 우술초로, 유대인은 부정을 없애는 의식에 그 가지를 썼다.)

찬송가를 인용하면서 사일래스는 기도했다.

'나를 씻자, 그럼 나는 눈보다 하얗게 될 것이다.'

사일래스는 한동안 느끼지 못하던 어떤 예감이 솟아남을 알 수 있었다. 그 예감은 사일래스를 전율케 했다. 지난 10년 간 사일래스는 자기의 죄를 씻고, 새생활을 시작하고, 과거의 폭력성을 지우면서 《길》의 내용을 따랐다. 하지만 오늘 밤, 모든 것이 힘차게 돌아오고 있었다. 묻어 버리기 위해 그렇게 힘들게 싸우던 증오가 다시 샘솟고 있었다. 자기의 과거가 이토록 빠르게 떠오르는 것에 사일래스는 놀라고 있었다. 물론 과거의 기억과 함께 기술도 생각났다. 거칠지만 아주 유용한 기술이었다.

'예수님의 메시지는 평화…… 비폭력…… 사랑.'

이것은 사일래스가 처음으로 받은 가르침이다. 그는 이 가르침을 항상 가슴에 담아 두고 있었다. 하지만 이제 그리스도의 적들이 이 말을 파괴하려 하고 있다.

'힘으로 신을 위협하는 자들은 힘과 부딪히게 될 것이다. 확고 부동한 힘과 말이다.'

2천 년 동안 그리스도의 병사들은 자기들의 신념을 꺾으려는 자들에 대항해 그들의 신념을 지켜왔다. 오늘 밤 사일래스는 그 전장으로 부름을 받은 것이다.

상처를 말리면서 사일래스는 발목까지 내려오는 후드가 달린 망토를 입었다. 양모로 만들어진 어두운 색깔의 망토는 사일래스의 흰 피부와 머리카락을 두드러져 보이게 했다. 허리에 매단 밧줄을 꽉 죄면서, 사일래스는 후드를 머리 위로 뒤집어썼다. 거울 속에서 사일래스의 붉은 두 눈은 자신의 모습에 감탄하고 있었다.

'바퀴는 구르기 시작했다.'

6

보안 철문을 기어 나온 로버트 랭던은 대화랑의 입구 바로 앞에 서 있었다. 랭던은 길고 깊은 협곡 같은 화랑 입구를 응시했다. 화랑의 양쪽에는 9미터 높이의 벽이 어둠 속에서 증발하듯 솟아 있었다. 천장 케이블에 매달린 다 빈치와 티치아노, 카라바조의 멋진 작품들 사이로 야간 조명등이 부자연스러운 붉은 불빛을 발산하며 위를 향해 있었다. 귀족과 정치인의 초상화를 비롯해 정물화와 종교적인 장면, 풍경화 들이었다.

대화랑은 루브르 박물관에서도 가장 유명한 이탈리아 미술품들을 소장하고 있지만, 많은 관람객에게 더 놀라운 경험은 기하학 패턴으로 유명한 마룻바닥이다. 대각선의 참나무 널빤지를 눈부신 기하학 디자인으로 배열한 마룻바닥은 시각적인 환각을 불러일으킨다. 바닥의 다차원적인 네트워크는 관람객들에게 매 걸음 변하는 표면 위로 화랑을 떠다니는 듯한 느낌을 선사한다.

마룻바닥의 무늬를 따라가던 랭던의 눈에 예기치 못한 물체가 잡혔다. 랭던 왼쪽으로 2, 3미터 앞에 떨어져 있는 물체 주위에는 경찰 테이프가 둘러쳐져 있었다. 랭던은 파슈를 향해 돌아섰다.

"바닥에 있는 저것…… 카라바조의 작품입니까?"

쳐다보지도 않고 파슈는 고개를 끄덕였다.

추측하건대, 그 그림은 2백만 달러도 더 나갈 터였다. 그런데 폐기된 포스터 그림처럼 마룻바닥에 누워 있었다.

"도대체 저 그림이 왜 바닥에 누워 있는 겁니까?"

파슈는 움직이지 않고 얼굴을 찡그렸다.

"이곳은 범죄 현장입니다, 랭던 씨. 우리는 아무것도 손대지 않았습니다. 저 캔버스는 관장이 벽에서 잡아 뜯어낸 것입니다. 관장은 그렇게 해서 보안 시스템이 움직이게 한 거죠."

무슨 일이 일어났는지를 마음에 그려보며 랭던은 입구를 뒤돌아보았다.

"관장은 자기 사무실에서 공격을 받고, 이 대화랑으로 도망쳐 왔습니다. 그리고 그림을 벽에서 잡아떼어, 보안 철문을 작동시킨 겁니다. 즉시 모든 출입구가 차단되면서 철문이 떨어졌을 겁니다. 철문이 내려진 여기가 대화랑으로 드나들 수 있는 유일한 입구입니다."

랭던은 혼란을 느꼈다.

"그럼 관장이 대화랑 안에서 범인을 잡았단 말입니까?"

파슈는 고개를 저었다.

"보안 철문은 소니에르와 범인을 갈라놓았습니다. 살인범은 홀 저쪽에 있었죠. 그리고 이 철문을 통해 소니에르를 쐈습니다."

파슈는 그들이 막 기어서 통과한 철문의 쇠창살 하나를 가리켰다. 거기에는 오렌지색 딱지가 매달려 있었다.

"PTS 팀이 철문에서 탄흔 잔재를 찾아냈습니다. 범인은 쇠창살 사이로 총을 쐈고, 소니에르 씨는 여기서 홀로 죽어갔습니다."

랭던은 소니에르의 시신이 담긴 사진을 떠올렸다.

'경찰은 소니에르 스스로 했다고 하는데……'

랭던은 앞에 펼쳐진 광대한 규모의 화랑을 쳐다보았다.

"그럼 소니에르 씨의 시신은 어디에 있습니까?"

파슈는 십자형의 넥타이 핀을 바로잡은 뒤 걷기 시작했다.

"잘 아시겠지만, 대화랑은 상당히 깁니다."

랭던의 기억이 정확하다면, 대화랑의 길이는 대략 450미터, 워싱턴 기념비 세 개를 합쳐 놓은 것과 같다. 화랑의 폭 역시 숨을 들이쉴 만은 했다. 열차 두 량을 나란히 세워 놓은 넓이 정도는 되었다. 화랑의 중앙에는 군데군데 입상들과 거대한 도기품들이 전시되어 복도를 멋스럽게 가르고 있었다. 관람객들이 한쪽 벽을 따라 관람하다가, 반대편 벽으로 돌아가도록 자연스럽게 유도하는 것이다.

파슈는 아무 말이 없었다. 정면을 주시한 채 성큼성큼 걸어갔다. 이 많은 걸작들을 일별도 하지 않고 그냥 지나치는 것이 랭던은 무례하게만 느껴졌다.

'어차피 이 어둠 속에서는 아무것도 볼 수 없을 거야.'

랭던은 자신을 달랬다.

조도가 낮은 붉은색 조명등은 불행히도 바티칸 비밀문서 보관소의 붉은 조명 아래에서 겪은 사건에 대한 기억을 불러일으켰다. 오늘 밤은 로마에서 죽을 뻔한 그날과 매우 유사했다. 랭던은 다시 비토리아를 떠올렸다. 수개월 동안 비토리아는 랭던의 꿈에 나타나지 않았다. 로마에서 겪은 일이 겨우 1년 전이라는 것을 랭던은 믿을 수 없었다. 마치 수십 년은 지난 것 같았다.

'또 다른 삶.'

비토리아와 마지막으로 연락을 주고받은 것은 지난 12월이었다. 엽서에는 분규물리학에 대한 연구를 계속하기 위해 자바 해로 떠난다는 내용이 씌어 있었다. 쥐가오리의 이동을 추적하기 위해 인공위성을 이용하는 무슨 물리학이라고 했다. 랭던은 비토리아 베트라 같은 여자가 대학 캠퍼스에서 자기와 함께 행복하게 살 수 있을 것이라는 망상은 결코 품어본 적이 없다. 하지만 로마에서의 만남은 한번도 생각해 보지 않은 열망을 마음에 심어놓았다. 독신생활에 대한 오랜 애착과 거기서 얻는 자유로움이 어느 틈엔가 허물어지고 있었다. 지난 한 해 동안, 예상치 못한 공허함이 랭던의 마음에 자리잡았다.

랭던과 파슈는 씩씩하게 걸어갔다. 하지만 시체는 보이지 않았다.

"자크 소니에르 씨가 이렇게 멀리까지 갔습니까?"

"소니에르 씨는 위에 총상을 입었습니다. 서서히 죽어 갔을 겁니다. 십오 분에서 이십 분 정도 걸렸겠지요. 분명히 소니에르 씨는 강한 정신력의 소유자였던 것 같습니다."

랭던은 섬뜩해서 돌아보았다.

"보안요원이 도착하는 데 십오 분이나 걸렸습니까?"

"물론 아닙니다. 경보음이 울리면 박물관 보안요원은 즉시 행동합니다. 그들은 대화랑이 봉쇄되었다는 것을 알았죠. 그리고 쇠창살을 통해 화랑 안, 깊숙한 곳에서 누군가 움직이는 소리를 들었습니다. 하지만 그게 누군지는 알 수가 없었지요. 보안요원들이 소리를 질러 보았지만, 아무런 응답도 없었다고 합니다. 필시 범인일 거라 가정하고, 규정대로 사법경찰에 연락한 것입니다. 우리가 도착해서 철문을 통과할 수 있을 정도로 들어올리고, 저는 무장한 요원 부대를 안으로 들여보냈습니다. 요원들은 화랑을 점거해 가면서 침입자를 구석으로 몰아갔지요."

"그리고요?"

"안에서는 아무도 찾을 수 없었습니다. 소니에르 씨외에는요."

파슈는 저 멀리 아래쪽을 가리켰다.

랭던의 시선이 파슈의 손가락 끝을 따라갔다. 처음에는 파슈가 화랑 중앙의 커다란 대리석 입상을 가리켰다고 생각했다. 하지만 입상을 지나, 30미터쯤 지난 지점에 휴대용 조명기구로 집중 조명을 받고 있는 마룻바닥이 빛을 발하고 있었다. 어둑어둑한 진홍색 화랑 안에서 하얀 조명을 받고 있는 부분은 정말이지 섬처럼 보였다. 빛 한가운데에는 현미경 밑에 놓인 벌레처럼 관장의 시신이 마룻바닥에 벌거벗은 채 누워 있었다.

"사진을 봤을 테니, 그리 놀랍지는 않을 겁니다."

파슈가 말했다.

시체로 다가가면서 랭던은 차디찬 냉기를 느꼈다. 일찍이 본 적이 없는 가장 기이한 장면이 앞에 있었다.

자크 소니에르의 핏기 없는 시신은 사진에서처럼 바닥에 누워 있었다. 랭던은 강한 조명 불빛에 눈을 가늘게 뜨고 시신 위로 몸을 숙였다. 기묘한 형태로 자기 몸을 배열하느라 삶의 마지막 몇 분을 써버렸을 소니에르가 다시금 놀라웠다.

소니에르는 제 나이에 맞는 노인으로 보였다. 모든 근육조직이 그대로 드러나 있었다. 걸치고 있던 모든 옷가지들은 벗어서, 마루 위에 단정하게 놓아두었다. 소니에르는 자기 등을 화랑의 긴 축과 정확히 일치시켜 폭 넓은 화랑 가운데에 누워 있었다. 팔과 다리는 날개를 활짝 펼친 독수리나 아이들이 만든 눈 천사처럼 바깥쪽으로 뻗어 있었다…… 아니, 더 정확하게 말하자면, 보이지 않는 어떤 힘에 의해서 사지를 벌린 사람처럼 보였다.

총알이 살을 뚫고 지나간 듯 갈비뼈 바로 아래에는 피의 얼룩이 묻어 있었다. 바닥에 흘러내린 양이 적은 것을 보니, 놀랍게도 거의 피를 흘리지 않은 모양이었다.

소니에르의 왼쪽 집게손가락은 피투성이였다. 자기 손가락을 상처 부위로 쑤셔 넣은 게 틀림없었다. 소니에르는 자신의 피를 잉크삼고 벌거벗은 복부를 캔버스 삼아, 배 위에 기호 하나를 그려놓은 것이다. 오각형의 별 모양을 나타내는 다섯 개의 직선이었다.

'별표.'

소니에르의 배꼽에 중심을 둔 별은 음산한 분위기를 자아냈다. 사진만으로도 충분히 공포스러웠는데, 현장을 직접 목격하니 마음이 더욱 편치 않았다.

'소니에르가 직접 했다.'

"랭던 씨?"

파슈의 짙은 눈동자가 다시 랭던에게 머물렀다.

답하는 랭던의 목소리는 거대한 공간의 내부가 텅 빈 듯한 느낌을 주었다.

"이것은 별표입니다. 지상에서 가장 오래된 기호 중 하나입니다. 기원전 사천 년 그 이전부터 사용되어 왔을 겁니다."

"무엇을 뜻하는 거죠?"

이런 질문을 받으면 랭던은 항상 망설였다. 하나의 기호가 무엇을 뜻하는지 얘기한다는 것은 노래가 어떤 기분을 느끼게 해주는지 얘기하는 것과 같았다. 모든 사람들에게 그 의미는 달랐다. 미국에서 KKK(Ku Klux Klan) 집단의 하얀 모자는 증오와 인종차별의 이미지를 떠올리게 하지만, 스페인에서는 종교적 신념의 의미를 갖는 의복의 하나다.

"기호는 각기 다른 환경에서 다른 의미를 가집니다. 기본적으로 별표는 이교도의 종교적 기호입니다."

파슈는 고개를 끄덕였다.

"악마숭배로군요."

"아닙니다."

어휘 선택이 더 명확했어야 함을 깨닫고 랭던은 즉시 말을 고쳤다.

요즘 들어, '이교도(pagan)'라는 용어는 악마숭배와 거의 동일한 의미로 쓰이고 있다. 하지만 이는 엄청난 몰이해다. 이 단어의 어원은 시골 사람을 뜻하는 라틴어, 파가누스(paganus)로 거슬러 올라간다. '이교도'는 자연숭배처럼 오래된 시골 풍의 종교를 고집하면서, 기독교에서 볼 때 아직 교화되지 않았거나 교리 따위를 주입받지 않은, 문자 그대로 시골 사람을 뜻하는 것이었다. 사실, 시골 사람들에 대한 교회의 두려움은 너무 커서, 한때 시골 사람(villager)을 뜻하던 무해한 단어가 악당(villain)이라는 사악한 영혼을 나타내는 단어를 낳기까지 했다.

"별표는 자연숭배와 관련된 기독교 이전의 기호입니다. 옛날 사람들은 세상을 두 개로 나누어 생각했습니다. 남자와 여자죠. 신과 여신이 힘의 균형을 맞추기 위해 일한다고 생각했습니다. 음양이라고도 하죠. 음양이 균형을 잘 이룰 때 세상의 모든 것은 조화를 이룹니다. 균형이 맞지 않으면 혼돈이 생기죠."

랭던은 소니에르의 복부를 가리켰다.

"이 별표는 모든 것의 반쪽인 여자를 대표하는 것입니다. 종교 역사가들이 '신성한 여성' 또는 '성스러운 여신'이라고 부르는 개념이기도 합니다. 다른 사람들처럼 소니에르 씨 역시 이를 알고 있었을 겁니다."

"소니에르 씨가 자기 배 위에다 여신의 기호를 그렸다는 말입니까?"

이상하게 보이겠지만, 랭던은 그렇다고 해야만 했다.

"가장 구체적으로 해석하자면, 별표는 성애와 미의 여신인 비너스를 기호화한 것입니다."

알몸의 시신을 바라보며 파슈는 신음소리를 냈다.

"초기 종교는 자연의 신성한 질서에 바탕을 두었습니다. 여신 비너스와 행성인 비너스, 즉 금성은 같은 것이었죠. 여신은 밤 시간 동안 하늘을 지배했고, 수많은 이름으로 알려져 있습니다. 비너스, 동방의 별, 이슈타르, 아스타르테. 모두 자연과 어머니인 지구와 연결된 강력한 여성형 개념입니다."

파슈는 더 곤혹스러운 표정을 지었다. 어떻든 간에 악마숭배라는 개념이 더 마음에 드는 듯 말이다.

랭던은 별표의 가장 놀라운 의미는 설명하지 않았다. 비너스와 관련된 그래픽의 기원이었다. 천문학도 시절, 8년마다 황도를 가로지르는 금성, 즉 비너스의 자취가 완벽하게 별 모양을 그린다는 것을 배우고 랭던은 기절할 뻔했다. 이 현상을 관찰한 옛날 사람들도 랭던처럼 매우 놀랐고, 비너스와 그 별 모양은 완벽, 아름다움 그리고 성애의 순환을 나타내는 상징이 되었다. 마법 같은 비너스의 매력에 대한 존경의 표시로, 그리스인들은 올림픽 게임을 조직할 때 비너스의 8년 주기를 도입했다. 현대 올림픽 게임의 스케줄이 여전히 비너스 주기의 절반을 따른다는 것을 요즘 사람들은 거의 알지 못한다. 심지어 오각형의 별 모양이 공식 올림픽 휘장이 될 뻔했다는 것은 더더욱 모른다. 조화와 포용이라는 올림픽 게임의 정신을 더 잘 나타내기 위해, 마지막 순간에 오각형 별은 교차하는 다섯 개의 고리로 바뀐 것이다.

파슈가 불쑥 끼어들었다.

"랭던 씨, 저 별은 분명히 악마와 관계가 있습니다. 당신네 미국 공포영화들이 그 점을 분명히 보여주지 않습니까?"

랭던은 눈살을 찌푸렸다.

'고맙군, 할리우드.'

악마 같은 연쇄 살인범 영화에서 오각형 별은 이제 상투적인 표현이 되었다. 다른 악마부호들과 함께 사탄 추종자들의 아파트 벽에 휘갈겨져 있는 것이다. 이런 상황에 쓰인 기호를 보면, 랭던은 항상 실망스러웠다. 별의 진짜 기원은 아주 신성한 것이기 때문이다.

"영화에서 본 것과는 달리, 별 모양에 대한 악마적인 해석은 역사적으로 부정확하다는 것을 확실하게 말씀드릴 수 있습니다. 여성이라는 개념의 기원은 정확합니다. 하지만 별이 상징하는 개념은 수천년을 거치며 왜곡되어 왔지요. 이번 경우에는 유혈 참사에서 쓰였고요."

"제가 설명을 잘 따라가는지 모르겠습니다."

랭던은 파슈의 십자형 넥타이 핀을 흘끗 쳐다보았다. 말의 요점을 어떻게 잘 표현해서 이해시켜야 할지 난감했다.

"교회 말입니다. 반장님. 기호들은 아주 복원력이 강합니다. 하지만 별 모양의 의미는 초기 로마 가톨릭 교회에 의해서 바뀌어 버렸지요. 이교도를 뿌리뽑고 대중들을 기독교로 개종시킬 목적으로 바티칸이 캠페인을 벌였는데, 그 일부가 이교도의 신과 여신들에 대한 더러운 캠페인이었습니다. 신성한 상징들을 악한 것으로 둔갑시킨 겁니다."

"계속하십시오."

"난리통인 시대엔 흔하게 일어나는 일입니다. 새롭게 출현한 권력은 기존의 기호들을 접수해서, 그 의미를 지워 버리기 위한 시도로 두고두고 기존의 기호들을 폄하합니다. 이교도의 상징과 기독교의 상징이 맞붙은 전쟁에서, 이교도가 진 것이죠. 포세이돈의 삼지창은 악마의 갈퀴가 되고, 지혜로운 할머니의 뾰족한 모자는 마녀의 상징이 되었습니다. 비너스의 별이 악마의 기호가 되었듯이 말입니다."

랭던은 잠시 말을 멈추었다.

"불행하게도, 미국 육군 역시 별 모양의 의미를 오용하고 있습니다. 이제 별 모양은 전쟁을 나타내는 첫째 상징이 되어 버렸죠. 모든 전투기에 별을 그려 넣었고, 모든 군 장성들의 어깨에는 별이 달려 있으니까요."

'사랑과 미의 여신에게 너무한 일이지.'

파슈는 독수리처럼 펼쳐진 시신을 향해서 고개를 끄덕였다.

"흥미롭군요. 그럼 이 시신의 자세는요? 뭔가 짐작되는 거라도 있습니까?"

랭던은 어깨를 으쓱했다.

"저 자세는 별 모양과 신성한 여성의 관계를 단지 보강하고 있습니다."

파슈의 표정이 흐려졌다.

"무슨 말씀인가요?"

"반복입니다. 기호를 반복하는 것은 의미를 강조하는 가장 간단한 방법이죠. 소니에르 씨는 자기 몸으로 별 모양을 만든 겁니다."

'별 하나가 좋은 거면, 두 개는 더 좋으니까.'

매끄러운 머리를 다시 한 번 쓸어 넘기면서, 파슈의 눈은 소니에르의 두 팔과 두 다리, 머리의 다섯 꼭지점을 훑고 지나갔다.

"흥미로운 분석이군요."

그리고 잠시 뜸을 들였다.

"그럼 저 알몸은?"

파슈는 늙은 남자의 벌거벗은 몸에 거부감을 느낀다는 듯 투덜거리는 목소리로 말을 내뱉었다.

"소니에르 씨는 왜 옷을 벗었을까요?"

'빌어먹을, 좋은 질문이군.'

랭던 역시 사진을 본 순간부터 궁금했다. 랭던의 추측은 전라의 육체 역시 성애의 여신인 비너스를 나타내는 것이었다. 현대 문화는 남녀의 육체 결합과 비너스의 관계를 많은 부분 지워 버리고 있지만, 날카로운 어원학의 눈으로 보면 비니리얼(venereal)*이라는 단어에서 비너스의 본래 의미의 흔적을 찾을 수 있다. 하지만 랭던은 여기까지는 설명하지 않기로 했다.(비니리얼 : '성교의, 성교로 일어나는'의 뜻.)

"파슈 씨, 소니에르 씨가 왜 자기 몸에 기호를 그렸는지, 왜 이런 식으로 자기 몸을 만들었는지 그 이유를 명백하게 말할 수는 없습니다. 하지만 자크 소니에르 같은 분은 별을 여성 신으로 간주할 것이라고 말씀드릴 수 있습니다. 이 기호와 신성한 여성의 상관관계는 역사가들이나 기호학자들에게 널리 알려진 것이니까요."

"좋습니다. 그럼 자기 피를 잉크로 쓴 것은요?"

"쓸 수 있는 다른 도구가 없었기 때문일 겁니다."

파슈는 잠시 침묵으로 빠져들었다.

"사실 나는…… 경찰이 어떤 법정 절차를 따를지를 예상하고 소니에르 씨가 피를 사용한 것이라고 믿습니다."

"예?"

"이 왼손을 보십시오."

랭던은 관장의 창백한 팔을 지나 왼손까지 살펴보았지만, 아무것도 보지 못했다. 혹시나 하는 마음에 시체 주위를 한 바퀴 돌아보고 몸을 숙여 들여다보다가, 놀랍게도 관장이 커다란 펠트펜을 꼭 쥐고 있음을 알아챘다.

"우리가 소니에르 씨를 발견했을 때 이것을 쥐고 있었습니다."

파슈는 랭던을 남겨 두고 5, 6미터 떨어진 곳에 놓인 이동식 탁자로 걸어갔다. 탁자 위에는 여러 전선과 전자기구, 수사도구들이 놓여 있었다. 탁자 둘레를 걸으며 파슈가 물었다.

"말씀드렸다시피, 우리는 아무것도 손대지 않았습니다. 이런 종류의 펜을 잘 아십니까?"

펜의 상표를 보기 위해 랭던은 더 깊숙이 몸을 숙였다.

'뤼미에르 누아르 스타일.'

랭던은 놀라 고개를 들었다.

적외선이나 자외선 같은 불가시(不可視)광선 펜 또는 워터마크 첨필로 알려진 특수 펠트펜은 원래 박물관 사람이나 예술품 복원가, 위조 감식 경찰관 들이 고안한 것으로, 물건에 보이지 않는 표시를 해둘 때 사용한다. 부식되지 않는 알코올 바탕의 형광 잉크로 쓰인 첨필은 오로지 불가시광선에서만 보인다. 요즘의 박물관 보수 유지 직원들은 매일매일 박물관을 순찰할 때 이 펜을 가지고 다닌다. 그리고 복원이 필요한 미술품들의 액자에 보이지 않게 V 표시를 해둔다.

랭던이 일어서자, 파슈는 하얀 조명기로 걸어가서 전원을 꺼버렸다. 화랑은 순식간에 어둠에 파묻혔다.

랭던은 불안했다. 파슈의 몸이 밝은 자주색 조명 아래에서 어렴풋이 보였다. 파슈는 휴대용 전등을 들고 다가오고 있었다. 자주색 빛이 안개처럼 파슈를 감싸고 있었다.

자줏빛으로 눈을 빛내면서 파슈가 말했다.

"알고 계실지도 모르겠지만, 경찰은 피나 다른 법정 증거를 찾기 위해 범죄 현장을 조사합니다. 이때 불가시광선 조명을 사용하죠. 이제 우리가 얼마나 놀랐는지 상상이 되실 겁니다……"

파슈는 불쑥 시체의 아래를 가리켰다.

아래를 보던 랭던은 놀라 펄쩍 뛰었다.

자기 앞 마룻바닥에서 빛나고 있는 기묘한 광경을 보았을 때, 랭던의 심장은 무섭게 뛰었다. 관장이 휘갈겨쓴 필기체 글씨가 관장의 몸뚱어리 옆에서 보라색으로 희미하게 빛나고 있었다. 관장이 남긴 마지막 문장을 바라볼수록, 랭던은 오늘 밤을 둘러싸고 있는 안개가 더욱 짙어지는 것 같았다.

문장을 다시 한 번 읽고 난 랭던은 파슈를 올려다보았다.

"대체 이게 무슨 뜻이죠?"

파슈의 눈동자가 하얗게 빛났다.

"선생, 정확하게 그것이 당신이 여기에서 답해야 할 질문입니다."

그리 멀지 않은 곳, 소니에르의 사무실에서는 콜레 부관이 루브르 박물관으로 돌아와, 관장의 거대한 책상 위에 설치된 오디오 계기판 위로 몸을 웅크렸다. 콜레는 AKG 헤드폰을 조절하고, 하드 디스크의 녹화 시스템에 붙은 입력 레벨을 살폈다. 모든 시스템은 제대로였다. 마이크는 아무 이상 없이 작동하고 있었고, 오디오도 수정처럼 깨끗했다.

'진실의 순간이로군.'

콜레는 가만히 지켜보았다.

미소지으면서 눈을 감은 콜레는 헤드폰을 통해 들려오는 대화랑의 마지막 대화를 즐기는 기분으로 들었다.

7

생 쉴피스 교회 2층, 성가대의 발코니 왼쪽에는 소박한 방이 있었다. 돌로 된 바닥에 최소한의 가구들만 갖춘 두 칸짜리 방은 지난 10년 동안 상드린 비에유 수녀의 숙소였다. 누군가 물어보면 근처의 수도원이 공식 집이라고 말했을 테지만, 수녀는 교회의 조용함을 더 좋아했다. 침대와 전화기, 전기 히터가 있는 2층과 더불어 조용한 교회가 수녀는 편했다.

교회의 보수 유지 관리자로서, 상드린 수녀는 교회 운영에 비종교적인 모든 일을 총괄하는 책임을 지고 있었다. 교회의 일반 보수 유지를 비롯해서 보조 인력과 안내원들의 고용 문제, 폐관 후의 문단속, 성체 포도주나 성체 빵 같은 필수품 주문도 상드린 수녀의 몫이었다.

작은 침대에서 자고 있던 수녀는 날카로운 전화벨 소리에 잠이 깼다. 피곤해하며 수녀는 수화기를 들어 올렸다.

"생 쉴피스 교회의 상드린 수녀입니다."

"여보세요? 수녀님."

상드린 수녀는 일어나 앉았다.

'대체 몇 시지?'

자기 상관인 신부의 목소리였다. 그러나 지난 15년 간 신부는 한 번도 밤중에 깨운 적이 없다. 신부는 미사가 끝나면 숙소로 돌아가서 곧장 잠을 청하는 무척 경건한 사람이었다.

신부는 불안하고 조바심치는 목소리로 말했다.

"부탁이 있습니다. 방금 영향력 있는 미국인 주교 한 분께서 전화를 하셨는데, 수녀님도 아시죠? 마누엘 아링가로사 주교라고."

"오푸스 데이의 수장 말인가요?"

'물론 그 사람을 알고 있지. 교회에 있는 사람치고 그를 모르는 사람이 있겠어?'

오푸스 데이는 최근 몇 년 사이에 급성장했다. 은총을 입었다고 할 정도로 그 성장은 비약적이었는데, 교황 요한 바오로 2세가 오푸스 데이를 '교황의 사적 자치단'으로 승격시킨 1982년부터였다. 이때 교황은 오푸스 데이의 모든 예배 관행을 승인한 셈이다. 의심스러운 것은 통상 바티칸 은행으로 불리는 '종교 업무를 위한 바티칸 협회'에 오푸스 데이가 10억 달러에 가까운 돈을 보냈다고 알려진 그해에 오푸스 데이가 승격되었다는 것이다. 들리는 바에 따르면, 이 돈이 도산 위기에 놓여 있던 바티칸 은행을 구했다고 한다. 눈썹을 몇 번 들어 올림으로써 교황은 오푸스 데이의 창시자를 성인의 반열에 들 수 있는 급행열차에 앉힌 것이다. 죽은 사람을 성인의 반열에 올리려면 백 년 정도를 기다려야 했지만, 이 경우에는 고작 20년으로 시간을 단축해 버린 것이다. 로마에서 오푸스 데이가 자리매김하는 것이 상드린 수녀는 왠지 의심스럽게만 여겨졌다. 하지만 그 누구도 이 문제를 교황에게 문제삼지 않았다.

"아링가로사 주교에게서 전화가 왔었습니다. 자기 신도 중 한 사람이 오늘 밤 파리에 있다고……"

신부의 목소리는 불안했다.

이상한 요청을 듣고 있던 상드린 수녀는 혼란스러웠다.

"죄송합니다만, 그 오푸스 데이 신도가 교회 방문을 내일 아침까지 미룰 수 없다고 지금 말씀하시는 겁니까?"

"그렇습니다. 아링가로사 주교를 태운 비행기가 벌써 떠났답니다. 주교가 부탁한 신도는 생 쉴피스를 둘러보기를 꿈꿔 왔다는군요."

"하지만 낮에 보는 것이 훨씬 좋을 텐데요. 둥근 창을 통과하는 햇살이라든가, 해시계에 드리워진 그림자들, 이런 게 우리 교회를 독특하게 만들잖아요."

"수녀님, 저도 동의합니다. 그런데 오늘 밤 그 신도가 교회 안으로 들어갈 수 있게끔 개인적인 부탁을 드리는 겁니다. 그 사람이 거기로 갈 겁니다. 한 시쯤이라고 하던가? 이십 분밖에 안 남았군요."

상드린 수녀는 얼굴을 찡그렸다.

"알겠습니다, 신부님. 당연히 그렇게 해야죠."

신부는 고맙다고 얘기한 뒤 전화를 끊었다.

어리둥절한 수녀는 온기가 남아 있는 따뜻한 침대에 잠시 그대로 누워 있었다. 아직 남아 있는 잠의 흔적을 떨치려고 애쓰면서. 예순 살 먹은 몸은 쉽게 기운을 차리지 못했다. 하지만 전화 한 통은 수녀의 감각을 확실히 깨워 놓았다. 수녀는 오푸스 데이가 항상 불편했다. 육체의 고행이라는 비밀의식을 고수하는 것 외에도 여성에 대한 그들의 관점은 중세 시대나 다름없었다. 오푸스 데이의 남자 신도들이 미사에 참석하는 동안에 여성 신도들이 아무런 보수도 받지 않고 남자 신도들의 방을 청소한다는 것을 알고 나서 상드린 수녀는 충격을 받았다. 또 남자들은 짚으로 만든 매트에서 잠을 자지만, 여자들은 딱딱한 마룻바닥에서 잔다고 한다. 여자들은 육체의 고행을 위해 남자들보다 많은 조건을 참아야 하는데, 이 모든 것이 원죄를 속죄하기 위해서라고 한다. 이브가 지식의 사과를 한 입 깨물었을 때부터, 여성에게는 영원히 그 빚을 갚아야 할 어두운 운명이 지워진 것처럼 보였다. 대부분의 가톨릭 교회들이 점진적으로 여성의 권리를 존중하는 방향으로 나아가고 있는 것과는 달리, 오푸스 데이는 그런 흐름을 바꾸어 놓으려고 했다. 아무리 그래도 지금 수녀는 부탁을 받은 입장이었다.

침대에서 다리를 빼내면서 상드린 수녀는 천천히 일어섰다. 맨발에 닿는 차가운 돌바닥에서 냉기가 느껴졌다. 냉기가 몸을 타고 올라올 때 수녀는 예기치 못한 두려움을 느꼈다.

'여자의 직감?'

신을 따르는 사람으로서 상드린 수녀는 자기 영혼의 고요한 목소리 안에서 평화를 찾는 법을 배워 왔다. 하지만 오늘 밤 그 목소리는 수녀를 둘러싼 텅 빈 교회만큼이나 침묵을 지키고 있었다.

8

랜던은 마룻바닥에 휘갈겨 쓴 자줏빛의 글자에서 눈을 뗄 수가 없었다. 자크 소니에르의 마지막 메시지는 랜던의 상상에서 벗어난, 있을 법하지 않은 내용이었다.

13 – 3 – 2 – 21 – 1 – 1 – 8 – 5
오, 드라코 같은 악마여!(O, Draconian devil!)
오, 불구의 성인이여!' (Oh, lame saint!)

메시지가 무엇을 뜻하는지 랜던은 전혀 알 수 없었지만, 별 모양이 악마숭배와 관련되었을 거라는 파슈의 직감을 이제 이해할 수 있었다.
'오, 드라코 같은 악마여!'
소니에르는 악마라는 표현을 그대로 남긴 것이다.
파슈가 입을 열었다.
"그렇습니다. 우리 암호해독 요원이 벌써 작업을 마쳤을 겁니다. 우리는 이 숫자들이 소니에르를 죽인 자를 밝혀줄 열쇠라고 믿습니다. 어쩌면 전화 교환국이나 무슨 신분증에 나와 있는 번호일지도 모르죠. 이 숫자들이 뭔가를 상징하고 있습니까?"

랭던은 숫자를 다시 내려다보았다. 어떤 상징을 도출하려면 몇 시간은 걸릴 것이라는 생각이 들었다. 소니에르가 의도한 바가 있다 해도 랭던에게는 숫자들 모두 무작위로 뽑힌 것 같았다. 감각을 이리저리 꿰맞추어 상징의 해석 절차를 밟는 일에 익숙해져 있었지만, 여기 있는 별 모양과 글자, 숫자들은 모두 가장 기본적인 수준에서도 전혀 다른 별개의 것들로 보였다.

"랭던 씨가 앞서 단언한 대로, 소니에르의 행위는 무슨 메시지를 전달하려는 노력으로 보입니다…… 여신숭배라든가, 뭐 그런 연장선에 있는 뭔가를 말이죠. 그런데 이 메시지가 어떻게 들어맞는 겁니까?"

랭던은 파슈의 얘기가 입에 발린 칭찬임을 알고 있었다. 이 기괴한 메시지는 여신숭배라는 랭던의 시나리오와는 조금도 들어맞지 않기 때문이다.

'오, 드라코 같은 악마여? 오, 불구의 성인이여?'

"저 구절은 무슨 규탄처럼 보이는데요, 안 그런가요"

파슈가 말했다.

랭던은 대화랑에 홀로 갇힌 관장의 마지막 몇 분을 상상하기 시작했다. 관장은 자기가 곧 죽는다는 것을 알고 있었다. 바닥의 글은 논리적인 것으로 보였다.

"자기를 살해한 범인에 대한 규탄이라…… 이치에 맞는 것 같군요."

"물론 제 직업은 그놈의 이름을 알아내는 것입니다. 랭던 씨, 하나 물어봅시다. 당신 눈에는 저 숫자들말고, 문자들 중에서 어떤 것이 제일 이상합니까?"

'제일 이상한 것?'

화랑에 바리케이드를 치고 그 안에서 죽어 가는 남자가 자기 몸에 별 모양을 그렸다. 바닥에는 이상한 비난의 글을 휘갈겨 놓았다. 이런 장면에서 이상하지 않은 게 무엇이겠는가?

"드라코 같은? '드라코 같은 악마'라는 어휘를 선택한 게 이상해 보이는군요."

랭던은 제일 먼저 마음에 떠오른 것을 말했다. 기원전 7세기의 무자비한 정치가 드라코를 언급한 것이 그리 적절해 보이지 않는다고 확신했다.

"드라코 같은? 여기에서 소니에르 씨의 어휘 선택은 그렇게 중요한 문제 같아 보이지 않는데요."

파슈의 목소리에는 이제 성급함이 묻어났다.

파슈의 마음에 어떤 문제들이 들어 있는지 랭던은 확신할 수 없었다. 하지만 드라코와 파슈는 서로 사이 좋게 지낼 거라는 생각이 들기 시작했다.

단조로운 파슈의 목소리가 이어졌다.

"소니에르 씨는 프랑스인입니다. 그리고 파리에 삽니다. 그런데 이 메시지를 남기려고 소니에르 씨는……"

"영어를 사용했죠."

반장의 뜻을 알아차리고 랭던은 말을 받았다.

파슈는 고개를 끄덕였다.

"맞습니다. 왜 그랬을까요?"

소니에르가 흠잡을 데 없는 영어를 구사한다는 것은 알고 있었다. 하지만 최후의 말을 남길 때 왜 영어를 선택했는지는 알 수 없었다. 랭던은 어깨를 움츠렸다.

파슈는 소니에르의 복부에 그려진 별을 다시 가리켰다.

"악마숭배와는 아무런 관계가 없다? 아직도 그렇게 확신하십니까?"

랭던은 이제 아무것도 확신할 수 없었다.

"저 기호와 문자는 서로 들어맞지 않습니다. 도움이 되지 못해서 미안합니다."

"어쩌면 이것이 분명하게 해줄 수도 있겠군요."

시체에서 몇 걸음 뒤로 물러선 파슈가 불가시광선 조명등을 다시 들어 올렸다. 그리고 더 넓게 주위를 비추기 시작했다.

"자, 지금은요?"

놀랍게도 미완성의 원이 관장의 몸 둘레에서 빛나고 있었다. 분명히 관장은 누워서, 자기 둘레에 여러 차례 호(弧)를 그렸을 것이다. 원 안에 자기가 들어 있는 것처럼 보이게 말이다.

순간 번쩍 생각이 나면서 의미가 명료해졌다.

"비트루비우스의 인체비례."

랭던은 숨이 막혔다. 소니에르는 레오나르도 다 빈치의 유명한 스케치를 자기 몸으로 묘사한 것이다.

해부학에서 그 당시의 가장 정확한 그림으로 간주되는 다 빈치의 〈비트루비우스의 인체비례〉는 세계 도처에서 티셔츠에, 포스터에, 컴퓨터의 마우스패드에 그려진 근대 문화의 상징이다. 이 축복받은 스케치에는 날개를 펼친 독수리처럼 팔다리를 쭉 뻗은 알몸의 남자가 완벽한 원 안에 들어가 있다.

'다 빈치.'

랭던은 전율을 느꼈다. 소니에르의 의도는 명백했다. 삶의 마지막 순간에 관장은 옷을 벗고, 비트루비우스의 이미지대로 자기 몸을 펼쳐 보인 것이다.

원은 놓쳐 버린 중요한 요소였다. 원은 보호를 나타내는 여성적인 상징이다. 알몸의 남자 둘레에 쳐진 원은 다 빈치의 메시지를 완성시키고 있었다. 남성과 여성의 조화. 이제 질문은 왜 소니에르가 이 유명한 스케치를 모방하려고 했는가였다.

"랭던 씨, 당신 같은 분은 레오나르도 다 빈치가 흑예술*에 관심이 있었다는 것을 잘 아실 테죠?"(흑예술 : 성서에서 유래된 종교인 기독교나 유대교의 관점에서 보면 신을 통하거나 신을 위한 예술은 백예술이지만, 악마나 사탄을 위한 예술은 흑예술이다.)

랭던은 다 빈치에 관한 파슈의 지식에 놀랐다. 확실히 이 사건이 악마숭배와 관련 있으리라는 반장의 의심을 설명해 주는 면목이기도 했다. 다 빈치는 역사가들에게, 특히 기독교에서는 다루기 힘든 주제다. 다 빈치는 미래를 내다보던 천재였지만, 동성애자였을 뿐만 아니라 자연의 신성한 질서를 숭배하는 사람이기도 했다. 이 두 가지 사실은 끊임없이 다 빈치를 신에게 대적하는 죄악의 상태에 처하게 만들었다. 게다가 예술가로서 기이한 괴벽은 악마적 분위기를 풍기기에 충분했다. 예를 들어, 인체 해부학을 연구하기 위해 시체를 도굴한다든지, 남들이 읽을 수 없게 글자를 거꾸로 쓴 불가사의한 일기를 간직한다든지 하는 일들이었다. 다 빈치는 자기가 납을 금으로 바꿀 수 있는 연금술이 있다고 믿었고, 죽음을 지연시킬 수 있는 만병통치약을 개발해 신을 속일 수 있다고도 생각했다. 다 빈치의 발명품 중에는 끔찍하고, 누구도 결코 상상하지 못한 전쟁 무기와 고문도구들도 있었다.

'오해는 불신을 낳는 법이다.'

랭던은 생각했다.

심지어 숨이 멎을 정도의 엄청난 기독교적 작품들마저, 정신의 위선으로 유명하던 이 예술가의 명성을 더 키워 놓았을 뿐이다. 다 빈치는 바티칸에서 돈벌이가 되는 수백 건을 의뢰받아서 기독교적 주제들을 그리기도 했다. 하지만 이것은 자기의 믿음을 표현했다기보다는 사업 수완, 즉 사치스러운 생활을 유지하기 위한 수단으로 보는 것이 옳다. 다 빈치는 장난기가 많은 사람이었다. 그래서 종종 즐거움을 위해 자기를 먹여 살리는 의뢰인의 손을 꽉 깨물기도 했다. 많은 기독교적인 그림들에 기독교와는 상관없는 기호들, 그러니까 자기 자신만의 믿음에 대한 헌정사나 교회에 대한 미묘한 경멸을 기호로 숨겨 놓은 것이다. 랭던은 영국 런던의 국립박물관에서 '레오나르도의 비밀생활 : 기독교 예술에 나타나는 이교도적 상징주의'라는 주제로 강연한 적도 있다.

"반장님의 염려를 이해합니다. 하지만 다 빈치는 실제로 흑예술을 다루지 않았습니다. 그는 예외적일 정도로 정신적인 인간이었지요. 비록 교회와 끊임없이 투쟁을 했지만 말입니다."

이 말을 하는 순간, 랭던은 퍼뜩 떠오르는 것이 있었다. 랭던은 바닥에 있는 메시지를 다시 내려다보았다.

'오, 드라코 같은 악마여! 오, 불구의 성인이여!'

"그래서요?"

파슈가 물었다.

랭던은 신중하게 말에 무게를 실었다.

"방금…… 소니에르 씨가 다 빈치의 많은 정신적 이념을 공유한 것은 아닌가 생각했습니다. 교회가 현대 종교에서 신성한 여성을 자꾸 배제하려고 하는 데에 따른 걱정을 포함해서 말이죠. 단지 현대 교회가 여신을 악마로 둔갑시킨 데 대한 좌절감을 다 빈치의 좌절감에 빗대어 표현한 것이 아닌가 하는 거죠. 다 빈치의 유명한 그림을 모방해서 말입니다."

파슈의 눈동자가 굳어졌다.

"그럼 랭던 씨는, 소니에르가 교회를 불구의 성인이자 드라코 같은 악마로 불렀다고 생각하는 겁니까?"

자기 의견이 억지스럽다는 것을 인정해야 했지만, 별 모양은 자기 생각을 어느 정도 지지해 주는 것 같았다.

"제 말은 소니에르 씨가 여신의 역사를 연구하는 데 일생을 바쳤다는 겁니다. 그리고 가톨릭 교회만큼 그러한 역사를 지워 버리려고 한 집단도 없습니다. 소니에르 씨가 마지막 작별인사로 자기의 깊은 실망을 표현하기 위해 이런 선택을 했을지도 모른다는 것은 그럴듯해 보입니다만."

"실망이라고요? 이 메시지는 실망보다는 분노에 가깝습니다. 안 그렇습니까?"

파슈의 목소리는 적대적으로 들렸다.

랭던은 인내심의 끝이 보이는 것 같았다.

"반장님, 반장님은 소니에르가 여기에서 무엇을 말하려고 했는지에 대한 제 직관을 물으셨습니다. 저는 그에 관한 제 나름의 답을 드린 겁니다."

"그럼 이것이 교회를 고발하는 얘기란 말입니까?"

이를 악물고 말해서 그런지, 파슈의 턱은 뻣뻣해 보였다.

"랭던 씨, 일을 하면서 나는 많은 죽음을 보았소만, 이것 한 가지만은 얘기해 두겠소. 누군가 다른 사람에게 살해될 때, 피해자가 할 수 있는 마지막 생각이, 누구도 이해하지 못할 모호한 정신적인 진술서를 쓰는 것이라고는 믿지 않습니다. 그것은 오로지 한 가지뿐일 겁니다."

속삭이는 것 같은 파슈의 목소리가 허공을 갈랐다.

"복수, 저는 소니에르 씨가 우리에게 누가 자신을 죽였는지 말해 주기 위해 이런 표현을 남겼다고 믿습니다."

랭던은 가만히 응시했다.

"하지만 어쨌든 이건 이치에 맞지 않습니다."

"맞지 않다고요?"

랭던은 지치고 화도 난 상태에서 되받아쳤다.

"예. 반장님은 분명히 소니에르 씨가 관장실에서 자신이 초대했을 누군가에게 저격당했다고 했습니다."

"그렇습니다."

"그럼 관장은 자기를 공격한 사람이 누구인지 알고 있었다고 결론 짓는 게 이치에 맞습니다."

파슈는 고개를 끄덕였다.

"계속하십시오."

"만일 소니에르가 자기를 죽인 사람을 알고 있었다면, 이게 대체 다 뭐란 말입니까? 숫자, 기호? 불구의 성인? 드라코 같은 악마? 배에 그려진 별? 모든 것이 다 수수께끼투성이입니다."

이해가 안 된다는 투로 파슈는 눈살을 찌푸렸다.

"핵심을 찔렀군요."

"주변 환경을 고려해 볼 때, 만일 소니에르 씨가 자기를 죽인 자를 알리고 싶어했다면 그 사람의 이름을 바닥에 적어 놓았을 겁니다."

랭던이 말을 마치자, 이 밤 내내 웃음이라곤 없던 파슈의 입술에 미소가 스치고 지나갔다.

"정확해요, 정확해."

'나는 지금 반장의 작업을 목격하고 있다.'

오디오 장비를 조절하면서 헤드폰에서 흘러나오는 파슈의 목소리에 귀를 기울이던 콜레 부관은 즐거웠다. 부관인 콜레는 이 같은 순간들이 반장을 프랑스 법 집행의 정점으로 이끌었다는 것을 알고 있었다.

'파슈는 누구도 감히 할 수 없는 일을 해낼 것이다.'

사람을 감언으로 꾀려면 심한 압박 아래에서도 평정을 유지할 줄 알아야 한다. 사람을 꾀는 이 미묘한 기술은 현대의 법 집행에서는 사라졌다. 보통 사람들은 이런 업무를 수행하면서 침착하기가 어렵다. 하지만 파슈는 이런 일을 위해 태어난 사람처럼 보였다. 파슈의 자제력과 인내는 로봇과 비슷했다.

오늘 밤 파슈가 보인 유일한 감정은 확고한 결의였다. 마치 범인의 체포가 파슈에게 사적인 일이라도 되는 듯 말이다. 한 시간 전 파슈가 요원들에게 내린 지시는 보통 때와 달리 간결하고 자신에 차 있었다. 파슈는 이렇게 말했다.

"나는 누가 자크 소니에르 씨를 죽였는지 알고 있다. 여러분은 무엇을 해야 할지 알 것이다. 오늘 밤엔 어떤 실수도 해서는 안 된다."

그리고 지금까지는 어떤 실수도 일어나지 않았다.

용의자의 유죄를 확신하는 파슈의 증거에 콜레는 아직 관여하지 않았다. 하지만 황소의 본능에 의문을 달지 않는 것이 더 낫다는 걸 잘 알고 있었다. 때때로 파슈의 직관은 거의 신기에 가까워 보였다.

"신이 파슈의 귀에 대고 속삭인다."

파슈의 육감에 따른 아주 인상적인 작전을 본 후에 한 요원이 한 말이다. 만일 신이 있다면, 신의 우선 목록에 파슈의 이름이 들어 있으리라는 것을 콜레도 인정했다. PR이라는 명목하에 다른 관료들도 휴일에 교회에 나가지만, 반장은 그들보다 자주 미사와 고해성사에 꼬박꼬박 참석했다. 몇 년 전 파리를 방문한 교황이 관중들과 대면하는 자리가 있었는데, 그 자리를 얻기 위해 파슈는 온힘을 기울였다. 그때 교황과 함께 찍은 사진은 지금도 파슈의 사무실에 걸려 있다. 요원들은 은밀히 파슈를 '교황의 황소'라고 불렀다.

최근 몇 년 동안 파슈가 공인으로서 보인 자세 중, 아동 성추행에 관한 가톨릭 사제들의 스캔들에 대한 반응은 콜레에게는 꽤 뜻밖이었다. 파슈는 단언했다.

"이런 사제들은 두 번씩 교수형에 처해야 해! 한 번은 어린이에게 저지른 죄 때문이고, 또 한 번은 가톨릭 교회의 이름에 먹칠을 한 대가야."

콜레는 반장을 더 화나게 한 것이 후자일 거라는 느낌이 들었다.

노트북 컴퓨터를 들여다보면서, 콜레는 오늘 밤 여기서 해야 할 나머지 절반의 일에 착수했다. GPS 추적 시스템을 이용하는 일이었다. 컴퓨터 스크린에는 루브르 박물관 보안사무실에서 보내준 드농 관의 세세한 구조 모형도가 떠 있었다. 미로 같은 화랑들과 복도를 추적하던 콜레의 눈이 원하던 것을 찾아냈다.

대화랑의 깊숙한 중심부에서 조그마한 붉은 점이 깜박였다.

'여기 마크가 있군.'

파슈는 오늘 밤 자기 먹잇감을 잘 가둬 놓고 있었다. 현명하게도 말이다. 그리고 로버트 랭던은 자신이 멋진 손님임을 증명하고 있었다.

9

　랭던과 대화하기 위해 브쥐 파슈는 휴대 전화기를 꺼버렸다. 하지만 운 나쁘게도 이 전화기는 파슈의 주문과 반대로 쌍방향 라디오 기능까지 갖춘 고급 모델이라서, 요원 한 명이 파슈를 호출했다.

　"반장님?"

　휴대 전화기가 무전기처럼 지직거렸다.

　화가 난 파슈는 이를 꽉 깨물었다. 이 중요한 순간에 비밀 감시작업을 방해받는 것만큼 쓸모없는 일도 없었다.

　파슈는 미안해하는 얼굴로 랭던을 쳐다보았다.

　"실례합니다."

　그리고 허리띠에서 전화기를 꺼내 들어 라디오 전송 버튼을 눌렀다.

　"왜?"

　"반장님, 암호 해독부서에서 나온 요원이 도착했습니다."

　파슈의 분노는 순간 가라앉았다.

　'암호 해독가?'

　타이밍은 좋지 않았지만, 어쨌든 반가운 소식이었다. 마룻바닥의 수수께끼 같은 소니에르의 글을 발견하고 나서, 파슈는 범죄 현장의 전체 사진을 암호 해독부의 컴퓨터에 올렸다. 빌어먹을, 소니에르가 도대체 무슨 말을 하려고 한 것인지 누군가 얘기해 주기를 바라면서 말이다. 암호 해독가가 지금 여기에 왔다는 것은 누군가 소니에르의 메시지를 거의 풀었다는 뜻이다.

"지금은 바쁘네. 그 암호 해독가에게 지휘 본부에서 기다리라고 하게. 일이 끝나면 내가 직접 그 남자를 만나볼 테니까."

파슈는 반론의 여지가 없게 되받았다.

전화기 속의 목소리가 파슈의 말을 고쳤다.

"여자입니다. 느뵈 요원입니다."

이 말에 파슈는 불쾌해졌다. 소피 느뵈는 DCPJ의 가장 큰 실수 중 하나다. 이 젊은 파리지엥 해독가는 영국 로열 홀로웨이에서 암호 표기법을 공부했다. 2년 전 더 많은 여성을 경찰 인력에 포함시키려는 해당 부처의 의도에 따라, 느뵈는 파슈에게 은근슬쩍 떠넘겨진 것과 같은 존재였다.

경찰본부의 이런 계속적인 간섭은 부처를 약화시킬 뿐이라고 파슈는 주장해 왔다. 여자는 경찰 업무에 필요한 체력이 부족할 뿐만 아니라, 그 존재 자체가 현장에서 일하는 남자 요원들을 위험한 방향으로 이끌 수 있었다. 파슈가 두려워하던 대로 느뵈는 그 누구보다 가장 심란한 존재였다.

서른두 살의 느뵈는 집요하게 물고늘어지는 끈기가 있었다. 영국의 새로운 해독학을 열성적으로 받아들임으로써 자기 상관이자 베테랑인 프랑스 암호 해독가들을 끊임없이 화나게 만들었다. 그리고 지금까지 파슈에게 가장 큰 골칫거리는 피할 수 없는 우주의 진리다. 중년 남성들이 우글거리는 사무실에서, 매력적인 젊은 여성은 남자들의 눈을 업무에서 떼놓게 만들기 일쑤였다.

전화기 속의 남자가 말했다.

"느뵈 요원이 당장 반장님과 이야기해야겠다고 고집을 피웠습니다.

막으려고 해봤지만, 벌써 그쪽 화랑으로 갔습니다."

파슈가 어처구니없다는 듯이 움찔했다.

"말도 안 돼! 이건 분명히……"

순간, 로버트 랭던은 브쥐 파슈가 뇌출혈을 일으킨 게 아닌가 생각했다. 말하는 도중에 턱의 움직임이 멈추었을 뿐만 아니라, 눈이 튀어나올 정도로 커졌기 때문이다. 파슈의 불타는 눈동자는 랭던의 어깨너머의 뭔가에 사로잡힌 듯 보였다. 랭던이 고개를 돌리기도 전에, 등 뒤에서 여자의 아름다운 목소리가 울렸다.

"실례합니다."

랭던은 돌아서서 젊은 여자가 다가오는 것을 보았다. 여자는 길고 유연한 걸음걸이로 그들에게 다가오고 있었다. 여자의 걸음걸이는 확신에 차 있었다. 검은색 레깅스 위에 무릎까지 오는 크림색 스웨터를 입은 여자는 매력적이었다. 서른 살 정도로 보였다. 여자의 얼굴을 따뜻하게 감싸는 포도주 빛깔의 머리카락이 어깨에 아무렇게나 늘어뜨려져 있었다. 하버드 기숙사의 벽을 동경하는 히피풍의 골빈 금발 미인들과는 달리, 자신감을 온몸에서 풍기며 꾸미지 않은 아름다움과 진실성을 갖춘 건강한 미인이었다.

놀랍게도 여자는 곧장 랭던에게 다가와 공손하게 손을 내밀었다.

"랭던 씨, 저는 DCPJ의 암호 해독부서에서 나온 느뵈 요원입니다. 만나서 반갑습니다."

낮게 가라앉은 프랑스식 영어로 여자는 말을 부드럽게 굴렸다.

랭던은 여자의 부드러운 손을 잡았다. 여자의 강한 시선이 자신에게 잠시 꽂히는 것을 느꼈다. 여자의 눈동자는 날카롭고 깨끗한 올리브그린색이었다.

파슈는 질책의 말을 날리기 위해 숨을 고르고 있었다.

여자는 재빨리 돌아서서 파슈의 기선을 제압하려고 했다.

"반장님, 방해했다면 용서하세요, 하지만……"

"지금은 때가 아니야!"

파슈는 침까지 튀기며 소리를 질렀다.

랭던에게 예의를 갖추려는 것처럼 소피는 계속 영어로 이야기했다.

"전화하려고 했어요. 하지만 반장님의 전화기가 꺼져 있었다고요."

"그럴 만한 이유가 있으니까 꺼놨지. 랭던 씨와 얘기 중이었어."

파슈가 핀잔을 주었다.

"그 숫자 코드를 해독했어요."

소피는 단조롭게 말했다.

랭던은 한줄기 흥분이 솟구치는 것을 느꼈다.

'기호를 풀었다고?'

파슈는 어떻게 반응해야 할지 아직 태도를 정하지 못한 모양이었다.

"설명드리기 전에, 랭던 씨에게 전해 드릴 급한 메시지가 있어요."

파슈의 표정이 짙은 우려를 드러냈다.

"랭던 씨에게?"

고개를 끄덕이며 소피는 랭던에게로 돌아섰다.

"미국 대사관에 연락해 보세요, 랭던 씨. 미국에서 당신에게 보낸 메시지가 거기 있답니다."

랭던은 코드에 대한 흥분보다 갑작스러운 걱정이 들어 놀랐다.

'미국에서 보낸 메시지?'

누가 연락을 해왔을까 생각해 보았다. 그의 동료 중 단지 몇 명만이 랭던이 파리에 있다는 것을 알고 있었다.

파슈의 넓적한 턱이 뻣뻣하게 굳었다. 의심스럽다는 듯이 파슈가 물었다.

"미국 대사관? 랭던 씨가 여기 있는 것을 그 사람들이 어떻게 알았지?"

소피는 어깨를 움츠렸다.

"분명히 대사관에서 랭던 씨 호텔에 전화를 했을 테고, 호텔 안내인은 DCPJ 요원이 랭던 씨를 데려갔다고 얘기했겠지요."

파슈는 골치 아프다는 표정을 지었다.

"그럼 대사관에서 DCPJ 암호부서에 연락한 거야?"

"아닙니다, 반장님. 반장님에게 연락하려고 DCPJ의 교환국에 제가 전화했을 때, 교환국에서 랭던 씨의 메시지를 가지고 있었어요. 반장님을 만나면 전해 달라고 제게 부탁하던 걸요."

혼란스러워하는 파슈의 이마에 주름이 잡혔다. 파슈는 뭔가 말하려고 입을 열었지만, 소피는 이미 랭던을 향해 돌아서고 있었다.

소피는 주머니에서 작은 종이 한 장을 꺼내, 뭔가를 의도하는 시선으로 랭던에게 건넸다.

"랭던 씨, 이건 당신네 대사관의 메시지 서비스센터 전화번호예요. 가능하면 빨리 전화해 달라고 했어요. 제가 반장님께 코드를 설명하는 동안, 전화를 걸어 보시죠."

랭던은 종이를 들여다보았다. 파리를 나타내는 지역번호 뒤에 번호가 몇 개 더 적혀 있었다. 랭던은 이제 걱정스러웠다.

"고맙습니다. 그런데 전화기가 어디에 있죠?"

소피가 스웨터 주머니에서 휴대 전화기를 꺼내자 파슈가 손을 저었다. 파슈는 막 폭발하려는 베수비오 화산처럼 보였다. 소피에게서 눈을 떼지 않고, 반장은 자기 휴대 전화기를 내밀었다.

"이 라인이 안전합니다, 랭던 씨. 이걸 사용하십시오."

젊은 여자에 대한 파슈의 분노가 이상하다고 느끼면서 랭던은 반장의 전화기를 받았다. 파슈는 즉시 소피를 대여섯 걸음 끌고 가서, 쉰 목소리로 힐문하기 시작했다. 랭던은 반장을 더욱더 혐오하면서 두 사람의 이상한 대결에서 시선을 거두고 전화기를 들었다. 소피가 건네준 종이를 확인하며 랭던은 번호를 눌렀다.

신호음이 울리기 시작했다.

한 번…… 두 번…… 세 번……

마침내 전화가 연결되었다.

랭던은 대사관 교환원의 목소리가 나오리라 생각했다. 하지만 들리는 것은 어떤 전화기의 자동응답 장치가 작동하는 소리였다. 더구나 테이프에 녹음된 목소리가 귀에 익었다. 바로 소피 느뵈의 목소리였다.

"안녕하세요, 소피 느뵈입니다. 저는 잠시 집을 비웠습니다만……"

당황해서 랭던은 소피를 돌아보았다.

"미안합니다만, 느뵈 양? 당신이 제게 준 것은……"

랭던의 혼란을 예상이나 한 듯 소피는 재빨리 끼어들었다.

"아니에요, 맞는 번호예요. 대사관은 자동 메시지 시스템이더군요. 당신에게 남겨진 메시지를 들으려면 접속 코드를 눌러야 할 거예요."

랭던은 가만히 쳐다보았다.

"하지만……"

"제가 드린 종이에 세 자리 숫자가 있죠? 바로 그거예요."

이 이상한 실수를 설명하려고 랭던이 입을 여는 순간, 소피의 눈빛이 절박하게 빛났다. 짧은 순간이었지만, 그녀의 녹색 눈동자는 수정처럼 투명한 메시지를 전달하고 있었다.

'묻지 마세요. 그냥 시키는 대로 하세요.'

당혹스러운 마음으로 랭던은 종이에 적힌 번호를 눌렀다.

'454'

자동응답기에서 흘러나오던 소피의 인사말은 즉시 끊어졌다. 그리고 기계음으로 된 프랑스어 안내가 들렸다.

"새로운 메시지가 한 개 있습니다."

분명히 이 454라는 번호는 소피가 집 밖에 있을 때, 집 전화기에 남긴 메시지를 확인할 때 필요한 원거리 접속 코드였다.

'내가 저 여자에게 남겨진 메시지를 듣게 되는 건가?'

테이프가 뒤로 돌아가는 소리가 들렸다. 마침내 테이프가 멈추고, 기계가 작동하는 소리가 났다. 메시지가 흘러나오기 시작하자 랭던은 귀를 기울였다. 전화기에서 들리는 목소리는 여전히 소피의 목소리였다.

메시지는 두려움에 찬 속삭임으로 시작했다.

"랭던 씨, 이 메시지에 반응하지 마세요. 그저 조용히 듣기만 하세요. 지금 당신은 위험에 처해 있습니다. 제 지시를 정확하게 따르세요."

10

사일래스는 스승이 자기를 위해 마련해 준 검은색 아우디 승용차 안에 앉아서, 위대한 생 쉴피스 교회를 내다보고 있었다. 바닥에 설치된 조명을 받고 있는 교회의 두 종탑이 기다란 건물 위로 충실한 보초처럼 솟아 있었다. 양쪽 측면에는 아름다운 야수의 갈비뼈처럼 매끄러운 버팀목들이 그림자 속에서 줄지어 있었다.

'미개인들이 우리의 쐐기돌을 감추는 데 신의 집을 이용하다니.'

환각과 기만으로 유명한 전설적인 조직의 명성이 다시금 확인되었다. 사일래스는 쐐기돌을 찾아서 스승에게 주고 싶었다. 그러면 오래전에 조직이 충실한 신자들에게서 빼앗긴 것을 되찾게 되는 것이다.

'그 돌은 오푸스 데이를 얼마나 더 강하게 만들 것인가?'

생 쉴피스 교회 앞 공터에 아우디를 주차시키고 마음을 가다듬으면서 사일래스는 숨을 토해 냈다. 방금 전에 행한 육체 고행으로 등이 아팠다. 하지만 그 고통은 오푸스 데이가 자기를 구원하기 전에 겪던 삶의 고통에 비하면 보잘것없었다.

아직도 그 기억들은 사일래스의 영혼을 찾아왔다.

사일래스는 자신에게 주문했다.

'증오를 놓아라. 너를 짓밟고 간 자들을 용서해라.'

생 쉴피스의 석탑을 올려다보면서 사일래스는 떠밀려 오는 익숙한 기억과 싸워야 했다. 그 기억들은 종종 시간을 거슬러서, 젊은 시절의 세계나 다름없던 감옥에 사일래스를 가둬 놓았다. 지옥과도 같던 그곳의 기억들은 바로 눈앞의 일처럼 되살아났다. 썩어빠진 양배추 냄새, 시체와 오줌 똥에서 나는 악취, 피레네 산맥을 할퀴고 지나가는 바람에 맞서 희망을 잃은 자들의 울음소리와 잊혀진 자들의 가냘픈 흐느낌.

'안도라.'

근육이 뻣뻣해지는 것을 느끼며 사일래스는 생각했다.

안도라는 스페인과 프랑스 사이에 있는 황량하고 버려진 국가다. 돌로 만들어진 감방에서, 덜덜 떨며 오직 죽음만을 기다리던 사일래스는 구원을 받았다.

당시에는 그것을 몰랐다.

'빛은 천둥이 지나간 후에 찾아온다.'

부모가 지어준 이름을 기억하진 못하지만 사일래스란 이름은 본명이 아니었다. 사일래스는 일곱 살이 되던 해에 집을 떠났다. 덩치 큰 부두 노동자이던 사일래스의 아버지는 항상 술에 취해 있었고, 아들이 알비노로 태어나자 아내를 패기 시작했다. 아이의 부끄러운 모습을 아내 탓으로 돌리면서 말이다. 아들이 엄마를 변호하고 나서면, 아들 역시 심하게 두들겨 맞았다.

어느 날 밤, 심하게 얻어맞은 엄마는 깨어나질 못했다. 엄마의 시신 위에 서서 소년은 이런 일의 근원이 된 자신에 대해 참을 수 없는 죄책감이 치솟았다.

'나 때문이야!'

어떤 악마가 소년의 몸을 조종하는 것처럼, 소년은 부엌으로 걸어가서 식칼을 집어 들었다. 취해서 자고 있는 아버지의 방으로 최면에 걸린 듯 다가가, 한마디 말도 없이 소년은 뒤에서 아버지를 찔렀다. 아버지는 고통에 찬 비명을 질러대며 데굴데굴 굴렀지만, 아들은 방이 조용해질 때까지 찌르고 또 찔렀다.

소년은 집을 떠났다. 그러나 마르세유의 길거리도 편한 곳이 아니라는 걸 이내 깨달았다. 기이한 외모는 떠도는 젊은 부랑자들 틈에서도 소년을 외로운 존재로 만들었다. 버려진 공장 지하에서 혼자 지내며 부두에서 훔친 과일이나 날생선을 먹으며 살아야 했다. 소년의 유일한 친구는 쓰레기 더미에서 찾아낸 너덜너덜한 잡지들이었고, 그런 잡지들을 통해 스스로 읽는 법을 배웠다.

열두 살이 되었을 때였다. 소년보다 두 배는 나이가 많은 다른 부랑자가 소년을 조롱하면서 소년의 음식을 훔치려고 했다. 소년은 그 부랑자를 죽을 만큼 구타하기 시작했고, 경찰이 소년의 몸을 떼어낼 때까지 멈추지 않았다. 당국은 소년에게 최후 통첩을 내렸다. 청소년 감옥에 들어가라는 것이었다.

소년은 해안을 따라 툴롱까지 내려왔다. 시간이 흐를수록 처음엔 동정 어린 시선으로 바라보던 사람들의 표정이 점차 두려워하는 시선으로 변했다. 소년은 힘센 젊은이로 자랐다. 사람들은 몹시 놀란 눈으로 젊은이의 허연 피부를 바라보며 자기들끼리 속삭였다.

"유령 같아."

"악마의 눈을 가진 유령이야."

청년도 자신이 유령처럼 여겨졌다. 투명하고…… 이 항구에서 저 항구로 떠도는……

어쩌면 사람들은 자기를 제대로 보고 있는지도 몰랐다.

열여덟 살 때, 어느 항구 마을에서였다. 화물선에서 햄 통조림 한 개를 훔치려다가 선원 두 명에게 붙잡히고 말았다. 청년의 아버지가 그랬듯이, 두 선원은 술 냄새를 풍기면서 청년을 두들겨 패기 시작했다. 공포와 증오에 대한 기억이 깊은 곳에서 괴물처럼 표면으로 떠오르기 시작했다. 청년은 맨손으로 선원 한 명의 목을 부러뜨렸고, 다른 선원은 때마침 도착한 경찰 덕분에 비슷한 운명을 피할 수 있었다.

두 달 후, 청년은 쇠고랑을 차고 안도라에 있는 감옥에 수감되었다. 알몸으로 추위에 떠는 청년을 간수들이 데리고 들어서자 감방의 다른 죄수들이 조롱했다.

"네놈은 유령처럼 허옇구나."

"저 유령을 좀 봐! 저놈의 유령은 벽을 그대로 통과할 수 있을 것 같은데!"

12년이란 세월이 흐르면서, 청년의 영혼과 육체는 스스로 투명해졌다고 느낄 정도로 쪼그라들었다.

'나는 유령이다.'

'나는 무게가 전혀 없다.'

'나는 유령이다…… 유령처럼 창백하고…… 홀로 세상을 떠도는 유령.'

어느 날 밤, 유령은 다른 감방 죄수들의 비명에 잠을 깼다. 어떤 보이지 않는 힘이 자고 있는 방바닥을 흔드는 건지, 어떤 거대한 손이 돌로 만들어진 감방의 회벽을 흔드는 건지 유령은 알 수가 없었다. 하지만 일어섰을 때, 커다란 둥근 돌이 유령이 누워 있던 바로 그 자리로 떨어졌다. 돌이 떨어진 곳을 올려다보니 흔들리는 벽에 구멍이 나 있었다. 그리고 그 구멍 너머로 지난 10년 동안 보지 못한 광경이 펼쳐졌다. 달이었다.

땅은 여전히 흔들리고 있었지만, 좁은 갱도를 기어서 바깥세상으로 비틀비틀 나아갔다. 황량한 산 옆자락을 구르고 굴러서 숲으로 달아났다. 유령은 굶주림과 피로로 정신착란을 일으키며 밤새도록 달렸다.

의식과 무의식의 경계에서 유령은 숲 개간지에서 기차가 풀을 밟고 지나간 자국을 보았다. 마치 꿈을 꾸듯 그 바퀴자국을 따라갔다. 빈 화물 운송칸을 발견하고 은신처 겸 휴식을 취하기 위해 기어들었다.

잠이 깼을 때 기차는 움직이고 있었다.

'얼마나 오랫동안 잤지? 얼마나 멀리 온 거지?'

뱃속의 고통이 커져 갔다.

'난 죽는 걸까?'

그는 그대로 잠이 들었다. 다시 깼을 때는 누군가가 소리를 지르고 때리며, 화물칸에서 그를 끌어내고 있었다. 피를 흘리면서 유령은 음식을 찾아 작은 시골마을의 변두리를 어슬렁거렸다. 마침내 한 걸음도 더 걸을 수 없게 되었을 때 그는 의식을 잃고 길가에 쓰러졌다.

서서히 빛이 다가왔다. 얼마나 오랫동안 죽어 지낸 것인지 알 수 없었다. 하루? 사흘? 상관없었다. 침대는 구름처럼 부드러웠다. 주위의 공기는 양초들 때문에 밝고 달콤했다. 예수님이 거기 계셨다. 예수님이 말씀하셨다.

"내가 여기 있다. 돌은 옆으로 굴러갔다. 그리고 너는 다시 태어났다."

유령은 자다가 깨어났다. 안개가 의식을 감싸고 있었다. 유령은 결코 천국을 믿지 않았다. 하지만 예수님이 자기를 지켜보고 계셨다. 침대 옆에는 음식이 있었다. 그는 그것을 먹었다. 뼈에 살이 다시 붙는 것 같았다. 또 잠이 들었다. 깨어났을 때 예수님은 여전히 웃으며 내려다보다가 말씀하셨다.

"내 아들아, 너는 구원되었다. 내 길을 따른 이들은 축복받은 이들이다."

다시 잠이 들었다.

그를 선잠에서 깨어나게 만든 것은 고통에 찬 비명이었다. 유령은 침대에서 빠져나와 소리 나는 곳으로 비틀비틀 다가갔다. 부엌으로 들어섰을 때, 덩치 큰 남자가 작은 남자를 때리는 것이 보였다. 이유를 알려고도 하지 않고, 유령은 큰 남자를 붙잡아 벽에다 내팽개쳤다. 사제복을 입고 있는 젊은 남자와 버티고 서 있는 유령을 남겨두고 덩치 큰 남자는 도망쳐 버렸다. 사제의 코뼈는 심하게 주저앉았다. 유령은 피투성이가 된 사제를 안고서 소파로 옮겼다.

사제는 서툰 프랑스어로 말했다.

"고맙습니다, 나의 친구여. 교회 헌금은 도둑들을 유혹하는 법입니다. 자면서 프랑스어를 하던데, 스페인어도 할 줄 압니까?"

유령은 머리를 흔들었다.

"이름이 무엇입니까?"

사제는 계속해서 서툰 프랑스어로 물었다.

부모가 지어준 이름을 기억해 낼 수가 없었다. 그가 들은 것이라곤 간수들의 조롱이 전부였다.

사제는 미소를 지어 보였다.

"문제될 것은 없습니다. 내 이름은 마누엘 아링가로사입니다. 마드리드에서 온 선교사지요. 신의 사업을 위해 교회를 지으러 이곳에 왔습니다."

"여기가 어디입니까?"

유령의 목소리는 공허했다.

"오비에도라고, 스페인 북부 지역입니다."

"제가 어떻게 여기에?"

"어떤 사람이 문간에 당신을 두고 갔습니다. 당신은 아팠어요. 제가 당신을 보살폈습니다. 여기에 꽤 오랫동안 있었지요."

그는 자기를 돌봐준 젊은 사람을 찬찬히 쳐다보았다. 누군가의 친절을 받는다는 게 너무 오랜만의 일이었다.

"고맙습니다, 신부님."

사제는 맞아서 터진 입술을 어루만졌다.

"고마워해야 할 사람은 접니다, 친구여."

아침에 눈을 떴을 때, 그를 둘러싼 세계가 좀더 분명해진 것 같았다. 유령은 침대 위에 걸린 십자가를 쳐다보았다. 더 이상 십자가는 자기에게 말을 걸지 않았지만, 그 존재에 마음이 놓였다. 일어나 앉아서,

침대 옆 탁자에 놓인 오려진 신문을 보고 유령은 깜짝 놀랐다. 기사는 1주일 전 것으로 프랑스어로 씌어 있었다. 기사를 읽고 난 뒤, 그는 두려움에 사로잡혔다. 신문은 피레네 산맥에서 발생한 지진이 감옥 시설을 파괴했고, 그 결과 위험한 많은 죄수들이 달아났다는 내용을 신고 있었다.

심장이 무섭게 뛰기 시작했다.

'저 사제는 내가 누군지 알고 있다.'

유령이 느낀 감정은 한동안 느끼지 못한 것이었다. 부끄러움, 죄의식, 이런 감정들이 잡힐 것이라는 두려움과 함께 밀려왔다. 침대에서 벌떡 일어났다.

'어디로 도망가야 하나?'

"행동 지침서입니다."

문가에서 목소리가 들렸다.

뒤돌아본 유령은 깜짝 놀랐다.

젊은 사제가 방으로 들어오면서 웃고 있었다. 서툰 솜씨로 코에 붕대를 싸매고 들어온 사제는 낡은 성경책을 내밀었다.

"당신을 위해서 프랑스어로 된 성경책을 찾았습니다. 읽을 부분은 표시해 두었어요."

16장.

성서 구절은 사일래스라는 죄수에 관한 얘기였다. 두들겨 맞고 발가벗겨진 채 감방에 누운 사일래스는 신에게 찬송가를 불렀다. 26절에 이르렀을 때, 유령은 충격을 받았다.

'……그리고 갑자기 엄청난 지진이 있었다. 감옥의 기반이 흔들리고 모든 문이 열렸다.'

유령은 사제를 뚫어지게 보았다.

사제는 따뜻하게 웃었다.

"친구여, 이름이 없다면 지금부터 당신을 사일래스라고 부르겠습니다."

유령은 그저 고개를 끄덕였다. 사일래스. 살을 부여받은 것이다.

'내 이름은 사일래스다.'

"아침 식사 시간입니다. 교회를 지으려면 힘이 있어야지요."

지중해 상공 6킬로미터 위에서는 승객들이 불안을 느낄 정도로, 알이탈리아 항공 1618편이 난기류에 들썩이며 날고 있었다. 하지만 아링가로사 주교는 거의 느끼지 못했다. 주교는 오푸스 데이의 앞날에 관한 생각으로 가득했다. 파리에서 일이 어떻게 진행되고 있는지 몹시 궁금해 사일래스에게 전화하고 싶었다. 하지만 그럴 수가 없었다. 스승은 이미 이런 사태를 예견했다.

프랑스어 억양이 섞인 영어로 스승은 설명했다.

"이건 당신의 안전을 위해서요. 요즘 전자통신은 우리 대화를 엿들을 수도 있소. 그 결과는 당신에게 재앙이 될 것이오."

스승이 옳다는 것을 아링가로사는 알고 있었다. 스승은 예외적이라고 할 만큼 신중한 사람이었다. 아링가로사에게 자신의 존재를 드러낸 적은 없지만, 복종할 만한 충분한 가치가 있는 사람이었다. 결국 스승은 매우 비밀스러운 정보를 입수한 것이다.

'조직의 고위직 인사 네 사람의 이름을!'

이 사건은 스승이 놀라운 영광을 가져다줄 진정한 능력이 있다는 것을 주교에게 확신시켜 준 일 중 하나다.

스승은 아링가로사에게 이렇게 말했다.

"주교, 모든 준비는 다 마쳤소. 내 계획이 성공하려면, 요 며칠 간 사일래스가 오직 나에게만 대답하게 해야 하오. 그리고 사일래스와 주교, 두 사람은 서로 연락하지 마시오. 나는 다른 안전한 채널을 통해서 사일래스와 연락할 것이오."

"사일래스를 존중해 주실 겁니까?"

"신념을 가진 사람은 마땅히 최고의 대접을 받을 가치가 있소."

"훌륭하십니다. 그럼 알겠습니다. 이 일이 끝날 때까지는 사일래스와 연락하지 않겠습니다."

"나는 당신의 신분과 사일래스의 신분, 그리고 내 투자를 보호하기 위해서 이 일을 하는 것이오."

"투자?"

"주교. 만일 일의 진전을 세세하게 알고 싶은 당신의 열망 때문에 자칫 당신이 감옥에 들어가기라도 한다면, 주교는 내게 돈을 지불하지 못할 것이오."

주교는 미소를 지었다.

"좋은 지적이십니다. 우리의 열망은 한 가지니까요. 성공을 기원합니다."

'이천만 유로.'

이제 비행기 창문 밖을 내다보면서 주교는 생각했다. 이 액수는 미국 달러 가치와 거의 비슷한 금액이다.

'아주 엄청난 것의 대가치곤 푼돈이지.'

스승과 사일래스가 실패하지 않을 것이라는 확신이 강력하게 들었다. 돈과 신념은 강력한 동기유발 요인이다.

11

"숫자로 된 농담? 소니에르 씨의 기호에 대한 자네의 해석이라는 것이, 일종의 숫자 장난일 뿐이란 말인가?"

브쥐 파슈는 불신으로 가득 차서 활활 타오르는 눈으로 소피 느뵈를 노려보았다.

파슈는 이 여자의 설명을 전적으로 이해하려 들지 않았다. 허락 없이 주제넘게 참견했을 뿐만 아니라, 이제는 소니에르가 마지막 순간에 남긴 기호가 그저 숫자로 된 장난질일 뿐이라고 파슈를 설득하려는 것이다.

소피는 빠른 프랑스어로 설명했다.

"이 기호는 우스꽝스러울 정도로 간단한 거예요. 자크 소니에르는 우리가 즉시 꿰뚫어볼 것을 알았을 거예요. 여기 해독한 내용이에요."

그녀는 스웨터 주머니에서 종이 한 장을 꺼내 파슈에게 건넸다.

파슈는 종이를 보았다.

1 - 1 - 2 - 3 - 5 - 8 - 13 - 21

"이게 다인가? 자네가 한 것이라곤 숫자를 커지는 순서대로 늘어놓은 것뿐이잖은가?"

소피는 이 상황에서 만족스러운 미소를 보일 줄 아는 배짱이 있었다.

"정확해요."

파슈의 목소리가 목구멍에서 끓는 것처럼 낮아졌다.

"느뵈 요원, 자네가 이걸 가지고 뭘 하려는 건지 난 도통 모르겠네. 그러니 빨리 알아듣게 얘기해 봐."

파슈는 전화기를 귀에 대고 서 있는 랭던에게 근심 어린 시선을 던졌다. 여전히 미국 대사관에서 온 메시지를 듣고 있는 게 분명해 보였다. 랭던의 어두운 표정으로 보아, 별로 좋은 내용은 아닌 모양이라고 파슈는 생각했다.

"반장님, 손에 들고 있는 숫자들의 순서는 역사상 가장 유명한 수학 수열이에요."

소피의 목소리는 위험할 정도로 불손했다.

파슈는 유명하다고 할 정도의 수학 수열이 존재하는지도 몰랐다. 그래서 소피의 퉁명스러운 목소리도 알아차리지 못하고 있었다.

파슈의 손에 들린 종이를 향해 고개를 끄덕이며 소피는 말했다.

"이것은 피보나치 수열이라는 거예요. 이 수열에서는 한 숫자가 그 앞의 숫자 두 개를 더한 합과 같아요."

파슈는 숫자들을 관찰했다. 각각의 숫자는 정말로 앞의 숫자 두 개를 더한 합이었다. 하지만 이 모든 것이 소니에르의 죽음과 무슨 상관이 있는지 이해할 수 없었다.

"수학자 레오나르도 피보나치는 13세기에 이 숫자들의 배열을 창조했어요. 소니에르 씨가 마룻바닥에 적은 모든 숫자들이 피보나치의 유명한 수열이라는 것은 우연이 아니에요."

파슈는 잠깐 소피를 응시했다.

"좋아, 만일 우연이 아니라면, 자크 소니에르 씨가 왜 이 수열을 선택했는지 설명할 수 있겠어? 그가 무엇을 말하고 있는 거지? 대체 이 수열은 무슨 의미란 거야?"

소피는 어깨를 으쓱했다.

"아무 의미도 없어요. 그게 요점이에요. 이것은 가장 간단한 암호로 된 농담이라고요. 유명한 시에서 몇 마디 골라낸 뒤에, 다시 아무렇게나 섞어서 누군가 그 시를 알아보는지 시험하는 거예요."

파슈가 위협이라도 하듯 앞으로 한 발 내디뎠다. 파슈의 얼굴과 소피의 얼굴이 마주한 거리는 불과 10센티미터도 되지 않았다.

"그보다는 만족스러운 설명을 가져온 줄 알았는데."

소피의 부드러운 얼굴이 앞으로 기울수록 점점 더 딱딱하게 굳어졌다.

"반장님, 저는 오늘 밤 여기 상황을 고려해 볼 때, 자크 소니에르 씨가 반장님과 장난치고 있다는 것을 이해하시게 되리라고 생각했어요. 그런데 분명 그런 것 같지는 않군요. 저희 부장님께 반장님은 더 이상 우리의 도움이 필요치 않다고 알려 드리겠습니다."

그 말과 함께 그녀는 구두를 돌려서 왔던 길로 걸어나갔다.

기절할 것 같은 기분으로 파슈는 소피가 어둠 속으로 사라지는 것을 지켜보았다.

'저 여자가 지금 제정신이야?'

소피 느뵈는 지금 막 '전문적 자살'을 다시 정의내린 것이다.

파슈는 랭던을 향해 돌아섰다. 랭던은 아직도 전화기를 붙들고 있었다. 더 주의 깊게 들으면서 아까보다 걱정스러운 표정이었다.

'미국 대사관.'

브쥐 파슈는 많은 것을 경멸했다. 그 중에서도 미국 대사관만큼 불쾌한 것이 없었다.

파슈와 미국 대사관은 정기적으로 싸움을 벌이는 편이었다. 싸움은 프랑스를 방문 중인 미국 사람들에 대한 법 집행이 가장 일반적이었다. 마약을 소지한 미국 교환학생들, 미성년을 상대로 매춘을 구하는 미국 사업가들, 물건을 훔치거나 기물을 파손하는 미국 관광객들, 이런 사람들을 DCPJ는 거의 매일 잡아들이고 있었다. 법적으로 미국 대사관은 프랑스의 법 집행에 끼어들어 유죄를 받은 자기네 시민들을 인도받을 수가 있었다. 이런 사람들은 미국으로 돌아가서 고작해야 손목 한 대 맞으면 그만이었다.

'사법경찰의 거세.'

파슈는 이렇게 불렀다. 최근 《파리 마치》 신문에 파슈를 미국인 범죄자를 물어뜯으려는 경찰견으로 묘사한 만화가 게재된 적이 있었다. 하지만 그림 속에서 파슈는 미국인에게 닿지 못했다. 미국 대사관에 사슬로 묶여 있었기 때문이다.

파슈는 자기 자신에게 말했다.

'오늘은 아니야. 너무 많은 것이 걸려 있어.'

그 순간 로버트 랭던이 전화를 끊었다. 랭던은 어딘가 아파 보였다.

"괜찮습니까?"

파슈가 물었다.

랭던은 힘없이 고개를 흔들었다.

'집에서 나쁜 소식이 온 모양이군.'

파슈는 휴대 전화기를 돌려받으면서 랭던이 땀을 약간 흘리는 것을 보고 짐작했다.

이상한 표정으로 파슈를 바라보면서 랭던은 말을 더듬거렸다.

"사고가…… 친구가…… 아침 일찍 집으로 가봐야 할 것 같습니다."

랭던의 얼굴에 떠오른 충격이 진짜라는 것을 파슈는 의심하지 않았다. 하지만 거기에는 또 다른 뭔가가 있었다. 이 미국인의 눈동자에는 공포감이 스멀스멀 피어오르고 있었다.

"그것 참 유감입니다."

파슈는 랭던을 좀더 관찰하며 말했다. 그리고 화랑 안의 관람용 의자를 가리켰다.

"좀 앉으시겠습니까?"

랭던은 아무렇게나 고개를 끄덕이고 의자 쪽으로 몇 걸음 걸어갔다. 그러다가 더 혼란스러운 표정으로 멈춰 섰다.

"사실은 화장실에 좀 갔으면 합니다."

파슈는 속으로 찡그렸다.

"화장실이라, 물론입니다. 몇 분간 쉬었다가 하지요."

그리고 그들이 들어왔던 쪽의 긴 복도를 가리켰다.

"화장실은 관장의 사무실 쪽으로 가다 보면 저 뒤에 있습니다."

랭던은 망설였다. 그리고 대화랑의 다른 쪽 복도를 가리키며 말했다.

"저쪽 끝에 더 가까운 화장실이 있는 걸로 아는데요."

랭던의 말이 옳다는 것을 파슈는 깨달았다. 그들은 대화랑을 따라 쭉 걸어 내려와 3분의 2 정도 되는 지점에 있었는데, 대화랑의 막다른 끝에 화장실 두 개가 있었다.

"같이 가드릴까요?"

벌써 화랑의 안쪽으로 움직이면서 랭던은 고개를 저었다.

"그럴 필요는 없습니다. 잠시 혼자 있고 싶군요."

파슈는 별다른 걱정을 하지 않았다. 랭던이 걸어가는 길은 막다른 곳이고, 대화랑의 유일한 출구는 그들이 들어온 입구뿐이라는 것을 알고 있었기 때문이다. 프랑스 소방법에 따르면 비상 공간의 확보를 위해 여러 개의 비상계단을 두는 것을 의무화하고 있지만, 소니에르 가 비상 시스템을 작동시켰을 때 모든 비상계단은 자동으로 잠겨 버 렸다. 지금은 시스템이 다시 설정되어, 비상계단은 모두 풀렸지만 그 게 별 문제는 되지 않았다. 외부로 통하는 문이 열리게 되면 화재 경 보기가 울리도록 되어 있었고, 또 DCPJ 요원들이 문 밖을 지키고 있 었다. 파슈 모르게 랭던이 루브르를 떠나는 일은 불가능했다.

"저는 잠시 소니에르 씨의 사무실로 돌아가 있겠습니다. 그곳으로 오십시오, 랭던 씨. 의논해야 할 것이 더 있으니까요."

어둠 속으로 사라지면서 랭던은 조용히 알았다는 뜻을 전했다.

파슈는 랭던과 반대 방향으로 돌아서서 화난 걸음으로 걸어갔다. 출입구에 이르러서는 다시 바닥을 기어서 대화랑을 빠져나왔다. 그리고 홀을 가로질러 지휘 본부가 차려진 소니에르의 사무실로 폭풍처럼 들어갔다.

"누가 소피 느뵈를 이 건물에 들여보내라고 승인했나?"

파슈는 고함을 질렀다.

콜레가 제일 먼저 대답했다.

"바깥을 지키고 있는 우리 요원에게 느뵈 요원이 암호를 풀었다고 말했답니다."

파슈는 주위를 둘러보았다.

"느뵈는 갔나?"

"반장님과 함께 있지 않았습니까?"

"먼저 나갔네."

파슈는 어두운 복도를 바라보았다. 분명 소피는 나가는 길에 여기 들러서 다른 요원들과 잡담할 기분은 아니었을 것이다.

잠시 파슈는 소피가 건물을 나가기 전에, 중간층에 있는 요원에게 연락해 소피를 붙잡아 데려오라고 할까 생각했다. 그러나 파슈는 잘 알고 있었다. 하고 싶은 말이란 그저 자존심을 세우고 싶은 말뿐이라는 것을…… 오늘 밤 그는 정신이 몹시 산란했다.

'느뵈 문제는 나중에 다루자.'

그녀를 해고시키리라 마음먹으면서 파슈는 자신에게 말했다.

파슈는 소피를 마음에서 몰아내며 소니에르의 책상에 서 있는 기사의 모형을 잠깐 바라보았다. 그런 뒤 콜레에게 돌아섰다.

"그를 찾았나?"

콜레는 짧게 고개를 끄덕이고, 노트북 컴퓨터를 파슈 쪽으로 돌렸다. 건물 도안 위에서 '화장실'이라고 표시된 방 안에서 빨간 점이 깜박거리고 있었다.

담배에 불을 붙여 물고, 홀 안으로 성큼성큼 걸어가면서 파슈는 말했다.

"좋아, 나는 전화할 곳이 있네. 화장실에 있는 랭던을 확실히 지키고 있게."

12

대화랑의 끝을 향해 무거운 발걸음을 옮기면서 로버트 랭던은 현기증을 느꼈다. 소피의 전화 메시지가 마음에서 계속 울리고 있었다. 가리개 같은 이탈리아 그림들이 미로처럼 늘어서 있는 화랑 끝에는, 화장실임을 알리는 국제 부호인 막대인간 그림의 조명 표시등이 켜져 있었다.

남자용 문을 열고 들어간 랭던은 화장실의 불을 켰다.

화장실은 비어 있었다.

세면대로 걸어간 랭던은 정신을 차리려고 얼굴에 찬물을 끼얹었다. 강렬한 형광등이 화장실 바닥의 타일을 비추고, 암모니아 냄새가 풍겼다. 종이 수건을 잡아당기는 순간, 랭던 뒤에서 화장실 문이 열리는 소리가 났다. 랭던은 돌아섰다.

두려움에 가득 찬 녹색 눈동자를 반짝이며 소피 느뵈가 들어왔다.

"오, 하느님! 다행스럽게도 여기로 왔군요. 우린 시간이 그리 많지 않아요."

DCPJ의 암호 해독요원인 소피 느뵈를 당황스러운 눈빛으로 바라보면서 랭던은 세면대 옆으로 비켜섰다. 몇 분 전만 해도 랭던은 그녀가 미친 게 틀림없다고 생각하며 전화 메시지를 듣고 있었다. 하지만 메시지에 귀를 기울이면 기울일수록, 소피 느뵈가 정직하게 얘기하고 있다는 느낌이 강해졌다.

"이 메시지에 반응하지 마세요. 그냥 조용히 듣기만 하세요. 당신은 지금 위험에 처해 있어요. 제 지시에 따라 그대로 움직이세요."

뭔지 알 수는 없었지만, 랭던은 소피의 충고를 따르기로 결심했다. 전화 메시지가 시키는 대로 랭던은 파슈에게 사고를 당한 고향 친구에 관한 이야기를 했다. 그런 뒤에 대화랑 끝에 있는 화장실을 쓰겠다고 말했다.

소피는 화장실로 서둘러 되돌아오느라 가빠진 숨을 가다듬으며 랭던 앞에 서 있었다. 형광등 아래, 부드러운 용모에서 뿜어 나오는 소피의 강인한 기운이 랭던을 놀라게 했다. 그녀의 시선은 날카로웠다. 소피는 여러 층으로 이루어진 르누아르의 초상화 이미지를 떠올리게 했다. 베일로 가려진 듯하지만 뚜렷하고, 신비함을 가득 담은 듯하지만 대담함이 함께 어우러진……

여전히 숨을 가다듬으며 소피가 말을 꺼냈다.

"랭던 씨, 당신에게 알리고 싶었어요…… 당신이 비밀 감시작업하에 있다는 것을요. 당신은 감시받고 있어요."

소피의 영어 억양은 타일 벽에 반사되어 공허한 느낌을 주었다.

"그런데…… 왜?"

전화에서 소피는 이미 그에게 설명했지만, 그는 직접 듣고 싶었다.

"파슈가 이 살인사건의 용의자로 당신을 점찍고 있거든요."

소피는 랭던에게 다가서며 말했다.

이 말은 랭던을 바짝 긴장시켰지만, 우스꽝스럽게만 들렸다. 소피의 말에 따르면, 오늘 밤 랭던이 루브르까지 불려 온 까닭은 기호학자여서가 아니라 사건의 용의자이기 때문이라고 했다. 그리고 랭던은 부지중에 비밀 감시작업이라고 불리는, DCPJ가 선호하는 심문의 표적이 되어 있었다. 비밀 감시작업이란 경찰이 용의자를 범죄 현장으로 조용히 불러 인터뷰하면서, 용의자의 신경이 불안정해져 실수로 자신이 범인임을 드러내도록 유도하는 교묘한 속임수였다.

"당신 재킷의 왼쪽 주머니를 보세요. 경찰이 당신을 감시하고 있다는 증거를 찾을 수 있을 거예요."

'내 주머니를 보라고?'

무슨 싸구려 마술 속임수를 보는 기분이었다.

"한번 보세요."

랭던은 당혹해하며, 한 번도 사용해 본 적이 없는 트위드 재킷의 왼쪽 주머니에 손을 넣었다. 안을 더듬었지만 아무것도 찾을 수 없었다.

'제기랄, 도대체 뭘 기대한 거지?'

혹시 소피란 저 여자가 미친 게 아닐까 하는 의구심이 들기 시작했다. 그때 그의 손가락에 뭔가 잡히는 것이 있었다. 작고 단단한 것이었다. 손가락 사이로 조그마한 물체를 끄집어낸 랭던은 그것을 놀란 눈으로 응시했다. 손목시계의 배터리만한 크기의 단추처럼 생긴 금속이었다. 한 번도 본 적이 없는 물건이었다.

"이게 무슨……?"

"GPS(Global Positioning System) 추적 장치예요. DCPJ가 모니터하는 GPS 위성으로 그 위치를 끊임없이 전송하는 거죠. 사람들의 위치를 모니터할 때 그 장치를 써요. 지구 어디에 있든 60센티미터 범위 내 위치를 알려주니까요. 경찰이 당신에게 목줄을 매어 둔 거나 마찬가지예요. 호텔로 당신을 데리러 간 요원이 방을 나서기 전에 그 주머니에 슬쩍 떨어뜨렸을 거예요."

랭던은 호텔 방으로 기억을 되돌렸다…… 재빨리 샤워를 마치고 옷을 입었다. 방을 나서기 전에 DCPJ 요원이 공손하게 트위드 재킷을 랭던에게 내밀며 말했었다.

"밖은 춥습니다, 랭던 씨. 파리의 봄은 당신네 노래 가사에서 떠드는 것과는 전혀 다르답니다."

랭던은 그에게 고맙다고 말한 뒤 재킷을 입었다.

소피의 올리브색 시선은 예리했다.

"그 추적 장치에 대해서는 일부러 미리 말하지 않았어요. 파슈가 보는 앞에서 당신이 주머니를 뒤질까 봐 걱정되었거든요. 당신이 그것을 찾아냈다는 것을 파슈는 모를 거예요."

어떤 반응을 보여야 할지 랭던은 알 수 없었다.

"경찰은 당신이 도주할지도 모른다고 생각해서 그 장치를 붙인 거예요. 사실, 경찰은 당신이 도망치기를 바랄 거예요. 그러면 자기네 주장이 옳다는 확신을 얻을 수 있으니까요."

"내가 왜 도망을 칩니까? 난 결백합니다."

"파슈 반장은 생각하고 있으니까요."

분노한 랭던은 추적 장치를 버리려고 쓰레기통으로 성큼성큼 걸어 갔다.

소피는 랭던의 팔을 잡고 그를 막았다.

"안 돼요! 장치를 다시 주머니에 넣어 두세요. 만일 버리면 장치는 작동을 멈추고, 경찰은 당신이 추적 장치를 찾아냈다는 것을 알게 될 거예요. 파슈가 당신을 홀로 내버려 두는 이유는, 당신이 어디에 있든 모니터할 수 있기 때문이에요. 자기가 한 짓을 당신이 알아차렸다고 생각하면……"

소피는 말을 끝맺지 않았다. 대신 랭던의 손에서 동그란 금속 물체를 받아 들고, 조심스레 살핀 후에 다시 트위드 재킷 주머니 안으로 흘려 넣었다.

"이 장치는 적어도 당분간 당신과 함께 있어야 돼요."

랭던은 아찔했다.

"파슈는 왜 내가 자크 소니에르 씨를 죽였다고 믿고 있는 겁니까?"

"그 사람은 당신을 의심할 만한 나름대로의 정당한 이유를 가지고 있어요. 당신이 아직 보지 못한 증거가 여기 있어요. 파슈는 신중하게 그 증거를 당신에게 감춘 거고요."

랭던은 그저 바라보기만 했다.

"소니에르 씨가 마룻바닥에 적어 놓은 세 줄의 문구를 기억해요?"

랭던은 고개를 끄덕였다. 숫자와 문자들은 랭던의 마음에 각인되어 있었다.

소피의 목소리가 속삭이는 것처럼 낮아졌다.

"불행하게도 당신이 본 것은 메시지 전체가 아니에요. 거기에는 한 줄이 더 있었어요. 파슈가 사진을 찍고 나서, 당신이 오기 전에 넷째 줄을 지워 버린 거예요."

워터마크 펜의 가용성 잉크는 쉽게 지울 수 있다는 것을 알고 있지만, 왜 파슈가 증거를 지워 버렸는지 그 이유를 짐작할 수 없었다.

"소니에르 씨가 남긴 메시지의 마지막 줄은 파슈가 당신에게 보여 주고 싶지 않았던 거였어요."

소피는 잠시 말을 멈췄다.

"적어도 파슈가 당신과 볼 일을 마칠 때까지는요."

소피는 스웨터 주머니에서 컴퓨터로 출력된 사진 한 장을 꺼내 펼쳐 보였다.

"파슈는 오늘 밤 일찍 범죄 현장의 사진을 암호 해독부서의 컴퓨터에 올려놓았어요. 소니에르 씨의 메시지가 무엇을 말하는지 우리 중 누군가가 풀 수 있기를 바라면서 말이죠. 이게 그 사진이에요."

소피는 랭던에게 프린트를 건넸다.

사진을 본 랭던은 당황했다. 근접 촬영으로 찍은 사진은 바닥에서 빛나고 있는 메시지를 고스란히 드러냈다. 누군가 배를 걷어찬 것처럼, 메시지의 마지막 줄이 랭던을 쳤다.

13 – 3 – 2 – 21 – 1 – 1 – 8 – 5

오, 드라코 같은 악마여!

오, 불구의 성인이여!

P.S. 로버트 랭던을 찾아라.

13

랭던은 몇 초 간 마지막 줄에 적힌 'P.S. 로버트 랭던을 찾아라'라는 문구를 의아하게 응시했다. 바닥이 흔들리는 것 같았다.

'소니에르가 내 이름을 마지막 줄에 남겼다.'

랭던은 그 이유를 전혀 헤아릴 수가 없었다.

급박한 시선으로 소피는 말했다.

"이제 이해하시겠어요? 파슈가 오늘 밤 왜 당신을 여기로 불렀는지를요. 그리고 왜 당신이 파슈의 일급 용의자인지를요."

그 순간 랭던은 자신이 소니에르가 범인의 이름을 남기지 않았겠느냐고 제안했을 때 파슈가 짓던 거만한 표정을 이해할 수 있었다.

'로버트 랭던을 찾아라.'

그의 혼란은 이제 분노로 바뀌고 있었다.

"소니에르 씨가 왜 이렇게 적었을까요? 내가 왜 자크 소니에르 씨를 죽이려 했겠습니까?"

"파슈는 살해 동기를 찾아내야 해요. 그래서 그 사람은 오늘 밤 있었던 당신과의 대화를 전부 녹음했을 거예요. 당신이 하나의 단서라도 흘리길 희망하면서 말이에요."

랭던은 입을 벌렸지만, 말이 나오지 않았다. 그러자 소피가 설명했다.

"파슈는 소형 마이크를 달고 있었어요. 그 마이크는 파슈의 주머니에 들어 있는 송신기와 연결되어 있고, 송신기는 신호를 지휘 본부로 전달하죠."

랭던은 더듬거렸다.

"이건 말도 안 돼. 난 알리바이가 있소. 강의를 끝낸 후에 곧장 호텔로 돌아갔어요. 호텔 직원에게 물어보면 알 겁니다."

"파슈가 벌써 물어봤어요. 반장님의 보고서에는 대략 밤 열 시 삼십 분쯤에 직원에게서 열쇠를 받았다고 되어 있더군요. 운 나쁘게도 살해 시간은 밤 열한 시 가까운 때였어요. 당신은 누구 눈에도 띄지 않고 호텔을 빠져나올 수 있었죠."

"이건 말도 안 돼! 파슈는 아무런 증거도 가지고 있지 않소!"

소피의 두 눈이, '증거가 없다고요?'라고 말하듯 커졌다.

"랭던 씨, 당신 이름이 시체 옆 바닥에 적혀 있었어요. 또 소니에르 씨의 수첩에 살인이 일어난 그 시간쯤에 당신과 만나기로 되어 있었고요. 파슈는 당신을 구금해서 심문할 수 있을 정도의 충분, 아니 그 이상의 증거를 확보하고 있는 거예요."

랭던은 갑자기 변호사가 필요하다는 생각이 들었다.

"난 살인을 저지르지 않았소."

소피는 한숨을 쉬었다.

"이건 미국 텔레비전이 아니에요, 랭던 씨. 프랑스에서는 법이 범죄자가 아니라 경찰을 보호하지요. 불행하게도, 이 경우는 미디어까지 고려해야 해요. 자크 소니에르 씨는 파리의 저명 인사이고, 모두에게서 사랑받는 인물이에요. 그가 살해되었다는 소식은 아침 뉴스가 되지요. 파슈는 즉시 성명을 발표하라는 압박을 받을 테고, 용의자를 이미 구금시켜 놓았다고 하면 보기 좋겠지요. 당신에게 죄가 있든 없든, DCPJ가 실제로 어떤 일이 벌어졌는지 알아낼 때까지는 DCPJ에 붙들려 있어야만 할 겁니다."

랭던은 우리에 갇힌 짐승 같은 기분이 들었다.

"당신은 왜 내게 이런 얘기를 다 해주는 겁니까?"

"왜냐하면, 랭던 씨, 저는 당신이 결백하다고 믿으니까요."

소피는 잠시 시선을 거두었다가 다시 랭던의 눈을 쳐다보았다.

"그리고 당신이 이런 곤란에 빠지게 된 것에는 부분적으로 제 잘못도 있으니까요."

"뭐라고요? 소니에르 씨가 나를 엮어 넣은 것이 당신 잘못이란 말입니까?"

"소니에르 씨는 당신을 엮어 넣으려고 한 것이 아니에요. 그건 실수였어요. 바닥에 있던 메시지는 나를 위한 거예요."

랭던은 사태를 파악하는 데 시간이 필요했다.

"뭐요?"

"그 메시지는 경찰을 위한 것이 아니었어요. 소니에르 씨는 나를 위해 쓴 거예요. 그런데 그것이 경찰들에게 어떻게 보일지를 소니에르 씨가 미처 생각하지 못한 것 같아요. 숫자 코드는 아무 의미도 없는 거예요. 현장 조사에 암호 해독가를 포함시키기 위해 그 숫자들을 적었을 거예요. 자기에게 무슨 일이 일어났는지, 제가 가능한 빨리 알아차리기를 바라면서 말이에요."

랭던은 아무것도 이해할 수가 없었다. 그러나 한 가지만은 알게 되었다. 소피 느뵈가 제정신이든 아니든, 이 여자가 왜 자기를 도우려고 하는지 이유는 알게 된 것이다.

'P.S. 로버트 랭던을 찾아라.'

소피는 랭던을 찾으라는 관장의 마지막 구절이 자기에게 남겨진 것이라고 확실히 믿고 있었다.

"그런데 소니에르 씨의 메시지가 왜 당신을 위한 것이라고 생각하는 겁니까?"

소피는 힘없이 말했다.

"〈비트루비우스의 인체비례〉, 그 특별한 스케치는 제가 가장 좋아하는 다 빈치의 작품이에요. 오늘 밤 소니에르 씨는 제 주의를 끌기 위해서 그 그림을 이용한 거예요."

"잠깐만, 지금 관장이 당신이 좋아하는 예술작품을 알고 있었다고 말하는 겁니까?"

그녀는 고개를 끄덕였다.

"미안해요. 모든 게 엉망인 것 같죠. 자크 소니에르 씨와 나는……"

소피의 목소리가 끊겼다. 랭던은 그 목소리에서 갑작스러운 슬픔과 고통스러운 과거가 표면 아래에서 끓고 있음을 느낄 수 있었다. 소피와 자크 소니에르는 어떤 특별한 관계임이 분명했다. 랭던은 자기 앞에 있는 아름다운 젊은 여인을 관찰했다. 프랑스에서는 나이 든 남자가 종종 젊은 정부를 두기도 한다는 것을 익히 알고 있었다. 그러나 소피 느뵈를 그런 여자로 보기에는 어딘가 어울리지 않았다.

소피는 속삭이는 말투로 말했다.

"십 년 전에 우리는 크게 싸웠어요. 그 뒤로 우리는 거의 말을 하지 않았어요. 오늘 밤 소니에르 씨가 살해됐다는 전화를 받고, 사진으로 시체와 바닥에 적힌 글을 보았어요. 그리고 제게 메시지를 남기려고 했다는 것을 깨달았지요."

"〈비트루비우스의 인체비례〉덕분에?"

"예. 그것과 P.S.라는 글자 때문에요."

"추신을 뜻하는 P.S. 말이오?"

소피는 고개를 저었다.

"P.S.는 제 이니셜이에요."

"하지만 당신의 이름은 소피 느뵈잖소?"

소피는 시선을 돌렸다. 소피의 얼굴이 붉어졌다.

"P.S.는 그와 함께 살 때 그가 불렀던 제 별명이에요. 프린세스 소피의 앞 글자를 딴 거죠."

랭던은 아무 반응도 보이지 않았다.

"웃긴다는 거 나도 알아요. 하지만 십 년 전의 일이에요. 내가 어린 소녀였을 때니까."

"어린아이였을 때부터 소니에르 씨를 알고 있었나요?"

소피의 눈에는 감정이 북받쳐오르고 있었다.

"잘 알았죠. 자크 소니에르 씨는 제 할아버지세요."

14

"랭던은 어디에 있나?"

지휘 본부로 다시 돌아온 파슈가 마지막 담배 연기를 뿜어내면서 물었다.

"아직 남자 화장실에 있습니다."

콜레 부관은 이 질문을 예상하고 있었다.

파슈는 투덜거렸다.

"아직도 시간을 끌고 있군."

반장의 눈은 콜레의 어깨 너머에 있는 GPS 점에 박혀 있었다. 콜레는 파슈가 몸을 홱 돌리는 소리를 들을 수 있었다. 반장은 직접 가서 랭던을 살펴보고 싶은 충동과 싸우고 있었다. 관찰 대상은 스스로 경계를 허물도록 충분한 자유와 시간을 주는 것이 좋았다. 랭던은 스스로 돌아와야 했다. 10여 분이 흘렀다.

'너무 오래 있는군.'

"랭던이 돌아올 것 같나?"

파슈가 물었다.

콜레는 머리를 저었다.

"남자 화장실에서 여전히 작은 움직임을 볼 수 있습니다. GPS 장치는 분명 랭던에게 부착되어 있습니다. 아픈 게 아닐까요? 랭던이 장치를 발견했다면, 떼버리고 도주하려고 할 겁니다."

파슈는 자기 시계를 체크했다.

"좋아."

파슈는 여전히 정신이 딴 데 팔려 있는 것처럼 보였다. 콜레는 오늘 밤 반장에게서 전에 볼 수 없었던 이상한 강박증 같은 것을 느꼈다. 상부로부터 압박을 받는 상황에서도 항상 침착하고 초연하던 파슈가 오늘 밤은 이 일이 자기 개인적인 일이라도 되는 양 감정적으로 몰입하고 있었다.

'놀랄 일도 아니지. 파슈는 이 체포를 성사시키려고 필사적이니까.'

콜레는 생각했다. 최근 부처 이사회와 신문 방송은 파슈의 공격적인 전술과 힘있는 외국 대사관과의 잦은 충돌, 새로운 기술의 과다예산 책정 등에 관한 일로 파슈를 점점 비판적으로 대하고 있었다. 오늘 밤 저 미국인을 첨단 기술과 고자세로 체포하게 되면, 파슈를 비판하는 무리들의 입을 다물게 할 수 있을 터였다. 특히 연금을 받고 은퇴할 때까지, 파슈는 자기 지위를 안전하게 유지할 수도 있을 것이다.

'파슈 반장에게 연금이 필요하다는 것은 신도 알고 계시지.'

콜레는 생각했다. 수사 기술에 대한 파슈의 열의는 개인적으로나 직업적으로 자신을 궁지에 몰아넣었다. 몇 년 전, 파슈가 저축한 모든 돈을 어떤 기술에 투자했다는 소문이 나돌았었다. 그리고 얼마 후 입고 있던 셔츠까지 잃었다고 했다.

'파슈 반장은 최고급 셔츠만 입는 사람인데 말이야.'

오늘 밤 시간은 충분했다. 소피 느뵈의 이상한 개입은 그저 사소한 일에 지나지 않았다. 이제 그녀도 어디론가 가버렸고, 파슈는 아직 돌릴 수 있는 카드 패를 가지고 있었다. 이제 파슈는 랭던에게 희생자가 마루 위에 랭던의 이름을 적어 놓았다는 사실을 말해야 했다.

'P.S. 로버트 랭던을 찾아라.'

그 증거에 대한 미국인의 반응은 볼 만할 터였다.

DCPJ 요원 한 명이 사무실을 가로질러 오면서 파슈를 불렀다.

"반장님, 전화 좀 받아 보십시오."

요원이 걱정스러운 표정으로 수화기를 내밀었다.

"누군데?"

요원은 얼굴을 찡그렸다.

"암호 해독부서의 부장입니다."

"그런데?"

"소피 느뵈에 관한 얘기입니다. 그런데 뭔가 잘못된 것 같습니다."

15

때가 되었다.

사일래스는 검은색 아우디 승용차 밖으로 나왔다. 밤 바람이 사일래스의 외투를 스치고 지나갔다.

'변화의 바람은 이 대기 속에 있다.'

자기 앞에 놓인 임무가 힘보다 정교함을 더 요하는 것임을 사일래스는 알고 있었다. 그래서 총은 차 안에 두고 내렸다. 13구경 헤클러 앤 코크 USP 40으로, 스승이 준 것이었다.

'신의 집에 죽음의 무기가 있을 자리는 없다.'

교회 앞 광장은 텅 비어 있었다. 보이는 영혼이라곤 저 멀리서 지나가는 자동차를 향해 몸뚱이를 드러내 보이고 있는 10대 매춘부들이 전부였다. 그들의 육체는 사일래스의 허리에 익숙한 갈망을 불러일으켰다. 본능적으로 허벅지가 부풀어 오르자, 매고 있던 갈고리 허리띠가 살 속으로 고통스럽게 파고들었다.

욕망이 순식간에 사라졌다. 지금까지 10년 동안 사일래스는 신실하게 모든 성적 탐닉을 외면했다. 그것이 《길》이었다. 오푸스 데이를 따르기 위해 많은 것을 희생하고 있다는 것을 사일래스는 알고 있었다. 하지만 더 많은 것을 돌려받았다. 금욕과 모든 개인 재산을 양도한다는 서약을 희생이라고 보지 않았다. 감옥에서 견뎌야 했던 성적인 공포와 평생 지고 살았던 가난을 생각해 보면 금욕은 오히려 호강이었다.

안도라에 있는 감옥에 갇혀 지낸 후 프랑스에 돌아온 사일래스는 고향 땅이 구원받은 자기 영혼에서 폭력적인 기억을 끄집어낼 뿐만 아니라, 자기를 시험하고 있다는 것을 느낄 수 있었다.

'너는 다시 태어난 것이다.'

사일래스는 자기 자신을 일깨웠다. 신에 대한 그의 봉사는 살인이라는 죄를 범하게 했다. 그리고 그것은 영원히 자기 가슴에 묻어야 하는 희생임을 사일래스는 알고 있었다.

"네 신념을 측정하는 것은 네가 참고 있는 고통을 측정하는 것과 같다."

스승은 그에게 말했었다. 사일래스는 고통에 익숙했다. 그는 스승에게 자기 자신을 증명해 보이고 싶었다. 스승은 사일래스에게 그의 행위가 더 높으신 힘에 의해 이미 정해진 것이라고 확신시켜 주었다.

"Hago la obra de Dios(나는 신의 사업을 행하는 몸이다)."

교회 입구로 들어서면서 사일래스는 중얼거렸다.

육중한 문 앞에 드리워진 그림자 속에 멈춰 서서, 사일래스는 숨을 깊이 들이마셨다. 무엇을 해야 할 것인지, 저 안에서 자기를 기다리는 것이 무엇인지 사일래스가 깨닫는 데에는 일순간도 걸리지 않았다.

'쐐기돌. 그것이 우리를 최종 목표로 인도할 것이다.'

사일래스는 유령처럼 하얀 주먹을 들어 문을 세 번 두드렸다.

잠시 후, 거대한 나무 문짝이 움직이기 시작했다.

16

자신이 루브르를 떠나지 않았다는 것을 파슈가 알아내는 데 얼마나 걸릴지 소피는 궁금했다. 넋이 나간 랭던을 보면서, 랭던을 남자 화장실로 몰아넣은 것이 잘한 일인지 의문이 들었다.

'그럼 어떻게 해야 했을까?'

날개를 펼친 독수리처럼 바닥에 알몸으로 누워 있던 할아버지의 시체를 떠올렸다. 할아버지가 전부이던 시절이 있었다. 하지만 오늘 밤, 이 늙은이에게서 아무런 슬픔도 느끼지 못하는 자신에 대해 소피는 놀랐다. 이제 자크 소니에르는 그녀에게 남이었다. 그들의 관계는 소피가 스물두 살이었던 3월의 어느 날 밤, 한 가지 사건으로 끝나 버렸다.

'십 년 전이군.'

소피는 영국의 대학원에서 예정보다 며칠 일찍 집으로 돌아왔다. 그리고 분명 자신이 보아서는 안 될 어떤 일에 할아버지가 연루되어 있는 것을 실수로 목격하고 말았던 것이다. 그것은 오늘까지도 믿을 수 없는 이미지였다.

'내 두 눈으로 보지 않았더라면……'

할아버지는 설명하려고 했지만, 너무 수치스럽고 몹시 놀란 탓에 그녀는 저축해 둔 돈을 찾아 집을 나와 버렸다. 그리고 친구와 함께 작은 아파트를 얻었다. 자기가 본 것을 누구에게도 얘기하지 않겠다고 소피는 맹세했다. 할아버지는 카드와 편지를 보내 설명할 기회를 달라고 사정했었다.

'어떻게 설명하겠단 말인가?'

소피는 딱 한 번을 제외하곤 응답하지 않았다. 그때 소피는 다시는 전화 걸지 말라며, 다른 사람들 앞에서 할아버지를 만나지 않겠다는 말을 전했다. 할아버지의 설명이 사건 자체보다 끔찍한 것일까 봐 소피는 두려웠다.

소니에르는 결코 소피를 포기하지 않았다. 그리고 이제 서랍 속에 감추어 두었던 10년 묵은 일이, 서랍이 열리는 바람에 다른 사람과 공유하게 된 것이다. 소니에르는 소피의 요구를 한 번도 거절한 적이 없었다. 결국 소피에게 전화하지 않았다.

'적어도 오늘 오후까지는.'

"소피? 나는 오랫동안 네 바람을 들어주었다…… 그리고 이제야 전화를 하는 게 고통스럽구나. 하지만 네게 꼭 해야 될 말이 있다. 끔찍한 일이 일어났단다."

자동응답기에서 울리는 할아버지의 목소리가 이상했다.

아파트 부엌에 서 있던 소피는 너무 오랜만에 소니에르의 목소리를 듣자 한기를 느꼈다. 그녀가 어린 소녀였을 때 그러던 것처럼 소니에르는 영어로 말하고 있었다. 소니에르의 온화한 목소리는 즐겁던 어린 시절의 기억을 몰고 왔다.

'학교에서는 프랑스어로 말하고, 집에서는 영어로 말하거라.'

"소피, 제발 들어다오. 소피, 영원히 나에게 화를 내면서 살 수는 없다. 내가 지난 세월 동안 보낸 편지들을 읽지 않은 게냐? 아직도 이해를 못한 게냐? 한 번은 얘기해야만 한다. 제발 할아버지의 소원을 들어다오. 루브르에 있으니 전화해라. 지금 당장. 너와 나는 아주 위험한 상황에 처해 있는 것 같구나."

소피는 자동응답기를 쳐다보았다.

'위험?'

도대체 할아버지는 무슨 얘길 하고 있는 거지?

감정이 격한 나머지 할아버지의 목소리는 갈라졌다.

"프린세스…… 나는 네게 어떤 일들을 감춰 왔다는 것을 잘 안다. 그 대가로 네 사랑을 잃은 것도 안단다. 하지만 그 모든 것은 네 안전을 위해서였다. 이제 너도 진실을 알아야 해. 가족에 관한 진실을 말해 주려고 한단다."

갑자기 심장 뛰는 소리밖에 들리지 않았다.

'가족?'

소피의 부모는 그녀가 네 살 때 죽었다. 그들이 타고 있던 자동차가 다리 위를 달리다 물살이 빠른 물속으로 추락한 것이다. 소피의 할머니와 어린 남동생도 그 차에 함께 있었다. 소피의 전 가족이 한순간에 사라진 것이다. 이 사건이 보도된 신문기사를 소피는 아직도 상자 안에 보관하고 있었다.

할아버지의 얘기는 기대치 못한 갈망을 뼛속 깊이 불러일으켰다.

'우리 가족!'

순간 소피는 어린아이였을 때 수없이 꾸던 환상을 보았다.

'가족들이 살아 있다! 식구들이 집으로 오고 있다!'

하지만 그것은 꿈에서의 환상일 뿐이었다.

'가족은 죽었다, 소피. 그들은 집으로 돌아오지 않아.'

자동응답기에서 할아버지가 말하고 있었다.

"소피…… 네게 말해 주려고 난 오랜 세월을 기다렸단다. 적당한 순간을 찾으면서 말이다. 하지만 이제 시간이 얼마 남지 않았구나. 루브르에 있으니 전화하거라. 오늘 밤 내내 여기 있을 게야. 우리 두 사람 모두 위험에 처했다는 두려움이 드는구나. 네가 알아야 할 게 참 많단다."

전화 메시지는 끝났다.

침묵 속에서 소피는 몸을 떨었다. 할아버지의 메시지를 곱씹어 볼수록 한 가지 가능성만이 그럴듯해 보였다. 할아버지의 진정한 의도가 점점 분명해졌다.

미끼였다.

분명 할아버지는 소피를 너무나 보고 싶어했다. 그래서 뭐든지 할 것이다. 할아버지에 대한 소피의 거부감은 아주 깊었다. 혹시 할아버지가 병이 들어 마지막으로 자기가 찾아오도록 술수를 쓰는 것이 아닐까 하는 의심마저 들었다. 만일 그렇다면 할아버지의 선택은 현명했다.

'우리 가족.'

루브르 박물관, 남자 화장실의 어둠 속에 서서, 소피는 오후에 들었던 전화 메시지를 다시 기억했다.

'소피, 우리 두 사람 모두 위험에 처해 있는 것 같구나. 전화하거라.'

그녀는 전화하지 않았다. 전화할 계획도 없었다. 하지만 이제 할아버지가 남겨 놓은 전화 메시지에 대한 의심은 깊이 흔들리고 있었다. 할아버지는 자기 박물관 바닥에 살해된 채 누워 있었다. 그리고 바닥에는 알 수 없는 기호들을 적어 놓았다.

그 기호들은 그녀를 위한 것이었다. 이것만큼은 확실했다.

바닥의 메시지를 이해한 것은 아니지만, 그 메시지가 암호로 되어 있다는 것이 소니에르가 자기를 염두에 둔 또 다른 증거라고 소피는 확신했다. 암호 해독학에 대한 소피의 열정과 재능은 자크 소니에르와 함께 살면서 얻어진 자연스러운 결과다. 할아버지는 기호, 낱말 게임, 수수께끼의 열광적인 팬이었다.

'우리는 얼마나 많은 일요일을 신문에 난 암호문과 가로세로 낱말

맞추기 게임을 함께 풀며 시간을 보냈던가?'

열두 살, 소피가 그 누구의 도움도 없이 《르 몽드》지의 가로세로 낱말 퍼즐을 끝냈을 때, 할아버지는 영어로 된 낱말 퍼즐과 수학적인 수수께끼, 대체 암호들의 분야로 소피를 안내했다. 소피는 모든 것을 게걸스럽게 먹어치웠다. 결국 소피는 그 열정을 직업으로 연결시켜, 사법경찰을 위해서 일하는 암호 해독가가 된 것이다.

오늘 밤, 자신과 로버트 랭던이라는 두 이방인을 결합시킨 할아버지의 간단한 코드를 소피는 존중해야만 했다.

질문은 '왜?'였다.

랭던의 눈에 어린 당황스러운 표정은, 이 미국인도 그녀만큼이나 아무런 대책이 없다는 것을 말해 주었다. 할아버지는 왜 이들을 함께 엮어 놓은 것일까?

소피는 다시 물었다.

"당신과 할아버지는 오늘 밤 만나기로 돼 있었어요. 무엇 때문이죠?"

랭던은 진짜 혼란스러웠다.

"그분 비서가 정한 것이고, 특별한 이유를 말하진 않았습니다. 그리고 나도 물어보지 않았어요. 그저 내가 프랑스 성당들의 이교도적인 도상학에 관해 강의할 거라는 것을 듣고서, 소니에르 씨가 그 주제에 흥미를 가졌나 보다 생각했습니다. 얘기 후에 술 한잔하러 가는 것도 즐거운 일일 것 같았고요."

소피는 그저 흘려들었다. 그 정도로는 빈약했다. 할아버지는 이 세상 그 누구보다도 이교도적인 도상학에 관해 잘 알고 있었다. 게다가 할아버지는 남의 눈에 띄는 것을 극도로 싫어했다. 특별한 이유 없이, 일개 미국인 교수와 잡담이나 할 그런 성격이 아니었다.

소피는 숨을 깊이 들이마셨다.

"할아버지가 오늘 오후에 제게 전화했었어요. 할아버지와 내가 큰 위험에 처해 있다고 말하더군요. 뭔가 와 닿는 게 없나요?"

랭던의 푸른 눈이 근심으로 뒤덮였다.

"없습니다. 하지만 방금 일어난 일을 생각해 보면……"

소피는 고개를 끄덕였다. 오늘 밤 일어난 사건을 생각해 보면, 놀랍기보다는 바보가 된 기분이었다. 기운이 모두 빠져나가는 것을 느끼며, 소피는 화장실 끝에 있는 작은 유리창으로 걸어갔다. 유리창에는 경보장치 테이프가 그물망처럼 덮여 있었다. 소피는 창문을 통해 밖을 응시했다. 적어도 지상에서 15미터 정도는 떨어져 있는 것 같았다.

한숨을 쉬며 소피는 눈을 들었다. 그리고 파리의 멋진 야경을 쳐다보았다. 왼쪽으로 센 강을 가로질러 조명을 받고 서 있는 에펠 탑이 보였다. 정면에는 개선문이 있었다. 오른쪽 몽마르트르 언덕 꼭대기에는 사크레쾨르의 우아한 아라베스크 양식의 둥근 지붕이 보였다. 반질반질 윤이 나는 둥근 석조 지붕은 휘황찬란한 성역처럼 하얗게 빛나고 있었다.

루브르 박물관의 서쪽 끝인 이 드농 관에서 보면, 캐러젤 광장의 도로가 드농 관과 나란히 남북으로 달리고 있다. 루브르의 외벽과 도로를 분리하는 것은 오직 작은 보도뿐이다. 저 아래로 밤 시간에 움직이는 운송 트레일러들의 행렬이 보였다. 교통신호가 바뀌기를 기다리느라 멈춰 있었다. 차량의 주행등이 소피를 조롱하듯 깜박거렸다.

랭던이 소피 뒤로 다가와 입을 열었다.

"무슨 말을 해야 할지 모르겠군요. 분명 당신 할아버님은 우리에게 뭔가를 말하고 있습니다. 하지만 별 도움이 되지 못해 미안합니다."

랭던의 깊은 목소리에서 진심 어린 유감을 느끼며, 소피는 창문에서 돌아섰다. 자신을 둘러싼 곤란한 상황에도 불구하고, 랭던은 분명 소피를 돕고 싶어했다.

'그는 대학 교수다.'

용의자에 대한 DCPJ의 수사보고서를 읽으면서 소피는 생각했다. 이 남자는 분명히 무지를 경멸하는 학자이다.

'우리는 그 점에서 공통점이 있다.'

암호 해독가로서 소피는 의미 없이 보이는 자료에서 의미를 추출해 내는 일을 했다. 로버트 랭던이 알고 모르는 것을 떠나, 분명 이 남자는 자기가 필요로 하는 정보를 가지고 있다는 것이 소피의 추측이었다.

'프린세스 소피, 로버트 랭던을 찾아라.'

할아버지의 메시지가 이보다 어떻게 명료할 수 있겠는가? 하지만 시간이 조금 더 필요했다. 생각할 시간. 이 미스터리를 함께 정리할 시간. 하지만 불행하게도 그 시간이 점점 바닥나고 있었다.

랭던을 올려다보며 소피는 자기가 생각한 일을 말했다.

"조금 있으면 브쥐 파슈가 당신을 구금할 거예요. 난 당신이 박물관을 빠져나가게 할 수 있어요. 그러니 우리는 지금 행동해야 해요."

랭던의 눈이 커졌다.

"나보고 도망치란 말입니까?"

"당신이 할 수 있는 일 가운데 가장 좋은 방법이에요. 만일 파슈가 당신을 구금하게 되면 프랑스 감옥에서 몇 주는 보내야 할 거예요. DCPJ와 미국 대사관이 어느 나라 법정에 당신을 세울 것인가를 놓고 옥신각신 싸움을 끝낼 때까지는요. 하지만 여기서 바로 빠져나가 당신네 대사관으로 간다면, 당신이 이 살인사건과 아무 연관이 없다는 것을 당신과 내가 증명하는 동안 당신네 정부가 당신의 권리를 보호해 주겠죠."

랭던은 그다지 탐탁해하는 표정이 아니었다.

"그만둡시다! 파슈는 모든 입구에 무장한 요원들을 세워 두었어요. 만일 우리가 총에 맞지 않고 빠져나간다 쳐도, 도망가면 내가 유죄라고 말하는 꼴과 같습니다. 바닥에 적힌 메시지가 당신에게 남겨진 거라고 파슈에게 말하십시오. 그리고 거기 있는 내 이름은 소니에르 씨가 나를 고발하는 것이 아니라는 것도."

"그렇게 할 거예요. 하지만 당신이 미국 대사관으로 안전하게 돌아간 후에 말할 거예요. 대사관은 여기서 이 킬로미터도 안 돼요. 박물관 밖에 내 차가 주차되어 있고요. 여기서 파슈와 거래를 하는 것은 위험한 도박이나 다름없어요. 이해 못하겠어요? 그 사람은 오늘 밤 안으로 당신이 유죄라는 것을 증명하려고 혈안이 돼 있어요. 체포를 미루는 유일한 이유는 혹시 당신이 실수로 자기 생각을 뒷받침해 주는 단서를 흘리기를 기다리는 것뿐이라고요."

"맞아요. 도주하는 것처럼 말이죠!"

갑자기 소피의 스웨터 주머니에서 휴대 전화벨이 울리기 시작했다.

'파슈일 거야.'

소피는 손을 뻗어 전화기의 전원을 꺼버렸다.

"랭던 씨, 마지막으로 하나 물어볼 것이 있어요."

소피는 서둘러 말했다.

'어쩌면 당신의 미래가 거기에 달려 있을지도 모르겠군요.'

"바닥에 적힌 글은 분명히 당신의 죄를 증명하는 것이 아니에요. 하지만 파슈는 확실하게 당신이 범인이라고 우리 팀에게 말했어요. 파슈가 당신이 범인이라고 확신하는 다른 이유를 생각해 보셨나요?"

랭던은 잠시 침묵을 지켰다.

"뭐가 뭔지 모르겠습니다."

소피는 한숨을 내쉬었다.

'파슈가 거짓말을 하고 있다는 뜻이로군.'

하지만 왜 그랬는지 소피는 짐작할 수가 없었다. 지금 상황에서는 그다지 중요한 일이 아니기도 했다. 중요한 사실은 파슈가 어떤 대가를 치르고서라도, 오늘 밤 안으로 랭던을 철창 안에 집어넣기로 결심했다는 것이다. 소피는 랭던이 필요했다. 그리고 그것이 소피에게는 유일한 논리적인 결론이자 딜레마였다.

'랭던을 미국 대사관으로 데려가야 해.'

소피는 창문으로 돌아서서, 둥근 유리창에 붙어 있는 비상경보기의 그물망을 통해 밖을 내다보았다. 15미터 아래로 포장 도로가 아찔하게 보였다. 이 높이에서 뛰어내린다면 다리가 부러질지도 모른다. 그러나 기껏해야 다리가 부러지는 것뿐이다.

결국 소피는 결정을 내렸다.

로버트 랭던을 루브르 박물관에서 탈출시키는 것이다. 본인이 원하든, 원하지 않든 간에 말이다.

17

"느뵈가 응답을 하지 않는다니, 그게 무슨 말이야? 지금 그 여자의 휴대 전화기로 전화 건 거 확실한 건가? 분명히 휴대 전화기를 가지고 있는데."

파슈의 표정은 가관이었다.

콜레는 대여섯 차례나 소피에게 전화를 걸어 보았다.

"아마 전원이 다되었거나, 전화기를 꺼버린 것 같은데요."

파슈는 암호 해독부 부장과 전화통화한 후 줄곧 저기압이었다. 전화를 끊자마자 파슈는 느뵈 요원에게 연락하라며 콜레를 닦달했다. 연락이 안 되자 파슈는 우리에 갇힌 사자처럼 천천히 걸음을 옮기고 있었다.

"그쪽 부장님이 왜 전화하신 겁니까?"

콜레는 그제야 물어보았다.

파슈는 돌아섰다.

"드라코 같은 악마들과 불구의 성인들에 대해서는 알아낸 게 없다는 말을 해주려고."

"그게 다입니까?"

"아닐세. 메시지의 숫자들이 피보나치의 숫자라고 하더군. 하지만 별 의미는 없는 것 같다고 했어."

콜레는 혼란을 느꼈다.

"하지만 그 내용은 이미 느뵈 요원을 보내서 알리지 않았습니까."

파슈는 머리를 저었다.

"느뵈를 보내지 않았다더군."

"예?"

"부장 말로는 내 부탁에 따라 자기네 부서의 모든 요원을 호출해서 내가 전송한 이미지를 보게 했다는군. 그런데 느뵈 요원은 도착하자마자 소니에르의 모습과 그가 남긴 코드를 보더니, 말도 없이 사무실을 나가 버렸다는 게야. 부장 말이, 느뵈 요원이 사진 때문에 극도로 동요하는 모습을 보여서 그녀의 행동을 문제삼지 않았다는군."

"동요를 해요? 죽은 시체 사진을 본 적이 없나 보죠?"

파슈는 잠시 입을 다물었다.

"나도 몰랐지만, 부장도 몰랐대. 다른 요원이 부장에게 알리기 전까지는 말이야. 소피 느뵈는 자크 소니에르 씨의 손녀야."

콜레는 말을 잃었다.

"부장은 느뵈가 한 번도 소니에르 씨의 이름을 언급한 적이 없다고 그러더군. 아마 유명한 할아버지 덕에 생길 수도 있는 특별 대접을 느뵈 요원이 원치 않은 게 아니겠느냐고 부장은 추측하던데."

'느뵈가 사진을 보고 동요한 것도 무리가 아니군.'

죽은 가족이 남긴 코드를 해독하기 위해 젊은 여인이 소집된, 운도 지지리 없는 이런 우연을 가정하기란 힘들 것이다. 하지만 느뵈의 행동에는 여전히 이해되지 않는 부분이 있었다.

"하지만 그 숫자들이 피보나치의 숫자라는 것을 알았기 때문에, 여기 와서 우리에게 말한 것 아니겠습니까. 느뵈 요원이 왜 이 사실을 누구에게도 얘기하지 않고 사무실을 떠났는지 이해를 못하겠군요."

콜레는 명확하지 않은 정황을 설명하는 시나리오로 오직 한 가지만을 생각할 수 있었다. 소니에르는 바닥에 숫자로 된 코드를 적었다. 경찰 조사에 암호 해독가를 포함시키도록 말이다. 이렇게 되면 자기 손녀에게 닿게 된다. 메시지의 남은 부분은 소니에르가 자기 손녀와 어떤 식으로 의사소통을 하고 있는 것이 아닐까? 그렇다면 그 메시지는 느뵈에게 무엇을 말하는 것일까? 그리고 랭던은 어떻게 끼어들게 되었을까?

콜레가 좀더 생각을 펼치기 전에, 경보음이 적막에 갇힌 박물관을 흔들어 놓았다. 경보음은 대화랑 안쪽에서 들려오는 것 같았다.

"경보다! 대화랑! 남자 화장실입니다!"

요원 한 명이 루브르 보안센터를 바라보며 고함을 질렀다.

파슈가 콜레에게 몸을 돌리며 외쳤다.

"랭던은 어디 있나?"

"아직 남자 화장실 안입니다!"

콜레는 컴퓨터 모니터 위의 깜박이는 빨간 점을 가리켰다.

"랭던이 창문을 깬 모양입니다!"

랭던이 멀리 갈 수 없다는 것을 콜레는 알고 있었다. 파리의 소방 규정에 따라 공공건물에서 15미터 이상 높이에 있는 창문은 화재에 대비해 깨지는 것이어야 했다. 하지만 루브르 박물관의 2층 창문에서 밧줄이나 사다리 없이 빠져나오는 것은 자살이나 다름없었다. 거기에다 드농 관이 있는 서쪽 끝은 떨어질 때의 충격을 완화시켜 줄 나무나 풀밭도 없었다. 화장실 창문 바로 아래에는 박물관 외벽에서 1미터도 안 되는 거리에 캐러젤 광장의 2차선 도로가 지나고 있었다.

"맙소사. 랭던이 창문의 돌출 부분으로 움직였습니다!"

모니터에 눈을 박고 콜레가 소리쳤다.

파슈는 어깨에 두른 권총집에서 MR 93 리볼버를 꺼내 움켜쥐고 사무실을 쏜살같이 빠져나갔다.

당황한 콜레는 모니터를 지켜보았다. 깜박이는 붉은 점이 창문 돌출부로 가더니 전혀 예기치 못한 일이 벌어졌다. 빨간 점이 건물 바깥으로 움직인 것이다.

'이게 뭐야? 랭던이 창문에서 떨어졌거나, 아니면……'

"맙소사!"

콜레는 벌떡 일어났다. 빨간 점은 외벽 바깥으로 움직였다. 신호가 잠시 부르르 떠는가 싶더니 건물 주변 9미터 정도에서 갑자기 멈춰 버렸다.

콜레는 컴퓨터를 조작해서 파리 지도를 끌어왔다. 그리고 그 위에 GPS 시스템을 다시 설정했다. 영상을 확대하자 신호를 보내는 정확한 위치를 볼 수 있었다.

점은 움직이지 않았다. 캐러젤 광장의 도로 한가운데에 죽은 듯이 멈춰 있었다.

랭던이 도로 한가운데로 뛰어든 것이다.

18

파슈가 대화랑으로 화살처럼 달리고 있을 때, 그의 무전기를 통해 콜레의 목소리가 멀리 들리는 경보음 사이로 울려 퍼졌다.

콜레는 소리를 질렀다.

"랭던이 뛰어내렸습니다! 캐러젤 광장 도로에서 신호를 찾아냈습니다! 화장실 창문 바깥입니다! 그런데 전혀 움직이지 않습니다! 맙소사, 랭던이 자살한 것 같습니다!"

파슈는 듣고 있었지만, 도대체 말이 되지 않았다. 파슈는 계속 달렸다. 화랑은 끝나지 않을 것처럼 보였다. 소니에르의 시체 옆을 지나자, 저 멀리 드농 관 끝에 있는 칸막이들이 보였다. 경보음은 더욱 커졌다.

무전을 통해 콜레의 목소리가 다시 울렸다.

"기다리십쇼! 랭던이 움직이고 있습니다! 세상에, 살아 있나 봅니다. 랭던이 움직이고 있어요!"

화랑의 길이를 저주하면서 파슈는 계속 달렸다.

콜레는 아직도 무전기에 대고 소리치고 있었다.

"랭던이 더 빠르게 움직입니다! 캐러젤 아래 쪽으로 달리고 있습니다. 기다려…… 랭던이 속도를 내고 있습니다. 움직임이 너무 빨라요!"

칸막이에 다다른 파슈는 화장실 문으로 돌진했다.

무전기 소리는 경보음에 묻혀 거의 들리지 않았다.

"랭던이 차 안에 있는 것 같습니다! 차를 탄 것 같아요! 제가……"

파슈가 총을 꺼내 들고 남자 화장실로 뛰어들자 경보음이 콜레의 말을 삼켜 버렸다. 날카로운 경보음에 주춤거리면서 파슈는 주위를 둘러보았다.

화장실은 텅 비어 있었다. 파슈의 눈은 즉시 화장실 끝에 있는 깨진 창문으로 향했다. 창문의 가장자리를 살폈다. 랭던은 어디에도 보이지 않았다. 그 누구도 이 높이에서 위험을 감수하고 뛰어내리리라고는 상상하기 어려웠다. 뛰어내렸다 해도 심하게 다쳤을 터였다.

마침내 경보음이 멎고, 콜레의 목소리가 무전기를 타고 다시 들리기 시작했다.

"……남쪽으로 움직입니다…… 더 빨라…… 캐러젤 다리를 지나 센 강을 건너갑니다!"

파슈는 왼쪽을 둘러보았다. 캐러젤 다리를 지나는 차량은 2단으로 된 거대한 트레일러뿐이었다. 루브르에서 남쪽으로 점점 멀어지고 있었다. 비닐 방수포로 덮여 있는 트레일러의 위칸은 거대한 해먹처럼 보였다. 파슈는 순간 몸을 떨었다. 몇 분 전만 해도 저 트레일러는 화장실 창문 바로 밑에서 정지 신호를 받고 멈춰 있었을 것이다.

'말도 안 되는 미친 짓이야!'

파슈는 속으로 외쳤다. 방수포를 덮은 트레일러가 무엇을 싣고 있는지 랭던은 알 길이 없다. 만일 트레일러가 철강을 싣고 있었다면? 혹은 시멘트를? 아니면 그저 그런 쓰레기를? 15미터 아래로 뛰어내린다? 그것은 미친 짓이었다.

콜레가 소리를 질렀다.

"점이 방향을 틀었습니다! 생 페르 다리를 향해, 오른쪽입니다!"

다리를 건넌 트레일러는 천천히 속도를 줄여 생 페르 다리가 있는 오른쪽으로 돌고 있었다. 파슈는 놀란 시선으로 트레일러가 구석을 돌아 사라지는 모습을 지켜보았다. 콜레는 무슨 실황방송이라도 하는 양 트레일러의 위치를 시시각각 안내하면서, 외부에 있는 요원들을 무전기로 호출, 루브르 박물관 주위로 소집했다. 그리고 트레일러를 추적하도록 경찰차를 보냈다.

'끝났군.'

파슈는 자기 요원들이 몇 분 안에 트레일러를 에워쌀 것이라는 것을 알고 있었다. 랭던은 어디로도 도망칠 수 없을 것이다.

권총을 집어넣으면서 파슈는 화장실을 빠져나와 콜레에게 무전으로 연락했다.

"내 차를 가져와. 내가 직접 현장에 가봐야겠어."

대화랑을 다시 터벅터벅 걸어나오면서, 파슈는 랭던이 아직 살아 있을지 궁금했다.

문제될 것은 없었다.

'랭던은 달아났다. 이제 죄를 씌우기만 하면 된다.'

화장실에서 겨우 14미터 떨어진 대화랑의 어둠 속에 랭던과 소피는 서 있었다. 그들은 화장실 입구를 가리고 있는 칸막이들 중 하나에 등을 바싹 밀착시키고 있었다. 파슈가 총을 꺼내 들고 화살처럼 화장실로 들어오기 직전에, 랭던과 소피는 가까스로 몸을 숨길 수 있었다.

지난 60초가 몽롱했다.

랭던이 자기가 저지르지도 않은 범죄 현장에서 도주하는 것을 거절하고 남자 화장실 안에 있을 때, 소피는 창문 유리에 눈을 고정시키고 유리를 감싸고 있는 경보장치를 조사하고 있었다. 그런 뒤 낙하 거리를 재기라도 하듯 아래를 내려다보았다.

"작은 표적만 있으면, 당신은 여기서 빠져나갈 수 있어요."

소피가 말했다.

'표적?'

랭던은 불안하게 화장실 창문 밖을 내다보았다.

길 위쪽에서 18륜의 거대한 2단 트레일러가 화장실 창문 바로 아래의 정지 신호선을 향해 서서히 다가오고 있었다. 트레일러의 육중한 화물은 푸른 방수포로 느슨하게 덮여 있었다. 랭던은 소피가 일을 실행하지 않기를 바랐다.

"소피, 난 뛰어내릴 수 없……"

"추적장치를 꺼내 봐요."

당황한 랭던은 작은 금속장치가 잡힐 때까지 주머니를 만지작거렸다. 소피는 추적장치를 랭던에게서 받아 들고 세면대로 성큼성큼 걸어갔다. 그리고 두꺼운 비누 위에 추적장치를 얹고 엄지손가락으로 눌렀다. 금속이 부드러운 비누의 표면으로 완전히 들어가자, 추적장치가 비누 속에 안전하게 박히도록 매만졌다.

비누를 랭던에게 건넨 소피는 세면대 아래에 있는 실린더 모양의 쓰레기통을 집어 들었다. 랭던이 미처 뭐라고 항의하기도 전에, 소피는 쓰레기통으로 유리창을 박살냈다.

귀를 찢는 듯한 경보음이 머리 위에서 터져 나왔다.

"비누를 이리 줘요!"

경보음 때문에 소피는 고함을 질렀다.

랭던은 소피의 손에 비누를 넘겼다.

비누를 꼭 쥐고서, 소피는 부서진 창 밖으로 18륜 트레일러가 아주 서서히 멈추는 것을 바라보았다. 표적은 상당히 컸다. 값이 꽤 나가는 방수포. 건물에서 3미터도 떨어져 있지 않았다. 교통신호가 바뀔 준비를 하고 있었다. 소피는 숨을 깊이 들이쉬고, 비누를 아래로 천천히 던졌다.

비누는 트럭을 향해 수직으로 떨어지다가, 방수포 가장자리에 안착했다. 교통신호등이 초록색으로 바뀌었을 때, 비누는 화물칸 아래로 미끄러져 들어갔다.

"축하해요. 당신은 지금 막 루브르를 탈출했어요."

랭던을 문으로 잡아끌면서 소피는 말했다.

남자 화장실에서 빠져나와 어둠 속에 막 자리 잡았을 때, 파슈가 휙 지나갔다.

이제 경보음은 멎었다. DCPJ 차량의 사이렌 소리가 루브르 박물관에서 멀어지는 것을 랭던은 들을 수 있었다.

'경찰 대탈출이로군.'

파슈 역시 대화랑을 비워 놓고 서둘러 나갔을 것이다.

"대화랑 쪽으로 다시 오십 미터 정도 들어가면 비상계단이 있어요. 경비원들은 이 주변을 떠났을 테니까, 우린 여기에서 나갈 수 있어요."

오늘 밤 랭던은 더 이상 다른 말을 하지 않기로 했다. 소피 느뵈는 자기보다 훨씬 똑똑한 것이 분명하니까 말이다.

19

생 쉴피스 교회는 파리에 있는 어떤 건물보다 역사가 기이하다고들 말한다. 이집트 여신 이시스를 위한 고대 사원의 폐허 위에 세워진 이 교회는, 건축학 면에서 얼마 안 떨어져 있는 노트르담 사원과 쌍벽을 이루는 발자취를 지니고 있다. 이 성역은 마르키 드 사드와 보들레르의 세례, 빅토르 위고의 결혼식을 주관한 곳이었다. 이곳의 부속 신학교는 정설이 아닌 역사 자료들을 잘 보관하고 있어서, 한때는 셀 수 없이 많은 비밀단체들의 은밀한 모임 장소가 되기도 했다.

오늘 밤 생 쉴피스의 동굴 같은 본당은 무덤처럼 고요했다. 생명을 암시하는 것은 오로지 초저녁 미사 때 피웠던 희미한 향 냄새뿐이었다. 상드린 수녀가 사일래스를 교회 안으로 안내할 때, 수녀의 태도가 편치 않다는 것을 사일래스는 눈치 챘다. 사일래스는 이런 일에 놀라지 않았다. 자기 외모를 불편해하는 사람들에게 익숙했기 때문이다.

"당신은 미국인이지요?"

수녀가 물었다.

사일래스는 대답했다.

"태생은 프랑스입니다. 스페인에서 그분의 부름을 받았지요. 그리고 지금은 미국에서 공부하고 있습니다."

상드린 수녀는 고개를 끄덕였다. 차분한 눈을 가진 조그마한 체구의 여자였다.

"그런데 생 쉴피스를 보신 적이 없다고요?"

"보지 않은 그 자체가 죄라는 것을 깨달았습니다."

"낮에 보면 더 멋지답니다."

"그렇겠지요. 그런데 오늘 밤 이런 기회를 주셔서 정말 감사히 생각하고 있습니다."

"신부님께서 부탁하시더군요. 당신은 분명히 힘있는 친구들을 둔 모양이네요."

'이 여자는 아무것도 모르는군.'

사일래스는 생각했다.

상드린 수녀의 뒤를 따라 중앙 복도를 걸어가면서, 사일래스는 이 성역의 검소함에 놀랐다. 다채로운 프레스코화와 금도금을 한 제단, 따뜻한 느낌의 목재로 치장된 노트르담 사원과는 달리, 생 쉴피스는 딱딱하고 차가운 느낌이었다. 스페인 고행자들의 성당을 생각나게 하는 황량한 분위기를 풍겼다. 장식을 배제해 교회의 내부가 더 고상하게 느껴졌다. 격자형의 재목이 치솟은 둥근 천장을 올려다보며, 사일래스는 전복된 거대한 선체 아래에 서 있는 상상을 했다.

'잘 들어맞는 이미지야.'

사일래스는 생각했다. 조직의 배는 영원히 뒤집히려 하고 있었다. 어서 일에 착수하고 싶은 열망을 느끼면서, 사일래스는 수녀가 자기를 홀로 내버려 두기를 바랐다. 수녀는 쉽게 해치울 수 있는 조그마한 여자였다. 하지만 불필요한 힘은 사용하지 않기로 맹세했었다.

'이 여자는 성직자다. 그리고 쐐기돌을 숨겨 놓은 장소로 조직이 이 교회를 선택한 것은 여자의 잘못이 아니다. 남이 저지른 죄 때문에 여자가 처벌을 받아서는 안 된다.'

"송구하군요, 수녀님. 저 때문에 일어나셨을 텐데."

"천만에요. 파리에 머무는 시간이 아주 짧다고 했지요? 그럼 생 쉴피스를 놓쳐서는 안 되지요. 교회에 대한 당신의 관심은 건축학적인 것인가요, 아니면 역사적인 것인가요?"

"사실, 수녀님, 제 관심은 영적인 것입니다."

수녀는 명랑한 웃음소리를 내며 웃었다.

"말이 필요 없겠네요. 저는 그저 당신을 어디서부터 안내해야 할지 걱정하고 있었답니다."

사일래스는 제단으로 눈길을 보냈다.

"교회 구경은 필요 없습니다. 수녀님은 정말 친절하시군요. 저 혼자서 잠깐 둘러보겠습니다."

"괜찮아요. 어차피 잠도 다 깼으니까."

사일래스는 걸음을 멈췄다. 수녀와 사일래스는 맨앞의 좌석에 이르렀다. 제단은 고작 14미터 떨어진 곳에 있었다. 사일래스는 육중한 몸을 돌려 작은 체구의 수녀 앞에 막아섰다. 수녀가 자기의 붉은 눈을 올려다보다가 뒷걸음치는 것을 느낄 수 있었다.

"무례가 아니라면 말입니다. 수녀님, 저는 신의 성전을 그저 구경하는 일이나 어슬렁거리며 돌아다니는 일 따위엔 익숙하지 않습니다. 둘러보기 전에, 제가 홀로 기도할 수 있는 시간을 좀 가져도 되겠습니까?"

상드린 수녀는 망설였다.

"아, 물론이지요. 그럼 저는 저 뒤쪽에서 기다리지요."

사일래스는 수녀의 어깨 위에 부드럽지만 힘이 들어간 손을 얹고 수녀를 내려다보았다.

"수녀님, 수녀님을 깨운 것도 너무 죄송한데, 계속 함께 있기를 바라는 것은 지나친 무례입니다. 그러니 침대로 돌아가십시오. 수녀님의 성전인 이곳을 혼자 즐기다가 조용히 나가겠습니다."

수녀는 불편한 표정이었다.

"혼자 있어도 정말 괜찮겠어요?"

"그럼요. 기도는 은밀한 즐거움이니까요."

"그럼 좋으실 대로."

사일래스는 수녀의 어깨에서 손을 뗐다.

"안녕히 주무십시오, 수녀님. 주님의 평화가 수녀님과 함께하길."

"주님의 평화가 당신과도 함께하길. 나갈 때 문을 꼭 닫아주세요."

"명심하겠습니다."

사일래스는 수녀가 계단으로 사라지는 것을 지켜보았다. 그런 후에 자리에 앉아, 허벅지에 매단 갈고리 허리띠가 다리를 파고드는 것을 느꼈다.

'신이여, 오늘 제가 하는 이 일은 당신을 위한 것입니다……'

제단 위 상당히 높은 곳에는 성가대의 발코니가 있었다. 상드린 수녀는 이 발코니의 어둠에 몸을 웅크리고서, 망토를 뒤집어쓴 수도승이 홀로 무릎을 꿇고 앉아 있는 것을 난간 사이로 훔쳐보고 있었다. 마음속의 순간적인 공포가 몸을 꼼짝할 수 없게 만들었다. 잠깐 동안, 수녀는 이 수상한 방문객이 그들이 자기에게 경고한 적일 수도 있는지 의아했다. 그리고 그녀가 긴 시간 품고 있던 명령을 오늘 밤 실행해야 하는지도 궁금했다. 수녀는 어둠 속에 숨어서 남자의 모든 움직임을 지켜보기로 결심했다.

20

어둠 속에서 나온 랭던과 소피는 비상계단을 향해 고요한 대화랑을 조심스럽게 걸어갔다. 랭던은 어둠에서 조각 그림을 맞추기 위해 애쓰고 있는 자신을 느꼈다. 이 미스터리는 아주 골치 아팠다.

'사법경찰의 반장이 내게 살인 혐의를 씌우려 하고 있다.'

랭던은 속삭였다.

"어쩌면 파슈가 바닥에 메시지를 적었다는 생각은 들지 않습니까?"

소피는 돌아보지도 않았다.

"불가능해요."

랭던은 여전히 미심쩍었다.

"반장이 나를 유죄로 만드는 데 아주 열심인 것 같아서 말입니다. 어쩌면 내 이름을 바닥에 적어 놓으면 사건을 해결하는 데 큰 도움이 될 거라고 생각하지 않았을까요?"

"피보나치 수열은요? 그리고 P.S.는? 다 빈치와 여신을 나타내는 모든 상징들은요? 그것은 분명히 할아버지가 남긴 거예요."

그녀의 말이 옳았다. 단서인 상징들은 너무 완벽하게 서로 엮여 있었다. 별 모양과 〈비트루비우스의 인체비례〉, 다 빈치, 여신, 심지어 피보나치 수열까지. 도상학자로서 소니에르가 남긴 메시지는 서로 연관되어 있는 상징 세트라고 할 수 있었다. 모든 것은 서로 떨어질 수 없는 관계다.

"그리고 아까 오후에 할아버지가 내게 한 전화요. 할아버지는 내게 뭔가를 얘기해야 한다고 했어요. 나는 루브르 바닥에 남긴 메시지가 내게 뭔가 중요한 것을 알리려는 할아버지의 마지막 노력이었다고 확신해요. 할아버지는 내가 그 메시지를 이해하는 데 당신의 도움이 필요하다고 생각하신 거예요."

랭던은 눈살을 찌푸렸다.

'오, 드라코 같은 악마여! 오, 불구의 성인이여!'

랭던은 소피의 행복을 위해서나 자기 자신을 위해서나 소니에르가 남긴 메시지를 풀고 싶었다. 저 암호문 같은 글자를 처음 본 이후, 상황은 점점 악화되고 있었다. 화장실 창문에서 거짓말로 뛰어내린 행위는 파슈가 랭던을 이해하는 데 조금도 도움이 될 것 같지 않았다. 프랑스 경찰 반장이 자기가 추적해서 체포한 것이 비누조각이라는 것을 알았을 때 어떤 표정을 지을지 궁금했다.

"문까지 얼마 안 남았어요."

소피가 말했다.

"할아버지의 메시지에 있던 숫자들이 다른 행을 이해하는 열쇠가 될지 모른다는 생각은 해봤어요?"

랭던은 프랜시스 베이컨의 원고 총서를 연구한 적이 있었다. 그 원고에는 비문(碑文)의 암호들이 들어 있었는데, 어떤 줄의 기호들은 다른 줄을 해독하는 단서가 되었었다.

"전 오늘 밤 내내 그 숫자들을 안고 고민했어요. 더하고, 나누고, 곱하고. 하지만 아무것도 풀지 못했어요. 수학적으로 볼 때, 그 숫자들은 무작위로 배열된 거예요. 암호 표기법으로 보면 쓸데없는 장난질 같은 거죠."

"결국 피보나치 수열의 일부라는 얘기군요. 하지만 우연일 리는 없습니다."

"그렇죠. 피보나치 숫자를 사용한 것은 할아버지가 내게 다른 신호를 보낸 것과 같아요. 영어로 메시지를 남긴 것이나, 내가 좋아하는 예술 형태로 자기 몸을 만든 것이나, 몸에 별표를 그린 것처럼 말이죠. 이 모든 것은 제 관심을 끌기 위한 거예요."

"별표가 당신에게 의미를 가지고 있습니까?"

"예. 말할 기회가 없었지만, 제가 자랄 때 별표는 할아버지와 나 사이의 특별한 상징이었어요. 우리는 재미삼아 타로 카드 놀이를 했는데, 제 패에는 항상 별표가 있는 카드들이 나왔어요. 할아버지가 몰래 준비한 거라고 확신했지만, 그후 별표는 우리만의 장난이 되어 버렸지요."

랭던은 한기를 느꼈다.

'타로 카드 놀이를 했다?'

타로 카드는 중세 이탈리아 카드로 이교도의 상징이 풍부하게 숨겨진 게임이다. 랭던은 새 원고에 타로에 관해서 한 장 전체를 할애했을 정도였다. 스물두 장의 카드 중에는 '여자 교황' '여황제' '별' 같은 이름을 가진 카드도 있다. 원래 타로 카드는 교회에서 금지한 이념들을 몰래 전달하는 수단으로 고안된 것이었다. 그리고 이제 타로 카드의 신비스러운 매력은 현대 점술가들의 손으로 이어지고 있었다.

'여성의 신성함을 나타내는 타로 카드는 별표이다.'

만일 소니에르가 자기 손녀를 위해 재미로 카드를 미리 준비했다면, 별표가 들어간 카드들이 적절한 장난이었다는 것을 랭던은 깨달았다.

두 사람은 비상계단에 다다랐다. 소피는 조심스럽게 문을 당겼다. 비상벨은 울리지 않았다. 오직 외부로 연결된 문에만 경보장치가 달려 있었다. 소피는 지상으로 내려가는 지그재그 모양의 계단으로 랭던을 이끌었다. 그들은 속력을 냈다.

소피를 따라 서둘러 내려가던 랭던은 입을 열었다.

"당신 할아버님 말입니다. 당신에게 별표에 대해서 얘기할 때, 여신 숭배라든가 가톨릭 교회에 대한 분개 따위의 말은 하지 않았나요?"

소피는 고개를 저었다.

"난 수학적인 것에 더 관심이 많았어요. 예를 들면 황금비율이라든가, PHI, 피보나치 수열, 그런 것들요."

랭던은 놀랐다.

"할아버지가 당신에게 PHI 숫자를 가르쳤다는 겁니까?"

소피의 표정이 수줍게 변했다.

"물론이죠. 황금비율도요. 사실, 할아버지는 내가 반은 황금이나 다름없다는 농담을 했어요…… 있잖아요, 내 이름에 들어간 글자들 때문에."

랭던은 잠시 생각하다가 신음했다.

'소피…… s-o-PHI-e.'

계단을 내려가며, 랭던은 PHI에 다시 정신을 집중했다. 처음 생각한 것보다 소니에르의 단서들이 훨씬 일관성 있다는 것을 깨달았다.

'다 빈치…… 피보나치 수열…… 별표……'

믿을 수 없을 정도로, 모든 것이 한 가지 개념에 연결되어 있었다. 예술사에서 가장 기본 개념이었다. 이 주제에 대해서 랭던은 종종 몇 주에 걸쳐 강의를 했다.

'PHI'

갑자기 기억이 하버드로 되돌아가, 〈예술의 상징〉 수업시간에 서 있는 것 같았다. 랭던은 칠판에 자기가 좋아하는 숫자를 적고 있었다.

'1.618'

랭던은 학생들을 향해 돌아섰다.

"이 숫자가 무엇인지 말해 줄 수 있는 사람?"

뒤에서 수학과의 다리 긴 남학생이 손을 들었다.

"PHI* 숫자입니다."(PHI : 그리스 알파벳의 21번째, Φ)

학생은 '피ㅡ'라고 발음했다.

"잘했네, 스테트너. 여러분, PHI입니다."

싱글거리면서 스테트너가 덧붙였다.

"PI*와 혼동해서는 안 되죠. 우리 수학자들은 'PHI의 하나밖에 없는 H가 PI보다 훨씬 멋있다!'고 말하길 좋아하죠."(PI : 그리스 알파벳의 16번째, π.)

랭던은 웃었다. 하지만 다른 학생들은 그 농담을 이해하지 못한 모습이었다.

스테트너는 풀이 죽었다.

"이 숫자 PHI는 1.618이다. 예술에서 아주 중요한 숫자지. 그 이유를 말해 줄 수 있는 사람 있나?"

"매우 아름답기 때문이 아닌가요?"

스테트너가 생기를 되찾으며 말했다.

모두가 웃었다.

랭던이 말했다.

"사실, 스테트너가 맞다. 일반적으로 PHI는 우주에서 가장 아름다운 숫자로 간주된다."

웃음은 즉시 가라앉았다. 스테트너 혼자 싱글벙글하고 있었다.

슬라이드 영사기를 설치하면서, 랭던은 이 숫자가 피보나치 수열에서 나온 것임을 설명했다. 연속된 두 숫자의 합이 다음 숫자와 같아서 유명한 것이 아니라, 연속된 두 숫자를 서로 나누어 보면 그 몫이 거의 1.618, 즉 PHI 값과 항상 비슷하게 나오기 때문에 더 유명한 수열이다. PHI!

PHI가 세상에 나오게 된 것은 신비로운 수학적인 면모에 기원이 있는 것 같지만, PHI의 진정한 매력은 자연의 일부를 이루는 그 역할에 있었다. 식물, 동물, 심지어 인체에서도 'PHI:1'이라는 기이한 비율을 찾아볼 수 있다.

강의실의 불을 끄면서 랭던은 설명했다.

"PHI는 자연 어디에서나 볼 수 있다. 이것은 분명 우연과는 거리가 멀지. 그래서 고대인들은 PHI를 신이 미리 정해 놓은 숫자라고 생각했다. 옛날 과학자들은 1:1.618을 황금비율이라고 불렀지."

앞줄에 앉은 젊은 여학생이 말했다.

"잠깐만요. 전 생물학 전공인데요. 자연에서 이런 황금비율이라는 것을 본 적이 없는데요."

랭던은 싱긋 웃었다.

"없어? 그럼 꿀벌 집단에서 수벌과 암벌의 관계를 공부했나?"

"물론이죠. 암벌의 수가 항상 수벌보다 많죠."

"정확해. 그럼 수벌의 수로 암벌의 수를 나누면, 항상 똑같은 숫자가 나온다는 것을 아나?"

"그런가요?"

"그래, 바로 PHI지."

여학생은 숨을 멈추었다.

"말도 안 돼요!"

"말이 돼. 이걸 알아볼 수 있겠나?"

랭던은 웃으면서 곧바로 되받았다. 그리고 나선형의 조개 사진을 영사기 위에 올렸다.

생물학 전공 학생이 말했다.

"앵무조개네요. 조개 속 빈 공간으로 가스를 뿜어서, 바닷속에서도 떠다닐 수 있게 자기를 조정하는 두족형 연체동물이에요."

"정확해. 여기 조개 껍질의 나선들이 보이는데 말이야, 한 나선과 그 다음 나선의 직경 비율이 어떻게 되는지 알아맞힐 수 있겠나?"

앵무조개의 소용돌이 모양의 나선에 눈을 붙이고 있는 여학생의 표정은 자신이 없어 보였다.

랭던은 고개를 끄덕였다.

"PHI. 황금비율이야. 1:1.618."

학생은 놀란 표정이었다.

랭던은 다음 슬라이드로 넘어갔다. 해바라기의 씨받이를 근접 촬영한 것이었다.

"해바라기씨들은 앵무조개의 나선형과는 반대로 자라지. 각 나선의 직경은 다음 나선의 직경과 어떤 비율을 이룰까?"

"PHI?"

모두가 대답했다.

"빙고."

랭던은 다음 슬라이드로 손을 뻗었다. 나선형으로 자라는 솔방울, 식물 줄기의 잎새 배열, 곤충 분할. 놀랍게도 모두가 황금비율에 들어맞았다.

"정말 놀라운데!"

누군가 외쳤다.

"정말 놀라워요. 그런데 그게 예술과 무슨 상관이 있습니까?"

다른 누군가가 물었다.

"하! 드디어 물어보셨군."

랭던은 다른 슬라이드를 꺼냈다. 노랗게 바랜 양피지 위에는 레오나르도 다 빈치가 그린 알몸의 남자가 들어 있었다. 로마 건축가, 비트루비우스의 이름을 딴 유명한 스케치, 〈비트루비우스의 인체비례〉였다. 비트루비우스는 저서 《건축학》에서 황금비율을 찬탄한 로마 시대의 뛰어난 건축가다.

"다 빈치보다 인체의 황금구조를 잘 이해한 사람은 아무도 없다. 다 빈치는 인간의 뼈 구조의 정확한 비율을 알아내기 위해서 실제로 시체를 파내기도 했지. 그는 말 그대로 인체가 항상 PHI를 이루는 덩어리들로 만들어져 있다는 것을 처음으로 보여준 사람이야."

모든 학생들이 랭던에게 의심스러운 눈초리를 보냈다.

랭던은 제안했다.

"날 믿지 못하겠나 보지? 다음에 샤워할 일이 있으면 자기 몸을 재보게."

몇몇 풋볼 선수들이 킬킬거렸다.

"운동선수들만이 아니야. 여러분 모두, 남학생 여학생 모두. 한번 재봐. 먼저 머리끝에서부터 바닥까지 재고, 그 길이를 배꼽에서 바닥까지 잰 길이로 나누는 거지. 어떤 숫자가 나올까?"

"PHI는 아닐 겁니다!"

운동선수들 가운데 하나가 불신에 찬 목소리로 불쑥 내뱉었다.

랭던은 대답했다.

"아니, PHI야. 1,618이지. 다른 예를 더 원하나? 어깨에서 손가락 끝까지 잰 후에, 그 길이를 팔꿈치에서 손가락 끝까지 잰 길이로 나눠봐. 다시 PHI야. 하나 더? 엉덩이에서 바닥까지 잰 뒤 무릎에서 바닥까지 잰 길이로 나눈다. PHI? 물론이지. 손가락 마디, 발가락 마디, 척추관절 마디. 모두 PHI, PHI, PHI야. 여러분, 여러분 각자의 몸은 걸어다니는 황금비율의 기념품이다."

어둠 속에서도 랭던은 학생들이 놀라는 모습을 볼 수 있었다. 랭던은 몸 안에서 익숙한 열기를 느꼈다. 바로 이 점이 그가 가르치는 이유였다.

"여러분, 여러분도 알다시피, 혼돈의 세상에도 그 바닥에는 질서가 흐른다. 고대인들이 PHI를 발견했을 때, 그들은 신이 세상을 위해 만들어 놓은 덩어리들 사이로 서툴게 돌아다닐 뿐이라고 믿었지. 그래서 그들은 자연을 숭배한 거야. 지금은 누구라도 이해할 수 있지. 신의 손은 분명 자연 속에 있다는 것을 말이야. 심지어 오늘날에도 어머니인 지구를 경배하는 종교들이 존재한다. 우리들 가운데 많은 사람들이 이런 종교들이 하는 식으로 자연을 찬미하지. 다만 그런 줄 모르고 있을 뿐이지만 말이야. 메이 데이 같은 경우가 완벽한 예라고 할 수 있다. 봄이 다시 찾아온 것을 축하하고, 땅이 생명을 되찾게 해준 자연의 관대함에 감사를 드리는 거지. 황금비율에 대한 신비로운 마술은 태초부터 씌어졌다고 볼 수 있다. 인간은 그저 자연의 규칙에 따라 움직일 뿐이거든. 왜냐하면 조물주의 손이 빚어낸 아름다움을 모방하려는 인간의 시도가 바로 예술이기 때문이다. 이번 학기에 여러분은 예술에서 셀 수 없이 많은 황금비율의 예를 만나게 될 거야."

나머지 30분을, 랭던은 학생들에게 미켈란젤로, 알브레히트 뒤러, 다 빈치, 그 외 많은 예술가들의 작품을 슬라이드로 보여주었다. 모두들 작품 속에서 황금비율을 고의적으로, 그리고 열성적으로 사용한 사람들이었다. 회화에서뿐만 아니라, 그리스의 파르테논 신전, 이집트의 피라미드, 심지어 뉴욕에 있는 UN 빌딩 같은 건축물에서도 PHI를 볼 수 있다는 것을 랭던은 제시했다. PHI는 작곡에서도 나타나는데, 버르토크, 드뷔시, 슈베르트를 비롯해 모차르트의 소나타들과 베토벤의 5번 교향곡에서도 볼 수 있었다. 심지어 명장 스트라디바리우스는 바이올린을 제작할 때, F홀의 정확한 자리를 계산해 내기 위해서 PHI 숫자를 이용했다는 얘기도 학생들에게 들려주었다.

랭던은 칠판으로 걸어가면서 말했다.

끝으로 칠판에 다섯 개의 선을 그어 오각형의 별을 만들었다.

"이 기호는 이번 학기에 여러분이 보게 될 기호들 가운데 가장 강력한 기호다. 별표라고 불리는 이 기호는 여러 문화에서 신성하면서도 불가사의한 힘을 가진 것으로 생각되었다. 왜 그런지 말해 볼 사람?"

스테트너가 손을 들었다.

"왜냐하면 별 모양을 그릴 때, 선들이 황금비율에 따라 자동적으로 분할되기 때문입니다."

랭던은 뿌듯한 표정으로 학생을 향해 고개를 끄덕였다.

"좋았어. 그래, 별에 있는 모든 선들의 비율은 정확히 PHI를 보여준다. 그래서 이 기호를 황금비율의 궁극적인 상징이라고 하지. 이러한 이유로 오각형의 별 모양은 여신과 신성한 여성을 나타내는 아름다움과 완벽의 상징이 되어 왔다."

여학생들의 얼굴이 환해졌다.

"한 가지만 말해 두자. 오늘 우리는 그저 다 빈치를 슬쩍 건드리기만 했다. 하지만 이번 학기에 우리는 훨씬 더 자주 그를 만나게 될 것이다. 레오나르도는 여신을 고대 방식으로 숭배한 사람으로 잘 알려져 있으니까. 내일은 그의 유명한 프레스코화 〈최후의 만찬〉을 보여줄 거야. 여러분이 일찍이 본 적이 없을 신성한 여성에 대해 가장 놀라운 찬사를 보낸 것으로 알려져 있는 작품이다."

누군가 말했다.

"지금 농담하시는 거죠? 〈최후의 만찬〉은 예수에 관한 그림으로 알고 있는데요."

랭던은 윙크했다.

"여러분이 결코 상상도 못할 상징들이 그림에 숨겨져 있지."

소피가 속삭였다.

"이봐요, 뭐가 잘못됐어요? 거의 다 왔어요. 서둘러요."

딴생각에 빠져든 마음을 추스르며 랭던은 고개를 들었다. 마지막 계단에 서 있다는 것을 깨달았을 때, 랭던은 갑자기 떠오른 생각에 몸이 굳었다.

'오, 드라코 같은 악마여! 오, 불구의 성인이여!'

소피가 그를 돌아보고 있었다.

'그렇게 간단할 리가 없어.'

랭던은 생각했다.

하지만 랭던은 알아냈다. 루브르 박물관이라는 큰 그릇 속에……
PHI와 다 빈치의 이미지가 한데 뒤섞여 소용돌이치면서 랭던의 마음
으로 밀려 들어왔다. 랭던은 자기도 모르게 소니에르의 코드를 풀어
버린 것이다.

"오, 드라코 같은 악마여! 오, 불구의 성인이여! 이건 가장 간단한 코
드야!"

랭던보다 아래 계단에 있던 소피는 혼란스러운 얼굴로 랭던을 올려
다보면서 멈춰 섰다.

'코드?'

밤새도록 숙고했지만, 어떤 기호도 찾아낼 수 없었다. 아주 간단한
것도.

랭던의 목소리는 흥분으로 떨리고 있었다.

"당신이 이미 말했소. 피보나치의 숫자들은 올바른 순서로 있어야
의미가 있지, 그렇지 않으면 아무 의미도 없는 장난일 뿐이라고 말이
오."

랭던이 무슨 얘길 하려는지 소피는 감을 잡을 수 없었다.

'피보나치 숫자들?'

소피는 그 숫자들이 단지 오늘 밤 벌어진 사건에 암호 해독부서를
참여시키기 위한 수단에 불과하다고 믿고 있었다.

'거기에 다른 의도가 있는 건가?'

그녀는 손을 주머니에 찔러 넣어 종이를 꺼내 들고, 소니에르가 남
긴 메시지를 다시 살폈다.

13 - 3 - 2 - 21 - 1 - 1 - 8 - 5

오, 드라코 같은 악마여!

오, 불구의 성인이여!

'이 숫자들이 뭐 어떻다는 거지?'

종이를 가져가며 랭던이 말했다.

"뒤섞어 놓은 피보나치 수열이 단서입니다. 이 숫자들이 다른 부분을 어떻게 해독할 것인가에 대한 단서인 거죠. 아무 의미 없이 숫자들을 늘어놓은 것처럼, 같은 식으로 글자들을 해석하라는 의미인 겁니다. 오, 드라코 같은 악마여? 오, 불구의 성인이여? 이 말들은 아무 의미도 없습니다. 그저 아무렇게나 적어 놓은 글자들일 뿐이지요."

소피가 랭던의 암시를 이해하는 데는 그리 긴 시간이 필요치 않았다. 무척 간단한 얘기였다. 소피는 랭던을 응시했다.

"그러니까 당신 생각은, 이 메시지가…… 아나그램*? 신문에서 아무 말이나 골라낸 것처럼요?"(아나그램 : 철자 바꾸기.)

랭던은 소피의 얼굴에 떠오른 의심을 볼 수 있었지만, 그녀의 심정을 이해했다. 사소한 장난으로 치부해 버리기엔, 아나그램이 기호학에서 얼마나 풍부한 역사를 지녔는지 일반인들은 거의 알지 못한다.

카발라*의 신비한 가르침은 아나그램을 중요하게 다루고 있다. 새로운 의미를 끌어내기 위해서 헤브라이어 글자들을 재배치한 것이다. 르네상스 시대를 통해 프랑스 왕들은 아나그램에 마법의 힘이 있다고 굳게 믿었다. 그래서 왕들은 왕립 아나그램 전문가들을 임명해, 중요한 자료를 분석할 때 돕도록 했다. 로마 사람들은 실제로 아나그램에 관한 학문을 아르스 마그나, 즉 위대한 예술이라고 불렀다.(카발라 : 중세 유대교의 신비철학 혹은 밀교.)

랭던의 눈동자는 소피의 눈을 붙들고 있었다.

"당신 할아버님의 뜻은 바로 우리 코앞에 있었소. 그분은 충분한 단서를 우리에게 남긴 거요."

아무 말 없이 랭던은 외투 주머니에서 펜을 꺼내 들고, 각 줄의 글자들을 재배치하기 시작했다.

오, 드라코 같은 악마여!(O, Draconian devil!)
오, 불구의 성인이여!(Oh, lame saint!)

이 글자들은 완벽한 아나그램이었다.

레오나르도 다 빈치!(Leonardo da Vinci!)
모나리자!(The Mona Lisa!)

21

모나리자.

출구 계단에 서 있던 소피는 순간, 루브르를 빠져나가야 한다는 사실을 잊고 말았다.

아나그램에 대한 그녀의 충격에는 그 메시지를 스스로 풀지 못했다는 창피함이 자리하고 있었다. 복잡한 암호 해독법에 관한 한 전문가인 그녀의 지식이 가장 단순한 말장난을 그냥 지나치고 만 것이다. 당연히 알아냈어야 했다고 소피는 생각했다. 어쨌든 그녀는 아나그램에 무지하지 않았다. 특히 영어로 된 아나그램의 경우는 더욱 그랬다.

그녀가 어렸을 때, 영어 철자법을 훈련시키기 위해 소니에르는 종종 아나그램 게임을 사용했다. 한번은 '행성들(planets)'이란 단어를 불러주고, 각 철자의 순서를 바꿔서 조합하면 무려 92개의 다른 영어 단어들이 생긴다고 소피에게 알려준 적이 있었다. 그녀는 영어사전을 안고 사흘을 꼬박 투자한 끝에 92개 단어를 모두 찾아냈다.

종이를 들여다보며 랭던이 말했다.

"당신 할아버님은 죽기 전 고작 몇 분 동안에 어떻게 이런 복잡한 아나그램을 만들 수 있었는지 상상할 수가 없군요."

소피는 랭던의 호기심에 대한 답을 알고 있었다. 그리고 그런 깨달음은 그녀의 기분을 더 악화시켰다.

'내가 당연히 알아냈어야 했어!'

말장난 애호가이자 예술을 사랑한 할아버지가 유명한 예술작품들의 제목으로 아나그램 만들기를 즐겼다는 것을 소피는 기억하고 있었다. 소피가 어렸을 때, 할아버지가 만든 아나그램 중 하나는 할아버지 자신을 곤란하게 만든 적도 있었다. 미국의 한 예술잡지와 인터뷰하면서, 소니에르는 현대 큐비즘 운동에 대한 혐오를 표현한 적이 있었다. 이때 피카소의 걸작, 〈아비뇽의 아가씨들(Les Demoiselles d' Avignon)〉을 '더럽고 아무런 의미도 없는 낙서(vile meaningless doodles)'라는 완벽한 아나그램으로 표현하는 바람에, 피카소 애호가들의 기분을 상하게 한 것이다.

"아마 할아버지는 모나리자의 아나그램을 훨씬 오래 전에 만들어 두었을 거예요."

랭던을 흘끗 올려다보며 소피는 말했다.

'그리고 오늘 밤 임시변통의 암호로 그것을 썼을 거고요.'

할아버지의 목소리가 저 너머에서 차갑고 정확하게 들려왔다.

'레오나르도 다 빈치!'

'모나리자!'

왜 할아버지의 마지막 말이 유명한 그림에 관한 언급인지 소피는 알 수가 없었다. 하지만 한 가지 가능성은 생각할 수 있었다. 심란한 가능성이었다.

'이 메시지는 할아버지의 마지막 말이 아닐 수도 있다……'

내가 〈모나리자〉를 찾아가게 하려는 의도였을까? 거기에 할아버지는 다른 메시지를 남긴 것일까? 이 생각은 그럴듯해 보였다. 어쨌든 이 유명한 그림은 살 데 제타에 걸려 있는데, 살 데 제타는 오직 대화랑을 통해서만 들어갈 수 있는 〈모나리자〉 전용 관람실이었다. 소피는 이제야 깨달았다. 할아버지가 죽은 채 발견된 장소에서, 겨우 20미터 떨어진 곳에 살 드 제타로 들어가는 입구가 있다는 것을 말이다.

'할아버지는 죽기 전에 〈모나리자〉에게 다녀올 수 있었을 것이다.'

내려온 비상계단을 다시 올려다보며 소피는 마음이 찢어지는 것 같았다. 랭던을 즉시 박물관에서 빼내야 한다는 것은 알고 있었다. 그런데 본능은 반대로 움직이라고 그녀를 재촉했다. 소피는 드농 관을 처음 방문했던 어린 시절을 회상했다. 만일 할아버지가 자기에게 말해 줄 비밀을 가지고 있다면, 다 빈치의 〈모나리자〉보다 적당한 만남의 장소는 없음을 소피는 깨달았다.

"그녀는 조금 멀리 있단다."

소피의 작은 손을 꼭 쥐고서 할아버지는 속삭이듯 말했다. 할아버지는 관람시간이 지난 한적한 박물관 안을 그녀를 데리고 걷고 있었다.

소피는 여섯 살이었다. 높은 천장을 올려다보고, 어지러운 바닥을 내려다본 어린 소피는 자기가 작고 하찮게 느껴졌다. 텅 빈 박물관은 어린 그녀를 겁나게 했지만, 할아버지가 눈치 채지 않게 애쓰고 있었다. 턱을 단단히 죄고 할아버지의 손이 이끄는 대로 가고 있었다.

"조금만 더 가면 살 드 제타란다."

루브르의 가장 유명한 방에 거의 이르렀을 때, 할아버지가 말했다. 할아버지는 드러나게 즐거워하는 듯했지만, 어린 소피는 집에 가고 싶었다. 책에서 이미 〈모나리자〉를 보았지만, 소피는 그녀가 전혀 마음에 들지 않았다. 왜 모든 사람이 그녀 앞에서 야단법석을 떠는지 이해할 수가 없었다.

"따분해요."

소피가 툴툴거렸다.

"학교에서는 프랑스어, 집에서는 영어를 쓰자고 했지."

할아버지가 말했다.

"루브르 박물관은 집이 아냐!"

소피는 반항적으로 외쳤다.

할아버지는 피곤한 웃음을 지어 보였다.

"그렇구나. 그럼 그저 재미삼아 영어로 얘기해 볼까."

소피는 입을 삐죽 내밀고 계속 걸었다. 두 사람이 전용 관람실에 들어섰을 때, 소피의 눈이 작은 방을 훑어보다가 가장 유명한 지점에 딱 멈췄다. 오른쪽 벽 중앙에 초상화 하나가 보호용 유리벽에 둘러싸여 외롭게 걸려 있었다. 할아버지는 문가에 서서, 그림 쪽으로 가라는 몸짓을 해 보였다.

"가봐라, 소피. 그녀를 혼자 볼 수 있는 기회란 그리 흔치 않단다."

불안감을 참고서, 어린 소피는 천천히 방을 가로질러 갔다. 〈모나리자〉에 관해 모든 것을 들은 뒤라, 소피는 마치 왕족을 알현하러 가는 기분이었다. 보호 유리벽에 이르자, 소피는 숨을 참고 위를 올려다보았다. 그림 전체가 눈에 들어왔다.

그림에서 무얼 기대했는지는 정확하지 않았다. 하지만 분명 이런 기분은 아니었다. 흥분의 도가니도 아니었고, 순간의 감동도 아니었다. 그림의 유명한 얼굴은 책에 나온 그대로였다. 뭔가 일어나기를 바라면서, 영원처럼 느껴지는 침묵 속에 소피는 서 있었다.

조용히 소피 뒤로 다가와 할아버지는 속삭였다.

"그래, 어떻니? 아름답지, 그렇지?"

"그녀도 작아요."

소니에르는 미소를 지었다.

"너도 작고, 또 아름답지."

'난 아름답지 않아.'

소피는 자기의 빨간 머리와 얼굴의 주근깨가 싫었다. 게다가 같은 반의 남자애들보다 키도 컸다. 소피는 〈모나리자〉를 뒤돌아보고 고개를 저었다.

"저 여자는 책에서 본 것보다 못생겼어요. 얼굴이……"

"안개가 낀."

할아버지가 가르쳐 주었다.

"안개가 낀."

새 단어를 배웠을 때 반복해서 말하지 않으면, 할아버지가 계속 시
킨다는 것을 알고 있었기 때문에 소피는 얼른 따라했다.

할아버지는 소피에게 말했다.

"저건 회화에서 스푸마토* 스타일이라고 부르는 거란다. 매우 하기
어려운 거야. 레오나르도 다 빈치는 다른 누구보다 저 기법에 뛰어났
단다."(스푸마토 : 인물을 어스름한 안개로 감싸는 기법. 몽환적 효과를 낸다.)

소피는 여전히 그림이 마음에 들지 않았다.

"저 여자는 뭔가를 알고 있는 것처럼 보여요…… 학교에서 아이들
이 비밀을 갖고 있는 것처럼요."

할아버지는 크게 소리내어 웃었다.

"그게 〈모나리자〉가 유명한 이유 중 하나란다. 사람들은 왜 〈모나리
자〉가 미소짓고 있는지 추측하기를 좋아하지."

"할아버지는 왜 〈모나리자〉가 웃고 있는지 알아요?"

할아버지는 윙크했다.

"아마도. 언젠가는 네게 모든 것을 말해 줄게."

소피는 발을 굴렀다.

"할아버지, 말했잖아요. 난 비밀이 싫어요!"

"프린세스, 삶은 항상 비밀로 가득 차 있는 거란다. 한꺼번에 모든
것을 배울 수는 없단다."

할아버지는 미소를 지었다.

"난 다시 위로 올라가 봐야겠어요."

소피의 목소리는 계단 통로에서 공허하게 울렸다.

"〈모나리자〉한테 말입니까? 지금?"

랭던이 되물었다.

소피는 위험을 고려해 보았다.

"나는 살인 용의자가 아니에요. 이 기회를 이용하고 싶어요. 할아버지가 내게 무엇을 말하려고 했는지 이해해야 해요."

"그럼 대사관은?"

소피는 랭던을 도망자로 만들어 버린 것에 죄책감을 느꼈다. 게다가 이제는 혼자 버려 두려는 것이다. 하지만 그녀에게 다른 선택은 있을 수 없었다. 소피는 계단 아래의 금속 문을 가리켰다. 그리고 랭던에게 자동차 열쇠를 건넸다.

"저 문을 통해서 가세요. 출구 표시등을 계속 따라가면 돼요. 할아버지는 저를 이리로 내보내곤 했어요. 출구 표시등을 따라가면 보안 회전문이 나올 거예요. 일방 통행문인데 열려 있어요. 제 차는 직원용 주차장의 빨간색 스마트카예요. 이 벽 바로 너머예요. 대사관으로 가는 길은 알고 있나요?"

손에 든 열쇠를 바라보며 랭던은 고개를 끄덕였다.

소피가 부드러운 목소리로 말했다.

"이봐요, 할아버지가 〈모나리자〉가 있는 방에 메시지를 남겼을지도 모른다는 생각이 들어요. 할아버지를 죽인 사람에 대한 단서 같은 거요. 아니면 내가 왜 위험에 처해 있는지 알려주거나."

'아니면 내 가족에게 무슨 일이 일어났는지 알려주거나.'

"나는 올라가서 확인해 봐야겠어요."

"하지만 소니에르 씨가 당신이 왜 위험에 처해 있는지를 말하고 싶었다면, 왜 죽은 자리에 그냥 적어 두지 않았겠습니까? 왜 이런 복잡한 말장난을 남겼을까요?"

"할아버지가 제게 말하려던 게 무엇이든 간에, 누구나 그것을 알게 되는 것은 할아버지가 원하지 않았을 거예요. 심지어 경찰이라 해도 말이에요. 이상하게 들릴지도 모르겠지만, 다른 사람이 가보기 전에 제가 〈모나리자〉에게 다녀가기를 할아버지가 원했다는 생각이 들어요."

오직 그녀를 통해서만 비밀스러운 내용이 직접 전달될 수 있도록 할아버지가 모든 힘을 기울인 것이 분명했다. 그녀의 비밀 이니셜을 포함해서, 코드화된 문장을 바닥에 적었고, 로버트 랭던을 찾으라고 그녀에게 요청한 것이다. 이 미국인 기호학자가 할아버지의 코드를 풀었다는 것을 고려해 볼 때, 현명한 요청인 셈이다.

"나도 함께 가겠소."

"안 돼요! 대화랑이 얼마나 오래 비어 있을지 알 수 없어요. 당신은 나가야 해요."

학문적인 호기심이 이성적인 판단을 위협해, 결국 파슈의 손에 끌려가기라도 할 것처럼 랭던은 망설이고 있었다.

"지금 가세요. 랭던 씨, 대사관에서 만나요."

소피는 랭던에게 감사의 미소를 지어 보였다. 랭던은 시무룩해 보였다.

"그럼 거기서 한 가지 조건으로 만나겠소."

확고한 목소리로 랭던은 응답했다.

소피는 놀란 듯 머뭇거렸다.

"그게 뭔데요?"

"나를 랭던 씨라고 부르지 않는 겁니다."

시원한 웃음이 랭던의 얼굴을 스치고 지나가는 것을 소피는 느낄 수 있었다. 자기도 모르게 미소를 지으며 소피가 말했다.

"행운을 빌어요, 로버트."

계단 아래로 내려서자, 의심할 여지없는 아마인유 냄새와 석고 먼지들이 랭던의 콧구멍으로 파고들었다. 앞쪽에는 출구 표시등이 긴 복도 아래를 가리키고 있었다.

랭던은 복도로 들어섰다. 오른쪽에는 어둑어둑한 작품 복원실이 입을 벌리고 있었다. 그 안에 보수가 필요한 조각상들이 한 무더기 서 있는 게 보였다. 왼쪽으로는 하버드의 미술교실을 닮은 스튜디오가 있었다. 그 안에는 이젤들이 한 줄로 늘어서 있고 그림과 팔레트, 액자 도구 들이 보였다.

복도를 따라 내려가면서, 랭던은 어느 순간 케임브리지에 있는 자기 침대에서 놀라 잠이 깨는 것은 아닌지 의아했다. 이 밤 전체가 기묘한 꿈만 같았다.

'나는 지금 루브르 박물관을 절박하게 빠져나가는 중이다…… 그것도 도망자가 되어서.'

랭던은 여전히 소니에르의 재치 있는 아나그램 메시지를 생각하고 있었다. 그리고 소피가 〈모나리자〉에서 뭔가를 발견했는지 궁금했다. 만일 뭔가가 있다면 말이다. 그녀는 소니에르가 그 유명한 그림을 방문하도록 자신을 유도하고 있다고 확신하는 것 같았다. 그럴듯해 보이는 해석이지만, 랭던은 뭔가 찜찜했다.

'P.S. 로버트 랭던을 찾아라.'

소니에르는 마룻바닥에 랭던의 이름을 적어 놓았다. 소피에게 랭던을 찾으라고 요구한 것이다. 그런데 왜? 그저 소피가 아나그램을 풀도록 돕기 위해서? 그것은 매우 이상했다. 랭던이 아나그램에 특별한 재능이 있다고 소니에르가 생각할 이유는 전혀 없었다.

'우리는 한 번도 만난 적이 없으니까.'

더 중요한 것은, 소피가 당연히 자신의 힘으로 아나그램을 풀었어야 했다고 말한 점이다. 피보나치 수열을 생각해 낸 것도 소피고, 의심할 여지없이 시간이 좀더 있었더라면 랭던의 도움 없이도 메시지를 풀

수 있었을 것이다.

'그녀 혼자서 아나그램을 풀게 되어 있었다.'

랭던은 확신했다. 하지만 소니에르의 행동을 논리적으로 이해하기에는 아직도 부족한 점이 분명히 있었다.

복도를 내려가면서 랭던은 궁금했다.

'왜 나지? 왜 소니에르 씨는 관계가 소원한 손녀에게 나를 찾아내기를 절실히 원했을까? 소니에르 씨는 내가 뭘 알고 있다고 생각한 걸까?'

예기치 않은 갑작스러운 동요로 랭던은 걸음을 멈췄다. 랭던의 눈이 휘둥그레졌다. 주머니를 뒤져 프린트물을 꺼냈다. 랭던은 소니에르가 남긴 마지막 줄을 응시했다.

'P.S. 로버트 랭던을 찾아라.'

랭던은 두 글자에 눈을 고정시켰다.

'P.S.'

순간, 랭던은 소니에르의 수수께끼 같은 기호들이 렌즈의 초점을 맞춘 것처럼 뚜렷하게 한자리에 모이는 것을 느낄 수 있었다. 천둥소리처럼 기호학과 역사에 대해 가치 있는 그의 경력이 주위로 부서져 내렸다. 오늘 밤 자크 소니에르가 저지른 모든 일이 완벽하게 이해되었다.

랭던의 생각은 계속 달려갔다. 랭던은 이 모든 것들이 의미하는 암시들을 조합해 보려고 노력했다. 몸을 빙 돌려, 랭던은 자기가 온 길을 뒤돌아보았다.

'시간이 될까?'

일말의 주저함도 없이, 랭던은 계단을 향해서 전속력으로 달려갔다.

22

첫째 의자에 무릎을 꿇고 앉아서, 사일래스는 기도하는 척하며 교회 내부의 배치를 관찰하고 있었다. 대부분의 교회들처럼, 생 쉴피스도 거대한 로마 십자가 모양을 하고 있었다. 중앙의 본당은 곧장 제단으로 향하고, 제단은 수랑(袖廊)*이라고 불리는 구역과 교차되었다. 본당과 수랑이 만나는 지점은 정확히 교회의 둥근 지붕 바로 밑이며, 교회의 심장부로 간주되는 곳이다…… 교회 안에서 가장 신성하고 신비로운 지점.(수랑 : 십자형 회당의 좌우 날개 부분)

'하지만 오늘 밤은 아니다. 생 쉴피스는 어딘가에 비밀을 감추고 있다.'

머리를 오른쪽으로 돌려, 사일래스는 남쪽 수랑을 응시했다. 그리고 오른쪽 뒤편, 마지막 줄의 의자 너머로 보이는 차가운 교회 바닥에서 희생자들이 묘사한 물체를 찾았다.

'저기 있다.'

회색 화강암 바닥에 윤기 나게 잘 닦인 가는 황동 선이 반짝거렸다…… 황금색 선이 교회 바닥을 사선으로 가로지르고 있었다. 선에는 자처럼 눈금이 표시되어 있었다. 그 선은 해시계였다. 이교도적인

162

천문 관측기라고 들었다. 세계 도처에서 관광객과 과학자, 역사가 그리고 이교도 들은 이 유명한 선을 보기 위해 생 쉴피스 교회로 몰려들었다.

'로즈 라인(Rose Line).'

사일래스는 천천히 황동 선의 궤적을 추적했다. 선은 사일래스의 오른쪽 끝에서 왼쪽 앞으로 교회 바닥을 가로지르는데, 사일래스 앞에서 약간 이상한 각도로 틀어지는 바람에 대칭형인 교회와는 전적으로 어울리지 않았다. 제단을 자르면서 지나가는 선이 사일래스에게는 고운 얼굴에 난 상처처럼 보였다. 선은 교회를 둘로 나누고 있을 뿐만 아니라 교회의 전체 폭을 가로지르는 셈이었다. 결국 선이 끝나는 곳은 북쪽 수랑이 있는 구석이었다. 그리고 거기에는 전혀 예기치 못한 구조물이 서 있었다.

거대한 이집트 오벨리스크.

여기에서 로즈 라인은 90도로 방향을 틀어 수직으로 올라갔다. 오벨리스크 자체를 직접 타고 오르는 것이다. 오벨리스크를 타고 10미터를 올라간 로즈 라인은 오벨리스크의 꼭대기에서 마침내 진행을 멈추었다.

'로즈 라인. 이 라인에 조직은 쐐기돌을 숨겼다.'

오늘 밤 일찍, 스승에게 쐐기돌이 생 쉴피스 교회 안에 숨겨져 있다고 말했을 때, 스승은 미심쩍어했다. 하지만 사일래스가 생 쉴피스 바닥을 지나는 황동 선과 관련해, 형제들이 정확한 위치를 알려주었다고 덧붙이자, 스승은 뜻밖의 사실에 숨을 들이켰다.

"지금 로즈 라인을 말한 것이냐!"

스승은 재빨리 사일래스에게 생 쉴피스 교회의 유명한, 그러면서도 기이한 건축 특성에 대해서 알려주었다. 정확히 남북을 축으로 서 있는 교회를 로즈 라인이 분할하고 있다는 것이었다. 로즈 라인은 고대 해시계의 일종이며, 한때 이교도의 사원이 바로 그 자리에 서 있던 흔적이라는 내용이었다. 극점에서 극점으로 움직이는 태양광선이 남쪽 벽의 둥근 창을 통해 시간의 흐름을 보여주면서, 매일 선 아래를 따라 움직인다는 거였다.

남북으로 이어지는 이 선이 로즈 라인으로 알려져 있다. 수세기 동안, 장미는 영혼을 바른 곳으로 인도한다는 지도와 관련된 상징이었다. 거의 모든 지도에 그려져 있는 '로즈 나침반'은 동서남북을 가리킨다. 원래는 '바람의 로즈'라고 불렸는데, 이 이름이 암시하는 대로 나침반에서 서른두 개의 바람 방향을 나타내는 것이었다. 여덟 개의 주요 바람, 주요 바람들 사이에 또 여덟 개의 중간 바람, 그리고 여덟 개 중간바람들 사이에 열여섯 개의 바람들. 하나의 원 안에 나침반의 서른두 개 방향의 점을 찍어 원들을 그려내면, 서른두 장의 꽃잎을 가진 전통적인 장미 모양이 되었다. 오늘날까지도 기본적인 항해 도구를 로즈 나침반이라고 하는데, 북쪽은 항상 화살머리 모양을 하고 있다…… 아니 좀더 보편적으로는 붓꽃의 상징이다.

지구에서 자오선 또는 경선이라고 불리는 로즈 라인은 북극과 남극을 잇는 상상의 선이다. 지구의 어느 지점에서라도 북극과 남극을 잇는 경선이 있기 때문에 로즈 라인의 수는 사실 무한하다고 볼 수 있다. 초기 항해사들의 의문은 무한한 경선들 가운데, 어느 것을 로즈 라인, 즉 경도 0으로 불러야 하느냐였다.

오늘날 이 라인은 영국의 그리니치에 있다. 하지만 처음부터 그런 것은 아니다. 제1자오선으로 그리니치가 선정되기 전에, 전세계의 경도 0은 프랑스 파리의 생 쉴피스 교회를 통과했다. 생 쉴피스의 황동선은 세계의 첫째 주요 자오선이었음을 기념하는 것이다. 비록 1888년에 그리니치가 그 영광을 가져갔지만, 본래의 로즈 라인은 여기 남아서 오늘날까지 여전히 볼 수가 있다.

스승은 사일래스에게 말했다.

"그래, 전설이 사실이었군. 쐐기돌은 장미의 표식 아래 누워 있을 것이다."

벤치에 여전히 무릎을 꿇고 앉아 있던 사일래스는 교회 안을 둘러보았다. 그리고 아무도 없는지 확인했다. 순간, 성가대 발코니에서 부스럭거리는 소리를 들은 것 같았다. 사일래스는 몸을 돌려 잠시 올려다보았다. 아무것도 없었다.

'나 혼자다.'

사일래스는 일어서서 제단을 마주했다. 그리고 세 번 무릎을 꿇었다. 그런 뒤에 왼쪽으로 돌아서서 오벨리스크로 향한 황동 선을 따라갔다.

그때 로마의 레오나르도 다 빈치 국제 공항에서는, 착륙하는 비행기의 타이어 소리가 아링가로사 주교의 선잠을 깨웠다.

'잠이 들었었군.'

잠이 들 정도로 자신이 편안한 상태라는 것이 스스로 생각해도 인상적이었다.

"로마에 오신 것을 환영합니다."

비행기의 안내방송이었다.

자리에 앉아 아링가로사는 검정 사제복의 주름을 펴고, 좀처럼 짓지 않는 웃음까지 지었다. 행복한 여행이었다.

'나는 너무 오랫동안 방어적으로 지내왔어.'

하지만 오늘 밤 규칙은 바뀔 것이다. 겨우 다섯 달 전만 해도, 아링가로사는 자기 신념의 미래가 두려웠다. 하지만 이제 마치 신의 뜻인 것처럼 해답이 스스로 모습을 드러냈다.

'신성한 개입.'

오늘 밤 파리에서의 모든 일이 계획대로 잘 이루어진다면, 아링가로사는 기독교 세계에서 그를 가장 강력한 인간으로 만들어 줄 뭔가를 곧 갖게 될 터였다.

23

숨을 헐떡이며 소피는 살 데 제타의 커다랗고 육중한 문에 도착했다. 들어가기 전에 소피는 홀 아래쪽을 마지못해 바라보았다. 20미터 정도 떨어진 곳에 할아버지가 집중 조명을 받으며 조용히 누워 있었다.

갑자기 강한 후회가 그녀를 붙들었다. 죄책감과 함께 깊은 슬픔이 밀려 왔다. 지난 10년 동안 할아버지는 수천 번이나 그녀와 접촉하려고 했다. 하지만 소피는 할아버지의 편지와 소포들을 뜯어 보지도 않은 채 서랍에 넣어 두었다. 그녀를 만나기 위한 할아버지의 노력을 부인하면서 말이다.

'할아버지는 나에게 거짓말을 했어! 끔찍한 비밀을 감추고 있어! 내가 무엇을 해야 하는 걸까?'

그리고 할아버지를 자기에게서 몰아냈다. 완전히.

이제 할아버지는 죽었고, 무덤에서 그녀에게 말을 걸고 있었다.

'모나리자.'

소피는 거대한 목재 문을 밀었다. 입구가 하품하듯이 살짝 열렸다. 소피는 문턱에 서서, 잠시 사각형의 큰 방을 살펴보았다. 이 방 역시 부드러운 붉은 조명 아래에 있었다. 대화랑 한가운데에 있는 살 데 제

타는 루브르 박물관에서 몇 개밖에 되지 않는 막다른 방들 중 하나였다. 그래서 지금 밀고 들어간 이 문이 전용 관람실의 유일한 출입문이었다. 문에 들어서면, 정면으로 4.5미터나 되는 보티첼리의 그림이 걸려 있다. 그 아래 방 중앙에는 팔각형 모양의 거대한 의자가 놓여 있다. 루브르의 가장 유명한 소장품을 구경하기 위해 이곳을 찾은 방문객들이 쉬어 갈 수 있도록 말이다.

방으로 들어가기 전에 소피는 한 가지 빼먹었다는 것을 알았다.

'불가시광선.'

저기 아래에서 여러 전자기구에 둘러싸여 누워 있는 할아버지를 응시했다. 할아버지가 여기에 뭔가를 적었다면, 워터마크 펜으로 적었을 것이 틀림없었다.

소피는 깊게 숨을 들이쉬고 환한 범죄 현장으로 서둘러 다가갔다. 할아버지를 보지 않으려고 조심하면서, PTS 도구를 찾는 데 집중했다. 작은 자외선 만년필형 손전등을 찾아내어 주머니에 집어넣고, 서둘러 전용실의 열린 문으로 돌아갔다.

문턱을 넘어 들어가려는 순간, 소피는 방 안에서 서둘러 걸어오는 발소리를 들었다.

'누군가 안에 있다.'

어두컴컴한 붉은 조명에서 유령 같은 형체가 불쑥 나타났다. 소피는 놀라 뒤로 물러섰다.

"여기 있었군!"

그녀 앞으로 다가오며 랭던의 거친 속삭임이 공기를 갈랐다.

소피가 안도감을 느낀 건 순간뿐이었다.

"로버트, 빠져나가라고 말했을 텐데요! 만일 파슈가……"

"어디 있었어요?"

"불가시광선이 필요해서요. 할아버지가 내게 메시지를 남겼다면……"

랭던의 푸른 눈이 그녀를 확고하게 붙들었다.

"소피, 들어봐요. P.S.라는 글자들…… 그 글자들이 당신에게 다른 의미는 없어요? 전혀?"

그들의 목소리가 홀 아래로 울려퍼질 것이 두려워, 소피는 랭던을 전용 관람실 안으로 이끌었다. 그리고 육중한 문을 가만히 닫았다.

"말했잖아요, 그 이니셜은 프린세스 소피라고."

"압니다. 그런데 그게 다른 곳에 쓰인 것을 본 적이 없냐고요? 당신 할아버지가 다른 식으로는 P.S.를 사용한 적이 없느냔 말입니다? 가령, 모노그램으로라든가 아니면 문서라든가, 무슨 개인 물품 같은 것에 말이오."

랭던의 질문은 소피를 놀라게 했다.

'랭던이 어떻게 그것을 알고 있지?'

정말 소피는 전에 한 번 P.S.를 모노그램의 형태로 본 적이 있었다.

아홉 살 생일을 하루 앞둔 날이었다. 할아버지가 숨긴 생일 선물을 찾아서 소피는 집 안을 몰래 훑고 있었다. 그때는 자기가 모르는 비밀이 있는 것이 싫었다.

'할아버지가 올해에는 어떤 선물을 주실까?'

소피는 벽장과 서랍을 뒤지고 있었다.

'내가 갖고 싶어하는 인형을 주시겠지? 그런데 그걸 어디에 숨기신 거야?'

집 안에서 아무것도 찾을 수가 없자, 소피는 용기를 내 할아버지의 침실로 살며시 들어갔다. 할아버지의 침실은 출입이 허락되지 않았지만, 할아버지는 아래층 소파에서 자고 있었다.

'얼른 둘러만 봐야지!'

발끝을 들고 삐걱거리는 나무 마룻바닥을 가로질러 할아버지의 옷장으로 다가갔다. 옷들 뒤에 있는 선반을 살펴보았지만, 아무것도 없었다. 침대 아래도 살폈지만 역시 없었다. 할아버지의 책상으로 다가

가서, 소피는 서랍을 하나씩 열어 보았다.

'여기에 있을 거야!'

서랍 하나만 남아 있을 때까지 인형의 머리털 하나도 보이지 않았다. 낙담한 소피는 마지막 서랍을 열었다. 할아버지가 입은 적이 없는 검은색 옷이 그 안에 들어 있었다. 서랍을 닫으려는 순간 안쪽에서 금빛으로 빛나는 뭔가가 소피의 시선을 잡아끌었다. 주머니에 넣고 다니는 시계줄처럼 보였지만, 할아버지에겐 그런 것이 없다는 것을 소피는 알고 있었다. 그게 무엇인지를 깨닫자 소피의 가슴은 뛰기 시작했다.

'목걸이!'

소피는 조심스럽게 줄을 잡아당겼다. 놀랍게도 줄 끝에는 반짝이는 황금열쇠가 달려 있었다. 열쇠는 묵직하고 아른아른하게 빛났다. 마법에 걸린 듯, 소피는 열쇠를 집어 들었다. 대부분의 열쇠들은 납작한 다리에 톱니 모양의 이빨 자국들이 나 있지만 이 열쇠는 삼각기둥 모양의 다리에 온통 작은 곰보 자국뿐이었다. 큰 열쇠 머리는 십자가 모양이었는데, 우리가 흔히 보는 그런 십자가는 아니었다. 팔길이가 다 같은 더하기(+) 모양이었다. 십자의 한가운데에는 이상한 기호가 양각으로 새겨져 있었는데, 꽃처럼 생긴 디자인과 두 글자가 서로 얽혀 있었다.

"P.S."

소피는 얼굴을 찡그렸다.

'이게 뭐지?'

"소피?"

할아버지가 문가에 서 계셨다.

너무 놀란 소피는 돌아보다가 쨍, 소리를 내며 열쇠를 바닥에 떨어뜨리고 말았다. 할아버지의 얼굴을 쳐다보는 것이 무서워 소피는 열쇠를 내려다보았다.

"저…… 생일 선물을 찾고 있었어요."

소피는 머리를 숙였다. 자기가 할아버지의 신뢰를 배반했다는 것을 알고 있었다.

영원같이 느껴지는 시간 동안, 할아버지는 침묵을 지키며 문가에 서 있었다. 마침내 할아버지는 긴 한숨을 내쉬었다.

"열쇠를 주워라, 소피."

소피는 열쇠를 집었다.

할아버지가 안으로 걸어 들어왔다. 온화하게 무릎을 꿇고, 할아버지는 소피에게서 열쇠를 가져갔다.

"소피, 넌 다른 사람의 사생활을 존중할 줄 알아야 한다. 이 열쇠는 아주 특별한 거란다. 만일 내가 이것을 잃어버리면……."

할아버지의 조용한 목소리가 소피의 기분을 더 처참하게 만들었다.

"죄송해요, 할아버지. 정말 죄송해요. 난 이게 제 생일 선물인 목걸이라고 생각했어요."

할아버지는 잠시 소피를 쳐다보았다.

"소피, 이것은 중요한 일이기 때문에, 한 번 더 네게 말하는 거야. 다른 사람의 사생활을 존중하는 법을 배워야 한다."

"예, 할아버지."

"나중에 더 얘기하자. 지금은 정원에서 잡초를 좀 뽑아야 할 것 같구나."

소피는 서둘러 밖으로 뛰어나갔다.

다음 날 아침, 소피는 할아버지에게서 아무런 선물도 받지 못했다. 어제 일 때문에 기대도 하지 않았다. 할아버지는 하루 종일 생일 축하한다는 말 한마디 건네지 않았다. 생일날 밤, 슬픈 기분으로 잠자리에 들려던 소피는 침대에 기어오르다가 베개 위에 놓인 카드를 발견했다. 카드 위에는 단순한 수수께끼가 적혀 있었다. 수수께끼를 풀기도 전에, 소피는 벌써 웃고 있었다.

'뭔지 알아!'

지난 크리스마스 아침에도 소피를 위해 할아버지가 이런 장난을 했다.

'보물찾기!'

수수께끼를 풀 때까지 소피는 카드에 골몰했다. 해답은 집 안의 다른 장소를 가리키고 있었고, 거기에는 다른 수수께끼 카드가 놓여 있었다. 이걸 풀고, 소피는 다음 장소로 또 달려갔다. 단서들을 쫓아 집 안 여기저기를 바쁘게 왔다 갔다 하던 소피는 마침내 마지막 수수께끼를 풀었다. 해답은 다시 자기 침실을 가리키고 있었다. 쏜살같이 계단을 올라가 방으로 뛰어든 소피는 걸음을 멈추고 말았다. 방 한가운데에 손잡이에 빨간 리본이 달린 빨간 자전거가 반짝이고 있었던 것이다. 소피는 탄성을 내질렀다.

"네가 인형을 바란다는 건 알고 있다. 하지만 이걸 더 좋아할 거라고 생각했지."

구석에서 할아버지가 웃으며 말했다.

다음 날, 할아버지는 소피에게 자전거 타는 법을 가르쳤다. 소피가 무성한 잔디 위로 자전거를 몰고 가다 균형을 잃으면, 둘은 함께 잔디 위로 구르면서 웃었다.

할아버지를 껴안으며 소피는 말했다.

"할아버지, 그 열쇠는 정말 미안해요."

"안다, 얘야. 난 널 용서했단다. 내가 어떻게 계속 화낼 수 있겠니. 할아버지와 손녀는 항상 서로 용서하는 거란다."

소피는 물어봐서는 안 된다는 것을 알고 있었다. 하지만 궁금증을 참을 수가 없었다.

"그 열쇠는 뭘 여는 거예요? 그런 열쇠는 본 적이 없어요. 아주 예쁘던데."

할아버지는 꽤 오랫동안 침묵을 지켰다. 어떻게 대답해야 할지 망설이고 있다는 것을 소피는 알 수 있었다.

'할아버지는 절대로 거짓말을 하지 않아.'

마침내 할아버지가 입을 열었다.

"그 열쇠는 어떤 상자를 여는 거란다. 그 안에 이 할아비는 많은 비밀을 보관하고 있거든."

소피는 입을 삐죽 내밀었다.

"난 비밀이 싫어요!"

"나도 안다. 하지만 그건 아주 중요한 비밀이란다. 언젠가는 너도 나처럼 그 비밀을 이해하는 것을 배우게 될 게다."

"열쇠 위에 글자와 꽃이 있는 걸 봤어요."

"그래, 그 꽃은 할아비가 좋아하는 꽃이지. 붓꽃이란다. 우리 집 정원에도 있지."

"나도 그 꽃 알아요! 나도 좋아해요!"

소피에게 뭔가 도전적인 일을 시킬 때면 항상 그랬듯이, 할아버지의 눈썹이 치켜 올라갔다.

"좋아, 그럼 우리 계약을 하나 맺을까. 네가 내 열쇠를 비밀로 간직하고, 나에게나 다른 누구에게도 절대로 열쇠 얘기를 하지 않겠다면, 언젠가 그 열쇠를 네게 주마."

소피는 자기 귀를 믿을 수가 없었다.

"정말요?"

"내 약속하지. 때가 되면, 그 열쇠는 네 것이 될 거야. 그 열쇠에는 이미 네 이름도 있잖아."

소피는 얼굴을 찌푸렸다.

"아니에요. 열쇠에는 P.S.라고 써 있었어요. 내 이름은 P.S.가 아니잖아요!"

할아버지는 목소리를 낮추고, 마치 듣는 사람이 없는지 확인이라도 하듯 주위를 둘러보았다.

"좋아, 소피. 네가 꼭 알아야 하겠다면 말해 주마. P.S.는 암호란다.

네 비밀 이니셜이야."

그녀의 눈이 둥그레졌다.

"내 비밀 이니셜이 있어요?"

"물론이지. 모든 손녀들에게는 오직 할아버지만 아는 비밀 이니셜이 있단다."

"P.S.?"

할아버지는 그녀를 간질였다.

"프린세스 소피."

그녀는 낄낄거리며 웃었다.

"난 프린세스가 아니야!"

할아버지는 윙크했다.

"넌 나의 프린세스란다."

그후로 둘은 다시는 열쇠 얘기를 하지 않았다. 그리고 소피는 할아버지의 프린세스 소피가 되었다.

살 데 제타 안에서 소피는 깊은 상실감에 젖어 침묵 속에 서 있었다.

"그 이니셜을 본 적이 있소?"

소피를 이상하게 쳐다보며 랭던은 속삭였다.

소피는 박물관 회랑에서 할아버지의 속삭임이 들리는 것 같았다.

'열쇠에 관해서 아무에게도 말하지 마라. 내게도, 다른 누구에게도.'

소피는 할아버지를 실망시켰다는 것을 알고 있었다. 이제 다시 할아버지의 신뢰를 자신이 어길 수 있을지 궁금했다.

'P.S. 로버트 랭던을 찾아라.'

할아버지는 랭던이 돕기를 원했다. 소피는 고개를 끄덕였다.

"그래요, 한 번 봤어요. 내가 아주 어렸을 때요."

"어디에서요?"

소피는 망설였다.

"할아버지에게 아주 중요한 어떤 물건에서."

랭던의 눈이 소피의 눈과 얽혔다.

"소피, 이건 아주 중요한 문제요. 그 이니셜이 다른 상징과 함께 있었는지 말해 줄 수 있겠어요? 붓꽃인가요?"

소피는 너무 놀라 뒤로 비틀거렸다.

"아니…… 어떻게 당신이 그걸 알죠!"

랭던은 숨을 토해 내며 소리를 낮췄다.

"내 장담하건대, 당신 할아버지는 비밀단체의 일원이었을 거예요. 아주 오래되고 은밀한 조직 말이오."

소피는 뱃속에 딱딱한 응어리가 뭉치는 것을 느꼈다. 그녀도 알고 있었다. 끔찍한 이 사실을 그녀에게 확인시켜 준 사건을 잊기 위해 지난 10년 동안 노력했다. 생각하기도 싫은 어떤 일을 목격한 것이다.

'용서할 수 없는 일이었어.'

"붓꽃, P.S.라는 이니셜과 결합된 붓꽃은 어떤 조직의 공식적인 의장이죠. 조직의 문장이자 로고인 셈이에요."

"어떻게 그걸 알고 있죠?"

랭던이 자신도 그 조직의 일원이라고 말하지 않기를 소피는 기도했다.

"그 조직에 관해 글을 쓴 적이 있어요. 비밀단체들의 상징을 연구하는 것이 내 전공이죠. 그들은 자기들을 시온 수도회(Priory of Sion)라고 불렀어요. 프랑스에 본부를 두고, 유럽 전역에서 힘있는 멤버들을 끌어들였죠. 사실 이 조직은 지구상에 살아남은 가장 오래된 비밀조직이에요."

랭던의 목소리는 흥분으로 떨리고 있었다.

소피는 이런 것들에 관해서 한 번도 들어보지 못했다.

랭던은 속사포처럼 말하고 있었다.

"시온 수도회의 회원들을 보면 역사상 가장 고결한 인물들이 몇몇 포함되어 있어요. 예를 들자면, 보티첼리나 아이작 뉴턴, 빅토르 위고 등이 그런 사람들이죠."

랭던은 학문적 열정으로 목소리를 가다듬으며 잠시 말을 쉬었다.

"그리고 레오나르도 다 빈치가 있어요."

소피는 멍하니 쳐다볼 뿐이었다.

"다 빈치가 비밀단체의 일원이었다고요?"

"다 빈치는 1510년부터 1519년 사이, 조직의 회장, 즉 그랜드 마스터로서 시온을 이끌었어요. 이 점이 당신 할아버지가 왜 그토록 레오나르도의 작품에 열정을 보였는지 이해하는 데 도움이 될 거요. 당신 할아버지는 레오나르도에게서 역사적으로 맺어진 형제애 같은 것을 공유한 것이 틀림없어요. 그리고 두 사람의 사상은 여신 도상학에 대한 열정이나 이교주의, 여신의 신성, 교회에 대한 혐오 등 여러 면에서 완벽하게 들어맞아요. 시온 수도회는 역사적으로 신성한 여성을 찬양하는 기록을 가지고 있으니까."

"지금 저한테 그 조직이 이교도적인 여신숭배 집단이라고 말하는 건가요?"

"이교도적인 여신숭배 집단 그 이상이에요. 하지만 더 중요한 것은, 그들이 고대 비밀의 수호자로 알려져 있다는 거죠. 조직을 상상할 수 없을 정도로 강력하게 만든 비밀."

확신에 찬 랭던의 눈을 보면서도, 소피의 솔직한 반응은 믿기 어렵다는 것이었다.

'비밀스러운 이교도 집단이라고? 한때 레오나르도 다 빈치가 조직을 이끌었다고?'

모든 것이 터무니없게만 들렸다. 하지만 랭던의 얘기를 별것 아닌 걸로 치부하려 해도, 그녀의 마음은 10년 전 사건으로 되돌아가고 있었다. 실수로 할아버지를 놀라게 하고, 그녀가 아직까지도 받아들이지 못하고 있는 그날 밤의 일.

'그걸 설명할 수 있을까?'

랭던은 말했다.

"살아 있는 시온 회원들의 신분은 최상급 비밀이에요. 하지만 당신이 아이였을 때 보았다는 P.S.와 붓꽃이 증거요. 그것들은 오로지 시온 수도회와 관련이 있을 뿐이죠."

소피는 자기가 상상한 것보다 랭던이 할아버지에 대해 훨씬 많이 알고 있다는 것을 깨달았다. 이 미국인은 그녀와 공유할 수 있는 많은 양의 지식을 보유하고 있는 것이다. 하지만 여기는 적당한 장소가 아니었다.

"경찰이 당신을 잡아가게 둘 수는 없어요. 로버트. 우리가 서로 의논해야 할 것이 많기 때문이에요. 당신은 나가야 해요!"

랭던은 소피의 목소리가 웅얼거리는 소리로만 들렸다. 그는 움직이지 않았지만, 정신은 지금 다른 곳에 가 있었다. 고대의 비밀이 표면으로 떠오르는 곳, 역사에서 잊혀진 장소가 어둠에서 나오는 곳이었다.

마치 물속에서 움직이는 것처럼, 랭던은 머리를 천천히 돌려 붉은 안개 같은 조명 속에 있는 〈모나리자〉를 응시했다.

붓꽃은 불어로 fleur-de-lis다.

'fleur-de-lis······ flower of Lisa(리자의 꽃)······ Mona Lisa(모나리자).'

모나리자.

모든 것은 서로 얽혀 있었다. 시온 수도회와 레오나르도 다 빈치의 비밀에 공명하는 소리 없는 교향악처럼 말이다.

몇 킬로미터 떨어진 앵발리드 너머 강둑에서, 트레일러를 몰던 운전사가 경찰이 들이댄 총 끝에 둘러싸여 당황하고 있었다. 그리고 사법 경찰 반장이 분노에 찬 욕설을 내지르며 넘실대는 센 강에 비누를 던져 버리는 것을 지켜보고 있었다.

24

사일래스는 육중한 대리석으로 만들어진 오벨리스크의 길이를 가늠해 보고 있었다. 흥분으로 근육이 팽팽해지는 것이 느껴졌다. 교회 안을 다시 한 번 둘러보고 혼자임을 확인했다. 그런 뒤 오벨리스크 바닥에 무릎을 꿇었다.

'쐐기돌은 로즈 라인 아래에 숨겨져 있다.'

'쉴피스의 오벨리스크 아래에.'

희생자들의 말이 일치했다.

무릎을 꿇은 채, 사일래스는 돌바닥을 더듬어 나갔다. 타일을 움직일 만한 틈이나 표시는 보이지 않았다. 사일래스는 손가락 마디로 바닥을 부드럽게 톡톡 쳐보기 시작했다. 오벨리스크에 가까이 있는 황동 선을 따라서, 선 근처에 있는 타일들을 두드려 보았다. 마침내 한 장에서 이상한 소리가 울렸다.

'바닥 아래에 빈 공간이 있다!'

사일래스는 미소를 지었다. 희생자들이 진실을 말한 것이다.

사일래스는 바닥의 타일을 깰 만한 도구를 찾기 위해 교회 안을 뒤지기 시작했다.

제단 위 높은 발코니에서 상드린 수녀는 숨을 죽이고 있었다. 불길한 예감이 들어맞은 것이다. 이 방문객은 평범한 방문객이 아니었다. 수상한 오푸스 데이 신도가 다른 목적을 품고 생 쉴피스에 들어온 것이다.

비밀스러운 목적.

'당신만 비밀을 갖고 있는 게 아니야.'

수녀는 생각했다.

상드린 비에유 수녀는 교회의 관리인 이상의 존재였다. 그녀는 파수꾼이었다. 그리고 오늘 밤 고대의 바퀴가 움직이기 시작한 것이다. 이 낯선 방문객이 오벨리스크 바닥에서 서성인다는 것은 조직에서 보낸 신호인 셈이었다.

'재난이 시작됐다는 소리 없는 신호다.'

25

파리에 있는 미국 대사관은 샹젤리제의 오른쪽, 가브리엘 가에 있는 자그마한 복합건물이었다. 1만 2천 평방미터에 달하는 이 영역은 미국 땅으로 간주되었다. 즉 이 안에 있는 사람들은 모두 미국에 있는 사람들과 똑같은 법과 보호하에 있다는 의미다.

대사관의 야간 교환원이 《타임》지의 국제판을 읽고 있을 때, 전화벨이 울렸다.

"미국 대사관입니다."

"안녕하십니까? 도움이 좀 필요합니다. 대사관 자동 전화 시스템에 저한테 온 전화 메시지가 있다는 얘기를 들었습니다. 이름은 랭던이라고 합니다. 그런데 접속 코드인 세 자리 숫자를 잊어버렸습니다. 도와주시면 정말 고맙겠습니다."

전화를 건 사람은 프랑스 억양의 영어로 말했다. 그러나 공손한 말의 내용과는 다르게, 남자의 어조는 퉁명스럽고 관료적이었다.

교환원은 잠시 말이 없었다.

"죄송합니다. 손님의 메시지는 상당히 오래된 것 같군요. 그 시스템은 보안상의 문제로 이 년 전에 폐기되었습니다. 게다가 지금 모든 접속 코드는 다섯 자리고요. 그런데 당신에게 온 메시지가 있다는 얘기를 누가 했죠?"

"자동 전화 시스템이 없단 말입니까?"

"예, 손님에게 온 메시지라면 저희 서비스 부서에 메모가 되어 있을 겁니다. 이름이 뭐라고 하셨죠?"

하지만 남자는 전화를 끊어 버렸다.

센 강을 따라 달리며, 브쥐 파슈는 바보가 된 기분이었다. 랭던이 지역번호를 누르고 세 자리 코드를 누르고 나서, 녹음된 메시지를 듣는 것을 분명히 보았다.

'랭던이 대사관에 전화한 게 아니라면, 도대체 누구한테 한 거지?'

휴대 전화기를 내려다보던 파슈는 순간, 답이 자기 손 안에 있다는 것을 깨달았다.

'참, 랭던이 내 휴대 전화기를 사용했지.'

휴대 전화기의 메뉴 버튼을 눌러, 파슈는 최근 통화목록을 열었다. 랭던이 건 전화번호도 그대로 나와 있었다.

파리 지역번호와 어떤 전화번호 뒤에 세자리 코드 454가 이어지고 있었다.

전화번호를 누른 파슈는 신호가 가기를 기다렸다.

드디어 한 여자의 목소리가 전화를 받았다.

"안녕하세요, 소피 느뵈입니다. 저는 잠시 집을 비웠습니다만……"

파슈는 피가 끓어오르는 듯했다. 그리고 번호를 차례로 눌렀다. 4…5…4.

26

불후의 명성에도 불구하고, 〈모나리자〉그림은 고작 가로 53, 세로 79센티미터에 지나지 않는다. 루브르 박물관의 기념품 가게에서 파는 포스터보다 작다. 그녀는 5센티미터 두께의 보호용 유리벽에 둘러싸여 전용 관람실의 북서쪽 벽에 걸려 있다. 포플러 나무판 위에 그려진 모나리자의 우아하고 신비로운 분위기는 스푸마토 기법의 대가이던 다 빈치의 능력 덕분이었다. 이 기법에서 형상은 증기처럼 사라져 없어진다.

루브르 박물관에 자리잡은 이래, 〈모나리자〉는 두 번 도둑맞았다. 최근에 일어난 것은 1911년이었는데, 루브르 박물관의 '살롱 카레'에서였다. 모든 파리 시민들은 슬퍼했고, 도둑에게 그림을 돌려 달라는 내용의 기사를 신문에 게재했다. 2년 후, 피렌체의 한 호텔에 있던 트렁크 밑바닥에서 숨겨져 있던 〈모나리자〉를 찾아냈다.

랭던은 떠날 의사가 없다는 것을 분명히 하고 소피를 따라 전용 관람실로 들어갔다. 〈모나리자〉는 20미터 앞에 있었다. 소피가 펜 전등을 켜자, 펜에서 흘러나오는 초승달 같은 푸르스름한 빛이 바닥을 비추었다. 소피는 지뢰라도 찾는 것처럼 어딘가에 잉크의 흔적이 없는지 이리저리 비추기 시작했다.

소피 옆에서 걸으면서, 랭던은 위대한 작품과의 재회를 앞둔 기대감이 온몸에 번지는 것을 느끼고 있었다. 그는 소피의 손에서 나오는 자주색 불빛 너머의 것을 보려고 신경을 곤두세웠다. 왼쪽으로 팔각형의 휴식용 의자가 어두운 섬처럼 보였다.

이젠 어두운 유리벽도 볼 수 있었다. 저 유리 뒤에 세상에서 가장 유명한 그림이 독방에 갇혀 있다는 것을 랭던은 알고 있었다.

세계에서 가장 유명한 그림인 〈모나리자〉의 지위는 그녀의 불가해한 미소와는 아무런 상관이 없다. 많은 역사가들이나 음모론 애호가들이 내놓는 난해한 해석 따위와도 상관없다. 〈모나리자〉가 유명한 이유는 아주 간단했다. 레오나르도 다 빈치가 그녀를 자기의 가장 뛰어난 업적이라고 주장했기 때문이다. 그는 가는 곳마다 그림을 가지고 다녔다. 누가 왜 그러느냐고 물으면, 여성의 아름다움을 가장 기품 있게 표현한 그녀와 떨어져 있기 싫어서라고 대답한 것이다.

많은 예술사가들은 〈모나리자〉에 대한 다 빈치의 애정이, 숙련된 예술기법과는 상관없다고 생각한다. 실제로 〈모나리자〉는 극히 평범한 스푸마토 초상화이다. 많은 사람들이 주장하듯, 이 작품에 대한 다 빈치의 숭배는 좀더 의미심장한 것에서 비롯되었다. 그림의 여러 겹들 사이에 숨겨진 메시지가 그것이다. 사실 〈모나리자〉는 세계에서 가장 뛰어난 풍자와 해학을 보여준다. 대부분의 두툼한 예술사 책들은 이 그림에 잘 드러난 이중 의미의 콜라주와 장난기 넘치는 은유를 설명하고 있다. 대중들은 여전히 〈모나리자〉의 미소를 가장 큰 신비로 여기지만 말이다.

'미스터리란 없다. 미스터리는 없어.'

랭던이 좀더 앞으로 다가서자, 그림의 희미한 외곽선이 형태를 갖추기 시작했다.

얼마 전에 랭던은 에식스 카운티 연방교도소에 있는 열두 명의 죄수들과 함께 〈모나리자〉의 비밀을 나눈 적이 있었다. 교도소에서 가진 이 세미나는 교육을 교도소 시스템에까지 확대하자는 취지에서 비롯된 하버드 대학의 사회협력 프로그램의 일부였다. 하버드의 동료들은 이 세미나를 '죄수들을 위한 문화강좌'라고 불렀다.

불을 끈 연방교도소 도서관에서, 영사기 앞에 선 랭던은 수업에 참여한 죄수들과 〈모나리자〉의 비밀을 공유했다. 랭던은 이들에게 꽤 깊은 애정을 느끼고 있었다. 도서관 벽에 투영된 모나리자의 이미지를 향해 걸어가면서 랭던은 말했다.

"눈치 챘을지 모르지만, 모나리자의 얼굴 뒤에 있는 배경은 서로 다릅니다."

랭던은 뚜렷한 차이를 보이는 배경을 가리켰다.

"다 빈치는 왼쪽의 수평선을 오른쪽보다 일부러 낮게 그렸습니다.

"다 빈치가 그림을 망친 겁니까?"

죄수 중 한 명이 물었다.

랭던은 소리내어 웃었다.

"아닙니다. 다 빈치는 그런 실수를 할 사람이 아닙니다. 사실 이것은 다 빈치가 살짝 장난을 친 것입니다. 왼쪽에 있는 시골 풍경을 낮게 그려서, 오른쪽보다 왼쪽의 모나리자가 커보이게 한 겁니다. 이것은 다 빈치 나름대로의 해학입니다. 역사적으로 볼 때, 남자와 여자라는 개념은 한쪽씩을 차지하는 거였습니다. 왼쪽이 여자, 오른쪽은 남자였지요. 다 빈치는 여성이 가진 본질을 매우 아꼈기 때문에, 오른쪽보다 왼쪽에서 보이는 모나리자를 더 크게 보이게 한 것입니다."

"다 빈치가 호모였다는 얘길 들었어요."

염소수염을 기른 왜소한 체구의 남자가 말했다.

랭던은 싱긋 웃었다.

"역사가들은 대부분 그렇게 말하지 않습니다만, 그렇습니다. 다 빈치는 동성애자였습니다."

"그게 그 사람이 여성적인 것에 집착한 이유였나요?"

"사실, 다 빈치는 남자와 여자의 균형을 맞추는 것을 중요하게 여겼습니다. 그는 남자와 여자, 이 두 요소를 다 갖추지 못한다면 인간의 영혼은 결코 깨우칠 수 없다고 믿었지요."

"남자 성기를 가진 계집을 말하는 거요?"

누군가 물었다.

이 질문은 소란스러운 웃음을 이끌어냈다. 랭던은 자웅동체를 뜻하는 단어, 헤르마프로디테가 헤르메스와 아프로디테가 결합된 것이라는 어원학적인 설명을 해줄까 생각하다가 결국 그만두기로 했다.

"어이, 해리슨 포드를 닮은 랭포드 씨, 다 빈치가 여장을 하고서 그린 자기 그림이 모나리자라는 게 사실이오? 그렇다고 들은 것 같은데."

근육질의 남자가 물었다.

"그럴 가능성도 있습니다. 다 빈치는 장난꾸러기였습니다. 모나리자와 다 빈치의 초상화들을 컴퓨터로 비교 분석해 보면, 얼굴에서 놀랄 만큼 일치하는 부분을 찾을 수 있습니다. 다 빈치가 무엇을 하고자 했든, 그의 모나리자는 남자도 여자도 아닙니다. 즉 모나리자는 남녀 양성을 모두 나타내고 있는 겁니다. 아니면 그 둘을 섞고 있든지요."

랭던이 대답했다.

"하버드 식으로 표현하는 건 아니지만, 지금 모나리자가 못생긴 계집이라는 소립니까?"

랭던은 그만 웃고 말았다.

"아마도요. 하지만 실제로 다 빈치는 이 그림이 양성임을 암시하는 큰 단서를 남겨 두었습니다. 여기 계신 분들 가운데 혹시 아몬이라는 이집트 신의 이름을 들어본 적이 있습니까?"

"염병할, 그래요! 남성적인 정력의 신이죠!"

몸집이 큰 사내가 말했다.

랭던은 놀랐다.

"아몬 콘돔 상자에 적혀 있소. 상자 앞에 양의 머리를 하고 있는 사내가 그려져 있는데, 이집트의 다산의 신이라고 합디다."

근육질의 사내가 씨익 웃으며 말했다.

랭던은 들어보지 못한 상표였다. 하지만 콘돔 회사가 이집트의 표의문자를 올바르게 사용하고 있다니 다행이었다.

"대단한데요. 정말로 아몬은 양의 머리를 가진 남자로 그려집니다. 아몬의 난교와 곡선 뿔은 현대 우리 사회의 성적 속어인 '호색한*'이라는 말과 연관이 있습니다.(호색 : 뿔을 나타내는 단어 'horn'에서 호색을 나타내는 속어 'horny'가 나오게 된 것을 말한다.)

"에잇, 엿 같군!"

"엿 같죠. 그럼 아몬의 상대가 누군지 아십니까? 다산을 상징하는 이집트 여신은요?"

몇 초 간 침묵이 흘렀다. 펜을 잡으며 랭던이 말했다.

"이시스입니다. 자, 여기 남성 신, 아몬(AMON)이 있습니다. 그리고 여신, 이시스. 이시스는 고대 그림문자로 한때 '리자(L'ISA)'라고 불렸습니다."

이름을 다 적고, 랭던은 영사기에서 몇 걸음 물러섰다.

AMON L'ISA

"생각나는 게 있습니까?"

"모나리자…… 오, 맙소사."

누군가 숨을 크게 들이켰다.

랭던은 고개를 끄덕였다.

"여러분, 모나리자의 얼굴만 양성처럼 보이는 게 아니고, 그녀의 이름 또한 남자와 여자의 신성한 결합인 아나그램인 것입니다. 그리고 이것이 다 빈치의 작은 비밀입니다. 모나리자가 뭔가 알고 있는 듯한 미소를 짓고 있는 이유 말입니다."

"할아버지는 여기 있었어요."

갑자기 무릎을 꿇고 주저앉으며 소피가 말했다. 〈모나리자〉와 열 걸음 정도 떨어진 곳이었다. 그녀는 마룻바닥의 한 점을 불빛으로 가리켰다.

처음에 랭던은 아무것도 보지 못했다. 소피 곁에 무릎을 꿇고서야, 말라 버린 액체 방울이 희미하게 빛나는 것이 보였다.

'잉크인가?'

갑자기 불가시광선이 실제로 무엇에 쓰이는 도구인지 생각났다.

'피다.'

그의 감각이 욱신거렸다. 소피가 옳았다. 자크 소니에르는 죽기 전에 정말로 〈모나리자〉를 방문한 것이다.

"할아버지가 이유 없이 여기에 오진 않았을 거예요. 여기에 분명히 나를 위한 메시지를 남겼을 거예요."

일어서면서 소피는 속삭였다. 그녀는 〈모나리자〉에게로 몇 걸음 더 걸어가서 그림 앞의 바닥을 불빛으로 비추었다. 그리고 이리저리 흔들며 주위를 살폈다.

"아무것도 없어요!"

그 순간, 랭던은 〈모나리자〉 바로 앞에 있는 보호 유리벽 위에서 자줏빛의 희미한 뭔가가 반짝이는 것을 보았다. 소피의 손목을 잡고 랭던은 그림 자체에 천천히 전등을 비췄다.

두 사람은 얼어붙고 말았다.

유리 위에 휘갈겨쓴 여섯 글자가 모나리자의 얼굴 바로 위를 가로지르며 자주색으로 빛나고 있었다.

27

소니에르의 책상에 앉아 있던 콜레 부관은 전화기에서 들리는 말을 믿을 수가 없었다.

'내가 지금 제대로 듣고 있는 거야?'

"비누 조각이었다고요? 하지만 랭던이 어떻게 GPS 장치를 알았을까요?"

"소피 느뵈, 그 여자가 말해 준 거야."

파슈가 응답했다.

"예? 아니, 왜요?"

"빌어먹을, 좋은 질문이야. 하지만 나도 방금 전에야 그 여자가 랭던에게 귀띔해 준 사실을 확인했어."

콜레는 할 말을 잃었다.

'느뵈는 무엇을 생각하고 있는 거지?'

파슈는 소피가 DCPJ의 수사를 방해한 증거를 확보한 건가? 소피 느뵈는 이제 해고당할 뿐만 아니라 감옥에 가게 될지도 몰랐다.

"그렇다면 반장님…… 랭던은 지금 어디에 있는 겁니까?"

"경보기가 울렸었지?"

"예."

"대화랑 출입구로 누구 나온 사람 없었나?"

"없습니다. 박물관 경비원이 출입구를 지키고 있습니다. 반장님이 지시하신 대로요."

"좋아, 랭던은 아직 대화랑 안에 있어."

"안에요? 하지만 랭던이 왜?"

"박물관 경비원은 무장하고 있나?"

"예, 반장님. 선임 경비원입니다."

"그를 안으로 들여보내. 우리 요원들이 몇 분 안에 거기까지 갈 수는 없으니까. 랭던이 출입구를 뚫지 못하게 해. 그리고 그 경비원에게 느뵈 요원이 그놈과 한편이라는 것을 알려주는 게 좋겠어."

"느뵈 요원은 나간 걸로 생각되는데요."

"정말로 나가는 것을 자네가 봤나?"

"아닙니다. 반장님. 하지만……"

"그래, 아무도 그녀가 나가는 걸 보지 못했어. 오직 들어오는 것만 봤네."

콜레는 소피 느뵈의 배짱에 기가 막혔다.

'느뵈가 아직 건물 안에 있다고?'

"잘하고 있게나. 돌아가면 랭던과 느뵈가 총 끝에 서 있는 걸 보고 싶네."

트레일러를 보낸 후, 파슈 반장은 자기 팀을 소집했다. 오늘 밤 랭던은 잡기 어려운 사냥감이라는 것이 드러났다. 더구나 느뵈 요원이 그를 돕고 있기 때문에 예상한 것보다 구석으로 몰아넣기가 더욱 힘들지도 몰랐다.

파슈는 어떤 요행도 바라지 않기로 했다.

위험을 반으로 줄이기 위해, 파슈는 요원들을 둘로 나눠 반은 루브르 주변으로 보내고 나머지 반은 랭던이 파리에서 안전한 피난처라고 여길 만한 유일한 장소를 감시하기 위해 파견했다.

28

살 데 제타 안에서는 랭던이 유리 위에 빛나는 여섯 글자를 감탄의 시선으로 바라보고 있었다. 글자들은 모나리자의 신비로운 미소 위에 지그재그로 그림자를 드리우면서, 공중에 떠 있는 것처럼 보였다.

랭던은 속삭였다.

"시온 수도회, 이것은 당신 할아버지가 그 일원이었음을 증명하고 있소."

혼란스러운 표정으로 소피는 랭던을 바라보았다.

"이걸 이해한단 말이에요?"

생각을 휘저으며, 랭던은 고개를 끄덕였다.

"흠잡을 데가 없소. 이것은 시온의 가장 근본적인 철학을 선언한 것 중 하나요."

모나리자의 얼굴 위로 갈겨쓴 메시지에 소피는 당황하고 있는 것 같았다.

인간의 진로는 너무 어둡다.

"소피, 불멸의 여신숭배라는 시온의 전통은 어떤 믿음에 바탕을 두고 있어요. 그 믿음이란 초기 기독교 교회에서 강한 힘을 가진 남성들이 여성을 비하하고, 남성의 편의대로 저울질한 거짓말들을 널리 선전하면서 세상의 진로를 조종하기 시작했다는 거요."

글자를 바라보고만 있을 뿐 소피는 말이 없었다.

"시온 수도회는 콘스탄티누스 대제와 그 뒤를 이은 남성 계승자들이 세상을 모계 중심의 종교에서 가부장제의 기독교로 성공적으로 개조했다고 믿고 있어요. 신성한 여성을 악마같이 만들어 버리는 선전, 선동에 열을 올림으로써, 현대 종교에서 여신의 존재를 영원히 소멸시켜 버렸다는 얘기요."

소피의 표정은 확신이 없어 보였다.

"할아버지는 이걸 보라고 날 이곳에 보냈어요. 그렇다면 분명히 그 이상의 것을 내게 말하려고 하셨을 거예요."

랭던은 소피의 뜻을 이해했다.

'소피는 이것이 또 하나의 코드라고 생각하고 있군.'

숨겨진 뜻이 여기에 존재하든 그렇지 않든 간에, 랭던은 즉시 대답할 수가 없었다. 랭던의 마음은 여전히 소니에르의 외관상의 메시지에서 명백하게 드러난 의미를 붙들고 있었다.

'인간의 진로는 너무나 어둡다. 정말로 어둡군.'

랭던은 생각했다.

고통스러운 오늘의 세상에서 현대 교회가 행한 엄청난 선행을 아무도 부정할 수는 없다. 하지만 교회가 기만과 폭력의 역사를 가지고 있는 것도 사실이다. 이교도와 여성숭배 종교들을 재교육시킨다는 명목하에 벌인 잔인한 십자군 전쟁은 3백 년 동안이나 자행되었다. 인간의 머리로 생각해 낼 수 있는 끔찍한 방법들을 이용해 가면서 말이다.

가톨릭 종교재판소는 인류 역사에서 가장 많은 핏물을 적셨다고 감히 부를 수 있는 책을 발간했었다. 그 책《마녀의 망치》는 자유로이 사고하는 여자들은 위험하다는 생각을 세상에 불어넣었다. 그리고 성직자들에게 이런 여자들을 어떻게 배치하고, 고문하고, 파멸시키는지 가르쳤다. 교회에 의해서 마녀가 된 여자들은 학자, 여사제, 집시, 신비주의자, 자연 예찬론자, 약초를 모으는 자, 자연과 조화를 이루려는 모든 여자 들이었다. 산파들 역시 출산의 고통을 줄이기 위해서 이교도적인 의학지식을 사용한다는 이유로 살해되었다. 출산의 고통은 지혜의 사과를 먹는 데 한몫한 이브의 행동에 대해서 신이 내린 정당한 벌이라는 것이 교회의 주장이었다. 3백 년에 걸친 마녀 사냥으로 교회는 5백만 명에 달하는 여성을 말뚝 위에서 태워 죽인 것이다.

이 선동과 유혈의 참사는 제대로 기능을 발휘했다.

오늘날의 세계가 그 살아 있는 증거다.

한때, 영혼의 계몽을 위해 필수적인 반쪽으로 찬양받던 여성은 세계 모든 신전에서 추방당했다. 유대교의 랍비, 가톨릭의 사제, 이슬람 성직자 그 중 여성은 없다. 신성 결합은 남녀의 자연스러운 성적 결합을 통해서 각자의 영혼이 완전해지는 것을 의미했다. 이 신성 결합의 강령은 부끄러운 강령으로 바뀌어 버렸다. 신과 이야기하기 위해서 한때 상대 여성과 성적 결합을 요구하던 고결한 남자들이, 이제는 자연스러운 성적 충동을 악마의 작업, 특히 악마가 선호하는 공범자와 협력해서 만들어 내는 충동으로 여겨 두려워했다. 그 공범자란…… 여자였다.

왼쪽과 여성의 연관 역시 교회의 비방을 피할 수 없었다. 프랑스와 이탈리아에서 왼쪽을 나타내는 말들은 아주 부정적인 어조를 갖게 되었다. 그 반면에 오른쪽은 정직하고, 영리하고, 정확하다는 뜻이 있다. 오늘날에도 급진적인 사고는 좌파, 비이성적인 행동은 좌뇌라고 불리며, 왼쪽은 사악하고 불길한 의미를 지니고 있다.

여신의 시대는 끝났다. 세력이 바뀐 것이다. 어머니인 지구는 남자들의 세계가 되어 버렸고, 파괴와 전쟁의 신들이 그 대가를 요구하고 있다. 남자의 자아는 그 짝인 여자의 견제를 받지 않은 채 2천 년을 소비해 버렸다. 시온 수도회는 현대적인 삶에서 신성한 여성의 소멸이 아메리칸 인디언인 호피 부족이 말한 '코야니스쿠아치' 즉 균형이 맞지 않는 삶을 야기했다고 보았다. 테스토스테론*이라는 연료로 빚어지는 전쟁들, 여자를 폄하하는 사회, 그리고 어머니인 지구를 불손하게 대하는 인간들의 증가.(테스토스테론 : 남성 호르몬의 일종.)

소피의 속삭임이 랭던의 생각을 다시 되돌렸다.

"로버트! 누가 오고 있어요!"

랭던도 홀에서 다가오는 발소리를 들었다.

"이리로!"

소피가 손전등을 꺼버리자 눈앞에서 소피가 증발한 것처럼 보였다. 순간 랭던의 눈은 완전히 장님이었다.

'어디로?'

눈이 어둠에 익자, 방 한가운데에 있는 팔각형 의자 밑으로 소피가 숨는 것이 보였다. 그녀를 따라 막 움직이려는 순간, 시끄러운 목소리가 랭던을 차갑게 막았다.

"멈춰!"

문가에서 한 남자가 명령했다.

루브르 박물관의 경비원이 전용 관람실의 문으로 들어오고 있었다. 똑바로 뻗은 경비원의 권총은 정확히 랭던의 가슴을 겨누고 있었다.

랭던은 자기 팔이 본능적으로 하늘을 향해 들어 올려진 것을 알았다.

"엎드려! 바닥에 엎드려!"

요원은 명령했다.

몇 초 후에 랭던의 얼굴은 바닥에 닿았다. 경비원이 서둘러 다가와, 양 다리를 벌리라며 다리를 찼다.

"허튼 생각이오, 랭던 씨. 허튼 생각!"

총으로 랭던의 등을 누르며 요원이 말했다.

팔과 다리를 좍 벌리고 얼굴을 바닥에 붙이고 있었지만, 지금의 자세가 랭던은 조금도 웃기지 않았다.

'〈비트루비우스의 인체비례〉가 생각나는군. 얼굴이 아래로 향해 있긴 하지만 말이야.'

29

생 쉴피스 교회 안에서는 사일래스가 봉헌된 무거운 철제 촛대를 들고 제단에서 오벨리스크로 돌아오고 있었다. 바닥을 파는 데 쓰기 위해서였다. 빈 공간을 덮고 있는 것이 분명한 회색 대리석 타일을 노려보며, 사일래스는 시끄럽지 않게 타일을 깨는 것은 불가능하다는 것을 깨달았다.

대리석에 쇳조각을 들이대면, 둥근 천장까지 소리가 울릴 것이다.

수녀가 듣지 않을까? 지금쯤이면 수녀는 깊이 잠들었을 것이다. 그러나 사일래스는 일을 실행하지 않기로 했다. 촛대 끝을 감쌀 만한 천이 없나 둘러보았지만, 제단을 덮고 있는 천 외에는 아무것도 보이지 않았다. 제단의 천은 사용하고 싶지 않았다.

'내 망토.'

사일래스는 생각했다. 어차피 교회 안에는 혼자뿐이었다. 사일래스는 끈을 풀고, 망토를 벗어 내렸다. 모로 된 망토의 섬유조직이 등에 갓 생긴 상처에 들러붙어서, 바늘로 찌르는 듯한 아픔이 느껴졌다.

사일래스는 이제 허리에 찬 기저귀 같은 속옷 외에는 아무것도 입고 있지 않았다. 촛대의 끝을 망토로 감싸고, 눈여겨 봐둔 타일 중앙에 촛대의 끝을 들이밀었다. 둔탁한 소리가 났다. 돌은 깨지지 않았다. 다시 촛대로 눌렀다. 둔탁한 소리와 함께 이번에는 금이 갔다. 세 번의 시도 만에 타일은 마침내 산산이 부서지고, 파편들이 바닥 아래의 빈 공간으로 떨어져 내렸다.

'공간이 나왔다!'

남은 조각들을 빨리 치우고, 사일래스는 빈 공간을 들여다보았다. 그 앞에 무릎을 꿇자 심장이 무섭게 뛰기 시작했다. 창백한 팔을 안으로 들이밀었다.

처음엔 아무것도 느낄 수 없었다. 빈 공간의 바닥은 매끈한 돌이었다. 로즈 라인 아래로 팔을 더 집어넣자 뭔가 만져졌다! 두꺼운 석판이었다. 손가락으로 석판의 가장자리를 잡고, 조심스럽게 꺼냈다. 사일래스는 일어서서 석판을 살펴보았다. 가장자리가 우툴두툴하게 잘리고, 표면에 글자가 새겨져 있었다. 사일래스는 순간 현대판 모세가 된 기분이었다.

석판 위에 적힌 글을 읽으면서 사일래스는 놀랐다. 석판에는 지도나 복잡한 지시들, 아니면 암호로 된 뭔가가 적혀 있을 것으로 기대했던 것이다. 하지만 석판에 있는 글은 너무나 간단했다.

욥기 38 : 11

'성경 구절?'

순간 사일래스는 기절할 지경이었다. 그들이 찾아 헤매던 비밀 장소가 성경 구절에 들어 있다? 조직은 정의의 사람들을 속이는 일엔 결국 실패했다!

'욥기 38장 11절.'

비록 정확한 구절은 기억하지 못했지만, 성서의 욥기는 반복되는 시련을 신에 대한 믿음으로 뚫고 살아남은 한 남자의 이야기라는 것을 사일래스는 알고 있었다.

'들어맞는군.'

흥분을 간신히 감추면서 사일래스는 생각했다.

사일래스는 어깨 너머로 은은하게 빛나는 로즈 라인을 내려다보며 웃지 않을 수 없었다. 중앙의 제단 위에는 거대한 가죽 장정의 성경이 도금된 책 받침대 위에 얹혀 있었다.

발코니 안에서 상드린 수녀는 몸을 떨었다. 조금 전 아래에 있는 남자가 갑자기 망토를 벗었을 때, 수녀는 달아나서 자기의 의무를 실행하려고 했다. 하지만 석고처럼 하얀 사내의 살갗을 본 순간, 수녀는 공포에 사로잡히고 말았다. 사내의 널찍하고 창백한 등은 핏자국이 선연한 상처들로 덮여 있었다. 심지어 수녀가 있는 자리에서도 상처들이 얼마 전에 생긴 것임을 알 수 있었다.

'저 남자는 회초리로 무자비하게 맞았다!'

수녀는 사내의 허벅지에 묶인 말총 허리띠에서도 피가 떨어지는 걸 보았다.

'대체 어떤 신이 이런 식으로 육체를 벌하기를 원한단 말인가?'

오푸스 데이의 의식이 자기가 이해할 수 있는 것이 아니라는 것을 상드린 수녀는 알고 있었다. 하지만 그것은 이 순간 수녀의 걱정거리가 아니었다.

'오푸스 데이가 쐐기돌을 찾고 있다.'

생각할 시간도 없었지만, 그들이 어떻게 알아냈는지 수녀는 상상할 수가 없었다.

피투성이 사내는 다시 망토를 입고 있었다. 전리품을 꼭 쥐고서 제단의 성경책으로 다가갔다.

숨소리도 내지 않고, 수녀는 서둘러 발코니를 떠나 자기 방으로 향했다. 손과 무릎을 들이밀어서, 침대 아래에 숨겨 놓았던 봉인된 봉투를 끄집어냈다. 지난 10년간 수녀가 감춰 온 것이었다.

봉투를 찢자, 파리 전화번호 네 개가 나왔다.

온몸을 사시나무처럼 떨며 수녀는 전화 다이얼을 돌리기 시작했다.

아래층에서는 사일래스가 석판을 제단 위에 놓고 성경책에 손을 뻗고 있었다. 책장을 넘기는 길고 하얀 손가락은 땀에 젖었다. 구약성서 편을 넘기다가 욥기를 찾아냈다. 38장을 찾아낸 손이 11절을 따라 달려 내려갔다. 이제 읽게 될 구절을 사일래스는 예상했다.

'이 구절이 길을 안내할 것이다!'

11절이라는 것을 확인하고, 사일래스는 읽기 시작했다. 고작 일곱 단어에 불과했다. 혼란을 느끼며 사일래스는 다시 읽었다. 뭔가 심하게 잘못되었다는 감이 왔다. 구절은 간단했다.

여기까지는 와도 좋지만 그 이상은 넘어오지 마라.

30

〈모나리자〉 앞에 엎드린 포로를 내려다보며, 경비원 클로드 그루아르는 분노가 끓어오르는 것을 느꼈다.

'이 악당이 관장님을 죽였다!'

그루아르를 비롯한 경비 팀에게 있어 소니에르는 아버지와 같은 존재였다.

그루아르는 방아쇠를 잡아당겨 로버트 랭던의 등에 총알을 들이박고 싶었다. 선임 경비원으로서 그는 실제로 무기를 소지할 수 있는 몇 안 되는 경비원 가운데 하나였다. 하지만 여기서 랭던을 죽여 버리는 것은 브쥐 파슈와 프랑스 형무소를 대면하는 참혹한 시간에 비교하면 관대한 운명이 될 거라는 생각이 들었다.

그루아르는 허리띠에서 무전기를 뽑아 들고, 지원을 부탁하는 무전을 치려고 했다. 그러나 들리는 것은 정적뿐이었다. 이 방에서는 부가적인 전자 보안장치 때문에, 요원들간의 무전이 항상 어려웠다.

'문가로 나가야 하는데.'

랭던에게 계속 총을 겨누면서, 그루아르는 천천히 입구 쪽으로 물러섰다. 세 걸음 옮겼을 때, 경비원은 뭔가가 더 있다는 것을 알았다.

'제기랄, 뭐지?'

설명하기 어려운 형체가 방 가운데에 나타났다. 그림자. 방 안에 다른 누군가가 있다? 여자 하나가 왼쪽 벽을 향해 어둠 속에서 움직이고 있었다. 여자는 자주색 광선 빔으로 바닥 여기저기를 비추고 있었다. 여자는 그 빛으로 뭔가를 찾고 있는 것처럼 보였다.

"누구냐?"

30초 만에 두 번째 아드레날린이 솟구치는 것을 느끼며 경비원은 물었다. 어디로 총을 겨눠야 할지, 어느 방향으로 움직여야 할지 그루아르는 순간 알 수가 없었다.

"PTS."

손에 들고 있는 전등으로 바닥을 비추면서 여자가 담담하게 말했다. 그루아르는 땀이 났다.

'경찰과학수사국? 모든 요원은 가버린 줄 알았는데!'

이제야 그루아르는 보라색 빛이 PTS 팀이 항상 휴대하는 자외선광선이라는 것을 깨달았다. 하지만 DCPJ가 왜 여기서 증거를 찾고 있는 것인지 이해할 수가 없었다.

본능적으로 뭔가 이상하다는 것을 감지한 그루아르는 고함을 쳤다.

"이름을 말하시오!"

"저예요, 소피 느뵈예요."

소피는 차분한 프랑스어로 응답했다.

그 이름은 그루아르의 마음 깊숙한 어딘가에 기록되어 있었다.

'소피 느뵈?'

소니에르의 손녀 이름이지 않은가? 그녀는 꼬마였을 때 여기에 가끔 오곤 했었다. 하지만 그것은 오래 전의 일이었다.

'느뵈일 리가 없어!'

그리고 설령 저 여자가 소피 느뵈라 할지라도 신뢰하기 어려웠다. 소니에르와 손녀 사이가 아주 소원하다는 소문을 그루아르도 들은 적이 있었다.

"저 아시죠? 그리고 로버트 랭던은 할아버지를 죽이지 않았어요. 저를 믿으세요."

경비원은 받아들이지 않았다.

'지원이 필요해!'

무전기를 다시 움직여 보려고 했지만, 몸이 말을 듣지 않았다. 방의 입구는 그루아르 뒤로 족히 20미터는 떨어져 있었다. 총구를 바닥에 있는 남자에게 겨누기로 결심하고, 경비원은 뒤로 천천히 움직였다. 그루아르가 아주 조금 뒤로 움직였을 때, 여자가 방을 가로질러 가는 것이 보였다. 자외선 빔을 켜들고 〈모나리자〉의 맞은편에 걸려 있는 커다란 그림을 조사하는 중이었다.

그 그림이 어떤 것인지를 깨달은 그루아르는 숨을 들이켰다.

'아니, 대체 저 여자가 뭘 하는 거야?'

방을 가로질러 가면서, 소피는 차가운 땀방울이 이마를 가르며 흘러내리는 것을 느꼈다. 랭던은 여전히 바닥에 날개를 펼친 독수리처럼 엎어져 있었다.

'조금만 참아요, 로버트. 거의 다 됐어요.'

경비원은 두 사람 중 누구에게도 실제로 총을 쏘지는 못할 것이라고 소피는 짐작했다. 소피는 이제 손에 들린 문제로 관심을 집중했다. 다 빈치의 또 다른 걸작인 그림 하나를 구석구석 조사하고 있지만, 자외선 빛은 아무것도 발견하지 못했다. 바닥에도, 벽에도, 캔버스 위에도 없었다.

'틀림없이 여기 뭔가가 있을 텐데!'

소피는 자신이 할아버지의 의도를 정확히 파악했다고 확신하고 있었다.

'할아버지가 남기려고 한 것이 무엇이었을까?'

그녀가 지금 조사하고 있는 걸작품은 150센티미터 크기의 캔버스였다. 위험하게 드러난 바위들 위에서 서투른 자세의 성모 마리아가 아기 예수, 세례 요한, 천사 우리엘과 함께 앉아 있는 이 이상한 그림은 다 빈치의 작품이었다. 소피가 어린 꼬마였을 때, 할아버지는 〈모나리자〉 다음으로 이 그림을 보지 않고서는 박물관을 나서지 못하게 했었다.

'할아버지, 저 여기 있어요! 하지만 아무것도 찾을 수가 없어요!'

자기 뒤에서, 경비원이 도움을 요청하는 무전을 다시 시도하는 소리를 들을 수 있었다.

'집중하자!'

소피는 〈모나리자〉를 보호하는 유리벽에 휘갈겨쓴 메시지를 떠올렸다.

'인간의 진로는 너무나 어둡다.'

지금 소피 앞에 있는 그림은 메시지를 남길 만한 보호 유리벽이 없었다. 그리고 할아버지는 그림 자체에 글을 써서 위대한 작품을 훼손시킬 사람이 결코 아니었다. 그녀는 멈춰 섰다.

'적어도 정면은 아니야.'

그녀의 눈동자는 캔버스를 붙들기 위해 천장에서 내려온 기다란 케이블을 따라 올라갔다.

'그게 가능했을까?'

그림 액자의 왼쪽을 붙들고, 소피는 그림을 앞으로 끌어당겼다. 그림이 커서 케이블이 휘었다. 벽에서 그림을 살짝 들어내고, 소피는 머리와 어깨를 그림 뒤로 들이밀었다. 그리고 뒤를 조사하기 위해 손전등을 들어 올렸다.

자기 본능이 틀렸다는 것을 깨닫는 데는 몇 초도 걸리지 않았다. 그림 뒤는 비어 있었다. 자주색 글씨는 없고, 오래된 캔버스 뒷면에는 얼룩덜룩한 갈색 자국들만 보일 뿐이었다. 그런데……

'기다려.'

목재 액자 아래에서 금속물질이 반짝이는 것이 눈에 들어왔다. 물체는 작았다. 캔버스가 액자와 만나는 틈에 살짝 끼어, 은은하게 빛을 내는 금사슬이 달랑거리고 있었다.

놀랍게도 사슬에는 금으로 된 열쇠가 붙어 있었다. 십자 모양의 넓고, 조각된 머리에 문양이 새겨진, 그녀가 아홉 살 이후로 보지 못했던 그 열쇠였다. P.S.라는 이니셜과 함께 붓꽃. 그 순간 소피는 할아버지가 자기 귀에 속삭이는 소리를 들었다.

'때가 되면 이 열쇠는 네 것이다.'

할아버지가 목숨을 잃으면서도 그 약속을 지켰다는 것을 깨닫자 딱딱한 응어리가 목구멍에 맺혔다.

'이 열쇠는 내가 많은 비밀을 보관한 상자를 여는 거란다.'

오늘 밤 낱말 게임의 목적은 바로 이 열쇠였다는 것을 소피는 깨달았다. 할아버지는 살해될 때 이 열쇠를 가지고 있었던 것이다. 할아버지는 열쇠가 경찰의 손에 들어가는 것을 원치 않았고, 이 그림 뒤에 숨겼다. 그런 뒤에 오직 소피만이 찾을 수 있도록 보물찾기 게임을 만들어 놓은 것이다.

"지원 요청!"

경비원이 소리를 질렀다.

소피는 그림 뒤에서 열쇠를 집어 자외선 전등과 함께 주머니에 넣었다. 캔버스 뒤에서 보니, 그루아르가 연결도 되지 않는 무전기에 대고 지원 요청을 하려 애쓰는 모습이 눈에 들어왔다. 여전히 총은 랭던을 겨눈 채였다.

"지원 바람!"

경비원이 다시 고함을 쳤다.

아무 답변도 없었다.

'경비원은 지원 요청을 할 수 없어.'

〈모나리자〉를 보러온 관광객들이 자랑하려고 집에 전화를 걸지만 거의 대부분 좌절하고 만다는 것을 소피는 기억해 냈다. 전용 관람실의 벽을 감싸고 있는 추가 보안장치들이, 전화 통화를 불가능하게 만드는 것이다. 경비원은 이제 재빨리 출입구로 뒷걸음치고 있었다. 소피는 즉시 행동을 취해야만 한다는 것을 깨달았다.

몸을 숨겼던 커다란 그림을 올려다보며, 소피는 오늘 밤 두 번째로 레오나르도 다 빈치가 자신을 돕기 위해 거기 있다는 것을 깨달았다.

'몇 미터만 더 가면.' 총을 바로 들고 그루아르는 자신에게 중얼거렸다.

"멈춰요! 그렇지 않으면 부수겠어요!"

여자의 목소리가 방 안에 울려 퍼졌다.

그루아르는 흘끗 보다가 걸음을 멈췄다.

"어이구, 안 돼!"

붉은 안개 같은 조명 속에서, 여자가 그림을 매달고 있는 줄에서 그림을 떼어내 자기 몸 앞에 갖다놓은 게 보였다. 150센티미터 가까운 크기의 캔버스는 여자의 몸을 거의 감출 정도였다. 그루아르의 첫번째 생각은 왜 작품을 매달고 있는 케이블의 감지기가 작동하지 않았느냐였다. 하지만 곧, 오늘 밤에 케이블 감지기를 다시 설정해야 한다는 것을 깨달았다.

'저 여자가 뭘 하려는 거지?'

그림을 본 경비원은 피가 차갑게 식는 느낌이었다.

그림 한가운데가 부풀어오르더니, 성모 마리아와 아기 예수, 세례 요한의 형태가 어그러지기 시작했다.

"안 돼! 안 돼!"

값을 매길 수 없는 다 빈치의 그림이 망가지는 것을 지켜보며 공포에 사로잡힌 경비원은 비명을 질렀다. 여자가 그림 뒤에서 무릎으로 그림 한가운데를 들이밀고 있었다.

그루아르는 서둘러 총구를 여자에게 겨눴지만, 즉시 이것은 아무 쓸모 없는 위협이라는 것을 깨달았다. 캔버스는 그저 직물에 불과했지만, 단순히 총알로 뚫을 수 있는 물건이 아니었다. 6백만 달러짜리 갑옷인 셈이었다.

'다 빈치의 그림에 총알을 박을 수는 없어.'

여자가 차분한 프랑스어로 말했다.

"총과 무전기를 내려놓으세요. 그렇지 않으면 무릎으로 이 그림을 뚫어 버릴 거예요. 제 할아버지께서 어떻게 느끼실지는 잘 알고 계실 거라 생각해요."

그루아르는 현기증을 느꼈다.

"제발…… 안 돼. 그 그림은 〈암굴의 마돈나〉야."

경비원은 총과 무전기를 떨어뜨리고, 손을 머리 위로 올렸다.

"고마워요. 이제 제가 말하는 대로 정확히 움직이세요. 그럼 모든 것이 잘될 거예요."

잠시 후, 소피를 따라 비상계단을 달려 내려가는 랭던의 맥박은 아직도 천둥치듯 뛰고 있었다. 떨고 있는 루브르 경비원을 전용 관람실에 남겨 두고 나온 뒤로 그들은 서로 한마디도 하지 않고 있었다. 경비원의 권총은 이제 랭던의 손에 들려 있었다. 랭던은 이 물건을 빨리 없애 버리고 싶었다. 권총에서 무겁고 위험스러운 이질감이 느껴졌다.

한 번에 두 계단씩 내려오면서, 랭던은 소피가 거의 훼손할 뻔했던 그림이 얼마나 귀중한 것인지, 그녀가 알고 있는지 궁금했다. 그녀의 작품 선택은 오늘 밤의 모험과 이상하리만큼 딱 들어맞는 것처럼 보였다. 그녀가 잡은 다 빈치의 그림은 〈모나리자〉와 마찬가지로, 숨겨진 이교도의 상징들이 너무 풍부해서 예술사가들에게 악명 높은 작품이었다.

"아주 귀중한 인질을 선택했소."

달리면서 랭던이 말했다.

"〈암굴의 마돈나(Madonna of the Rocks)〉 말이군요. 하지만 그것은 내가 선택한 것이 아니에요. 할아버지가 한 것이지. 그 그림 뒤에 할아버지는 내게 뭔가를 남겼어요."

랭던은 놀라운 표정으로 그녀를 보았다.

"뭐요? 어떻게 그게 그 그림인 줄 알았소? 왜 〈암굴의 마돈나〉요?"

"인간의 진로는 너무 어둡다(So dark the con of man). 처음 두 개의 아나그램은 놓쳤어요, 로버트. 하지만 세 번째는 놓치지 않으려고 했죠."

소피는 승리의 웃음을 지어 보였다.

31

"그들이 죽었어요! 제발 전화기를 들어요. 그들이 모두 죽었다고
요!"

상드린 수녀는 자기 방에서 전화기에 대고 더듬거리며 말했다. 자동
응답기에 메시지를 남기고 있는 중이었다.

목록에 있던 처음 세 번호는 모두 끔찍한 결과만을 알려주었다. 신
경질적인 과부, 살해현장에서 늦게까지 일하는 형사, 그리고 남겨진
가족들을 위로하는 엄숙한 사제. 이 세 명의 연락원들은 모두 죽었다.
이제 수녀는 네 번째이자 마지막 번호에 전화를 걸고 있었다. 이 번호
는 앞의 세 번호들로 연락이 되면, 이용해서는 안 되는 번호이기도 했
다. 그런데 자동응답기가 전화를 받은 것이다. 들리는 자동응답 안내
는 자신의 이름을 밝히지 않고, 그저 메시지를 남기라는 말만 했다.

"바닥 한 칸이 깨졌어요! 다른 세 사람은 모두 죽었나 봐요!"

메시지를 남기며 수녀는 간청했다.

상드린 수녀는 자기가 보호하고 있는 네 사람의 정체를 알지 못했
다. 하지만 그녀의 침대 밑에 보관된 이 사적인 전화번호들은 오직 한
가지 조건에서만 쓰일 수 있었다.

얼굴을 보이지 않은 전달자가 수녀에게 말했었다.

'바닥의 타일이 깨지면, 상부 계층이 돌파되었다는 의미입니다. 우리 중 한 사람이 치명적인 위협 앞에서 필사적인 거짓말을 하게 강요받았다는 뜻입니다. 이 번호들로 전화하세요. 다른 사람들에게 경고하십시오. 이 일로 우리가 실패하지 않게 말입니다.'

침묵의 경고였다. 누구라도 알 수 있게끔 간단했다. 처음 들었을 때 그 계획은 수녀를 놀라게 했다. 한 형제의 정체가 드러났다면, 그는 나머지 형제들에게 경고의 메커니즘을 작동시키는 거짓말을 했을 것이다. 하지만 오늘 밤은 한 사람 이상이 합의한 것처럼 보였다.

"제발 대답해요. 어디 있나요?"

두려움에 찬 목소리로 수녀는 속삭였다.

"전화기를 내려놓으시오."

문가에서 굵은 목소리가 들려왔다.

공포를 느끼며 돌아선 수녀는 거대한 몸집의 사내를 보았다. 사내는 쇠 촛대를 들고 서 있었다.

"그들은 죽었소. 네 사람 모두 죽어 버렸지. 그리고 날 바보로 만들었어. 쐐기돌이 어디에 있는지 말하시오."

"난 몰라요! 그 비밀은 다른 자들이 지키고 있어요."

상드린 수녀는 진실하게 말했다.

'죽어 버린 그 사람들이!'

사내는 앞으로 다가서며 촛대를 하얀 손으로 꽉 쥐었다.

"당신은 교회의 수녀요. 그런데 그놈들을 위해 일해?"

"예수님은 오직 한 가지 진실한 메시지를 가지고 있을 뿐이에요. 나는 그 메시지를 오푸스 데이 안에서는 찾을 수가 없습니다."

수녀는 도전적으로 말했다.

사내의 눈에서 갑작스러운 분노가 폭발했다. 사내는 몸을 날려 방망이처럼 촛대를 휘둘렀다. 쓰러지면서 상드린 수녀는 불길한 예감이

덮쳐 오는 것을 느낄 수 있었다.

'네 사람 모두 죽었다.'

'귀중한 진실은 영원히 사라졌다.'

32

랭던과 소피가 건물을 빠져나와 파리의 밤거리로 뛰어들 때, 드농관 서쪽 끝에서 울린 비상벨 소리는 근처 튈르리 정원에서 쉬고 있던 비둘기들을 내쫓았다. 소피의 차가 세워져 있는 광장을 가로질러 뛰어가며, 랭던은 멀리서 경찰 사이렌이 울리는 소리를 들었다.

"저기 있어요."

땅딸막한 2인승 빨간 차를 가리키며 소피가 소리쳤다.

'지금 농담하는 거겠지, 그렇지?'

소피의 차는 랭던이 지금까지 본 차들 중에 가장 작은 차임을 한눈에 알 수 있었다.

"스마트카예요. 리터당 백 킬로미터를 간다고요."

소피가 말했다.

랭던이 보조석에 앉자마자, 자갈로 구분되어 있는 연석 위에 걸쳐져 있던 소피의 스마트카가 튀어나갔다. 차가 보도를 건너 루브르 박물관의 캐러젤에 있는 작은 로터리를 향해 무섭게 내달리자, 랭던은 자동차의 계기판을 붙잡았다.

순간 랭던은 소피가 로터리를 그냥 가로질러 가버리려는 것처럼 보였다. 그 중앙에 있는 커다란 원형 풀밭의 울타리를 곧장 뚫고 지날 수만 있다면 가장 빠른 지름길일 터였다.

"안 돼!"

랭던은 캐러젤 주위에 도사린 위험을 알고 있었다. 중앙에 위험한 공간이 있다. 역 피라미드. 박물관 안에서 이미 보았던 아래로 향한 채광창이었다. 그 공간은 그들이 타고 있는 스마트카를 한입에 꿀꺽 삼킬 정도로 컸다. 다행히 소피는 더 안전한 길을 택하기로 결심한 것 같았다. 바퀴를 오른쪽으로 확 꺾어 로터리를 적당히 돌다가 다시 왼쪽으로 꺾었다. 그리고 북쪽으로 난 길을 잡아 리볼리 가 방향으로 속도를 냈다.

2음조의 경찰 사이렌 소리가 그들 뒤에서 크게 울어대고 있었다. 랭던은 자동차의 사이드 미러에서 빛나는 사이렌을 볼 수 있었다. 루브르에서 더 빨리 빠져나가려고 소피가 엔진을 밟을수록 스마트카에서 항의라도 하는 듯 시끄러운 소리가 났다. 45미터 정도 앞에 있는 교통 신호는 빨간색이었다. 소피는 숨소리 아래로 저주의 말을 내뱉었다. 그리고 그대로 돌진했다. 랭던은 근육이 단단해지는 것을 느꼈다.

"소피?"

교차로에 이르러 약간 속력을 줄인 소피는 자동차의 헤드라이트를 깜박거렸다. 교차로는 비어 있었다. 액셀러레이터를 더 밟기 전에 양쪽 길을 흘끗 본 소피는 리볼리로 접어드는 왼쪽으로 차를 급하게 틀었다. 서쪽으로 4백 미터쯤 한껏 속도를 내어 달리다가, 커다란 로터리를 한 바퀴 돌고 오른쪽으로 차를 꺾었다. 그러자 샹젤리제의 길이 나왔다.

차가 똑바로 달리자, 랭던은 목을 학처럼 뽑고 리어 뷰 미러를 통해 루브르가 멀어져 가는 모습을 바라보았다. 경찰이 자기들을 쫓고 있는 것 같지는 않았다. 푸른빛의 바다가 박물관을 메우고 있었다.

마침내 심장박동이 서서히 가라앉자 랭던이 소피를 보며 말했다.

"재미있군요."

소피는 못 들은 것 같았다. 그녀의 눈동자는 앞에 뻗은 샹젤리제의 긴 길에 고정되어 있었다. 파리의 5번가로 불리는 샹젤리제에는 호화로운 가게들이 3킬로미터가량 늘어서 있다. 그리고 미국 대사관은 겨우 1.6킬로미터 떨어져 있었다. 랭던은 자리를 잡고 앉았다.

'인간의 진로는 너무 어둡다.'

소피의 빠른 사고가 인상적이었다.

'암굴의 마돈나.'

소피는 그 그림 뒤에 할아버지가 뭔가를 남겼다고 말했다.

'마지막 메시지?'

랭던은 소니에르가 메시지를 숨긴 장소가 그저 놀라울 따름이었다. 〈암굴의 마돈나〉라는 그림은 오늘 밤 드러난 상징들과 서로 연결되어 꼭 들어맞았다. 소니에르가 레오나르도 다 빈치의 어둡고 장난스러운 측면에 즐거움을 느낀다는 것을 모든 면에서 재차 강조하는 것 같았다.

〈암굴의 마돈나〉를 그린 다 빈치의 원래 보수는 '순결한 관념의 협회'라고 알려진 단체에서 지불하기로 되어 있었다. 이 협회는 밀라노의 성 프란체스코 교회에 있는 제단의 세 폭짜리 그림 중 중앙에 들어갈 그림이 필요했다. 수녀들은 레오나르도에게 구체적인 치수와 그림에 들어갈 주제도 미리 알려주었다. 성모 마리아, 아기 세례 요한, 우리엘, 아기 예수가 동굴에 몸을 피하고 있는 것이었다. 다 빈치는 그들의 요구대로 그림을 그렸지만, 작품을 전달했을 때 협회의 반응은 공포에 가까웠다. 다 빈치는 폭발적이고 마음을 어지럽히는 세부적인 묘사들로 그림을 채워 놓았던 것이다.

그림에는 성모 마리아가 아기 예수로 보이는 갓난애를 팔에 두르고 앉아 있다. 마리아의 맞은편에는 우리엘이 앉아 있는데, 마찬가지로 아기 요한과 함께다. 예수가 요한을 축복하는 것이 보통이지만 이 그림에서 예수를 축복하는 것은 요한이다…… 그리고 예수는 자기의 권위를 양도하고 있다! 더욱 심란한 것은 마리아가 아기 요한의 머리 위에 한 손을 높이 들고 있는 것이다. 마치 독수리의 발톱처럼 보이는 마리아의 손가락들은 보이지 않는 머리를 쥐고 있는 것처럼 위협적인 자세를 취하고 있다. 마지막으로 가장 분명하고 놀라운 이미지는 마리아의 굽은 손가락들 바로 아래에 있다. 우리엘이 자기 손으로 뭔가를 자르는 모습이다. 마치 마리아의 손 같은 발톱에 잡힌 보이지 않는 머리를 자르는 것처럼 말이다.

랭던의 학생들은 다 빈치가 결국 두 번째 그림을 새로 그려서 협회를 달래려고 했다는 것을 알게 될 때면 항상 즐거워했다. 〈암굴의 마돈나〉의 묽어진 버전은 모든 등장인물들이 정설대로 배열되어 있다. 이 두 번째 버전은 〈암굴의 성모〉라는 이름으로 지금은 런던 국립 박물관에 걸려 있다. 하지만 랭던은 루브르 박물관에 걸려 있는 도발적인 원래 작품을 더 좋아했다.

소피가 차의 속력을 높이자 랭던이 물었다.

"그림 말이오. 그 뒤에 뭐가 있었소?"

그녀의 눈은 길에서 떨어지지 않았다.

"우리가 대사관 안으로 안전하게 들어가면 보여줄게요."

"내게 보여준단 말입니까? 소니에르 씨가 구체적인 물건을 남겼습니까?"

랭던은 놀랐다.

소피는 짧게 고개를 끄덕였다.

"붓꽃과 P.S.라는 이니셜이 양각되어 있어요."

랭던은 자기 귀를 믿을 수가 없었다.

'거의 해냈어.'

오른쪽으로 스마트카를 돌리며 소피는 생각했다. 호화로운 크릴롱 호텔을 지나, 나무들이 담장을 이룬 지역으로 들어갔다. 대사관은 이제 1킬로미터도 남지 않았다. 소피는 자신이 다시 정상적으로 숨을 쉬고 있다는 것을 느꼈다.

운전을 하면서도 소피의 마음은 주머니 속에 든 열쇠와 오래 전에 그것을 본 기억에 가 있었다. 팔길이가 같은 십자 모양의 머리와 삼각 기둥의 다리, 움푹 파인 자국들, 양각으로 새겨진 꽃 봉인과 P.S.라는 글자.

지난 세월 동안 이 열쇠가 소피의 마음에 떠오른 적은 거의 없었지만, 정보 부처에서 일하는 그녀의 업무는 보안에 대해서 그녀에게 많은 것을 가르쳤다. 이제 이 열쇠는 특이한 도구일 뿐 그렇게 신비스러워 보이지는 않았다.

'레이저 도구로 바뀌는 주형이다. 이 열쇠는 복사가 불가능해.'

자물쇠의 공간에서 서로 맞물려야 움직이는 이빨을 가진 열쇠들과 달리 이 열쇠는 레이저로 새겨진 복잡한 수두 자국 모양들은 전자장치로 검사된다. 만일 전자장치의 눈이 열쇠의 육각형 모양의 수두 자국의 위치와 배열과 깊이가 정확하다고 판단하면, 자물쇠는 열릴 것이다.

이렇게 생긴 열쇠가 무엇을 열 것인지 소피는 상상할 수가 없었다. 하지만 로버트라면 그녀에게 말해 줄 수 있을 것 같았다. 어쨌든 그는 열쇠를 보지 않고서도 열쇠 위에 양각된 문장을 알아맞히지 않았던가. 열쇠 머리가 십자가 모양으로 되어 있다는 것은, 열쇠가 어떤 기독교 조직에 속해 있다는 것을 암시했다. 그런데 소피는 레이저 도구로 변하는 주형 열쇠를 사용하는 어떤 교회도 알지 못했다.

게다가, 할아버지는 기독교인도 아니었다……

소피는 10년 전에 그 증거를 목격했다. 뜻밖에도 그 목격이 또 다른 열쇠가 되어 주었다. 그녀에게 할아버지의 진짜 본성을 보여준 것이다.

샤를 드골 공항에 내린 것은 따뜻한 오후였다. 택시를 잡아타고 집으로 향하면서, '할아버지는 날 보면 놀라실 거야.' 소피는 생각했다. 영국에 있는 대학원에서 공부하고 있던 소피는 봄 방학을 맞아 며칠 일찍 나선 길이었다. 소피는 할아버지를 만나서 자기가 배운 해독기법에 관해 얘기하고 싶어 예정일까지 기다릴 수가 없었다.

하지만 파리에 있는 집에 도착했을 때, 할아버지는 계시지 않았다. 실망스러웠지만 소피는 할아버지가 자신이 오늘 온다는 사실을 모르고 있다는 것을 알았다. 아마 할아버지는 루브르 박물관에서 일하고 있을 것이다.

'하지만 오늘은 토요일 오후잖아.'

그녀는 깨달았다. 할아버지는 주말에는 좀처럼 일하지 않았다. 주말에는 보통……

씨익 웃으며 소피는 차고로 달려갔다. 역시 차고는 비어 있었다. 자크 소니에르는 시내 드라이브를 싫어했다. 오직 한 가지 목적을 위해서 차를 가지고 있을 뿐이었다. 휴가 때 이용하는 파리 북쪽에 있는 노르망디의 별장. 런던의 꽉 막힌 교통 지옥 속에서 몇 달을 지내다 온 소피로서는 자연의 향기가 무척 그리웠다. 그래서 곧바로 방학을 시작하기로 결정했다. 아직 초저녁이었다. 그녀는 즉시 출발해서 할아버지를 놀래 주기로 마음먹었다. 친구의 차를 빌려 북쪽, 달이 쓸고 지나는 크릴리 근처의 황량한 언덕들을 향해서 차를 몰았다. 10시가 막 지난 후에야 소피는 할아버지의 별장으로 향하는 사유지의 긴 길로 접어들 수가 있었다. 진입로는 2킬로미터 정도 되는 길이었다. 반쯤 지났을 때, 나무들 사이로 저택이 보이기 시작했다. 언덕 한 면의 나무들 사이에 자리잡은 거대하고 오래된 석조 저택이었다.

이 시간쯤이면 할아버지는 자고 있을 거라 생각하면서, 불빛이 깜박거리는 저택을 보게 되리라 기대하고 있었다. 하지만 그녀의 기대는 도로에 가득히 주차된 차들을 발견한 순간 놀라움으로 바뀌었다. 메르세데스, BMW, 아우디, 롤스로이스 등등.

소피는 순간 멍하니 바라보다가 웃음을 터뜨렸다.

'유명한 은둔자인 우리 할아버지!'

자크 소니에르는 겉으로 보이는 것처럼 그런 은둔자가 아닌 것이 확실했다. 소피가 멀리 가 있는 동안 할아버지는 파티를 주최하고 있는 것이 분명했다. 자동차들의 외관으로 보아, 파리에서 꽤나 영향력을 행사하는 사람들이 참석한 것 같았다.

할아버지를 놀라게 할 생각에 들떠, 소피는 서둘러 정문으로 다가갔다. 하지만 문은 잠겨 있었다. 그녀는 노크했다. 아무도 응답하지 않았다. 어떻게 된 일인지 궁금해하며, 뒤로 돌아가서 뒷문을 찾았다. 뒷문도 잠겨 있었다. 아무런 대답도 없었다.

혼란스러운 마음으로 잠시 서 있다가 소피는 귀를 기울였다. 들리는 소리라곤 계곡을 지나면서 뱉어내는, 낮은 신음소리 같은 차가운 노르망디의 공기뿐이었다.

음악도 없다.

말소리도 없다.

아무것도 없다.

숲속의 고요함 속에서 소피는 저택 한 면에 쌓여 있는 장작 더미 위로 힘들게 기어 올라갔다. 그리고 얼굴을 거실 창문에 갖다 댔다.

"아무도 없잖아!"

1층 전체가 비어 있는 것 같았다.

'사람들은 다 어디에 있는 거지?'

심장 박동이 줄달음치면서, 소피는 장작을 넣어 둔 헛간으로 달려갔다. 그리고 불쏘시개 상자 밑에서 할아버지가 숨겨둔 열쇠를 찾아냈다. 그녀는 정문을 열고 안으로 들어갔다. 쓸쓸한 응접실로 들어서자, 보안 시스템의 통제 패널이 깜박거리기 시작했다. 안에 들어온 사람이 10초 안에 정확한 코드를 누르지 않으면 보안 경보기가 작동할 것이라는 경고였다.

'파티 중인데도 경보기를 작동시켜 놓았나?'

소피는 재빨리 코드를 눌러 시스템을 해제했다.

안으로 더 들어가면서, 소피는 집 안 전체에 인기척이 없다는 것을 알았다. 2층도 마찬가지였다. 다시 응접실로 내려와서 그녀는 정적 속에 잠시 서 있었다. 도대체 어떤 일이 일어나고 있는지 궁금해하면서 말이다.

소피가 뭔가를 들은 것은 그때였다.

웅얼거리는 목소리들. 그 소리는 바닥에서 들리는 것 같았다. 소피는 상상할 수가 없었다. 바닥에 엎드려 소리에 귀를 기울였다. 그랬다. 소리는 분명 아래에서 들려오는 것이었다. 목소리는 노래, 혹은…… 읊조리는 소리? 순간 그녀는 겁에 질리고 말았다. 소리 자체보다 더 무서운 것은 이 집에 지하실이 없다는 깨달음이었다.

'적어도 난 못 봤어.'

소피는 돌아서서 거실을 살폈다. 그때 제자리에 놓이지 않은 물건 하나가 그녀의 눈에 들어왔다. 할아버지가 아끼는 골동품인 오뷔송 융단이 구겨져 있었다. 보통 때라면 벽난로 옆 동쪽 벽에 걸려 있어야 했다. 하지만 오늘 밤엔 융단을 매단 막대 한 켠으로 밀려나 있었다. 벽을 고스란히 드러내면서 말이다.

벽 쪽으로 걸어가며, 소피는 읊조리는 소리가 점점 더 크게 들리는 것을 깨달았다. 망설이던 소피는 귀를 벽에 대보았다. 목소리가 훨씬 뚜렷하게 들렸다. 사람들이 분명히 읊조리고 있었다…… 소피가 알아들을 수 없는 말들을 이상한 억양으로 노래했다.

'이 벽 뒤는 비어 있다!'

벽을 이루고 있는 나무판들의 가장자리를 더듬어 나가다가, 소피는 움푹 들어간 구멍을 발견했다. 구멍은 은밀하게 만들어져 있었다.

'미닫이 문이다.'

심장이 쿵쿵 뛰었다. 소피는 구멍에 손가락을 넣고 옆으로 밀어 보았다. 어둠 저편에서 목소리들이 메아리처럼 울려 왔다.

소피는 문 안으로 살며시 들어갔다. 나선형 모양의 돌 계단이 아래로 뻗어 있었다. 아이 때부터 이 저택에 놀러왔지만, 이런 계단이 존재하는 줄은 몰랐다.

아래로 내려갈수록 공기가 차가워지고 목소리는 뚜렷해졌다. 이제 남자와 여자의 목소리를 구분할 수 있었다. 나선형 계단이라 사람들의 모습이 보이지는 않았지만, 마지막 계단을 돌면 보일 것이다. 저 너머로 지하 바닥이 보였다. 오렌지 빛깔의 불빛이 깜박거리며 바닥을 비추고 있었다.

숨을 참으며, 소피는 조금 더 내려갔다. 그리고 몸을 숙였다. 자기가 본 것을 정리하는 데는 시간이 필요했다.

방은 지하 석굴이었다. 언덕의 화강암을 뚫어서 만든 거친 석실이었다. 빛이라곤 벽에 걸어 놓은 햇불에서 나오는 게 전부였다. 불빛 속에서 서른 명 정도의 사람들이 방 한가운데에 원을 그리며 서 있었다.

'난 꿈을 꾸고 있는 거야, 꿈. 그렇지 않으면 이게 대체 뭐지?'

소피는 자신에게 말했다.

방 안에 모인 사람들은 가면을 쓰고 있었다. 여자들은 황금색 신발에 하얀 비옷 같은 가운을 입은 채 하얀 가면을 쓰고 손에는 둥그런 물체를 들고 있었다. 남자들은 검은색 긴 가운을 입고, 검은색 가면을 쓰고 있었다. 사람들은 거대한 체스판의 말들 같았다. 원 안에 있는 사람들은 몸을 이리저리 흔들었다. 그리고 그들 앞의 바닥에 놓인 뭔가를 향해 엄숙하게 읊조리고 있었다…… 그러나 바닥에 놓인 것이 무엇인지는 보이지 않았다.

읊조림은 계속되고 점점 커졌다. 이제 천둥처럼 울렸다. 그리고 더 빨라졌다. 참가자들은 안쪽으로 한 걸음 내딛더니 무릎을 꿇었다. 그 순간 소피는 마침내 사람들이 보고 있는 것이 무엇인지 알 수 있었다.

공포에 젖어 그녀는 뒤로 비틀거렸지만, 그 이미지는 너무나 뚜렷하게 보였다. 구역질을 참아내며 소피는 석벽을 붙잡고 계단 위로 기어올라갔다. 그리고 망연자실한 채 파리로 차를 몰았다.

그날 밤 환멸과 배신으로 그녀의 마음은 산산조각 났다. 소피는 짐을 모두 챙겨들고 집을 떠났다. 부엌 식탁 위에 한 장의 쪽지만 남겨둔 채.

저도 거기 있었어요. 저를 찾으려고 하지 마세요.

쪽지 옆에는 별장의 장작 헛간에서 가져온 비상 열쇠를 놓아 두었다.

"소피! 멈춰요! 멈춰!"

랭던의 목소리가 끼어들었다.

회상에서 깨어나며 소피는 급히 브레이크를 밟았다. 차가 미끄러지다 정지했다.

"뭐에요? 무슨 일이죠?"

랭던은 길 아래 저 너머를 가리켰다.

랭던이 가리키는 곳을 본 소피는 피가 차갑게 식는 듯했다. 90미터 앞 교차로에 DCPJ 경찰차 두 대가 엇갈리게 주차되어 길을 차단하고 있었다. 그들의 의도는 명백했다.

'경찰들이 가브리엘 가를 봉쇄했군.'

랭던은 어두운 한숨을 내쉬었다.

"오늘 밤 대사관은 출입금지인 모양이죠?"

길 아래에는 두 명의 DCPJ 경관이 경찰차 옆에 서서, 그들을 향해 오던 자동차의 헤드라이트가 갑자기 멈춰 서는 것을 의아하게 생각하며 랭던 쪽을 바라보고 있었다.

'좋아, 소피, 아주 천천히 돌아가는 거야.'

소피는 차를 세 번이나 움직인 후에야 방향을 바꿀 수 있었다. 소피가 반대 방향으로 차를 돌리자, 뒤에서 비명을 지르는 듯한 타이어 소리가 났다. 사이렌이 큰 소리로 울려퍼졌다.

욕을 내뱉으며 소피는 가속 페달을 밟아댔다.

33

소피의 스마트카는 대사관과 영사관들이 모여 있는 외교 구역을 가르며 지나갔다. 골목길을 질주하다 오른쪽으로 돌아서자 샹젤리제의 넓은 한길로 들어설 수 있었다.

랭던은 안전벨트를 매고 앉아, 몸을 뒤로 돌려 뒤따라오는 차가 없는지 살펴보았다. 그는 갑자기 도망치지 말 걸 그랬다는 생각이 들었다.

'네가 결정한 것이 아니다.'

랭던은 자기 자신에게 확인시켰다. 소피가 화장실 창문으로 GPS 장치를 던져 버렸을 때, 소피가 그를 위해 결정을 내린 것이다. 이제 그들은 대사관에서 빠른 속도로 멀어지면서 차량이 드문 샹젤리제의 거리를 꾸불꾸불하게 달리고 있었다. 랭던은 자기가 취할 수 있는 선택들이 점점 줄어드는 것을 느꼈다. 소피가 경찰을 거의 따돌린 듯 보였지만, 그것은 잠시뿐일 것이다. 랭던은 자신들의 행운이 오래 지속되리라고 믿지 않았다.

운전대를 쥔 소피는 스웨터 주머니에서 뭔가를 찾아 랭던에게 내밀었다.

"로버트, 이걸 한번 봐요. 할아버지가 〈암굴의 마돈나〉 뒤에 남겨놓은 거예요."

떨리는 기대감으로 랭던은 건네받은 물건을 살펴보았다. 꽤 묵직하고, 십자가 형태를 하고 있었다. 첫인상은 장례식 때 묘지에 박기 위해 디자인된 기념 대못의 모형이었다. 그런데 십자가에서 뻗어 나온 기둥이 삼각형 모양의 각기둥이었다. 그리고 기둥에는 마마 자국처럼 보이는 수백 개의 작은 육각형 자국들이 있었다. 점들은 아주 섬세하게 찍혀 있고, 무작위로 흩어져 있었다.

"레이저로 다듬어진 열쇠예요. 거기 있는 육각형들은 전자장치를 통해야만 읽힐 거예요."

소피가 랭던에게 말했다.

'열쇠?'

랭던은 이런 열쇠를 본 적이 없었다.

"다른 쪽을 봐요."

차선을 바꾸어 교차로를 지나면서 소피가 말했다.

열쇠를 돌린 랭던의 입이 쩍 벌어졌다. 십자가의 중앙에는 붓꽃과 P.S.라는 이니셜이 섬세하게 양각되어 있었다.

"소피, 이것이 바로 내가 당신에게 말했던 봉인입니다. 시온 수도회의 공식적인 문장 말이오!"

그녀는 고개를 끄덕였다.

"이미 얘기했지만, 나는 아주 오래 전에 이 열쇠를 보았어요. 할아버지가 다시는 열쇠 얘기를 하지 말라고 말씀하셨죠."

랭던의 눈은 여전히 열쇠에 못박혀 있었다. 고도의 기술로 만들어진 열쇠와 그 위에 그려진 오래된 상징은 고대와 현대 세계를 기묘하게 결합하고 있는 것 같았다.

"할아버지는 이것이 어떤 상자를 여는 열쇠라고 말했어요. 자기 비밀을 많이 넣어둔 상자요."

자크 소니에르 같은 사람이 간직한 비밀은 어떤 것일까 생각하며 랭던은 한기를 느꼈다. 고대의 비밀단체가 이런 첨단 열쇠를 가지고 무얼 하려고 했는지 랭던은 도저히 짐작조차 할 수 없었다. 시온은 비밀을 보호하려는 오직 한 가지 목적을 위해 존재했다. 엄청난 힘에 관한 비밀이었다.

'이 열쇠가 그 비밀과 뭔가 관계가 있는 것일까?'

생각만으로도 랭던은 압도당하는 것 같았다.

"열쇠로 무엇을 열어야 하는지 알고 있소?"

소피의 표정은 실망스러웠다.

"당신이 알고 있을 줄 알았는데요."

손바닥 위에서 열쇠를 돌려가며 조사만 할 뿐 랭던은 아무 말도 없었다.

"기독교 물건 같아 보여요."

소피가 단언했다.

랭던은 그 말에 확신할 수가 없었다. 열쇠의 머리는 한쪽 다리가 긴 전통적인 기독교 십자가가 아니라, 팔길이가 모두 같은 정사각형 십자가였기 때문이다. 이 정사각형 십자가는 기독교보다 1천 5백 년 앞서 나타났는데, 예수의 십자가 처형과 관련된 기독교적인 의미와는 아무 관련도 없었다. 기독교의 상징이 된 한쪽 다리가 긴 라틴 십자가는 원래 로마인들이 쓰던 고문 도구였다. 랭던은 항상 놀라웠다. 십자가 위에 박힌 예수를 바라보는 기독교인들 대부분이 이름 자체에서 드러나는 잔혹한 상징의 역사를 깨닫지 못하기 때문이다. 십자가 (crucifix)라는 말은 라틴어 동사 '크루시에르(cruciare)'에서 왔는데, 이 말은 '고문하다'라는 뜻이다.

"소피, 내가 말할 수 있는 것은 이처럼 팔길이가 같은 십자가는 평화로운 십자가로 간주된다는 거요. 이 사각형 모양은 십자가 처형에는 전혀 쓸모가 없소. 그리고 균형을 이룬 수직과 수평의 요소들은 남성과 여성의 자연스러운 합일의 뜻을 내포하고 있소. 그러니까 시온의 철학과 상징적으로 일치하는 셈이오."

소피는 랭던에게 약간 실망스러운 표정을 지어 보였다.

"잘 모르는 거죠, 그렇죠?"

랭던은 눈살을 찌푸렸다.

"전혀."

소피는 자동차의 리어 뷰 미러로 뒤를 살폈다.

"좋아요. 내려야 해요. 이것이 무엇을 여는 열쇠인지 파악할 안전한 장소가 필요해요."

랭던은 리츠 호텔의 안락한 자기 방을 생각하고 있었다. 그러나 그 방은 좋은 장소가 될 수 없을 것이다.

"내 강의를 주최한 아메리칸 대학의 인사들은 어떻소?"

"너무 뚜렷해요. 파슈가 그 사람들을 조사할 거예요."

"당신이 사람들을 많이 알겠지. 여기 사니까 말이오."

"파슈는 내 전화와 전자메일을 모두 기록하고, 내 동료들에게도 모두 연락했을 거예요. 내가 접촉할 수 있는 사람들은 오염됐을 거예요. 호텔을 찾는 것도 그다지 좋은 방법은 아니네요. 신분증을 요구할 테니까."

파슈가 자기를 루브르 박물관에서 체포하도록 내버려 두었다면 어땠을까, 랭던은 다시 궁금해졌다.

"대사관에 전화합시다. 내가 사정을 설명하고, 대사관 측에서 사람을 내보내면 어딘가에서 만나도록 합시다."

이 남자가 미친 것은 아닌가 하는 표정으로 소피는 랭던을 응시했다.

"만나요? 로버트, 지금 꿈꾸고 있어요? 당신네 대사관은 대사관 구역 외에서는 아무런 사법적 힘을 갖고 있지 않아요. 누군가를 보내서 우리를 데려가라고 하는 것은 프랑스 정부의 도망자를 돕는 행위로 간주될 수 있어요. 그런 일은 일어나지 않을 거예요. 만일 당신이 제 발로 대사관 안으로 걸어 들어가서 일시적인 보호를 요청한다면, 그래요, 그건 한 가지 방법이 될 수 있어요. 하지만 프랑스 땅 안에서 프랑스 법 집행에 어긋나는 행동을 취해 달라고 대사관에 부탁하자고요? 대사관에 지금 당장 전화해 보세요. 그럼 그쪽에서는 앞으로 닥칠 위험을 피하기 위해서라도, 파슈에게 가서 자수하라고 말할 거예요. 그 후에는 외교 채널을 통해서 당신이 공정한 재판을 받을 수 있게 설득하겠노라고는 약속이나 하겠죠."

소피는 샹젤리제에 우아하게 늘어서 있는 상점들을 쳐다보았다.

"현금은 얼마나 있어요?"

랭던은 지갑을 열었다.

"백 달러와 약간의 유로요. 왜요?"

"신용카드는요?"

"물론 가지고 있소."

소피가 차의 속력을 내자, 랭던은 그녀가 뭔가 계획을 짜고 있다는 것을 알았다. 바로 앞, 샹젤리제의 끝에는 개선문이 서 있었다. 나폴레옹이 자신의 군대의 힘을 과시하기 위해 세운 50미터짜리 기념물이었다. 이 개선문 둘레로 9차선이 돌아가는 프랑스에서 가장 큰 로터리가 있었다.

개선문으로 다가가며 소피는 다시 자동차 리어 뷰 미러를 살폈다.

"잠깐 동안은 경찰을 따돌릴 수 있어요. 하지만 우리가 이 차 안에 계속 머무른다면 오 분 후에는 잡히고 말 거예요."

'그럼 다른 차를 훔치려나. 이제 우리 모두 범죄자가 되는군' 하고 생각하니 랭던은 왠지 웃음이 나왔다.

"어쩔 작정이오?"

소피는 개선문의 로터리로 차를 몰았다.

"날 믿어요."

랭던은 아무런 대답도 하지 않았다. 오늘 밤 신뢰라는 말은 그다지 그의 마음에 와 닿지 않았다. 재킷의 소매를 걷어 올려 시계를 살폈다. 이 시계는 열 살 생일 때 부모로부터 받은 선물이었다. 수집가들을 위해 그 해에 특별히 제작된 미키 마우스 손목시계. 어린애 같은 다이얼은 종종 이상한 시선을 끌기도 했지만, 랭던은 결코 다른 시계를 가져본 적이 없었다. 디즈니 만화는 색과 형태의 마술로 랭던을 처음 이끌었다. 이제 미키 마우스는 매일같이 젊은 가슴을 지닐 수 있도록 랭던을 일깨워주는 역할을 하고 있었다. 하지만 그 순간 미키의 팔이 이상한 시간을 나타내며 이상한 각도로 비틀어졌다.

2:51 A.M.

"재미있는 시계군요."

로터리에 접어들어 시계 반대 방향으로 차를 몰아가면서, 랭던의 손목을 흘끗 본 소피가 말했다.

"이야기가 깁니다."

소매를 다시 끌어내리며 랭던은 말했다.

"그럴 거라고 생각했어요."

소피는 랭던에게 짧은 웃음을 지어 보였다. 그리고 시내 중심을 떠나 북쪽을 향해 로터리를 재빨리 돌아 나갔다. 푸른 신호등인 교차로 두 개를 간신히 지나 세 번째 교차로에 이르러, 소피는 오른쪽 말셰르브 가로 접어들었다. 나무들이 울창한 외교관 밀집 구역을 지나서 어두컴컴한 공업지구로 들어섰다. 소피가 재빨리 왼쪽을 내다보았다. 잠시 후 랭던은 그들이 어디에 있는지 깨달았다.

생라자르 철도역.

그들 앞에는 비행기 격납고나 온실의 후손처럼 보이는 유리 지붕의 철도 터미널이 있었다. 유럽의 철도역은 결코 잠들지 않는다. 이 시간에도 대여섯 대의 택시들이 터미널 정문에서 손님을 기다리고 있었다. 역 앞에는 행상들이 수레에 생수와 샌드위치를 올려놓고 팔고 있고, 역에서 막 나온 배낭을 짊어진 넝마꼴의 아이들은 눈을 비비며 주위를 둘러보고 있었다. 자신들이 지금 어느 도시에 와 있는지를 기억해 내려는 것처럼 말이다. 거리 위쪽에는 두세 명의 순경들이 연석 위에 서서, 정신 못 차리고 있는 일부 관광객들에게 방향을 알려주고 있었다.

소피는 스마트카를 택시들의 행렬 뒤로 끌고 가서, 주차금지 구역 안에 세웠다. 길 건너에 합법적으로 차를 주차할 수 있는 공간이 충분한데도 말이다. 랭던이 무얼 하려는 거냐고 미처 묻기도 전에 소피는 차에서 빠져나갔다. 그녀는 서둘러 바로 앞에 있는 택시로 달려가 운전사에게 뭔가를 부탁하기 시작했다.

랭던이 스마트카에서 빠져나올 때, 소피가 운전사에게 지폐 뭉치를 건네주는 것이 보였다. 택시 기사는 고개를 끄덕이더니 그들을 놔두고 가버렸다. 랭던은 당혹스러웠다.

"어떻게 된 거요?"

택시가 사라진 후, 보도 위에 올라가 있는 소피 곁으로 가서 랭던은 물었다.

소피는 철도역 입구로 벌써 걸어가고 있었다.

"이리 와요. 우리는 파리를 떠나는 다음 기차표 두 장을 살 거예요."

랭던은 서둘러 소피 옆으로 걸어갔다. 루브르 박물관을 떠나 2킬로미터 정도만 가면 되는 미국 대사관으로 간다는 것이 파리를 완전히 벗어나는 철수가 되고 말았다. 랭던은 이런 식의 행동이 점점 더 마음에 들지 않았다.

34

레오나르도 다 빈치 국제공항에서 아링가로사 주교를 태운 운전사는 작고 볼품 없는 검은색 피아트 세단을 몰고 있었다. 아링가로사는 모든 바티칸 수송 차량들이 교황의 봉인을 수놓은 깃발과 금속제 메달 모양의 번호판을 뽐내던 호화로운 대형차량이었던 때를 떠올렸다.

'그 시절은 가버렸구나.'

바티칸의 차들은 이제 허세도 줄었고 아무런 특징도 없었다. 바티칸은 이러한 조치가 비용을 절감해서 교구에 더 많은 봉사를 하기 위함이라고 주장했다. 하지만 아링가로사는 보안문제 때문일 거라고 짐작하고 있었다. 세계는 미쳐가고 있었고, 유럽의 많은 지역에서 그리스도에 대한 당신의 사랑을 광고하는 일은 자동차 지붕 위에 과녁을 그려 놓는 것과 같았다.

아링가로사는 검은 사제복을 잘 추스른 뒤 차에 올라탔다. 검은색 좌석에 편히 앉아 간돌포 성까지의 긴 여정을 준비했다.

'작년 로마로의 여행은 내 인생에서 가장 긴 밤이었지.'

주교는 한숨을 내쉬었다.

다섯 달 전, 바티칸에서 주교에게 급히 로마로 와달라는 전화가 왔다. 설명도 없었다.

"당신의 비행기표는 공항에 있습니다."

교황청은 고위 성직자들에게조차 신비의 장막을 치고 있었다.

이 이상한 소환에 대해 아링가로사는 최근 오푸스 데이의 성공, 즉 뉴욕에 지어진 오푸스 데이 세계 본사의 완공을 두고, 이를 등에 업으려는 교황과 바티칸 관료들의 사진 촬영 문제 때문일 것이라고 추측했었다. 잡지 《건축의 다이제스트》에서 오푸스 데이 건물을 '현대적인 조경과 우아하게 어울리는 빛나는 가톨릭의 등대'라고 부른 것이다. 최근 바티칸은 '현대'라는 말이 붙은 것이면 어느 것에나 관심을 보이고 있었다.

아링가로사는 어쩔 수 없이 이 초대를 받아들일 수밖에 없었다. 현행 교황체제를 그다지 좋아하지 않는 아링가로사로서는 대다수의 보수적인 성직자들처럼 신임 교황의 재임 첫해를 지대한 우려를 가지고 지켜보았다. 전례 없이 자유주의자인 교황은 바티칸 역사상 가장 말 많고 이상한 비밀투표를 통해 교황직을 보장받았던 것이다. 이제 교황은 기대하지도 못했던 권좌에 오르게 된 것을 겸손해하지도 않았고, 기독교 세력 안의 고위 관료들과 연계해서 힘을 과시하는 데 시간을 쓰지도 않았다. 추기경 대학에서 비롯된 불안하기 짝이 없는 자유주의 조류를 타고, 교황은 '바티칸 교리의 쇄신과 세 번째 밀레니엄의 시대에 맞게 가톨릭을 갱신하자'는 사명을 선언했던 것이다.

이 말은 교황이란 존재가, 신의 법을 다시 쓸 수도 있고 진정한 가톨릭의 요구가 현대 사회에서는 너무 불편하다고 생각하는 자들의 주장까지도 받아들일 수 있다는 얘기나 다름없었다. 이런 뻔뻔스러운 생각이 아링가로사는 두려웠다.

아링가로사는 오푸스 데이의 무시 못할 규모와 자금력 등 자신의 모든 정치적 영향력을 동원해서, 교황과 그의 조언자들을 설득하고자 했다. 교회의 법을 부드럽게 고치는 것은 믿음도 없는 겁쟁이 짓이며 정치적인 자살이라고 말이다. 아링가로사는 예전에 시행된 '바티칸 II*의 대실패' 같은 교회법의 순화는 훼손된 유산만 남겼을 뿐임을 환기시켰다. 교회 참석자들의 수는 갈수록 줄어들고, 헌금은 메말라가고 있었다. 교회를 담당할 가톨릭 사제들조차 부족한 형편이었다.(바티칸 II : 1962년 10월 11일부터 1965년 12월 8일까지 이루어진 2차 바티칸 평의회.)

"사람들에게는 교회의 지도와 구체적인 틀이 필요한 것이지, 응석이나 받아주고 면죄나 주는 것이 필요한 게 아니다!"

아링가로사는 주장했다.

몇 달 전 밤, 자신을 태운 피아트 자동차가 공항을 출발할 때 아링가로사는 놀랐다. 차가 바티칸이 아닌 동쪽으로 꾸불꾸불한 산길을 달리고 있었기 때문이다.

아링가로사는 운전사에게 물었다.

"어디로 가는 거요?"

"알반 언덕입니다. 회의 장소는 간돌포 성입니다."

'교황의 여름 거주지?'

아링가로사는 그곳에 가본 적도 없지만, 보고 싶은 마음도 없었다. 바티칸 천문대가 있는 이 16세기 성채는 교황의 여름 휴가지였을 뿐만 아니라, 유럽에서 가장 진보적인 천체 관측소이기도 했다. 시대적인 필요성 때문에 과학에 관심을 두고 있는 바티칸의 입장이 아링가로사는 늘 불만이었다. 과학과 믿음을 섞어 놓은 논리적 근거가 무엇이란 말인가? 신에 대한 믿음을 가진 사람은 편견 없는 과학을 수행할 수 없다. 믿음 역시 그에 대한 구체적인 증거를 필요로 하지 않는다.

별로 가득한 11월의 밤하늘을 배경으로 간돌포 성이 시야에 들어오자 아링가로사는 생각했다.

'하지만, 믿음은 존재한다.'

진입로에서 바라본 성은 무분별한 도약을 꿈꾸는 거대한 석조 괴물 같았다. 벼랑 끝에 자리잡은 성은 이탈리아 문명의 요람 위를 굽어보고 있었다. 로마를 건설하기 전, 쿠리아치 부족과 오라치 부족 간에 전투가 벌어졌던 계곡이었다.

그 실루엣만으로도 간돌포 성은 시선을 붙들 만했다. 층층으로 이루어진 방어적인 형태의 성채는 벼랑 위에 세워져 드라마틱한 분위기를 풍기는 인상적인 건축물이었다. 그러나 슬프게도 지붕 위에 세워진 거대한 알루미늄 망원경 돔은 건물의 외관을 망치고 있었다. 아링가로사는 한때 근엄한 성채였던 이 건물이 마치 자랑스러운 투사가 파티 모자를 쓰고 있는 것처럼 보인다는 생각이 들었다.

아링가로사가 차에서 내리자, 젊은 예수회 수사가 서둘러 다가와 그를 맞이했다.

"주교님, 어서 오십시오. 저는 망가노 신부입니다. 여기 천문학자이기도 하고요."

'자네에겐 잘된 일이군.'

아링가로사는 인사말을 중얼거리고, 수사를 따라 성 안의 홀로 들어갔다. 홀은 르네상스 예술과 천문학 이미지를 무자비하게 섞어 놓은 넓은 공간이었다. 석회와 대리석으로 만들어진 층계를 오르자, 회의실과 강의실, 관광 안내 서비스 표지들이 보였다. 영혼의 성장을 위해 일관되고 근엄한 안내를 제공하는 데 실패한 바티칸이 관광객들에게 천체물리학 강의 시간을 마련하는 게 아링가로사는 그저 놀라울 따름이었다.

"이봐요, 언제부터 꼬리가 개를 흔들게 되었소?"

아링가로사는 젊은 사제에게 말했다.

사제는 이상한 표정을 지어 보였다.

"네?"

아링가로사는 손을 내젓고, 이 밤에 대해서 특별한 적개심을 드러내지 않기로 결심했다.

'바티칸은 미쳐가고 있어.'

버르장머리 없게 슬피 우는 아이를 꼿꼿이 세워 놓고 가치를 가르쳐 주는 것보다, 그저 묵인하는 것이 더 쉽다는 것을 알아차린 게으른 부모처럼 교회는 모든 것을 누그러뜨리고 있었다. 빗나간 문화에 자신을 맞추느라 아예 교회를 다시 짓는 것 같았다.

제일 상층의 복도는 널쩍하고, 오직 한 곳으로 나아가도록 되어 있었다. 거대한 참나무 문에는 황동 표지판이 붙어 있었다.

천문학 도서관

아링가로사는 이 장소에 대해 들어본 적이 있었다. 코페르니쿠스, 갈릴레이, 케플러, 뉴턴, 그리고 세키의 희귀한 업적을 포함해 2만 5천 권이 넘는 장서가 소장되어 있다는 소문이었다. 그리고 도서관은 교황의 고위급 관료들이 사적인 회의를 여는 장소이기도 했다…… 바티칸 시티의 벽 안에서 열리는 것을 좋아하지 않는 그런 모임들 말이다.

아링가로사는 도서관의 정문으로 다가갔다. 그러나 그때까지 그가 곧 듣게 될 충격적인 소식과 움직이기 시작한 사건들의 고리를 결코 상상하지 못했다.

주교가 비틀거리며 회의실에서 빠져나온 것은 가혹한 암시를 받아들인 지 한 시간 정도 지나서였다.

'지금부터 육 개월이다. 신이여, 도와주소서!'

피아트에 앉은 아링가로사는 첫 회의를 앞둔 자신이 주먹을 꼭 쥐고 있다는 것을 깨달았다. 주먹을 펴고, 천천히 숨을 내쉬면서 근육을 완화시켰다.

'모든 것이 잘될 거야.'

피아트가 산으로 높이 올라갈 때, 주교는 자신에게 말했다. 아직도 주교는 휴대 전화기의 벨이 울리기를 바라고 있었다.

'스승은 왜 아직 전화하지 않는 걸까? 지금쯤 사일래스는 쐐기돌을 얻었을 텐데.'

마음을 가라앉히려고 노력하며, 아링가로사는 반지에 끼워진 보라색 자수정을 바라보았다. 다이아몬드의 단면들과 반지에 붙은 아플리케의 질감을 느끼며 아링가로사는 스스로를 달랬다. 이 반지는 곧 그가 얻게 될 것에 비하면 아주 작은 힘의 상징일 뿐이라고 말이다.

35

생 라자르 철도역은 유럽의 다른 역들과 별로 다를 것이 없었다. 입을 쩍 벌리고 있는 역사(驛舍) 문을 중심으로 모여 있는 사람들의 모습도 마찬가지였다. 마분지를 들고 있는 노숙자들이 있고, 몇몇 대학생 녀석들이 휴대용 MP3 플레이어를 틀어 놓은 채 배낭 위에서 자고 있었다. 담배를 피우고 있는 짐꾼들도 보였다.

소피는 거대한 출발안내 표지판으로 눈을 돌렸다. 랭던도 표지판을 올려다보았다. 가장 빠른 열차는 3시 6분 릴리 행 열차였다.

"빠를수록 좋겠어요. 그리고 릴리라면 괜찮을 것 같네요."

소피가 말했다.

'빠를수록?'

랭던은 손목시계를 들여다보았다. 2시 59분이었다. 열차는 7분 후에 떠날 것이다. 그런데 두 사람은 아직 표도 사지 않았다.

소피는 랭던을 매표소 창문으로 이끌며 말했다.

"당신 신용카드로 표 두 장을 사요."

"신용카드를 사용하면 추적을 받을……"

"바로 그거예요."

랭던은 비자카드로 객실 차표 두 장을 구입하고, 표를 소피에게 건 넸다.

소피는 랭던을 열차 선로로 안내했다. 머리 위로 기차의 기적 소리 가 울리고, 릴리 행 기차가 곧 출발한다는 승객용 안내방송이 흘러나 왔다. 그들 앞에는 열여섯 개의 선로가 흩어져 있었다. 오른쪽 멀리, 3 번 철로에서 릴리 행 기차가 윙윙거리는 소리와 함께 연기를 내뿜으 며 출발 준비를 하고 있었다. 하지만 소피는 랭던의 팔을 끼고 기차와 반대 방향으로 걸어갔다. 그들은 로비를 통과해 밤새도록 문을 여는 카페를 지나갔다. 마침내 철도역사의 서쪽에 있는 옆문으로 빠져나오 자 인적이 없는 거리가 나왔다.

문 근처에서 택시 한 대가 빈둥거리고 있었다.

운전사가 소피를 보더니 헤드라이트를 깜박거렸다.

소피가 뒷좌석으로 올라탔다. 랭던은 그녀를 따라 차에 들어갔다.

택시가 출발하자, 소피는 기차표를 꺼내 찢어 버렸다.

랭던은 한숨을 쉬었다.

'칠십 달러가 날아가 버렸군.'

택시가 클리시 가로 이르는 단조로운 북쪽 길로 접어들자 랭던은 자 기들이 도망치고 있다는 실감이 들었다. 오른쪽 창으로 몽마르트르와 사크레 쾨르의 아름다운 돔이 보였다. 반대편에서 경찰차가 사이렌을 번쩍거리며 그들 옆을 휙 지나갔다.

랭던과 소피는 사이렌 소리가 사라질 때까지 몸을 숙이고 있었다.

소피는 택시 운전사에게 시 외곽으로 나가 달라고 짧게 말했다. 소 피의 굳어진 턱을 보며, 랭던은 그녀가 다음 행보를 구상중이라는 것 을 눈치 챌 수 있었다.

랭던은 십자 모양의 열쇠를 다시 살펴보았다. 창에 가까이 가져가 보기도 하고, 열쇠가 만들어진 곳을 알려주는 어떤 흔적이라도 찾을 수 있을까 싶어 눈에 대보기도 했다. 간간이 빛나는 가로등 불빛 속에서, 랭던은 시온의 문장(紋章) 외에는 어떤 표시도 찾을 수가 없었다.

"이건 말도 안 되오."

랭던이 마침내 입을 열었다.

"어떤 부분이요?"

"당신 할아버지는 이 열쇠를 당신에게 주기 위해서 무척 고생했을 텐데, 당신은 이걸 가지고 뭘 해야 할지 모르니 말이오."

"동감이예요."

"할아버지가 그림 뒤에 아무것도 써놓지 않은 게 확실하오?"

"샅샅이 조사했어요. 이것뿐이었어요. 이 열쇠도 그림 뒤에 쑤셔 넣어져 있었다고요. 열쇠 머리의 시온 문장을 보고는 주머니에 넣은 채, 당신과 함께 박물관을 나온 거예요."

랭던은 삼각형 다리의 뭉툭한 끝을 들여다보며 눈살을 찌푸렸다. 아무것도 없었다. 눈을 가늘게 뜨고 열쇠 머리의 테두리를 다시 한 번 살펴보았다. 역시 아무것도 없었다.

"최근에 누군가 이 열쇠를 닦은 것 같다는 생각이 듭니다."

"왜요?"

"알코올로 문지른 냄새가 나오."

소피가 돌아보았다.

"뭐라고요?"

랭던은 열쇠를 코로 가져가 냄새를 맡았다.

"누군가 열쇠를 클리너로 문지른 냄새가 난단 말이오. 반대쪽에서 더 강하게 나는군. 그래, 알코올 성분의 물질이야. 클리너로 문질렀든지, 아니면······"

"뭐죠?"

랭던은 열쇠를 빛에 대더니 십자가의 넓은 팔 위의 부드러운 표면을 들여다보았다. 그 부분이 은은하게 빛나는 것처럼 보였다······ 마치 젖어 있는 것처럼 말이다.

"주머니에 열쇠를 넣기 전에 뒷면을 잘 들여다보았소?"

"왜요? 글쎄요, 그건 잘…… 서둘러야 해서."

랭던은 소피를 돌아보았다.

"그 펜 등을 아직도 가지고 있소?"

소피는 주머니에 손을 넣어 자외선 펜 등을 꺼냈다. 랭던은 등으로 열쇠 뒷면을 비췄다.

열쇠의 뒷면이 순간 빛났다. 거기에 글씨가 적혀 있었다. 읽을 수는 있지만 급하게 적은 필적이었다.

"자, 우리는 알코올 냄새가 무엇인지 이제 알게 되었군요."

랭던이 웃으며 말했다.

소피는 놀라움에 사로잡혀 열쇠 뒷면의 자줏빛 글씨를 응시했다.

　악소 가 24번지

'주소! 할아버지가 주소를 적어 놓았어!'

"이게 어딥니까?"

랭던이 물었다.

소피도 몰랐다. 소피가 운전사에게 묻자 운전사는 잠시 생각하더니 그곳은 파리의 서쪽 교외에 있는 테니스 경기장 근처라고 말했다. 소피는 그곳으로 데려가 달라고 부탁했다.

"부아 드 불로뉴를 지나가면 더 빠릅니다. 괜찮습니까?"

운전사가 프랑스어로 소피에게 물었다.

소피는 얼굴을 찡그렸다. 덜 수치스러운 길을 생각해 내려고 했지만, 오늘 밤은 까다롭게 굴지 않기로 마음먹었다.

"좋아요."

'우리가 이 미국 방문객에게 충격을 주겠군.'

소피는 다시 열쇠를 들여다보며, 악소 가 24번지에서 그들이 과연 무엇을 보게 될지 궁금했다.

'교회? 일종의 시온 본부?'

그녀의 마음은 10년 전에 지하 석굴에서 목격했던 비밀스러운 의식의 이미지들로 다시 메워지고 있었다. 소피는 긴 한숨을 내쉬었다.

"로버트, 당신에게 할 얘기가 아주 많아요. 하지만 먼저 시온 수도회에 대해 당신이 알고 있는 모든 것을 내게 말해 줬으면 해요."

택시는 서쪽으로 달리고, 소피의 눈동자는 랭던의 눈과 마주쳤다.

36

〈모나리자〉의 전용 관람실 밖에서, 브쥐 파슈는 씨근거리고 있었다. 소피와 랭던이 어떻게 자신을 무장해제시켰는지 설명하는 경비원 그루아르의 얘기를 들으며 파슈는 생각했다.

'그냥 그 축복받은 그림을 쏴버리지 그랬나?'

"반장님?"

부관 콜레가 지휘 본부 쪽에서 다가오고 있었다.

"반장님, 사람들이 느뵈 요원의 차를 찾았다고 합니다."

"대사관으로 간 모양이지?"

"아닙니다. 철도역입니다. 막 출발한 기차표를 두 장 샀다고 합니다."

파슈는 경비원에게 가라고 손짓하고, 콜레를 근처 구석으로 이끌었다. 그리고 쉰 목소리로 물었다.

"목적지가 어딘가?"

"릴리입니다."

파슈는 크게 한숨을 내쉬었다.

"미끼일 거야. 좋아, 만일을 위해 다음 역에 연락하고 열차를 세워 조사하라고 해. 느뵈의 차는 그대로 두고, 그들이 돌아올 경우를 대비해서 사복 차림의 요원들을 배치시켜 놔. 맨발로 도주할지도 모르니까, 사람을 보내서 역 주변을 뒤지라고 해. 역에서 떠나는 버스들이 있나?"

"지금 이 시간엔 없습니다. 오직 대기하고 있는 택시들뿐입니다."

"잘됐군. 운전사들에게 물어봐. 뭔가 본 게 있는지 말이야. 택시회사 발차 담당자에게 전화해서 설명해. 난 인터폴에 연락하겠네."

콜레는 놀란 표정을 지었다.

"반장님, 이 일을 전화로 알릴 겁니까?"

파슈는 후회했다. 하지만 달리 다른 방법이 없어 보였다.

'그물망을 좁혀야 해. 더욱 꽉 죄도록 말이야.'

처음 한 시간이 중요했다. 탈주 후 첫 한 시간을 보내는 도망자들의 행동은 예측할 수 있었다. 그들은 항상 같은 것을 필요로 했다.

'여행, 숙박, 현금.'

훌륭한 삼위일체였다. 인터폴은 눈 한번 깜박이는 것으로 이 모든 것을 도망자에게서 빼앗을 수 있었다. 랭던과 소피의 사진을 파리의 여행사와 호텔, 은행에 전송함으로써 인터폴은 이 두 사람이 아무런 선택도 할 수 없게 만들 수 있는 것이다. 두 사람은 파리를 떠날 수도 없고, 숨을 곳도 없으며, 신분을 제시하지 않고서는 돈을 인출할 수도 없다. 도망자는 차를 훔치거나, 가게를 털거나, 절망적인 상황에서 신용카드를 사용하게 된다. 어떤 짓이건, 이들이 저지르는 실수는 금세 그 지역 경찰서에서 파악할 것이다.

"오직 랭던만 알리는 거지요, 그렇죠? 소피 느뵈까지 들추는 겁니까? 그녀는 우리측 요원입니다."

콜레가 말했다.

파슈는 냉큼 말을 잡아챘다.

"물론 그 여자도 포함이야. 그 여자가 랭던의 더러운 일을 다 돌봐주는 마당에 랭던만 잡아넣어 좋을 게 뭐가 있겠나? 느뵈의 인사 기록을 훑어보고 친구나 가족, 안면 있는 사람들의 명단을 파악해야겠어. 도움을 청하려고 연락할지도 모르니까. 대체 그 여자가 무슨 생각으로 밖에서 저 지랄을 하는지 알 수가 없군. 이제 느뵈는 이 일로 직업을 잃는 것 이상의 대가를 치르게 될 거야."

"저는 전화기 옆에 있을까요, 아니면 현장으로 나갈까요?"

"현장으로 가. 역으로 가서 팀을 꾸리게. 자네가 고삐를 쥐고 있는 거지만, 내게 말 없이 움직이지 마."

"알겠습니다, 반장님."

콜레는 달려나갔다.

구석에 선 파슈는 몸이 굳어지는 것을 느꼈다. 창문 밖으로 유리 피라미드가 빛나는 것이 보였다. 바람이 이는 연못에 반사된 피라미드의 모습이 물 위에서 찰랑이고 있었다.

"손가락 사이로 빠져나가 버렸군."

안정을 취하며 파슈는 혼자말을 했다.

잘 숙련된 현장 요원이라면 인터폴이 가하는 압력을 운 좋게 이겨낼지도 모른다.

'하지만 여자 암호 해독가와 대학 교수라?'

동이 트기도 전에 그들은 잡힐 것이다.

37

　나무들이 울창한 공원은 부아 드 불로뉴 외에도 여러 다른 이름으로 불리고 있었다. 하지만 파리의 예술품 감정가들은 이곳을 '지상의 즐거움이 모인 정원'이라고 불렀다. 거창한 별명과 공원의 분위기는 전혀 달랐다. 같은 제목을 가진 보슈의 선정적인 그림을 본 사람이라면, 어둡고 비틀린 이 숲의 분위기를 짐작할 수 있을 것이다. 이 공원은 변태와 성도착자들의 쉼터였다. 밤이 되면 숲의 바람결을 타고, 말로 할 수 없는 깊은 욕망을 충족시키기 위해 나타난 수백의 몸뚱어리들이 줄지어 서 있는 것을 볼 수 있었다. 남자, 여자, 그 중간에 속하는 모든 사람들이 거기 있었다.

　랭던이 시온 수도회에 관해서 말하려고 생각을 가다듬고 있을 때, 택시는 공원의 입구를 통과해 자갈이 깔린 서쪽 길로 달리기 시작했다. 랭던은 정신을 집중할 수가 없었다. 점점이 흩어져 있는 공원의 야간 거주자들이 어둠 속에서 모습을 드러내며 자동차 헤드라이트에 자신들이 걸친 옷을 뽐내고 있었다. 앞에서는 가슴을 풀어헤친 두 명의 소녀들이 자동차를 게슴츠레한 눈빛으로 바라보았다. 소녀들 뒤에서는 번들거리는 흑인이 국부만 가린 채 엉덩이를 돌려댔다. 흑인 옆에는 눈부시게 황홀한 금발미인이 미니 스커트를 입고 있었는데, 스커트를 들어 올리자 그 금발 여인은 여자가 아니란 것이 드러났다.

'하느님 맙소사!'

랭던은 시선을 차 안으로 거두고 숨을 깊이 들이마셨다.

"시온에 대해서 얘기해 주세요."

소피가 말했다.

랭던은 고개를 끄덕였지만, 자기가 말하려는 전설과 이처럼 안 어울리는 배경이 또 있을지 상상할 수가 없었다. 랭던은 어디서부터 시작해야 할지 망설였다. 조직의 역사는 천 년이 넘었다…… 그리고 그 세월 동안 비밀과 협박, 배신, 분노한 한 교황의 손에서 일어난 잔인한 고문 등이 지난 천 년에 걸쳐 놀라운 연대기를 이루었다.

랭던은 입을 열었다.

"시온 수도회는 1099년 프랑스 왕 부이용의 고드프루아가 만든 것이오. 왕이 이 도시를 정복한 직후죠."

소피는 고개를 끄덕였다. 그녀의 두 눈은 랭던에게 고정되어 있었다.

"고드프루아 왕은 엄청난 비밀의 소유자였다고 알려져 있소. 그리스도의 시대부터 그 가족들에게 전해진 비밀인데, 자기가 죽으면 그 비밀이 사라질까 두려워한 왕은 비밀조직, 그러니까 시온 수도회를 만들었다고 해요. 이 조직이 세대를 거쳐 비밀을 조용히 전수하고, 자기 비밀을 보호하도록 말이오. 예루살렘 시절에, 시온은 폐허가 된 헤롯 신전 밑에 문서 상자가 숨겨진 채 묻혀 있다는 것을 알게 됩니다. 헤롯 신전은 일찍이 솔로몬 신전의 폐허 위에 세워진 거였소. 그 문서들은 고드프루아의 엄청난 비밀을 확인시켜 주는 것이었고, 교회가 이것을 얻기 위해서라면 어떤 대가라도 치를 것이라고 시온은 믿었소."

소피의 표정이 어두웠다.

"시온은 시간이 얼마가 걸리든 간에 이 문서들을 신전 밑의 돌 속에서 회수해야 한다고 맹세했어요. 그리고 진실이 영원히 죽지 않도록 보호해야 한다고 말이오. 폐허 밑에서 문서를 끄집어내기 위해 시온은 군사조직을 만들었소. '그리스도와 솔로몬 성전의 청빈한 기사들의 부르심'이라고 불리는 아홉 명의 기사집단이오."

랭던은 잠시 뜸을 들였다.

"성당 기사단으로 더 잘 알려져 있을 거요."

소피는 놀랍다는 시선을 던졌다.

대부분의 사람들이 한 번쯤은 귓결에라도 들어본 적이 있는 성당 기사단에 관해서 랭던은 종종 강의했다. 학자들에게 성당 기사단의 역사는 사실과 전설, 잘못된 정보가 서로 뒤섞인 불안정한 세계였다. 그래서 가장 기초적인 진실들을 끄집어내는 것조차 불가능했다. 요즈음 들어 랭던은 강의 도중, 성당 기사단에 관해 언급하는 것을 일부러 피하고 있었다. 잘못하다간 음모이론에 휩쓸린 한 무더기의 질문들과 맞닥뜨려야 했기 때문이다.

소피 역시 혼란스러운 표정이었다.

"지금 성당 기사단을 비밀문서를 회수하려는 시온 수도회가 만들었다는 얘긴가요? 전 기사단이 성지를 보호하기 위해 만들어진 걸로 아는데요."

"그건 일반적인 오해요. 성지를 찾는 순례자들을 보호한다는 일반적인 개념은 기사단이 자기들의 임무를 위장한 거란 말이오. 성지에서 기사단의 진짜 목적은 신전 폐허 밑에 깔려 있는 문서들을 회수하는 거였소."

"그럼 그들이 문서를 찾아냈나요?"

랭던은 싱긋 웃었다.

"아무도 확신하지 않아요. 하지만 모든 학자들이 동의하는 한 가지는 기사단이 폐허 밑에서 뭔가를 발견했다는 것이오. 보통 사람들이 상상할 수 있는 범위를 넘어서는 무엇, 기사들에게 부와 권력을 가져다줄 그 뭔가를 말이오."

랭던은 재빨리 성당 기사단에 얽힌 보편적인 학설을 대충 얘기했다. 기사단이 2차 십자군 전쟁 동안 어떻게 성지에 머무르게 되었는지, 그리고 왕인 볼드윈 2세에게 기독교 순례자들을 보호하기 위해 거기 있겠다고 말했다는 것 등을 말이다. 어떤 금전적인 보상도 없이 청빈을 맹세한 기사들이었지만, 그들은 왕에게 쉴 곳을 부탁했고 신전의 폐허 속에 마구간과 거처를 마련하겠노라며 왕의 허락을 구했다. 볼드윈 왕은 그 요청을 수락했다. 기사들은 황폐한 성전 안에 누추한 거취를 마련했던 것이다.

기사들의 이상한 거처는 별 생각 없이 선택된 것이 아니었다. 기사단은 시온이 찾는 문서들이 폐허 깊숙이 묻혀 있다고 믿은 것이다. 신이 거주했다고 믿어지는 신전 속의 신성한 방 안에 말이다. 문자 그대로 유대인들의 믿음 한가운데였다. 아홉 명의 기사들은 10년 동안을 폐허 속에서 살았다. 단단한 바위들 사이에서 비밀을 파내면서 말이다.

소피가 시선을 들었다.

"그럼 기사단이 뭔가를 찾았다는 얘기예요?"

"그들은 확실히 뭔가를 찾아냈소."

비록 9년이란 시간이 걸렸지만, 기사단은 그들이 찾아 헤매던 것을 마침내 발견한 것이다. 그들은 보물을 성전에서 유럽으로 가지고 왔다. 이로써 유럽에서 그들의 영향력은 하룻밤 사이에 유명해졌다.

기사단이 바티칸을 협박했는지, 아니면 교회가 단순히 기사단의 침묵을 사려고 했는지는 아무도 모른다. 하지만 교황 이노센트 2세는 즉시 기사단에게 무제한의 힘을 부여했고, 그들이 곧 법이라는 유례 없는 교황청의 교서를 발표했다. 즉 기사단은 왕들과 고위 성직자들의 모든 간섭에서 벗어나 자유롭고 독자적인 군대가 된 것이다. 이것은 기사단이 정치적으로나 종교적으로 자유로워진 것을 의미했다.

바티칸에서 부여받은 이 백지 위임장으로 성당 기사단은 열두 개가 넘는 나라에서 광대한 땅을 차지했을 뿐만 아니라, 조직의 숫자나 정치적인 면에서도 급속하게 세력을 키워 나갔다. 기사단은 왕가에 돈을 빌려주고, 돌려받을 때 이자를 물어 왕가를 파산시켜 버렸다. 현대와 같은 은행 시스템을 통해 자기들의 부와 영향력을 확대시켜 나간 것이다.

1300년경, 바티칸의 인가가 기사단에게 너무 많은 힘을 몰아주었다고 판단한 교황 클레멘트 5세는 뭔가 조치를 취해야겠다고 결정했다. 프랑스 왕 필리프 4세와 공모해, 교황은 바티칸을 짓누르고 있는 비밀을 통제함으로써 기사단을 뭉개 버리고, 그들의 부를 빼앗을 계획을 고안해 냈다. 교황 클레멘트는 CIA 같은 군사 책략을 통해, 1307년 10월 13일 금요일, 유럽 전역에 있는 교황의 군사들에게 동시에 열어 보도록 봉인된 비밀지령을 내렸다.

13일 새벽, 봉인은 풀리고 무시무시한 교황의 지령이 드러났다. 클레멘트의 편지에는 신이 자신을 찾아와 계시를 내렸는데, 성당 기사단이 악마숭배와 동성애, 십자가 모독, 남색, 그 외 불경한 행동의 이단적인 죄들을 범하고 있다고 경고했다는 것이다. 그리고 신은 교황 클레멘트에게 모든 기사들을 소환해서 신에 거역한 그들의 죄를 실토할 때까지 고문하고, 지상을 깨끗하게 하라는 요청을 내렸다고 했다. 클레멘트의 마키아벨리식 작전은 시계처럼 정확하게 진행됐다. 그날, 셀 수 없을 정도로 많은 기사들이 사로잡혀 잔인하게 고문당하고, 이단자로서 말뚝에 세워져 화형당했다. 그 비극의 메아리는 현대 문화에까지 울리고 있는데, 오늘날에도 13일의 금요일은 운이 나쁜 날로 인식되고 있다.

소피는 혼란스러운 표정이었다.

"성당 기사단이 사라졌다는 거죠? 하지만 기사단의 형제애는 지금도 존재하는 걸로 아는데?"

"그렇소, 여러 가지 다른 이름으로 말이오. 기사단을 뿌리뽑으려던 클레멘트의 노력과 거짓 혐의에도 불구하고, 기사단은 강력한 동지애를 가지고 있었고 또 몇몇 바티칸의 처형을 피해 가까스로 달아날 수 있었소. 기사단의 보물인 문서들은 명백히 기사단의 힘의 원천이었고, 클레멘트의 진짜 목표도 이것이었소. 하지만 이 보물은 클레멘트의 손가락 사이로 빠져나가고 만 거요. 이 문서들은 기사단의 그림자 같은 설계자인 시온 수도회에 쭉 맡겨져 있었소. 그리고 시온의 비밀스러운 장막은 바티칸의 살육에서 조직을 안전하게 지켜낼 수가 있었던 거요. 바티칸이 살육을 끝냈을 때, 시온은 한밤중에 파리의 성당 기사단 건물에서 문서들을 몰래 빼내 라로셸에 있는 기사단의 배에 실었다고 해요."

"그 문서들은 어디로 갔지요?"

랭던은 어깨를 으쓱했다.

"그 미스터리에 대한 답은 오직 시온만이 알고 있을 거요. 오늘날까지도 끊임없는 수색과 탐색의 대상이니 말이오. 문서들은 여러 번 옮겨지고 다시 숨겨진 것 같소. 현재는 영국 어딘가에 있다는 추정이 지배적이오."

소피는 불안한 표정이었다.

"천 년 동안 이 비밀의 전설이 전해져 왔소. 문서 전체와 그 힘, 문서가 가진 비밀은 하나의 이름으로 알려졌는데, 바로 상그리엘이오. 이것에 관한 수백 권의 책들이 씌어졌고, 상그리엘에 관한 학자들의 큰 관심만큼이나 그 미스터리는 풀리지 않고 있소."

"상그리엘? 이 단어가 프랑스어인 '상'과 스페인어인 '상그리'와 관련이 있나요? 이 단어들은 모두 피를 뜻하는데……?"

랭던은 고개를 끄덕였다. 피는 상그리엘의 중추를 이루는 것이다. 하지만 소피가 상상하는 그런 식은 아니었다.

"전설은 복잡해요. 하지만 기억해야 할 중요한 한 가지는 시온이 증거를 지키고 있다는 것이고, 그 진실을 역사에 드러낼 적절한 순간을 의식적으로 기다려 왔다는 것이오."

"무슨 진실요? 어떤 진실이 그렇게 엄청날 수 있죠?"

랭던은 숨을 깊이 들이쉬고, 곁눈질로 어둠에 잠긴 파리의 하층부를 바라보았다.

"소피, 상그리엘이라는 말은 고대 언어요. 그리고 시대에 따라 다른 용어로 진화해 왔소…… 더 현대적인 이름으로 말이오. 내가 그 현대적인 이름을 말하면, 당신은 많은 것을 깨닫게 될 거요. 사실 세상 사람들이 대부분 상그리엘에 관한 이야기를 들어보았을 거예요."

소피는 회의적인 표정이었다.

"난 들어보지 못했는데요."

랭던은 미소를 지었다.

"아니, 들어봤을 거요. 성배(聖杯)라는 이름으로 불리는 것 말이오."

38

소피는 랭던의 표정을 살폈다.

'이 사람, 지금 농담하는 거겠지?'

"성배라고요?"

랭던은 고개를 끄덕였다. 그의 표정은 진지했다.

"성배는 상그리엘이란 문자 그대로의 뜻이오. 이 말은 프랑스어 상그랄(Sangraal)에서 유래된 거요. 이게 상그리엘(Sangreal)로 진화했고, 결국 상(San)과 그리엘(Greal)로 나뉜 것이오."

'성배.'

소피는 자신이 그 언어의 결합을 즉시 눈치 채지 못한 데 놀랐다. 아무리 그래도 랭던의 주장은 터무니없어 보였다.

"난 성배가 잔인 줄 알았는데, 당신은 조금 전에 상그리엘이 어두운 비밀을 드러내는 문서 뭉치라고 얘기하지 않았어요?"

"그래요. 하지만 상그리엘에 관한 문서는 성배라는 보물의 절반에 지나지 않소. 문서는 성배와 함께 묻혀 있었으니까…… 그 진정한 의미를 포함해서 말이오. 문서들은 성당 기사단에게 굉장한 힘을 주었소. 왜냐하면 그 종이들은 성배의 본질을 밝히고 있으니까."

'성배의 본질?'

소피는 더욱 혼란스러웠다. 그녀가 알고 있는 성배란 그리스도가 최후의 만찬에서 마신 잔이었고, 그 잔으로 아리마테아의 요셉이 십자가에 못 박힌 그리스도의 피를 받았던 것이다.

"성배는 그리스도의 잔이에요. 어떻게 그보다 간단할 수 있죠?"

그녀에게 기대면서 랭던이 속삭였다.

"소피, 시온에 의하면 성배는 잔이 아니오. 성배가 그저 잔이라는 전설은 어떤 암시를 숨기기 위해서 만들어진 거라는 주장이오. 즉 성배 이야기는 더 강력한 뭔가를 대신하는 은유로 잔이란 단어를 사용하고 있다는 거요. 그것은 당신 할아버지가 오늘 밤 우리에게 말하려고 애쓴 것과 정확하게 들어맞는 어떤 것일 거요. 신성한 여성을 언급하는 모든 상징들을 포함해서 말이오."

소피는 랭던의 끈기 어린 미소가 자신의 혼란을 더 부채질하는 것 같았다. 하지만 랭던의 눈빛은 정직했다.

"성배가 잔이 아니라면 대체 뭐죠?"

랭던은 이 질문이 나올 것을 이미 알고 있었다. 하지만 그녀에게 어떻게 얘기해 줘야 할지 정리하지 못하고 있었다. 적절한 역사적 배경에서 대답하지 않는다면, 소피는 더 당황할 게 분명했다. 몇 달 전, 자신의 편집장에게 원고를 건넸을 때, 편집장이 지어 보인 표정과 똑같은 표정을 소피의 얼굴에서 보게 될 터였다.

"이 원고에서 주장하는 게 뭐죠? 심각한 건 아니겠죠?"

포도주 잔을 내려놓고 반쯤 먹어치운 점심 식사 너머로 랭던을 바라보며, 편집장은 숨막히는 소리로 물었다.

"이걸 조사하느라 일 년을 투자했을 정도로 심각한 겁니다."

뉴욕의 저명한 편집장인 조나스 파우크만은 신경질적으로 자기의 염소수염을 말아 올렸다. 그 동안 파우크만은 별의별 주제를 다룬 책들을 만나 보았다. 하지만 이것은 분명 사람을 당황스럽게 만드는 그런 내용이었다.

파우크만이 마침내 입을 열었다.

"로버트, 내 말을 이상하게 받아들이지는 말아요. 나는 당신의 작업을 사랑하니까. 그리고 우리는 함께 멋진 길을 달려왔어요. 하지만 내가 이 같은 아이디어를 출간하기로 동의한다면, 사람들은 몇 달 동안 내 사무실 밖에서 시위를 할 거요. 게다가 이 일은 당신의 명성을 떨어뜨릴 거요. 당신은 하버드의 역사학자이지, 빨리 몇푼 벌려는 싸구려 잡상인이 아니잖소. 이 같은 이론을 지지하는 신뢰할 만한 증거들을 분명히 찾은 거요?"

조용히 미소를 지으며 랭던은 트위드 코트 주머니에서 종이 한 장을 꺼내 파우크만에게 건넸다. 종이에는 50개 이상의 참고문헌 목록이 망라되어 있었다. 모두 저명한 역사가들의 저서로 일부는 동시대 인물들의 것이고, 일부는 몇 세기 전 인물들의 작품이었다. 그리고 저서의 상당수는 인문학 도서의 베스트 셀러들이었다. 모든 책들의 제목은 랭던이 방금 제시한 것과 같은 명제를 드러내고 있었다. 목록을 읽어 내려가면서, 파우크만은 지구가 실제로 평평하다는 것을 막 발견한 사람이 된 것 같았다.

"이 저자들 중의 일부를 알고 있어. 이들은…… 진짜 역사가들인데!"

랭던은 싱긋 웃었다.

"조나스, 지금 보다시피, 이것은 나 혼자만의 이론이 아닙니다. 아주 오랜 시간 동안 주위에 있었던 거예요. 난 그저 그 위에 건물을 지은 겁니다. 어느 책도 기호학적인 각도에서 성배의 전설을 탐험해 보지는 않았어요. 내 이론을 지지하기 위해 내가 찾아낸 도상학적인 증거들은 무척 설득력이 있을 겁니다."

파우크만은 여전히 도서 목록을 보고 있었다.

"오, 하느님, 이 책들 중 한 권은 영국의 왕립 역사가인 레이 티빙 경이 쓴 거잖아."

"티빙은 성배를 연구하는 데 자기 일생의 대부분을 보냈지요. 이 인물은 실제로 제 영감의 많은 부분을 차지하고 있습니다. 조나스, 티빙은 이 목록의 다른 사람들처럼 믿는 사람이죠."

"당신은 지금 이 모든 역사가들이 실제로 믿는다고……"

말로 표현할 수가 없어, 파우크만은 침을 삼켰다.

랭던은 다시 싱긋 웃었다.

"성배는 인류 역사에서 가장 많은 사람들이 찾아 헤맨 보물입니다. 성배는 전설을 퍼뜨렸고, 이를 둘러싼 전쟁을 불러일으켰고, 생을 걸고 찾아 헤매게 만들었습니다. 그게 그저 단순한 잔이라면 말이 되는 일입니까? 만일 그렇다면 다른 유산들, 예를 들어 면류관이나 진짜 십자가, 현판* 같은 것도 비슷하거나 더 큰 관심을 불러일으켜야 했습니다. 하지만 그렇지 못했죠. 역사를 통틀어 성배는 가장 특별한 것이었습니다. 이제 이유를 알겠죠?"(현판 : 예수의 범죄 사실을 기록한 판. 형장에서 십자가 꼭대기에 부착했다.)

파우크만은 여전히 머리를 흔들고 있었다.

"하지만 이 책들이 모두 성배에 관한 것을 쓰고 있다면, 왜 이 이론이 널리 알려지지 않은 거요?"

"이 책들은 당시에 지지를 받고 있던 역사와 싸울 수는 없었던 거죠. 특히 그 역사가 최고의 베스트 셀러로 보장받을 때는 말입니다."

파우크만의 눈이 휘둥그레졌다.

"해리 포터 시리즈가 실제로는 성배에 관한 책이라는 얘기만은 하지 말아요."

"전 성경을 말한 겁니다."

파우크만은 움찔했다.

"나도 알아요."

"내려와!"

소피의 고함이 택시 안의 공기를 갈랐다.

소피가 몸을 앞으로 내밀며 택시 운전사에게 고함을 지르자 랭던은 놀라 펄쩍 뛰었다. 운전사는 라디오 마우스피스를 잡고 있었다.

소피는 돌아서서 랭던의 트위드 재킷 주머니에 손을 넣었다. 무슨 일이 일어났는지 랭던이 미처 깨닫기도 전에, 소피가 권총을 꺼내 한 바퀴 돌리더니 운전사의 뒤통수에 갖다댔다. 운전사는 즉시 마우스피스를 떨어뜨리고, 한 손을 머리 위로 들어 올렸다.

"소피! 도대체 무슨?"

랭던은 말이 막혔다.

"멈춰!"

소피가 운전사에게 명령했다.

운전사는 떨면서 공원 한 귀퉁이에 차를 세웠다.

랭던이 자동차 계기판에서 흘러나오는 택시회사 배차 안내원의 목소리를 들은 것은 그때였다.

"…… 소피 느뵈라는 요원을……"

무선 라디오는 잡음이 심했다.

"그리고 미국인 한 명, 로버트 랭던……"

랭던은 근육이 굳는 듯했다.

'저들이 우리를 벌써 찾아냈단 말인가?'

"내려요."

소피가 명령했다.

떨고 있는 운전사는 두 팔을 머리로 올린 채 차 밖으로 나갔다. 그리고 몇 걸음 뒤로 물러섰다.

소피는 창문을 내려서 당황한 운전사를 권총으로 계속 겨누고 있었다. 소피는 조용히 말했다.

"로버트, 운전대를 잡아요. 당신이 운전하세요."

랭던은 총을 휘두르는 이 여인과 논쟁하고 싶지 않았다. 차 밖으로 뛰어나가서 운전대 앞에 앉았다. 운전사는 여전히 팔을 머리 위로 올린 채 저주에 찬 악담을 퍼붓고 있었다.

"로버트, 난 당신이 우리의 마법의 숲을 충분히 봤으리라고 믿어요." 뒷좌석에서 소피가 말했다.

랭던은 고개를 끄덕였다.

'지나치게 많이 봤지.'

"좋아요. 우리 여기서 나가요."

랭던은 브레이크와 클러치를 더듬었다.

"소피? 하지만 아무래도 당신이……"

"가요!"

소피가 소리쳤다.

밖에서는 대여섯 명의 매춘부들이 무슨 일인가 싶어 다가오고 있었다. 한 여자는 자기 휴대 전화기로 전화를 걸고 있었다. 랭던은 클러치를 밟고 기어 스틱을 1단으로 놓은 뒤 가속기를 만지작거리며 소리를 시험했다.

클러치를 놓자, 타이어가 포효하는 소리를 내며 택시가 앞으로 돌진했다. 좌우로 요동을 치며 택시가 급격히 움직이자, 모여든 군중이 이를 피하기 위해 좌우의 숲으로 뛰어들었다. 휴대 전화기를 들고 있던 여자는 차에 치일 뻔하다가 가까스로 피해 나무 위로 올라갔다.

차가 비틀거리며 달리자 소피가 말했다.

"부드럽게! 지금 뭐 하는 거예요?"

"당신에게 말하려고 했소. 난 오토매틱만 몰아 봤단 말이오!"

이를 가는 듯한 엔진 소리 너머로 랭던은 소리쳤다.

39

라 브뤼예르 가의 고급 주택 안의 검소한 방은 많은 고통을 목격했겠지만, 사일래스는 지금 자신의 창백한 몸뚱어리를 휘어잡고 있는 분노를 잠재울 만한 것이 있을지 의심스러웠다.

'속았다. 모든 게 사라져 버렸어.'

사일래스는 속았다. 시온의 회원들은 진실을 밝히는 대신에 죽음을 택하는 거짓말을 했다. 사일래스는 스승에게 전화할 힘도 없었다. 쐐기돌이 어디에 숨겨져 있는지 알고 있는 네 사람을 죽였을 뿐만 아니라, 생 쉴피스 교회의 수녀도 죽였다.

'그 여자는 신에 대적하는 일을 하고 있었어! 오푸스 데이의 사업을 비웃었단 말이다!'

범죄의 충동과 여자의 죽음이 일을 아주 복잡하게 만들어 버렸다. 아링가로사 주교는 사일래스를 생 쉴피스에 들여보내기 위해 전화를 거는 수고까지 했다. 수녀가 죽어 있는 것을 발견하면, 생 쉴피스의 신부는 어떻게 생각할까? 수녀를 침대에 잘 눕혀 놓고 나왔지만, 수녀의 머리에 난 상처는 너무나 분명했다. 교회 바닥의 깨진 타일도 수습해 보려고 했지만, 워낙 파손이 컸다. 사람들은 여기에 누군가가 왔었다는 것을 알게 될 것이다.

사일래스는 자기 임무를 마치고 나면, 오푸스 데이에 숨을 작정이었다.

'아링가로사 주교님이 보호해 주실 것이다.'

사일래스는 뉴욕에 있는 오푸스 데이 본사의 담장 안에서 올리는 기도와 명상의 삶보다 축복받은 존재를 상상할 수 없었다. 다시는 밖으로 발을 내딛지 않을 작정이었다. 그가 필요로 하는 모든 것은 그곳에 있었다.

'아무도 나를 찾지 못할 것이다.'

하지만 불행히도 아링가로사 주교 같은 유명한 인물은 그리 쉽게 사라질 수 없는 노릇이라는 것을 사일래스는 알고 있었다.

'내가 주교님을 위험에 빠뜨렸다.'

사일래스는 멍한 시선으로 마룻바닥을 내려다보며 목숨을 끊을 생각을 했다. 처음에 사일래스에게 생명을 준 것은 아링가로사였다…… 스페인에 있는 작은 사제관에서 그를 가르치고, 그에게 삶의 목적을 주었다.

아링가로사는 사일래스에게 말했다.

"친구여, 당신은 알비노로 태어났습니다. 이 일로 다른 사람들이 당신을 폄하하게 하지 마십시오. 이게 당신을 얼마나 특별한 존재로 만드는지 이해하지 못합니까? 노아도 알비노였다는 것을 모르고 있습니까?"

"노아의 방주에 나오는 그 노아 말입니까?"

사일래스는 들어 본 적이 없었다.

아링가로사는 웃고 있었다.

"맞습니다. 노아의 방주의 노아도 알비노였지요. 당신처럼 천사 같은 하얀 피부를 가지고 있었습니다. 이 점을 명심하세요. 노아는 지상의 모든 생명을 구했습니다. 사일래스, 당신은 위대한 일을 할 운명을 지니고 있는 것입니다. 그런 이유로 신은 당신을 자유롭게 한 것입니다. 당신은 부르심을 받았습니다. 신의 사업을 하기 위해, 신은 당신의 도움을 필요로 하고 있습니다."

시간이 흐를수록, 사일래스는 자신을 새로운 시각으로 보기 시작했다.

'난 순수하다. 하얗고 아름답다. 천사처럼.'

하지만 그 순간, 자기가 머물고 있는 방에서 사일래스에게 속삭이는 것은 실망스러운 아버지의 목소리였다.

'넌 실패작이야, 유령이라고.'

마룻바닥에 무릎을 꿇고 사일래스는 사죄의 기도를 올렸다. 그런 뒤 외투를 벗고, 징벌의 수단들에 손을 뻗었다.

40

기어 조작에 애를 먹으면서도 랭던은 탈취한 택시를 부아 드 불로뉴의 끝으로 몰고 갈 수 있었다. 겨우 두 번 덜컹거렸을 뿐이다. 불행히도 이 우스꽝스러운 상황은 택시 배차 안내원이 무전을 통해 운전사를 계속 부르는 소리에 묻히고 있었다.

"차량번호 563, 어디에 있습니까? 응답하시오!"

랭던이 공원의 출입구에 이르렀을 때, 랭던은 자신의 남성다움을 버리기로 작심하고 브레이크를 밟았다.

"당신이 운전하는 게 더 나을 것 같소."

운전석으로 뛰어들면서 소피는 안심하는 듯 보였다. 몇 초 후에 소피는 공원을 떠나 롱샹의 오솔길을 따라 서쪽으로 차를 부드럽게 몰았다.

"어느 쪽이 악소 가요?"

소피가 속력을 1백 킬로미터 가까이 올리는 것을 지켜보며 랭던이 물었다.

소피의 눈동자는 도로에 고정되어 있었다.

"악소 가는 롤랑 가로의 테니스 스타디움 바로 옆에 있다고 운전사가 말했잖아요. 그 지역을 알고 있어요."

랭던은 묵직한 열쇠의 무게를 손바닥으로 느끼면서 주머니에서 다시 꺼냈다. 이 열쇠는 어마어마한 결과물일 것이라는 느낌이 왔다. 이제 열쇠는 자신의 자유와도 상당히 관계가 있었다.

조금 전에 소피에게 성당 기사단에 관한 얘기를 하면서, 랭던은 열쇠가 시온의 문장을 지니고 있는 것 이외에도 조직과 좀더 미묘한 관계를 맺고 있다는 것을 깨달았다. 팔길이가 같은 십자가 모양은 균형과 조화의 상징이기도 했지만, 성당 기사단의 상징이기도 했다. 누구나 성당 기사단이 입고 있는 하얀 튜닉 위에 붉은 십자가가 수놓아진 그림을 봤을 것이다. 기사단의 십자가들은 그 끝이 살짝 부풀려져 있긴 해도 같은 길이의 팔들로 되어 있다.

'정사각의 십자가. 이 열쇠의 십자가와 같다.'

기사단이 발견한 것이 무엇이었을까 궁금해지기 시작하자, 랭던은 자신의 상상력이 줄달음쳐 가는 것을 느낄 수 있었다.

'성배.'

그 터무니없음에 랭던은 소리내어 웃을 뻔했다. 성배는 영국 어딘가, 적어도 1천 5백 개가 넘는 기사단 교회들 중 한 곳의 은밀한 방에 묻혀 있는 것으로 알려져 있었다.

'다 빈치가 시온의 수장으로 있던 시대였지.'

시온은 조직의 강력한 문서들을 잘 보존하기 위해서 문서들을 여러 차례 옮겨야만 했을 것이다. 역사가들은 성배가 예루살렘에서 유럽으로 건너온 이래 여섯 번이나 이동했다고 보고 있었다. 마지막으로 성배가 모습을 드러낸 것은 1447년 수많은 목격자들이 문서들을 태워 버릴 뻔한 화재를 묘사한 때였다. 하나를 옮기는 데도 장정 여섯 명이 필요할 정도로 거대한 궤짝 네 개를 미처 안으로 안전하게 옮기기 전이었다고 한다. 그후 누구도 성배를 보지 못했다. 아서 왕과 원탁의 기사들의 나라인 영국에 숨겨져 있다는 소문이 간간이 들릴 뿐이었다.

성배가 어디에 있든지 간에, 두 가지 중요한 사실이 남아 있었다.

'레오나르도 다 빈치는 생전에 성배가 어디에 있는지 알고 있었다.'

'숨겨진 장소는 아마 지금까지도 변하지 않았을 것이다.'

이런 이유로 성배에 미친 사람들은 다 빈치의 그림이나 그의 일기를 여전히 숙고하는 것이다. 성배의 현재 위치를 알려줄 숨겨진 단서를 찾을 희망으로 말이다. 일부는 〈암굴의 마돈나〉의 산악 배경이 스코틀랜드의 굴이 많은 언덕 지형과 일치한다고 주장한다. 다른 사람들은 〈최후의 만찬〉에 나오는 제자들의 수상스러운 자리 배치가 일종의 암호라고 주장하고 있다. 어떤 사람들은 〈모나리자〉 그림을 엑스레이로 비춰 보면, 모나리자가 원래는 이시스의 청금석 펜던트를 목에 걸고 있었는데, 다 빈치가 후에 고의적으로 덧칠해서 없애 버렸다고 주장한다. 랭던은 펜던트의 흔적을 못 봤을 뿐만 아니라, 그 그림이 어떻게 성배를 나타내는 것인지 상상도 할 수 없었다. 하지만 성배 숭배론자들은 이에 관해서 인터넷 게시판이나 채팅방에서 멀미가 날 정도로 열심히 토론하고 있었다.

'모두가 음모를 좋아한다.'

그리고 음모는 계속되고 있었다. 가장 최근의 깜짝 놀랄 만한 발견으로는 유명한 다 빈치의 그림인 〈매기에 대한 찬사〉가 있다. 이 그림은 여러 겹의 채색 밑에 어두운 비밀을 숨기고 있었던 것이다. 이탈리아 예술 진단가인 마우리치오 세라치니가 이 사실을 밝혀냈고, 《뉴욕 타임스 매거진》은 '은폐된 레오나르도'라는 제목으로 이 이야기를 떠들썩하게 실었다.

녹회색으로 스케치한 밑그림은 진짜 다 빈치의 작품이지만, 채색 자체는 다 빈치의 것이 아니라는 것이 세라치니가 밝혀낸 분명한 사실이었다. 진실은 어떤 무명 화가가 다 빈치 사망 이후 그 햇수만큼 스케치에 색을 칠했다는 얘기였다. 하지만 더 심란한 것은 가짜 사기꾼 그림 밑에 과연 무엇이 있느냐는 것이었다. 적외선 반사경과 엑스레이로 촬영된 사진들은 이 뻔뻔한 화가가 다 빈치의 습작에 색칠을 해 가면서, 밑그림에서부터 수상한 출발을 했다는 것을 암시했다…… 마치 다 빈치의 진정한 의도를 바꾸려는 것처럼 말이다. 밑그림의 진정한 의도가 무엇이었든 간에, 이 그림은 대중 앞으로 나와야만 했다. 하지만 피렌체의 우피치 박물관의 당황한 관리들은 즉시 이 그림을 길 건너 창고로 추방시키고 말았다. 이 박물관에 있는 레오나르도의 방을 방문한 관람객들은 그림이 걸려 있던 자리에 이상한 오해를 불러일으키는 오만한 안내문을 마주하게 된다.

　이 작품은 복원을 위해 진단 테스트를 받고 있는 중입니다.

　성배를 추적하는 현대인들의 기묘한 지하세계에서 레오나르도 다 빈치는 위대한 수수께끼의 인물로 남아 있다. 그의 작품은 비밀을 막 터뜨리려는 것처럼 보인다. 비밀이 거기에 숨겨져 있든, 한 겹의 채색 밑에 있든, 그저 평범한 시각 속에 암호로 숨겨져 있든, 아니면 숨겨진 것이라곤 전혀 없든 간에 말이다. 어쩌면 애를 태우는 듯한 다 빈치의 풍부한 단서들은 뭔가 알고 있는 듯한 모나리자의 얼굴에 궁금증을 불러일으키고, 조롱을 불러 모으기 위한 공허한 약속에 불과한 것인지도 모른다.

　"그게 가능할까요? 당신이 들고 있는 열쇠가 성배의 숨겨진 장소를 풀어 줄까요?"

　랭던을 돌아보며 소피가 물었다.

　랭던의 웃음소리는 자신에게조차 억지스럽게 들렸다. 랭던은 소피에게 역사에 대해 짧게 얘기해 주었다.

　"정말 잘 모르겠소. 더욱이 성배는 프랑스가 아닌 영국 어딘가에 숨겨져 있다고 믿어지니까."

　소피가 주장했다.

"하지만 성배가 유일하게 합리적인 결론 같아요. 우린 극도로 중요한 열쇠를 가지고 있고, 이 열쇠에는 시온의 문장이 각인되어 있어요. 그리고 시온의 회원으로부터 이 열쇠를 건네받았고요. 당신이 내게 말한 대로라면, 조직은 성배의 수호자들인 거잖아요."

랭던은 소피의 추론이 합리적이라는 것을 알고 있었다. 하지만 본능적으로 받아들이기가 어려웠다. 소문에는 시온이 언젠가는 성배를 마지막 안식처인 프랑스로 가져오기로 맹세했다고 한다. 하지만 확실하게 그곳이 어디인지를 알려줄 만한 역사적 증거는 존재하지 않았다. 만일 시온이 성배를 어떻게든 프랑스로 가져왔다 쳐도, 테니스 스타디움 근처에 있다는 악소 가 24번지가 고귀한 성배의 마지막 안식처로는 보이지 않았다.

"소피, 난 정말 이 열쇠가 성배와 어떤 관련이 있는 것인지 모르겠소."

"성배가 영국에 있는 것으로 추정되기 때문인가요?"

"그것뿐만이 아니오. 성배의 위치는 역사에서 가장 철저하게 지켜진 비밀들 중 하나요. 시온에 가입한 회원들은 자신들이 믿을 만한 사람이라는 것을 증명하면서 수십 년을 기다려야만 해요. 조직의 상층부로 올라가서 성배가 어디에 있는지를 배우기 전까지는 말이오. 이 비밀은 칸막이로 구분된 지식처럼 교묘한 시스템으로 보호되고 있었을 것이오. 조직의 규모는 매우 컸겠지만, 당대에는 오직 네 사람만이 성배가 어디에 있는지 알 수 있어요. 수장인 그랜드 마스터와 세 명의 집사들. 당신 할아버지가 이 네 명 가운데 한 사람이었을 가능성은 아주 적어요."

'할아버지는 그들 중 한 사람이었어요.'

가속기를 밟으며 소피는 생각했다. 의심의 여지가 없도록 조직 안에서 할아버지의 위치를 확인시켜 준 이미지가 그녀의 기억에 남아 있었다.

"그리고 만일 당신 할아버지가 조직의 상위 계층이었다 해도, 조직

외부의 누군가에게 어떤 것을 밝혀서는 안 될 입장이었을 거요. 할아버지가 당신을 조직 안으로 데려갈 것이라고는 상상하기 어렵소."

'난 이미 거기 있었어요.'

지하실의 의식을 떠올리며 소피는 생각했다. 소피는 지금 이 순간 노르망디의 저택에서 자신이 목격했던 것을 랭던에게 말해야 할지 확신이 서지 않았다. 10년이 지난 지금도 수치스러운 마음 때문에 입을 떼지 못하고 있었다. 그저 생각하는 것만으로도 소피는 몸이 떨렸다. 저 멀리 어디선가 사이렌 소리가 울렸다. 소피는 무거운 피로가 전신을 덮치는 것을 느꼈다.

"저기!"

앞에 어렴풋이 나타난 거대한 테니스 스타디움을 보고 흥분한 랭던이 소리쳤다.

소피는 슬며시 스타디움 쪽으로 차를 몰았다. 교차로를 몇 개 지나자, 악소 가를 알리는 교차로에 도달했다. 번지수가 낮은 쪽으로 차를 돌렸다. 도로는 점점 상업 건물들로 잘 정비된 산업화 지구처럼 바뀌었다.

랭던은 '24'라는 숫자를 찾으면서 자신이 은밀히 수평선에서 교회의 첨탑을 찾고 있다는 것을 깨달았다.

'어리석게 굴지 말자. 이런 지역이 잊혀진 기사단의 성전이라니?'

"저기 있네요."

소피가 뭔가를 가리키며 소리를 내질렀다.

랭던은 소피가 가리키는 구조물로 눈을 돌렸다.

'세상에, 저게 뭐야?'

팔길이가 같은 거대한 네온 십자가로 화려하게 정면을 장식한 현대식 건물이 납작하게 엎드려 있었다. 십자가 아래에는 다음과 같이 씌어 있었다.

취리히 안전금고 은행

랭던은 기사단의 교회에 대한 그의 희망을 소피에게 알리지 않은 게 다행이라고 생각했다. 아무것도 아닌 상황에서 숨겨진 의미를 끄집어내는 것이 기호학자들의 직업 성향이었다. 이 경우, 팔길이가 같은 십자가가 중립국인 스위스의 깃발 상징으로 차용되어 쓰인다는 것을 랭던은 까마득하게 잊고 있었다.

적어도 미스터리는 풀렸다.

소피와 랭던은 스위스 은행의 금고 열쇠를 들고 있는 것이다.

41

간돌포 성 밖에서는, 차가운 산 공기의 상승 기류가 벼랑을 타고 넘어와 피아트에서 내리는 아링가로사 주교에게 냉기를 안겼다.

'사제복 위에 뭘 더 껴입을걸 그랬군.'

반사적으로 몸이 떨리는 것을 참으며 주교는 생각했다. 어쨌든 오늘 밤 아링가로사가 보여야 할 태도는 약하고 두려움에 찬 모습이었다.

꼭대기에서 몰아치는 바람을 제외하면 성은 어둡고 음산하게 빛나고 있었다.

'도서관이군. 깨어서 기다리고들 있는 모양이지.'

바람을 피하기 위해 머리를 푹 숙인 채 아링가로사는 돔 모양의 관측소를 되도록 쳐다보지 않으면서 앞으로 걸어갔다.

문에서 주교를 맞이한 사제는 졸려 보였다. 사제는 다섯 달 전에 아링가로사를 맞이한 그 사람이었지만, 오늘 밤은 그다지 공손해 보이지 않았다. 시계를 들여다보는 사제의 표정에는 불쾌함이 역력했다.

"걱정하고 있었습니다, 주교님."

"미안합니다. 요즘 비행기는 워낙 믿을 수가 없어서."

사제는 들리지 않게 뭐라고 중얼거린 뒤 말했다.

"이층에서 기다리고 계십니다. 제가 안내해 드리지요."

도서관은 바닥에서부터 천장까지 나무로 된 거대한 사각형 방이다. 모든 벽에는 장서들이 빽빽이 꽂힌 책장들이 솟아 있었다. 바닥은 가장자리가 검은 현무암으로 장식된 호박색 대리석이었는데, 기억력이 좋은 사람이라면 이 건물이 한때 궁전이었다는 것을 눈치 챘을 것이다.

"어서 오십시오, 주교."

방을 가로질러 한 남자의 목소리가 들려왔다.

목소리의 주인을 찾으려 했지만 방 안의 조명이 너무 어두웠다. 아링가로사가 여기에 처음 왔을 때는 모든 것이 활활 타오르듯 환했다.

'긴장된 밤이 시작되었군.'

오늘 밤 이 사람들은 마치 자신들이 발설하려는 것에 부끄러움이라도 느끼는 것처럼 어둠에 앉아 있었다.

아링가로사는 천천히, 그리고 당당하게 안으로 들어갔다. 기다란 탁자 뒤인 방 끝에서 세 사람의 형체를 볼 수 있었다. 그 중 가운데 앉은 남자의 형체는 즉시 알아볼 수 있었다. 바티칸 시티에서 모든 법적인 문제들을 총괄하는, 몹시 뚱뚱한 바티칸 서기관이었다. 나머지 둘은 높은 자리에 있는 이탈리아의 추기경들이었다.

아링가로사는 도서관을 가로질러 그들에게로 다가갔다.

"시간에 늦어 죄송할 뿐입니다. 우리는 서로 다른 시간대에 살고 있어서, 여러분들께서는 필시 피곤하시겠습니다."

거대한 배 위에 손을 포개면서 서기관이 말했다.

"아닙니다. 주교가 이곳까지 와주어서 고맙게 생각합니다. 우리가 고작 한 일이라곤 일어나서 당신을 만나는 일뿐인데요, 뭘. 커피나 다른 마실 것을 갖다드릴까요?"

"사교적인 방문인 척하지 않는 것이 좋을 것 같군요. 저는 잡아 타야 할 다른 비행기가 또 있습니다. 본론으로 들어갈까요?"

"물론입니다. 우리가 상상했던 것보다 빨리 움직이시는군요."

서기관이 말했다.

"그렇습니까?"

"아직 한 달이나 더 남았을 텐데요."

"다섯 달 전에 여러분은 여러분의 근심을 제게 말했습니다. 제가 기다릴 필요가 있겠습니까?"

아링가로사가 말했다.

"그렇군요. 주교의 빠른 행보가 다행스러울 뿐입니다."

아링가로사의 눈이 긴 탁자를 따라가다가 커다란 검은색 서류가방에 멎었다.

"저게 제가 요구한 것입니까?"

서기관의 목소리는 불편했다.

"그렇소. 하지만, 우리가 그 요청에 대해서 염려하고 있다는 것을 인정해야만 하겠소. 그것은 아주……"

"위험해 보입니다."

추기경 중 한 명이 서기관의 말을 끝맺었다.

"어딘가로 전송해 드리는 편이 낫지 않습니까? 이것은 엄청난 금액입니다."

'자유란 비싼 법이지.'

"제 안전에 대해서는 걱정하지 않습니다. 신이 저와 함께 있으니까요."

사람들은 의심스러워하는 표정이었다.

"금액은 제가 요구한 대로 정확하겠죠?"

서기관은 고개를 끄덕였다.

"바티칸 은행에서 발행한 고액 채권이오. 세계 어디에서나 현금으로 바꿀 수 있소."

아링가로사는 탁자 끝으로 걸어가서 서류가방을 열었다. 안에는 두꺼운 채권 뭉치 두 다발이 들어 있었다. 각각의 채권에는 바티칸 문장과 '포르타토레'라는 타이틀이 양각되어 있었다. 이것이 채권을 소지한 자라면 누구에게나 현금과 상환할 수 있는 권리를 보장해 주었다.

서기관은 긴장하고 있는 것 같았다.

"주교, 이 말을 꼭 해야겠소. 만일 이 돈이 현찰이라면, 우리들이 이렇게까지 걱정스럽지는 않을 거요."

'내가 그 많은 현금을 들고 다닐 수는 없지.'

가방을 닫으며 아링가로사는 생각했다.

"채권도 현금처럼 쓰일 수 있다. 바로 서기관께서 하신 말씀입니다."

추기경들은 서로 불편한 시선을 교환했다. 그리고 마침내 한 사람이 입을 열었다.

"그렇습니다. 하지만 이 채권들은 곧장 바티칸 은행으로 추적됩니다."

아링가로사는 속으로 웃음을 지었다. 그 점이 바로 스승이 아링가로사에게 돈을 바티칸 은행의 채권으로 받으라고 지시한 이유였다. 이 채권은 보험 역할을 해줄 것이다.

'이제 우리 모두 한 배를 탄 거야.'

"이 일은 합법적인 거래입니다. 오푸스 데이는 바티칸 시티의 개인적인 분파입니다. 교황은 어떻게 하든 돈을 분산할 수 있습니다. 오늘 여기서 우리는 어떤 법도 어기지 않았습니다."

아링가로사는 변호했다.

서기관이 몸을 앞으로 내밀자, 그 몸무게를 못 이겨 의자가 삐걱거렸다.

"맞소, 하지만…… 당신이 이 돈으로 무엇을 하려는지 우리는 전혀 모르고 있소. 만일 이 돈이 불법적인 일에 쓰인다면……"

"서기관님이 제게 묻고 계신 것을 고려해 볼 때, 제가 이 돈으로 무엇을 하든 그것은 여러분의 관심사가 아닙니다."

긴 침묵이 이어졌다.

'내 말이 옳다는 것을 저들도 알고 있겠지.'

아링가로사는 생각했다.

"제가 서명해야 할 것을 가지고 오셨겠지요?"

그들은 아링가로사 앞으로 서류 한 장을 열성적으로 내밀었다. 아링가로사가 그저 조용히 떠나주기를 바라는 것처럼 보일 정도였다.

아링가로사는 앞에 놓인 서류를 훑어보았다. 거기엔 교황의 문장이 있었다.

"제게 보낸 서류와 같은 것입니까?"

"그렇습니다."

서류에 서명하면서 아무런 감정을 느끼지 못하는 자신에게 아링가로사는 놀랐다. 하지만 앞에 있는 세 남자는 안도의 한숨을 내쉬는 것 같았다.

"고맙소, 주교. 교회에 대한 당신의 봉사는 결코 잊혀지지 않을 것이오."

서기관이 말했다.

서류가방을 집어 들며 아링가로사는 그 무게에서 권위와 약속을 느꼈다. 뭔가 할 말이 더 남아 있는 듯 네 사람은 서로를 쳐다보았지만 그뿐이었다. 아링가로사는 문을 향해 돌아섰다.

"주교?"

추기경 한 명이 문지방에 다다른 아링가로사를 불렀다.

아링가로사는 멈칫하며 돌아섰다.

"네?"

"여기서 어디로 가십니까?"

아링가로사는 그 물음이 지정학적 물음이라기보다는 영혼과 관련된 물음이라는 느낌을 받았다. 하지만 지금 이 순간 불멸에 대해 토론하고 싶은 마음은 없었다.

"파리로 갑니다."

42

취리히 안전금고 은행은 스위스 숫자 계좌의 전통 안에서, 익명의 서비스를 현대적으로 제공하는 24시간 운영제의 안전금고 은행이다. 취리히, 콸라룸푸르, 뉴욕 그리고 파리에 사무소를 두고 있는 취리히 은행은 최근 몇 년 사이에 익명의 컴퓨터 코드로 된 미완날인증서 서비스와 디지털화된 백업 서비스를 제공하고 있었다.

은행의 주요 업무는 지금까지도 가장 오래되고 간단한 익명의 안전금고 상자의 제공이다. 고객은 주식 증서에서부터 고가의 그림에 이르기까지, 어느 것이든 익명을 보장받고 소유물을 맡길 수 있었다. 사생활을 보호하는 고도의 기술로 이루어진 차단장치를 통해서, 고객은 철저한 익명성을 보장받으며 언제든지 물품을 인출할 수 있었다.

소피는 목적지 앞에서 택시를 세웠다. 랭던은 타협의 여지라고는 보이지 않는 건축물을 내다보았다. 취리히 안전금고 은행은 유머라곤 찾아볼 수 없는 확고한 인상을 주었다. 창문 하나 없는 건물은 전체가 강철로 주조된 듯한 느낌이었다. 금속으로 만들어진 거대한 건물은 5미터 크기의 번쩍거리는 네온 십자가를 정면에 단 채 길에서 물러나 앉아 있었다.

비밀 엄수를 고수하는 스위스 은행의 명성은 스위스의 가장 돈이 되는 수출품 중 하나였다. 하지만 이 같은 설비가 예술계에서는 시빗거리가 되고 있었다. 훔친 미술품을 숨길 수 있는 완벽한 장소를 은행이 제공하고 있기 때문이다. 예치된 물품은 사생활 보호법에 따라 경찰 수사에서도 보호받았고, 사람의 이름 대신 숫자로 된 계좌만 붙어 있기 때문에 도둑들은 훔친 물건을 안전하게 보관하고 자기들이 결코 추적당할 위험이 없다는 것을 알고 있었다.

건물 밑으로 진입로가 있었다. 소피는 진입로를 막고 있는 문 앞에 택시를 세웠다. 머리 위에서는 비디오 카메라가 그들을 지켜보고 있었다. 랭던은 루브르 박물관에 있는 감시 카메라와는 달리 저 카메라는 진짜라는 느낌이 들었다.

소피는 택시의 창문을 내리고, 운전자 쪽에 붙은 전자 계기판을 살폈다. 액정 자막 화면이 7개국어로 안내사항을 보여주었다. 첫째 줄은 영어였다.

열쇠를 넣으십시오.

주머니에서 마마 자국이 있는 황금열쇠를 꺼낸 소피는 안내 계기판에 다시 주의를 돌렸다. 화면 아래에는 삼각형 모양의 구멍이 있었다.

"열쇠와 저 구멍이 맞을 것 같소."

랭던이 말했다.

소피는 열쇠의 삼각형 다리를 구멍과 맞춘 후에 열쇠의 다리가 모두 들어갈 때까지 깊숙이 집어넣었다. 열쇠를 돌릴 필요는 없어 보였다. 즉시 문이 돌아가며 열렸다. 소피는 브레이크를 밟고 있던 발을 떼고, 두 번째 문의 계기판으로 차를 몰았다. 뒤에서 첫째 문이 닫히자, 그들은 수문 사이에 갇힌 배처럼 덫에 걸린 꼴이 되었다.

랭던은 갇힌 느낌이 정말 싫었다.

'둘째 문에서도 작동해 주길 빌어야겠군.'

두 번째 안내 계기판도 익숙한 지시를 내리고 있었다.

열쇠를 넣으십시오.

소피가 열쇠를 꽂자, 두 번째 문도 즉시 열렸다. 잠시 후 그들은 진입로를 따라 건물의 중앙에 이르렀다.

고객용 주차장은 작고 어두웠다. 약 열두 대 정도의 차들이 들어갈 만한 공간이었다. 저쪽 끝에 건물의 입구가 있었다. 방문자들을 환영하는 붉은 카펫이 거대한 금속 문 앞까지 깔려 있었다.

'혼합된 메시지를 전하고 있군. 환영한다, 하지만 조심해라.'

랭던은 생각했다.

소피는 출입구 근처에 택시를 세우고 엔진을 껐다.

"총은 여기에 두고 가는 게 좋겠어요."

'듣던 중 반가운 소리군.'

좌석 밑에 총을 내려놓으며 랭던은 생각했다.

소피와 랭던은 택시 밖으로 나와 강철 문으로 향하는 붉은 카펫을 따라 걸어갔다. 문에는 손잡이가 없었다. 대신 문 옆의 벽에 삼각형의 열쇠 구멍이 나 있었다. 이번에는 어떤 안내문도 붙어 있지 않았다.

"배우는 게 더딘 사람은 들이지 않겠다는 얘기로군."

랭던이 말했다.

소피가 불안한 얼굴로 웃었다.

"한번 가보죠."

소피가 열쇠를 구멍에 꽂자, 문이 낮은 소리와 함께 안쪽으로 열렸다. 시선을 서로 주고받으며 소피와 랭던은 안으로 들어갔다. 둔탁한 소리와 함께 문이 그들 뒤에서 닫혔다.

취리히 안전금고 은행의 응접실은 랭던이 일찍이 경험해 보지 못한 실내장식이었다. 대부분의 은행들은 윤기 흐르는 대리석과 화강암으로 내부를 꾸미는데, 이 은행은 바닥에서부터 벽까지 금속과 대못만을 선택했다.

'이 은행을 장식한 사람은 누구일까? 철강업계 협력 업체 사람인가?'

랭던은 의아했다.

로비를 살펴보는 소피도 겁먹은 표정이었다.

바닥, 벽, 카운터, 문, 심지어 의자들에 이르기까지 온통 회색 금속 일색이었다. 틀에 부어 만든 금속으로 만들어져 있었다. 그럼에도 불구하고 그 효과는 인상적이었다. 메시지는 분명했다. 당신은 지하금고로 들어온 것입니다.

안으로 들어가자 카운터 뒤에서 몸집이 큰 남자가 보고 있던 작은 텔레비전을 끄고, 유쾌한 미소를 지으며 그들을 맞이했다. 장대한 근육과 굵은 팔뚝에도 불구하고, 경비원의 목소리는 스위스 벨보이처럼 공손함을 갖추며 맑게 울렸다.

"무엇을 도와드릴까요?"

2개 국어로 인사하는 것은 유럽에서 공손함을 표현하는 새로운 기법이 되어 가고 있었다. 손님에게 어느 쪽 언어가 더 편리한가를 알아보는 것, 그 이상도 이하도 아니었다.

소피는 어느 쪽으로도 대답하지 않았다. 그저 카운터 위에 황금열쇠를 내려놓았다.

남자는 열쇠를 내려다보더니, 즉시 몸을 똑바로 세웠다.

"물론입니다. 손님의 엘리베이터는 홀 끝에 있습니다. 손님이 가고 있다고 제가 직원에게 알려 놓겠습니다."

소피는 고개를 끄덕인 뒤 열쇠를 다시 집었다.

"몇 층이죠?"

남자는 소피에게 의아한 시선을 던졌다.

"손님의 열쇠가 몇 층에 엘리베이터를 세워야 하는지 알려줄 겁니다."

소피는 미소로 답했다.

"아, 그렇군요."

경비원은 두 사람이 엘리베이터로 다가가서 열쇠를 꽂고, 승강기에 올라타고, 사라지는 것을 지켜보았다. 문이 닫히자, 경비원은 전화를 움켜쥐었다. 그들의 도착을 직원에게 알리려는 것이 아니었다. 그럴 필요가 없었다. 고객의 열쇠가 출입문 바깥에서 꽂혔을 때, 이미 금고 안내원은 자동적으로 대기하도록 되어 있었다.

경비원은 대신 은행의 야간 매니저에게 전화를 걸었다. 신호가 가는 소리를 들으며, 경비원은 텔레비전을 다시 켜고 시청했다. 보고 있던 뉴스가 이제 막 끝나려던 참이었다. 경비원은 텔레비전에서 두 사람의 얼굴이 나오는 것을 보았다.

매니저가 전화를 받았다.

"네?"

"여기 아래에 문제가 생긴 것 같습니다."

"무슨 문제인가?"

"오늘 밤 프랑스 경찰이 탈주자 두 사람을 쫓고 있습니다."

"그래서?"

"그 두 사람이 방금 우리 은행으로 들어왔습니다."

매니저는 나지막하게 욕을 내뱉었다.

"좋아, 내가 즉시 베르네 씨에게 연락하지."

경비원은 전화를 끊고 다시 전화를 걸었다. 이번에는 인터폴이었다.

승강기가 올라가는 것이 아니라 내려가는 것을 느끼며 랭던은 놀랐다. 취리히 안전금고 은행의 건물에서, 지금 몇 층이나 내려가고 있는 것인지 알 수가 없었다. 마침내 승강기의 문이 열렸다. 층수는 문제가 되지 않았다. 랭던은 승강기 밖으로 나오게 되어 행복했다.

은행의 민첩함을 나타내기라도 하듯, 안내 직원이 이미 그들을 맞이하러 나와 있었다. 직원은 나이가 지긋하며 쾌활한 사람이었다. 깔끔한 플란넬 양복을 입은 모습은 이 장소에 어울리지 않아 보였다. 마치 하이테크 세계에 온 구시대의 은행가 모습이었다.

"안녕하십니까? 저를 따라오시겠습니까?"

대답을 기다리지 않고, 직원은 발을 돌려 좁은 복도를 경쾌하게 걸어 내려갔다.

랭던은 소피와 함께, 깜박이는 컴퓨터들이 들어찬 커다란 방 몇 개를 지나 복도를 따라 내려갔다.

"자, 다 왔습니다."

어떤 금속 문 앞에 이르러 문을 열어주면서 직원이 말했다.

랭던과 소피는 다른 세계로 들어갔다. 그들 앞에 있는 방은 작았지만, 고급 호텔의 응접실처럼 꾸며져 있었다. 금속과 대못은 사라지고, 참나무로 만든 가구와 동양산 카펫, 쿠션을 받친 의자들이 있었다. 방 한가운데에는 넓은 책상이 있었는데, 그 위에는 뚜껑을 따놓은 페리에 병과 함께 두 개의 크리스털 잔이 놓여 있었다. 페리에는 방금 딴 것인지 기포가 아직도 보글보글 올라오고 있었다. 그 옆에 놓인 뜨거운 커피 주전자에서 김이 오르고 있었다.

'시계처럼 정확하군. 이런 일은 스위스에 맡기라는 얘긴가.'

랭던은 생각했다.

직원은 랭던의 생각을 알고 있다는 듯이 미소를 지어 보였다.

"우리 은행을 찾은 것은 이번이 처음이시죠?"

소피는 망설이다가 고개를 끄덕였다.

"이해합니다. 종종 열쇠들은 대를 이어 물려지기도 하니까요. 그래

276

서 우리 은행에 처음 오신 고객들은 규정을 확실히 모르는 경우도 있답니다."

직원은 몸짓으로 탁자 위의 음료수를 가리켰다.

"이 방은 손님이 계시고 싶을 때까지 손님의 방입니다."

"열쇠가 가끔은 상속되는 경우도 있다고 말씀하신 건가요?"

소피가 물었다.

"그렇습니다. 손님께서 가지고 계신 열쇠는 스위스 숫자로 된 계좌 같습니다. 그런 열쇠는 종종 대를 이어 물려받습니다. 우리 은행의 황금계좌의 경우, 안전금고 상자의 가장 짧은 임대 기간이 오십 년입니다. 미리 돈을 지불하는 거죠. 그래서 우리는 가족들이 바뀌는 것을 흔하게 본답니다."

랭던은 직원을 쳐다보았다.

"지금 오십 년이라고 그랬습니까?"

"최소한으로 말입니다. 물론 그보다 길게 임대 기간을 구입하실 수도 있습니다. 하지만 다른 계약 조건이 없다면, 오십 년 동안 계좌에 한 번도 접속하지 않은 경우에는 안전금고 안의 내용물은 폐기처분됩니다. 손님의 금고에 접속하는 과정을 설명해 드릴까요?"

소피는 고개를 끄덕였다.

"예, 그렇게 해주세요."

안내원은 팔을 뻗어 호화로운 방 내부를 가리켰다.

"이 방은 손님의 개인 전용실입니다. 일단 제가 이 방을 나가면, 손님께선 여기에서 안전금고의 내용물을 살피고 정리하면서 얼마든지 시간을 보내실 수 있습니다. 안전금고는…… 여기로 도착합니다."

안내원은 랭던과 소피를 지나 벽으로 걸어갔다. 거기에는 넓은 컨베이어 벨트가 우아한 곡선을 그리며 방으로 들어와 있었다. 공항의 수화물 컨베이어와 흡사했다.

"손님의 열쇠를 저기에 꽂으면……"

안내원은 컨베이어 벨트를 마주하고 있는 커다란 전자 계기판을 가리켰다. 계기판에 이제는 낯익은 삼각형 모양의 구멍이 보였다.

"컴퓨터가 손님 열쇠를 확인하고 나면, 손님의 계좌번호를 누르십시오. 그러면 손님의 안전금고는 지하 창고에서 자동으로 이 방으로 오게 됩니다. 손님이 볼일을 다 마치신 후에는, 안전금고를 다시 컨베이어 벨트 위에 놓습니다. 그런 뒤에 다시 열쇠를 꽂으면 이 과정이 거꾸로 진행됩니다. 모든 것이 자동화되어 있기 때문에 손님의 사적인 용무는 이곳 직원들로부터도 보호되는 것입니다. 뭔가 필요하신 것이 있다면, 방 가운데 있는 탁자 위의 버튼을 누르십시오."

소피가 막 질문을 하려는데 전화벨이 울렸다. 직원은 당황스럽고 미안하다는 표정을 지었다.

"잠깐 실례하겠습니다."

그리고 탁자 위에 놓인 전화기를 향해 걸어갔다.

"네?"

전화 통화를 하는 직원의 이마에 깊은 주름이 패었다.

"네…… 네…… 알겠습니다."

전화를 끊고, 안내원은 불편한 미소를 지어 보였다.

"죄송합니다. 저는 지금 나가 봐야겠습니다. 편히 계십시오."

직원은 재빨리 문으로 향했다.

그때 소피가 직원을 불러 세웠다.

"잠깐만요, 가기 전에 뭔가 확실히 좀 알려주시겠어요? 계좌번호를 눌러야 한다고 말했나요?"

직원은 창백한 얼굴로 문에서 멈춰 섰다.

"물론입니다. 대부분의 스위스 은행들처럼, 우리 은행의 안전금고도 이름이 아닌 숫자가 붙어 있습니다. 손님께서는 열쇠와 오직 손님만이 알고 있는 개인 계좌번호를 가지고 계실 겁니다. 열쇠는 손님이 금고의 주인임을 반밖에 증명해 주지 않거든요. 손님의 개인 계좌번호가 나머지 반을 증명해 주는 겁니다. 그렇지 않다면, 손님이 열쇠를 잃어버렸을 때, 누구나 그것을 사용할 수 있게 되니까요."

소피는 주저했다.

"그럼 만일 이 열쇠를 제게 물려준 사람이 계좌번호를 알려주지 않았다면요?"

안내원의 가슴이 무겁게 뛰기 시작했다.

'그렇다면 당신들은 분명히 이곳에서 볼일이 없는 사람들이라는 얘기지!'

직원은 랭던과 소피에게 차분한 미소를 지었다.

"손님을 돕도록 누군가를 부르겠습니다. 잠시만 기다리세요. 즉시 이 자리에 오도록 하지요."

방을 나선 직원은 문을 닫고 방문을 잠갔다. 랭던과 소피를 안에 가두어 버린 것이다.

시내 건너편에서는 콜레가 노르 기차 역에 서 있었다. 그의 전화가 울렸다. 전화를 건 사람은 파슈였다.

"인터폴이 단서를 잡았네. 열차는 잊어버리게. 랭던과 느뵈가 방금 전 안전금고 은행의 파리 지점에 들어갔다는군. 즉시 그곳으로 사람들을 보내게."

"소니에르 씨가 느뵈 요원과 로버트 랭던에게 무엇을 말하려고 했는지 어떤 단서를 잡은 걸까요?"

파슈의 어조는 냉담했다.

"콜레 부관, 자네가 그들을 체포하면 그때 내가 직접 물어보겠네."

콜레는 즉시 눈치챘다.

"악소 가 이십사 번지로 곧 출동하겠습니다, 반장님."

콜레는 전화를 끊고 요원들에게 무전을 쳤다.

43

취리히 안전금고 은행의 파리 지점장 앙드레 베르네는 은행 건물의 호화로운 위층에 살고 있었다. 풍족한 생활에도 불구하고, 베르네는 항상 생루이 강변의 아파트를 갖는 게 꿈이었다. 이곳에서는 그저 졸부들이나 만날 수 있지만 거기에서는 진정으로 예술을 사랑하는 애호가들을 사귈 수 있을 것 같았기 때문이다.

베르네는 늘 자신에게 말했다.

'은퇴하면, 지하실을 희귀한 보르도 산 포도주로 가득 채워 놓고, 프라고나르와 부셰의 그림으로 응접실을 꾸며야지. 그리고 라탱 지구에서 희귀한 고서들과 골동품 가구를 수집하며 나날을 보내는 거야.'

오늘 밤 지점장은 겨우 6분 30초 전에 일어났다. 베르네는 은행의 지하 복도로 서둘러 내려갔지만, 개인 재단사나 미용사가 방금 단장을 해준 것처럼 그의 모습에서 빈틈이라곤 찾아볼 수 없었다. 흠잡을 데 없는 실크 양복을 입은 베르네는 걸어가면서, 입 안에 구강제 스프레이를 뿌리고 넥타이를 단단하게 맸다. 다른 시간대에서 날아오는 국제 손님들을 맞이하는 일에 익숙한 베르네의 수면 습관은 마사이 부족을 모델로 하고 있었다. 아프리카의 마사이 부족은 깊은 잠에서 깨어나, 단 몇 초 만에 완벽한 전투 태세로 돌입하는 능력으로 유명했다.

'전투는 준비됐다.'

오늘 밤에 어울리는 적절한 비유가 아닐지도 모른다는 두려움을 느꼈다. 황금열쇠를 가진 손님은 항상 더 많은 주의를 필요로 했다. 하지만 황금열쇠의 주인이 사법경찰이 찾고 있는 인물이라면 극도로 미묘한 문제였다. 은행은 고객이 범죄자라는 증거가 없을 경우에, 고객의 개인적인 권리에 대한 사법 당국의 법 집행을 막아낸 전투 경험을 가지고 있었다.

'오 분 남았군. 경찰이 도착하기 전에 이 사람들을 은행 밖으로 내몰아야 해.'

베르네는 속으로 말했다.

재빨리 움직인다면, 이 재앙을 교묘히 피해 갈 수 있을 것 같았다. 베르네는 경찰에게 보고한 대로 도망자들이 은행으로 걸어 들어왔지만, 계좌번호도 갖고 있지 않았고 고객도 아니었기 때문에 내보냈다고 말하면 그만이었다. 빌어먹을, 그 경비원이 인터폴에 전화하지 말았어야 했는데 말이다. 시간당 15유로를 받는 경비원에게 사리분별이란 말은 어울리지 않는 어휘였다.

문가에 선 베르네는 숨을 깊이 들이마시고 근육을 느슨하게 풀었다. 그런 뒤에 억지로 온화한 미소를 지으며 잠긴 문을 열었다. 베르네는 따뜻한 산들바람처럼 가볍게 방으로 들어갔다.

베르네의 눈동자는 그의 고객을 찾고 있었다.

"안녕하십니까. 저는 앙드레 베르네입니다. 어떻게 도와……"

마지막 말이 목구멍 어딘가에 걸렸다. 자기 앞에 있는 여자는 언젠가 그랬던 것처럼 기대하지 않은 방문객이었다.

"미안합니다만, 우리 아는 사이인가요?"

소피가 물었다. 그녀는 이 은행가를 알지 못했지만, 남자는 잠시 유령이라도 본 것 같았다.

"아닙니다…… 저는…… 모릅니다. 우리 은행 서비스는 익명입니다."

지점장은 말을 더듬었다. 그런 뒤 크게 숨을 내쉬더니, 억지로 조용한 미소를 지었다.

"저희 직원이 말하길, 황금열쇠를 가지고 계시는데 계좌번호가 없다고요? 그 열쇠를 어떻게 얻게 되었는지 여쭤봐도 되겠습니까?"

"할아버지가 제게 주셨어요."

소피는 남자를 뚫어지게 바라보며 대답했다. 남자가 더욱 불편해하는 것이 역력하게 보였다.

"정말입니까? 손님의 할아버님이 손님에게 열쇠는 주었는데, 계좌번호는 주지 않았다?"

"할아버지는 그럴 시간이 없었습니다. 오늘 밤 살해되셨거든요."

그녀의 말은 은행가를 뒷걸음치게 만들었다. 공포를 가득 담은 눈으로 은행가가 물었다.

"자크 소니에르 씨가 죽어요? 그런데…… 어떻게?"

이제 충격으로 뒤로 물러선 사람은 소피였다.

"할아버지를 아세요?"

앙드레 베르네도 충격을 받은 얼굴로 탁자 끝에 몸을 기댔다.

"자크와 난 친한 친구 사이입니다. 언제 그 일이 일어났습니까?"

"오늘 밤에요. 루브르 박물관에서요."

베르네는 가죽 의자로 걸어가 주저앉았다. 베르네는 랭던을 올려다본 뒤 다시 소피를 쳐다보았다.

"두 사람에게 아주 중요한 질문을 해야겠습니다. 두 사람 중 어느 쪽이든 소니에르의 죽음과 관련이 있습니까?"

"아니에요! 절대로 그렇지 않아요."

소피가 선언하듯 말했다.

베르네의 표정은 어두웠다. 그는 잠시 생각하느라 말을 멈췄다.

"당신들 사진이 인터폴에서 돌고 있습니다. 바로 그 때문에 내가 당신을 알아본 겁니다. 당신들은 살인혐의로 수배중이에요."

소피는 침울해졌다.

'파슈가 벌써 인터폴을 돌려?'

파슈는 소피가 생각했던 것보다 훨씬 적극적인 것 같았다. 소피는 재빨리 베르네에게 랭던이 누구이며, 오늘 밤 루브르 박물관 안에서 어떤 일이 벌어졌는지를 말했다.

베르네는 혼란스러운 표정이었다.

"그러니까 소니에르가 죽어 가면서 당신에게 랭던 씨를 찾으라는 메시지를 남겼다는 겁니까?"

"예. 그리고 이 열쇠도요."

소피는 베르네 앞에 있는 탁자 위에 시온의 봉인이 찍힌 면을 아래로 해서 열쇠를 내려놓았다.

베르네는 열쇠를 응시했지만 만지지는 않았다.

"소니에르가 오직 열쇠만을 당신에게 남겼습니까? 다른 것은요? 종이 한 장도 없습니까?"

소피는 자신이 급하게 루브르를 떠났다는 것을 알고 있었다. 하지만 〈암굴의 마돈나〉 뒤에는 아무것도 없었다는 것을 확신했다.

"아뇨. 그냥 열쇠만 있었어요."

베르네는 무기력하게 한숨을 내쉬었다.

"모든 열쇠는 열 자리로 된 계좌번호와 짝을 이루고 있습니다. 이열 자리 번호는 암호 기능을 하는 것입니다. 번호가 없으면 열쇠는 쓸모없는 것이 되고 맙니다."

'열 자리 숫자.'

소피는 마지못해 숫자 결합을 계산해 보았다.

'무려 천억 개의 숫자 조합이 가능한 거로군.'

설사 DCPJ의 강력한 병렬컴퓨터를 가져온다고 해도, 이 코드를 깨려면 몇 주가 걸릴 판이었다.

"베르네 씨, 확실히 이 상황을 고려해 볼 때, 당신이 우리를 좀 도와주시면 좋겠어요."

"미안합니다. 정말로 제가 할 수 있는 일이 없습니다. 고객들은 안전 경로를 통해서 자기들만의 계좌번호를 고릅니다. 그 번호는 오직 고객과 컴퓨터에게만 의미가 있지요. 이것이 우리가 익명성을 보장하는 방법입니다. 그리고 우리 직원들의 안전까지도요."

소피는 베르네의 말을 알아들었다. 동네 편의점도 같은 일을 하고 있었다. 일하는 사람들은 금고의 열쇠를 가지고 있지 않았다. 이 스위스 은행도 분명히 누군가가 금고 열쇠를 훔쳐와서, 은행 직원을 인질로 붙잡고 계좌번호를 말하라고 요구당하는 그런 위험을 자초하지는 않을 터였다.

소피는 랭던 옆에 앉았다. 그리고 열쇠를 내려다보다가 베르네를 쳐다보았다.

"할아버지가 여기 은행에 무엇을 보관하고 있었는지 혹시 알고 있나요?"

"무엇인지는 전혀 모릅니다. 그것은 안전금고 은행의 기본 규칙이기도 합니다."

소피는 입술을 지그시 눌렀다.

"베르네 씨, 저희들은 시간이 별로 없어요. 그래서 솔직하게 말씀드리려고 해요."

그녀는 손을 뻗어 열쇠를 뒤집었다. 시온의 문장을 드러내 보이며 소피는 남자의 눈을 살폈다.

"이 열쇠의 상징이 당신에게 어떤 의미가 있나요?"

베르네는 붓꽃 문장을 내려다보았지만 아무런 반응도 없었다.

"아니오. 하지만 우리의 많은 고객들은 자신의 열쇠에 회사 로고나 이니셜 등을 새겨 넣기도 합니다."

소피는 여전히 베르네를 주의 깊게 살피면서 한숨을 쉬었다.

"이 상징은 시온 수도회라고 알려진 비밀조직의 상징이에요."

베르네는 역시 아무런 반응을 보이지 않았다.

"난 모르는 얘깁니다. 당신 할아버지는 내 친구였지만, 우리는 주로 사업 얘기를 했습니다."

지점장은 넥타이를 고쳐 맸다. 그는 불안한 표정이었다.

소피는 확고한 목소리로 말했다.

"베르네 씨, 할아버지는 오늘 밤 제게 전화해서, 할아버지와 제가 큰 위험에 처했다고 말했어요. 제게 뭔가 줄 것이 있다고도 했고요. 그리고 이 은행의 열쇠를 주었지요. 그런데 할아버지께서 돌아가셨어요. 당신이 우리에게 해줄 수 있는 얘기는 뭐든지 도움이 될 겁니다."

베르네는 땀을 닦았다.

"일단 이곳을 빠져나가야만 합니다. 경찰이 곧 도착할 거예요. 은행의 경비원이 인터폴에 연락해야 한다는 의무감을 느꼈던 모양입니다."

소피는 무척 두려움을 느꼈다. 그녀는 마지막 말을 던졌다.

"할아버지는 제 가족에 얽힌 진실을 제게 얘기해 줄 필요성이 있다고 했는데, 그게 당신에게 무슨 의미가 있나요?"

"아가씨, 당신 가족은 당신이 어렸을 때 자동차 사고로 죽었습니다. 미안해요. 당신 할아버지가 당신을 무척 사랑했다는 것은 잘 알고 있습니다. 당신들 두 사람이 서로 멀어졌을 때, 그것이 얼마나 그를 고통스럽게 했는지 소니에르는 여러 차례 얘기했지요."

소피는 어떻게 해야 할지 알 수가 없었다.

랭던이 물었다.

"계좌의 내용이 상그리엘과 어떤 관련이 있습니까?"

베르네는 랭던에게 이상하다는 표정을 지어 보였다.

"그게 뭔지 모르겠군요."

바로 그때, 베르네의 휴대 전화기가 울렸다. 베르네는 허리띠에서 전화를 잡아 뺐다.

"네?"

베르네는 잠시 귀를 기울이고 있었다. 베르네의 표정이 놀라움에서 근심으로 변해 갔다.

"경찰? 이렇게 빨리?"

저주의 말을 내뱉더니, 프랑스어로 뭔가를 짧게 지시했다. 그리고 1분 안에 로비로 올라가겠노라고 말했다.

전화를 끊고, 베르네는 소피를 향해 돌아섰다.

"경찰이 평소보다 빨리 움직이는군요. 우리가 얘기하는 사이에 도착한 모양입니다."

소피는 빈손으로 떠나고 싶은 마음은 추호도 없었다.

"경찰에게 우리가 왔다가, 벌써 갔다고 얘기해 주세요. 은행을 수색하고 싶어하면 수색 영장을 요구하세요. 그럼 시간을 좀더 벌 수 있을 거예요."

"이봐요, 자크는 내 친구였습니다. 그리고 저희 은행은 이런 종류의 압력을 필요로 하지 않습니다. 이 두 가지 이유만으로도, 내 면전에서 당신들이 체포당하는 꼴을 보고 싶지는 않습니다. 내게 시간을 좀 주세요. 경찰이 눈치 채지 못하게 당신들이 은행을 떠날 수 있도록 도울 방법이 있을 겁니다. 그 이상은 나도 관여할 수 없습니다. 여기 그대로 있어요. 일을 처리하고 곧 돌아오겠습니다."

베르네는 서둘러 문으로 다가갔다.

"하지만 안전금고는? 그냥 떠날 수는 없어요."

소피가 소리쳤다.

"그 일이라면 제가 해줄 수 있는 것이 없습니다. 미안합니다."

문 밖으로 서둘러 나가면서 베르네가 말했다.

소피는 잠시 베르네를 눈으로 뒤쫓았다. 어쩌면 할아버지가 수년 간에 걸쳐 보낸 그 많은 편지나 꾸러미들 속에 계좌번호가 들어 있었던 것은 아닐까, 걱정스러웠다. 자신이 뜯지도 않고 버려둔 편지들 속에 말이다.

랭던이 갑자기 벌떡 일어섰다. 소피는 랭던의 눈이 예기치 못한 만족감으로 반짝이는 것을 보았다.

"로버트? 당신 웃고 있네요?"

"당신 할아버지는 천재요."

"뭐요?"

"열 자리 숫자."

랭던이 무슨 얘기를 하는지 소피는 도통 알 수가 없었다.

이제는 소피에게 익숙한, 한쪽으로 기울어진 듯한 랭던의 웃음이 그의 얼굴을 스치고 지나갔다.

"계좌번호 말이오. 당신 할아버지가 결국엔 그 번호들을 우리에게 남겼다고 확신하오."

"어디에요?"

랭던은 범죄 현장을 찍은 사진을 꺼내서 탁자 위에 펼쳤다. 소피는 첫 줄만 읽고서도 랭던이 옳다는 것을 알았다.

13 – 3 – 2 – 21 – 1 – 1 – 8 – 5

오, 드라코 같은 악마여!

오, 불구의 성인이여!

P.S. 로버트 랭던을 찾아라.

44

"열 자리 숫자."

현장 사진을 내려다보면서, 소피의 암호 감각이 꿈틀거렸다.

13 – 3 – 2 – 21 – 1 – 1 – 8 – 5

'할아버지는 루브르 박물관 바닥에 계좌번호를 남긴 거야!'

소피가 바닥에 휘갈겨쓴 피보나치 수열을 처음 보았을 때, 이 숫자의 유일한 목적은 DCPJ가 암호 해독가를 부르게 해서 소피를 사건에 끌어들이려는 것으로만 알았다. 좀 지나서는, 이 숫자들이 다른 줄을 어떻게 해석할 것인가를 알려주는 단서 역할을 한다는 것을 깨달았다.

'아무 의미 없는 순서…… 숫자로 된 아나그램.'

이제 놀랍게도, 이 숫자들이 보다 중요한 의미를 간직하고 있다는 것을 알게 된 것이다. 숫자들은 할아버지의 수수께끼 같은 안전금고 상자를 여는 마지막 열쇠가 될 것이 확실했다.

랭던을 향해 돌아서며 소피가 말했다.

"할아버지는 이중 의미의 대가였어요. 할아버지는 여러 겹의 의미를 갖는 것이라면 뭐든지 좋아했지요. 암호에 숨겨진 또 다른 암호 같은 것 말이에요."

랭던은 이미 컨베이어 벨트 근처에 있는 전자 계기판으로 움직이고 있었다. 소피는 사진을 움켜쥐고 따라갔다.

계기판은 은행의 ATM 기계와 유사한 키보드를 가지고 있었다. 화면에는 은행의 로고인 십자가가 떠 있고, 키보드 옆에는 삼각형의 구멍이 있었다. 소피는 망설이지 않고 열쇠를 구멍에 집어넣었다.

화면이 즉시 바뀌었다.

계좌번호 : _____

커서가 깜박거렸다. 입력을 기다리고 있었다.

'열 자리.'

소피가 사진을 보며 숫자를 읽었고, 랭던이 차례로 입력했다.

계좌번호 : 1 3 3 2 2 1 1 1 8 5

마지막 숫자를 입력하자, 화면이 새롭게 바뀌었다. 여러 나라 언어로 된 메시지가 나타났다. 영어가 제일 먼저였다.

주의 : 엔터 키를 누르기 전에, 계좌번호가 정확한지 확인하시기 바랍니다. 손님의 비밀 보장을 위해서 만일 컴퓨터가 계좌번호를 인식하지 못할 경우, 이 시스템은 자동적으로 꺼집니다.

눈살을 찌푸리며 소피가 말했다.

"기능이 멈춘다. 오직 한 번만 시도할 수 있게 돼 있는 것 같군요."

은행의 일반 ATM 기계들은 고객의 카드를 먹어 버리기 전에, 코드를 입력할 수 있는 기회를 사용자에게 세 번 준다. 하지만 이 안전금고의 시스템은 평범한 은행 기계와는 분명히 달랐다.

랭던은 자기가 입력한 숫자와 프린트를 주의 깊게 비교해 보면서 결정했다. 그리고 엔터 키를 가리켰다.

"숫자가 맞는 것 같소. 누릅시다."

소피는 검지손가락을 키보드로 내밀었으나 망설였다. 뭔가 이상하다는 생각이 스치고 지나갔다.

"어서 해요. 베르네가 곧 돌아올 거요."

랭던이 재촉했다.

소피는 손을 뒤로 잡아 뺐다.

"아니에요. 이건 맞는 번호가 아니에요."

"맞는 번호요! 봐요, 열 자리잖소. 다른 게 또 뭐가 있겠소?"

"너무 무작위로 보여요."

'너무 무작위로 보인다고?'

랭던은 더 이상 반대할 수가 없었다. 모든 은행은 고객에게, 다른 사람이 알 수 없게 암호를 무작위로 고르라고 충고한다. 분명 이 은행의 고객들도 계좌번호를 무작위로 고르라는 충고를 들었을 것이다.

소피는 방금 입력한 숫자들을 모두 지워 버리고, 랭던을 올려다보았다. 그녀의 시선엔 확신이 있었다.

"무작위로 이루어진 이 숫자들이 피보나치 수열의 형태를 이룬다는 것이 지나친 우연으로 보여요."

랭던은 소피의 지적이 옳다는 것을 알았다. 초기에, 소피는 이 숫자가 피보나치 수열로 재정비될 수 있다는 것을 보여주었다. 그 수열은 무엇을 의미하는 것이었을까?

소피는 다시 키보드 앞에 서서, 마치 뭔가를 기억해 내는 것처럼 다른 숫자를 입력했다.

"게다가 할아버지는 암호와 상징을 사랑하는 분이셨어요. 할아버지가 쉽게 기억할 수 있고, 또 할아버지에게 의미 있는 번호를 골랐을 거라고 보는 게 타당해요. 무작위로 보이지만…… 사실은 그렇지 않은 것."

그녀는 숫자 입력을 마치고, 은밀한 미소를 지어 보였다. 랭던은 스크린을 쳐다보았다.

계좌번호 : 1 1 2 3 5 8 1 3 2 1

숫자를 보고, 랭던은 즉시 소피가 옳다는 것을 알아차렸다.
'피보나치 수열.'
'1 - 1 - 2 - 3 - 5 - 8 - 13 - 21'
피보나치 수열이 열 자리로 변형되자, 시각적으로는 수열을 인지할 수 없게 되어 버렸다.
'기억하기는 쉽지만 무작위로 보인다.'
이 훌륭한 열 자리 숫자를 소니에르는 결코 잊지 않았을 것이다. 더 나아가, 루브르 박물관 바닥에 휘갈겨쓴 숫자들이 왜 유명한 수열로 전환될 수 있는지도 완벽하게 설명하고 있었다.
소피는 손을 뻗어 엔터 키를 눌렀다.
아무 일도 일어나지 않았다.
적어도 그들은 아무것도 감지할 수 없었다.

그 순간, 그들 밑에 있는 은행의 지하 저장실에서는 로봇 발톱이 움직이며 기지개를 폈다. 천장에 붙은 두 개의 축을 따라 미끄러지며, 발톱은 적절한 대상을 찾아 움직였다. 아래 시멘트 바닥에는 동일한 모양의 플라스틱 상자 수백 개가 거대한 격자 모양을 이루며 놓여 있었다…… 마치 교회의 지하 납골당 안에 작은 관들이 열을 지어 누워 있는 것처럼 보였다.

정확한 지점에서 발톱이 윙윙 소리를 내며 멈추고, 로봇 발톱이 아래로 내려와 상자 위에 있는 바코드를 전자장치로 확인했다. 정확하게 들어맞자, 발톱은 상자의 무거운 손잡이를 붙잡고 수직으로 상자를 들어올렸다. 발톱은 상자를 지하실의 한쪽 면으로 옮겼다. 거기에는 컨베이어 벨트가 멈춰 있었다.

회수용 팔이 컨베이어 벨트 위에 상자를 부드럽게 내려놓았다.

일단 팔이 제자리로 돌아가자, 컨베이어 벨트가 윙윙 소리를 내며 움직이기 시작했다……

소피와 랭던은 컨베이어 벨트가 움직이는 것을 내려다보며 안도의 숨을 내쉬었다. 컨베이어 옆에 서서, 그들은 공항의 수하물 창구에서 내용물을 알 수 없는 수상한 가방을 기다리는 여행객이 된 기분이었다.

컨베이어 벨트는 그들의 오른쪽 벽에 난 문을 통해 방으로 들어오고 있었다. 금속 문이 젖혀지더니, 커다란 플라스틱 상자가 컨베이어 벨트에 깊숙이 실려 나타났다. 상자는 주형을 떠서 만든 검은색으로 이음새라곤 어디에도 보이지 않았다. 상자는 소피가 생각했던 것보다 훨씬 컸다.

상자는 그들 앞에까지 와서 멈춰 섰다.

랭던과 소피는 수수께끼 상자를 바라보며 조용히 서 있었다.

상자 위에 붙어 있는 바코드, 금속 고리에 묵직해 보이는 손잡이까지 이 은행의 다른 모든 것들처럼 치밀해 보였다. 소피는 상자가 연장 도구함처럼 보였다.

시간을 낭비할 수 없어, 소피는 앞에 보이는 두 개의 걸쇠를 풀었다. 그러고서 랭던을 응시했다. 둘은 함께 무거운 상자 뚜껑을 들어서 뒤로 젖혔다.

한 걸음 앞으로 다가서서 상자 안을 들여다보았다.

처음에 소피는 상자가 비었다고 생각했다. 그런데 곧 뭔가를 보았다. 상자 바닥에 물체 하나가 들어 있었다.

신발상자 크기의 광택이 흐르는 나무상자는 화려한 경첩으로 장식되어 있었다. 재질은 단단해 보였고, 빛깔은 우아한 짙은 자주색이었다.

'장미목이다.'

할아버지가 좋아하던 거였다. 상자 뚜껑에는 장미 디자인이 아름답게 상감되어 있었다. 소피와 랭던은 어리둥절한 시선을 교환했다. 소피는 몸을 기울여 상자를 들어올렸다.

'세상에, 아주 무겁잖아!'

소피는 상자를 조심스럽게 탁자로 옮겼다. 랭던은 그녀 곁에 서서, 그들이 회수한 작은 보물상자를 바라보았다.

랭던은 찬탄하는 마음으로 수작업으로 새겨진 상자의 무늬를 응시했다. 다섯 장의 꽃잎을 가진 장미였다. 그는 이런 형태의 장미를 수도 없이 보았다. 랭던은 속삭였다.

"다섯 장의 꽃잎을 가진 장미는 성배를 나타내는 상징이오."

소피는 랭던을 쳐다보았다. 랭던은 소피가 무엇을 생각하는지 알 수 있었다. 그도 같은 것을 생각하고 있었기 때문이다. 상자의 크기나 무게, 성배의 상징이 새겨진 뚜껑 등 모든 것을 고려해 볼 때 오직 한 가지 결론만을 암시하고 있었다.

'상자 안에는 그리스도의 잔이 들어 있다.'

랭던은 다시 한 번 그런 일은 불가능하다고 자신에게 말했다.

"완벽한 크기예요. 잔이…… 들어가기에 말이에요."

소피가 속삭였다.

'성배가 잔일 리 없어.'

소피가 상자를 끌어당겨 열 준비를 했다. 그런데 상자를 당길 때, 안에서 뭔가 출렁거리는 소리가 새어 나왔다.

랭던은 뒤늦게 깨달았다.

'안에 액체가 들어 있는 건가?'

소피도 당황한 표정이었다.

"방금 그 소리 들었어요……?"

랭던은 고개를 끄덕였다.

"액체요."

손을 내밀어, 소피는 천천히 걸쇠를 풀고 뚜껑을 올렸다.

안에 든 물체는 랭던이 지금까지 봐온 것과는 달랐다. 하지만 그들에게 이제 한 가지는 분명해졌다. 이것은 분명히 그리스도의 잔이 아니었다.

45

방으로 들어오면서 앙드레 베르네가 말했다.

"경찰이 길을 막고 있어요. 당신들을 빼내는 것이 어려울 것 같습니다."

등 뒤로 문을 닫으면서, 베르네는 컨베이어 벨트 위에 있는 플라스틱 가방을 보고 걸음을 멈추었다.

'하느님 맙소사! 소니에르의 계좌번호를 알아낸 모양이네?'

소피와 랭던은 탁자 옆에 서서 커다란 보석상자 같은 것 위로 몸을 숙이고 있었다. 소피는 즉시 뚜껑을 닫고 베르네를 쳐다보았다.

"결국 계좌번호를 알아냈어요."

베르네는 할 말을 잃었다. 이 일이 모든 것을 바꿔 버렸다. 베르네는 사려 깊게 상자에서 시선을 뗐다. 그리고 다음 행보를 구상하기 시작했다.

'이 사람들을 은행에서 내보내야만 한다!'

하지만 경찰이 이미 진을 치고 있는 상황에서, 방법은 오직 한 가지밖에 없었다.

"느뵈 양, 만일 내가 당신들을 은행에서 안전하게 빼낸다면 그 물품을 가져갈 것입니까, 아니면 다시 맡기고 갈 겁니까?"

소피는 랭던을 쳐다보았다가, 다시 베르네를 바라보았다.

"가져갈 거예요."

베르네는 고개를 끄덕였다.

"역시 그렇군요. 그럼 그 물건이 무엇이 됐든지 간에 당신 재킷으로 싸서 복도까지 이동하도록 합시다. 아무도 그것을 보지 않았으면 좋겠어요."

랭던이 재킷을 벗자, 베르네는 컨베이어 벨트로 서둘러 걸어가서 빈 플라스틱 상자를 닫았다. 그리고 몇 가지 단순한 명령어를 입력했다. 컨베이어 벨트가 플라스틱 상자를 싣고 다시 지하 저장실 쪽으로 움직이기 시작했다. 베르네는 계기판에서 황금열쇠를 꺼내 소피에게 건넸다.

"자, 이쪽으로. 서두릅시다."

그들이 뒤쪽에 있는 화물 적하장에 이르렀을 때, 베르네는 지하 주차장을 통과해서 들어오는 경찰차의 불빛들을 볼 수 있었다. 베르네는 얼굴을 찡그렸다. 경찰은 진입로를 막고 있을 것이다.

'내가 정말로 이 짓을 하려는 것인가?'

베르네는 땀을 흘리고 있었다.

베르네는 은행의 작은 장갑 트럭들 중 한 대를 가리켰다. 운송 업무는 취리히 은행이 제공하는 또 다른 서비스였다.

베르네는 장갑 트럭의 육중한 뒷문을 들어올리며 두 사람에게 번쩍이는 강철 칸막이 안으로 들어가라는 시늉을 취했다.

"화물칸에 타요. 곧 돌아오겠어요."

소피와 랭던이 화물칸으로 기어 올라갈 때, 베르네는 적하장을 가로질러 적하장 감독관의 사무실로 서둘러 들어갔다. 그리고 트럭 열쇠와 운전사 제복, 모자를 찾아냈다. 양복과 타이를 벗어 던지고, 베르네는 운전사 유니폼으로 갈아입었다. 유니폼 아래에는 어깨에 메는 권총 가죽 케이스를 둘렀다. 사무실을 나가면서, 베르네는 선반에서 운전사용 권총을 집어 들고 탄환을 채웠다. 그리고 권총을 권총집에 넣고, 유니폼의 단추를 잠갔다. 베르네는 운전사용 모자를 깊이 눌러 쓰고 트럭으로 돌아왔다. 텅 빈 화물칸 안에 두 사람이 서 있는 것이 보였다.

베르네는 안쪽 벽에 있는 스위치를 눌러 화물칸 천장에 달린 전구의 불을 밝혔다.

"불을 켜두는 게 좋을 겁니다. 그리고 앉는 게 좋겠습니다. 완전히 밖으로 나갈 때까지 어떤 소리도 내선 안 됩니다."

소피와 랭던은 금속 바닥에 앉았다. 랭던은 트위드 재킷으로 감싼 보물을 품에 안고 있었다. 베르네는 트럭의 무거운 문을 닫은 뒤 잠갔다. 그리고 운전석에 앉아 시동을 걸었다.

장갑 트럭이 밖으로 나가는 진입로의 입구로 털털거리며 올라가자, 베르네는 모자 밑으로 땀이 차오는 것을 느꼈다. 생각보다 많은 경찰 차들의 불빛이 보였다. 트럭이 진입로로 올라서자, 내부의 문이 안쪽으로 열리면서 트럭이 지나가도록 했다. 베르네는 트럭을 앞으로 전진시키고 기다렸다. 다음 센서가 작동하기 전에 문이 다시 닫혔다. 두 번째 문이 열리면서 출차를 알리는 신호가 울리기 시작했다.

'진입로 입구를 막고 있는 경찰차만 없다면.'

베르네는 이마를 문지르며 몸을 앞으로 내밀었다.

도로를 몇 미터 앞에 두고, 삐쩍 마른 경관이 걸어나와 베르네에게 멈추라는 신호를 보냈다. 경찰차 네 대가 앞에 주차되어 있었다.

베르네는 트럭을 세웠다. 운전사용 모자를 더 눌러쓰면서, 베르네는 자신이 거친 모습으로 보이기를 바랐다. 운전석에서 꼼짝 않고 앉은 채, 베르네는 트럭의 문을 열어 요원을 내려다보았다. 요원의 누리끼리한 얼굴은 완고해 보였다.

"무슨 일입니까?"

요원은 말했다. 거친 목소리로 베르네가 물었다.

"나는 제롬 콜레요, 사법경찰 부관입니다."

콜레 부관은 트럭의 화물칸을 가리켰다.

"그 안에 무엇이 있습니까?"

베르네가 교양 없는 프랑스어로 대답했다.

"빌어먹을, 내가 어떻게 알겠소. 난 그저 운전사일 뿐이오."

콜레는 반응을 보이지 않았다.

"우린 범죄자 둘을 찾고 있소."

베르네는 웃음을 터뜨렸다.

"그럼 옳게 찾아왔군요. 내가 운전을 해주는 악당들은 돈을 많이 가지고 있을 테니 범죄자임이 틀림없을 거요."

요원은 로버트 랭던의 여권 사진을 들이밀었다.

"오늘 밤 이 남자가 은행 안에 있었습니까?"

베르네는 어깨를 으쓱했다.

"잘 모르겠소. 난 적하장에서만 일하는 쥐새끼 같은 놈이오. 은행 직원들은 고객 근처에 얼씬도 못하게 해요. 안으로 들어가서, 안내 직원에게 물어보쇼."

"당신네 은행이 수색 영장을 요구하고 있소."

베르네는 혐오스러운 표정을 지어 보였다.

"행정 직원들이란! 날 발동 걸리게 하지 마쇼."

"화물칸을 여시오."

콜레는 화물칸으로 다가갔다.

베르네는 요원을 바라보다가 억지로 역겨운 웃음을 지어 보였다.

"화물칸을 열라고? 내게 열쇠가 있다고 생각하는 거요? 저 사람들이 날 믿을 것 같소? 이 일을 하면서 얼마나 받는지, 댁이 내 월급봉투를 꼭 봐야 할 것 같수다."

요원의 머리가 한쪽으로 기울었다. 의심하는 표정이 역력했다.

"지금 몰고 있는 트럭의 열쇠를 운전사인 당신이 안 가지고 있다는 얘기요?"

베르네는 고개를 저었다.

"화물칸은 아니오. 이 트럭 엔진을 켜는 열쇠만 가지고 있소. 이런 트럭들은 적하장에서 감독관이 직접 봉인을 해요. 그런 뒤에 트럭에다 화물을 싣고, 그 동안 다른 누군가가 화물칸 열쇠를 어딘가로 가져가서 떨어뜨려 놓지. 화물칸 열쇠가 고객에게 전달됐다는 전화를 받으면, 그제야 이 트럭을 몰고 나갈 수 있는 오케이 신호를 받는 거요. 그 전에는 나갈래야 나갈 수도 없지. 내가 무엇을 운반하는지 나도 몰라요."

"이 트럭은 언제 봉인되었소?"

"분명히 한 시간 전일 거요. 날이 밝기 전에 생 튀리알까지 몰고 가야 합니다. 화물칸 열쇠는 이미 거기에 가 있을 거요."

요원은 아무런 말도 하지 않았다. 베르네의 마음을 읽으려는 듯 요원의 눈동자가 열심히 움직이고 있었다.

땀 한 방울이 베르네의 콧등으로 미끄러져 내려오려고 했다.

"그럼 가도 되겠소? 나도 스케줄이 빡빡한 사람이외다."

소매로 코를 훔쳤다.

"모든 운전사들이 롤렉스를 찹니까?"

베르네의 손목을 지적하며 요원이 물었다.

소매 밑으로 터무니없이 비싼 시계줄이 반짝이고 있는 것을 베르네는 내려다보았다.

'빌어먹을.'

"이 똥시계 말이오? 생 제르맹 데 프레에서 대만인 행상에게 이십 유로를 주고 산 거요. 당신에게 사십 유로만 받고 팔겠소."

요원은 망설이다가 마침내 옆으로 비켜섰다.

"고맙지만 됐습니다. 안전하게 운전하시오."

거리를 50미터는 족히 내려온 후에야 베르네는 숨을 쉴 수 있었다.
그러나 이제 다른 문제에 봉착했다. 트럭의 화물칸.

'이들을 어디로 데려간담?'

46

　사일래스는 자기 방의 매트 위에 엎드려 있었다. 채찍으로 등을 내리칠 때마다 상처에 맺힌 피가 공중으로 튀었다. 오늘 밤 두 번째로 행하는 채벌로, 이제 사일래스는 어지럽고 현기증이 났다. 허벅지에 매고 있는 말총 허리띠를 풀어야만 했다. 허벅지 안쪽 아래로 핏방울이 굴러떨어지는 것을 느꼈다. 하지만 채찍을 놓을 정당한 이유는 아직 찾지 못했다.

　'내가 교회를 망쳤다.'

　'더욱 나쁜 일은 내가 주교님을 망친 것이다.'

　오늘 밤은 아링가로사 주교에게 구원의 밤이 되어야만 했다. 다섯 달 전, 주교가 바티칸 천문대 회의에서 돌아왔을 때, 그곳에서 알게 된 뭔가가 아링가로사를 완전히 딴사람으로 만들어 버렸다. 몇 주일 동안 풀죽어 지내던 아링가로사는 마침내 사일래스에게 그 내용을 털어놓았다.

　"하지만 그건 불가능합니다. 저는 받아들일 수 없어요!"

　사일래스는 고함을 질렀었다.

　"사실이다. 생각할 수 없는 일이지만 사실이야. 여섯 달밖에 남지 않

301

앉어."

주교의 말은 사일래스를 공포에 떨게 했다. 사일래스는 구원을 위해 기도했다. 암울하던 그 시절에도 신과 신의 길에 대한 그의 믿음은 결코 흔들리지 않았다. 기적적으로 구름이 걷히고, 가능성의 빛이 비친 것은 한 달이 지난 뒤였다.

'신성한 개입.'

아링가로사는 그것을 이렇게 불렀다.

주교는 처음으로 희망이 생긴 것 같았다. 주교는 속삭였다.

"사일래스, 신은 우리에게 길을 보호하기 위한 기회를 부여하신 것일세. 다른 모든 전투처럼 우리의 전투는 희생을 요구할 거야. 자네가 신의 병사가 되어 줄 수 있겠는가?"

사일래스는 아링가로사 앞에 무릎을 꿇었다. 주교는 자기에게 새로운 삶을 준 사람이었다.

"전 신의 양입니다. 주교님의 마음이 이끄는 대로 저를 인도해 주십시오."

아링가로사가 스스로 찾아온 기회에 대해 설명했을 때, 사일래스는 그 기회가 신의 손으로 이루어진 일이라는 것을 알았다.

'기적 같은 운명!'

아링가로사는 계획을 제공한 인물과 사일래스가 접촉하게 했다. 그 인물은 자신을 스스로 스승이라고 했다. 비록 그 스승이란 인물과 얼굴을 대면한 적도 없고 전화로만 얘기했지만, 사일래스는 스승이 가진 신념의 심오함과 여러 방면에 미치는 힘 때문에 경외감을 느꼈다. 스승은 어디에나 눈과 귀를 두고, 모든 것을 알고 있는 사람 같았다. 스승이 정보를 어떻게 구하는지 사일래스는 알 수 없었지만, 아링가로사는 스승을 전적으로 신뢰하고 있었다. 그리고 사일래스에게도 자기와 똑같이 하라고 얘기했다.

"스승이 요구하는 대로 하거라. 그럼 우리는 승리할 것이다."

'승리한다.'

사일래스는 바닥을 응시하다가, 승리가 그들을 잘못 이끌었다는 두려움에 떨었다. 스승은 속은 것이다. 쐐기돌은 막다른 골목이나 다름없었다. 이런 기만과 함께 모든 희망은 사라져 버렸다.

사일래스는 아링가로사 주교에게 전화를 걸어서 경고하고 싶었다. 하지만 오늘 밤 스승은 주교와 직접 통화할 수 있는 모든 선을 없애 버렸다.

'우리의 안전을 위해서.'

무시무시한 전율을 이겨내며, 사일래스는 네 발로 기어서 바닥에 널브러진 외투를 찾았다. 주머니에서 휴대 전화기를 꺼내 들었다. 부끄러움으로 머리를 떨군 채 사일래스는 다이얼을 눌렀다.

"스승님, 모든 것을 잃고 말았습니다."

사일래스는 자기가 어떻게 속았는지 진실하게 얘기했다.

스승이 응답했다.

"믿음을 너무 빨리 잃었구면. 지금 막 새로운 뉴스를 받았네. 전혀 기대치 못한 반가운 소식일세. 그 비밀은 아직 살아 있어. 자크 소니에르는 죽기 전에 정보를 전달한 모양이야. 내가 다시 전화하겠네. 오늘 밤 우리의 일은 아직 끝나지 않았어."

47

장갑 트럭의 어둑어둑한 화물칸을 타고 가는 것은 형무소의 독방 감옥으로 이송되는 것과 비슷했다. 랭던은 고립된 공간에서 그를 엄습하는 익숙한 불안과 싸워야만 했다.

'베르네는 우리를 도시에서 멀리 떨어진 안전한 곳으로 데려가겠다고 말했는데. 그곳이 어디일까? 얼마나 멀리 가는 것일까?'

금속 바닥에 가부좌를 틀고 앉아서인지 랭던은 다리가 뻣뻣해졌다. 랭던은 자세를 바꾸다가, 하체로 피가 쏠리는 것을 느끼자 움찔했다. 랭던은 은행에서 가져온 기이한 보물을 아직도 팔에 안고 있었다.

"이제 고속도로를 탄 것 같아요."

소피가 속삭였다.

랭던도 그렇게 느끼고 있었다. 은행 진입로에서 몇 번인가 멈춘 후에 트럭은 1, 2분 정도 왼쪽으로 돌았다 오른쪽으로 돌았다 하며 꾸불꾸불 움직였다. 그리고 지금은 최고 속도로 달리고 있는 것 같았다. 그들 아래에서는 방탄 타이어가 매끄러운 포장도로 위를 달리는 부드러운 소음을 내고 있었다. 손에 들고 있는 장미목 상자에 관심을 집중하면서, 랭던은 상자를 바닥에 놓았다. 재킷을 젖히고 상자를 꺼내 자기 앞으로 당겼다. 소피는 랭던 옆에 나란히 앉았다. 랭던은 갑자기 자신들이 크리스마스 선물을 살피는 아이들 같다는 생각이 들었다.

장미목 상자의 따스한 색깔과는 대조적으로, 상감된 장미 문양은 옅은 나무색이었다. 아마도 물푸레나무인 듯싶었다. 흐릿한 불빛 속에서 장미 문양이 또렷하게 빛났다.

'장미.'

비밀단체들처럼 모든 군대와 종교는 이 상징 위에 세워졌다.

'장미 십자회원. 장미 십자가의 기사들.'

"어서 열어 봐요."

소피가 말했다.

랭던은 숨을 깊이 들이마셨다. 뚜껑에 손을 뻗으며 랭던은 정교한 목공작업에 다시 한 번 찬탄의 시선을 보냈다. 걸쇠를 풀고 뚜껑을 들어올리자 내용물이 모습을 드러냈다.

상자의 물건에 대해 랭던은 몇 가지 상상을 했었다. 하지만 랭던의 상상은 모든 면에서 빗나갔다. 진홍색의 비단으로 속을 두껍게 댄 상자 안에는 랭던이 이해할 수 없는 물체가 편안히 누워 있었던 것이다.

물체의 크기는 대략 테니스 공들이 들어가 있는 캔 정도만했다. 대리석으로 만들어진 원통형의 물체는 반질반질하게 잘 닦여 있었다. 원통은 돌 하나로 만들어진 것이 아니라, 더 복잡하게 여러 조각으로 이루어져 있었다. 도넛 크기만한 대리석 디스크 다섯 개가 차곡차곡 쌓여서, 정교한 놋쇠 얼개로 서로 연결되어 있었다. 이 물건은 여러 디스크가 각각 회전하게 만들어진 일종의 만화경 같았다. 원통의 양쪽 끝에는 역시 대리석으로 만든 마개가 달려 있었는데, 안을 들여다볼 수 없었다. 처음에는 액체가 들어 있다고 생각했지만, 이제 랭던은 원통 안이 비어 있을 거라고 추측했다.

원통의 구조만큼이나 이상한 것은 원통 둘레에 새겨진 글자들이었다. 이 글자들이 랭던의 관심을 끌었다. 다섯 개 각각의 디스크에는 알파벳이 한 줄로 새겨져 있었다. 글자가 새겨진 원통은 랭던이 어릴 때 가지고 놀던 장난감을 떠올리게 했다. 철자가 박힌 회전판들을 엮은 막대로, 회전판을 돌리면 철자에 따라 여러 단어들이 만들어졌다.

"놀랍지 않아요?"

소피가 속삭였다.

랭던은 눈을 치켜떴다.

"난 잘 모르겠는데. 이게 대체 뭡니까?"

소피의 눈에 반짝임이 일었다.

"할아버지는 취미로 이것들을 만들었어요. 이건 레오나르도 다 빈치가 발명한 거예요."

침침한 불빛에서도 소피는 랭던이 놀라는 것을 볼 수 있었다.

"다 빈치?"

통을 다시 쳐다보며 랭던은 중얼거렸다.

"그래요. 이건 '크립텍스'라는 거예요. 할아버지 말씀에 따르면, 다 빈치의 비밀일기에 그 청사진이 나와 있대요."

"무엇에 쓰는 겁니까?"

오늘 밤에 벌어진 일들을 생각하며, 소피는 자기의 대답이 흥미로운 암시를 지니고 있다는 것을 알았다.

"이건 보관함이에요. 비밀스러운 정보를 보관하기 위한 거죠."

랭던의 눈이 더욱 커졌다.

소피는 다 빈치의 발명품들을 만드는 게 할아버지가 가장 좋아하신 취미였다고 설명했다. 목재와 금속을 가지고 시간 보내기를 좋아하던 자크 소니에르는 재능 있는 장인이었다. 그는 대가들의 작품을 모방하는 것을 즐겼는데, 칠보자기 공예가로 유명한 파베르제와 덜 예술적이긴 하지만 더 실용적인 레오나르도 다 빈치의 작품을 주 대상으로 삼았다.

다 빈치의 일기를 대충만 보아도, 이 선구자의 독창성과 천재성에 비해 완성도가 낮아서 여러모로 악명이 높다는 것을 알 수 있다. 자크 소니에르가 좋아하던 일 중 하나는 다 빈치의 모호한 아이디어를 현실로 만드는 것이었다. 그 아이디어들이란 생명-시간 조각, 물 펌프, 크립텍스, 심지어 중세 프랑스 기사상의 정교한 조립 등이었다. 지금 이 기사상은 소니에르의 사무실에 자랑스럽게 서 있었다. 1495년 다 빈치가, 초기 해부학과 근 운동학 연구의 결과물로 디자인한 로봇 기사의 내부 구조는 정확한 관절과 힘줄들을 포함하고 있었다. 그래서 이 기사상은 앉을 수도 있고, 팔을 흔들 수도 있고, 유연한 목을 통해 머리를 움직일 수도 있었다. 해부학적으로 정확하게 입을 벌렸다 다물었다 하면서 말이다. 갑옷을 입은 이 기사상은 할아버지가 만든 가장 아름다운 작품이라고 소피는 믿고 있었다…… 장미목 상자 안에 든 크립텍스를 보기 전까지는 그랬다.

"내가 어릴 때, 할아버지께서는 이런 크립텍스를 만들어 주셨어요. 하지만 이렇게 정교하고 큰 것은 처음 보는데요."

소피가 말했다.

랭던의 눈은 상자를 떠나지 않았다.

"난 크립텍스라는 말을 들어본 적이 없소."

소피는 놀라지 않았다. 레오나르도의 미완의 발명품들 대부분은 연구된 적도 없을 뿐만 아니라 이름도 붙여지지 않았다. 크립텍스라는 용어는 이 물건의 특성에 어울리는 제목으로, 아마 할아버지가 고안해 냈을 것이다. 이 물건은 두루마리에 적은 정보를 보호하기 위해, 암호표기라는 과학을 이용해 만든 장치였기 때문이다.

비록 일반적으로 그렇게 알려진 것은 아니지만, 소피는 다 빈치를 암호표기의 선구자로 알고 있었다. 소피의 대학 교수들은 데이터 보안을 위해 컴퓨터 암호표기법을 제시하면서, 치머만과 슈나이어 같은 현대 암호학자들을 칭송했다. 하지만 수백년 전에 초보 형태의 암호표기법을 고안한 레오나르도를 한 번도 언급하지 않았다. 이것에 관해 소피에게 얘기해 준 사람은 물론 그녀의 할아버지였다.

장갑 트럭이 고속도로를 내달릴 때, 소피는 랭던에게 크립텍스란 보안이 필요한 메시지를 멀리 보낼 때 발생하는 딜레마를 풀기 위한 다 빈치의 해법이었다고 설명해 주었다. 전화나 전자메일이 없던 시대에, 사적인 정보를 멀리 있는 누군가에게 보내려는 사람은 그 내용을 적은 서신을 믿을 만한 사람에게 맡겨서 보낼 수밖에 없었다. 하지만 만일 운반자가 서신의 내용이 가치 있는 정보라고 의심해, 적에게 팔아 버릴 수도 있었다.

역사적으로 보면, 여러 사람들이 데이터의 보호를 위한 해법으로 암호표기를 발명한 것을 볼 수 있다. 줄리어스 시저는 시저 상자라고 불리는 암호표기체계를 고안했고, 스코틀랜드의 여왕 메리는 치환암호를 만들어 감옥에서 중요한 공문을 보냈다. 뛰어난 아랍 과학자였던 아부 유수프 이스마일 알 킨디는 다중 알파벳 치환암호라는 기법을 통해 자기 비밀을 보호했다.

하지만 다 빈치는 기계적인 해법을 위해 수학과 암호표기법을 멀리했다. 바로 크립텍스였다. 편지나 지도, 도표, 어느 것이든 안전하게 보관해서 옮길 수 있는 휴대용 용기였다. 일단 정보가 크립텍스 안에 봉인되면, 정확한 패스워드를 알고 있는 자만이 크립텍스를 열수 있었다.

철자가 박힌 원통의 다이얼을 가리키며 소피가 말했다.

"우린 패스워드가 필요해요. 크립텍스는 자전거의 조합자물쇠와 매우 비슷하게 작동하는 거예요. 제대로 글자를 맞추면 열쇠가 풀리잖아요? 이 크립텍스의 경우는 다섯 개의 철자 다이얼들이 있네요. 원통의 디스크들을 회전시키면서 올바른 순서에 따라 철자를 맞추는 거예요. 그러면 내부 회전판이 맞춰지면서 원통이 열리는 거죠."

"그리고 안에는?"

"일단 원통이 열리면 내부의 빈 공간을 볼 수 있게 되는 거죠. 그 안에 비밀로 간직하고 싶은 정보를 담은 종이 두루마리를 집어넣는 거예요."

랭던은 믿을 수 없다는 표정이었다.

"당신이 어릴 때, 할아버지가 이걸 당신에게 만들어 주었다고 했소?"

"그래요. 크기가 더 작긴 하지만, 생일 때 몇 번인가 할아버지는 내게 이걸 주었어요. 수수께끼라고 하면서요. 수수께끼에 대한 답이 크립텍스를 여는 패스워드였죠. 일단 풀고 나면, 나는 그 안에서 생일 카드를 발견하곤 했어요."

"카드 한 장을 위해 많은 수고를 해야 했군."

"아니에요. 카드에는 항상 다른 수수께끼나 단서가 있었어요. 할아버지는 공들인 보물찾기를 집 안 여기저기에 만들어 놓기를 좋아했죠. 단서의 끈이 결국은 진짜 선물로 날 이끌고 가는 거예요. 각각의 보물찾기는 내 성격과 장점을 시험하는 거였어요. 시험을 잘 통과하면 상을 받는 거죠. 그리고 그 시험들은 결코 간단하지 않았다고요."

랭던은 여전히 회의적인 눈빛으로 장치를 내려다보았다.

"그럼 그냥 억지로 열면 어떨까? 아니면 부숴 버리든지? 이 금속은 약해 보이고, 대리석도 연약한 암석이니까 말이오."

소피는 미소를 지었다.

소피는 상자로 손을 뻗어 원통을 조심스럽게 꺼냈다.

"다 빈치는 아주 뛰어난 사람이었어요. 다 빈치는 억지로 크립텍스를 열려고 하면, 안에 든 정보가 저절로 파기되도록 만들었어요. 보세요. 우선 이 안에 들어갈 정보는 어떤 것이 됐든 파피루스 두루마리에 적어야만 해요."

"양피지가 아니고?"

소피는 고개를 저었다.

"파피루스. 양피지가 더 내구성이 강하고, 그 당시에 일상적으로 쓰였다는 것은 나도 알고 있어요. 하지만 여기 들어가는 종이는 파피루스여야만 해요. 종이가 얇을수록 더 좋죠."

"좋아요."

소피는 크립텍스를 손가락 끝으로 튀겼다. 내부에서 액체가 출렁거리는 소리가 났다.

"파피루스를 크립텍스 내부에 집어넣을 때는 파피루스로 액체가 든 유리병을 둘둘 말아서 함께 넣었어요."

"무슨 액체요?"

소피는 웃었다.

"식초."

랭던은 잠시 머뭇거리다가 고개를 끄덕이기 시작했다.

"정말 총명하군."

'식초와 파피루스.'

소피는 생각했다. 만일 누군가가 억지로 크립텍스를 열려고 하면, 유리병은 깨져 버릴 것이다. 그리고 병 안에 든 식초가 즉시 파피루스를 녹여 버릴 터였다. 비밀 메시지를 꺼내려던 누군가는 아무 의미 없는 종이 덩어리만 보게 되는 것이었다.

"당신도 봐서 알겠지만, 안에 든 정보를 접할 수 있는 유일한 길은 정확하게 다섯 글자로 된 패스워드를 알아내는 거예요. 다이얼이 다섯 개고, 각 다이얼에 알파벳 스물여섯 글자, 이 스물여섯을 다섯 번 곱한 것이 바로 크립텍스의 힘인 거죠."

소피는 재빨리 암산을 해보았다.

"대충 천이백만 개의 조합이 나오네요."

"그렇다면 당신은 이 안에 어떤 정보가 있을 거라 생각해요?"

머릿속에 1천 2백만 개의 질문이 지나가는 듯한 표정을 지으며 랭던이 물었다.

"뭐가 됐든, 할아버지가 분명히 몹시 지키고 싶은 비밀이겠죠."

소피는 상자의 뚜껑을 닫고, 뚜껑에 새겨진 다섯 개의 장미 꽃잎을 바라보며 말을 멈췄다. 뭔가가 그녀를 괴롭히고 있었다.

"조금 전에 장미가 성배의 상징이라고 얘기하지 않았나요?"

"맞소, 시온의 상징론에서 장미와 성배는 동의어요."

소피의 이마에 주름이 잡혔다.

"그거 이상하네요. 왜냐하면 할아버지는 항상 내게 장미는 비밀을 의미한다고 말했거든요. 할아버지는 기밀전화를 할 때나, 방해받고 싶지 않을 때에는 방문에 장미를 걸어 두셨어요. 그리고 나도 그렇게 하게 했죠."

할아버지의 목소리가 들렸다.

'애야, 자기만의 시간이 필요할 때에는 서로의 방문을 잠그는 것보다 장미를 문에 걸도록 하자꾸나. 이 방법은 서로를 존경하고 신뢰하는 법을 가르쳐 줄 거다. 장미를 거는 것은 고대 로마의 관습이기도 하지.'

랭던이 입을 열었다.

"서브 로사(sub rosa), 우리말로는 '장미 아래'라는 뜻이오. 로마인들은 기밀을 요하는 회의가 있을 경우, 회의 장소에 장미를 매달았소. 회의에 참석한 사람들은 장미 아래에서 말한 것이 무엇이었든 간에 비밀로 지켜야 한다고 이해했답니다."

랭던은 재빨리 시온이 성배의 상징으로 장미를 사용한 유일한 이유는 장미에 비밀스러운 느낌이 있어서가 아니란 것을 설명했다. 로사 루고사는 가장 오래된 장미 종의 하나로 다섯 개의 꽃잎을 가지고 있는데, 우리가 샛별이라고 부르는 금성, 즉 비너스와 대칭을 이루는 별 모양이다. 비너스는 장미에게 여자다움을 뜻하는 강한 상징을 심어주었다. 뿐만 아니라, 장미는 길을 찾아주는 '진실한 방향'이라는 개념과도 강한 연대를 맺고 있다. 지도의 경선인 로즈 라인이 그렇듯, 로즈 나침반은 여행자들의 길잡이 노릇을 했다. 이러한 이유로 장미는 여러 면에서 성배를 의미하는 상징이 된 것이다. 비밀, 여성다움, 길잡이. 묻힌 진실에 이르도록 안내하는 별과 여성의 잔.

설명을 끝낸 랭던의 표정이 갑자기 굳어졌다.

"로버트? 당신, 괜찮아요?"

랭던의 눈은 장미목 상자에 박혀 있었다. 얼굴에 당혹감이 스치며, 목이 메었다.

"장미…… 아래…… 그럴 리가 없어."

"뭐가요?"

랭던은 천천히 눈을 들었다. 그리고 속삭였다.

"장미의 표식 아래에 있는 이 크립텍스…… 이게 뭔지 알 것 같소."

48

자신이 세운 가설이었지만 랭던은 믿기 어려웠다. 하지만 누가 이석조 원통을 그들에게 건넸으며, 그 사람이 이것을 어떻게 전했는지, 이제 상자에 새겨진 장미를 생각하니 오직 한 가지 결론밖에 내릴 수 없었다.

'난 시온의 쐐기돌을 들고 있는 것이다.'

전설은 구체적이었다.

'쐐기돌은 장미의 표식 아래 누워 있는 암호가 새겨진 돌이다.'

"로버트? 무슨 일이에요?"

소피가 랭던을 바라보고 있었다.

랭던은 생각을 모을 시간이 필요했다.

"할아버지가 당신에게 클레 드 부트라고 불리는 것에 대해 말한 적이 있소?"

"금고를 여는 열쇠?"

소피가 번역했다.

"아니, 그것은 그저 직역한 말이오. 클레 드 부트는 건축에서 쓰이는 용어요. 부트라는 말은 은행의 금고를 뜻하는 게 아니고, 아치처럼 둥글게 휜 것을 나타내는 말이오. 돔처럼 둥글게 휜 천장 같은 거요."

"하지만 둥근 천장은 열쇠를 가지고 있지 않아요."

"사실 가지고 있소. 돌로 이루어진 모든 아치들은 가장 높은 곳 중앙에 쐐기 형태의 돌을 필요로 해요. 이 쐐기돌이 모든 조각들을 한데로 묶고, 모든 무게를 지탱하는 거요. 건축학적인 의미에서 볼 때, 이돌은 둥근 천장의 열쇠나 다름이 없어요. 영어로 우리는 이것을 쐐기돌이라고 하오."

랭던은 소피의 눈에서 이해하는 빛을 읽었다.

소피는 크립텍스를 내려다보며 어깨를 으쓱했다.

"하지만 이것은 분명히 쐐기돌이 아니에요."

랭던은 어디에서부터 시작해야 할지 몰랐다. 돌로 된 아치형 건물을 지을 때 쐐기돌은 꼭 필요한 존재였다. 이 쐐기돌에 관련된 석공기술은 초창기 석공 조직이 보유한 가장 은밀한 비밀이었다. '왕립 아치라는 칭호, 건축, 쐐기돌', 이것들은 서로 연결되어 있었다. 둥근 천장을 가진 건물을 지을 때 쐐기돌을 이용하는 법에 대한 비밀스러운 지식은 석공들을 부유한 장인으로 만든 지혜의 일부였다. 그리고 석공들은 그 지식을 조심스럽게 비밀로 지켜왔던 것이다. 쐐기돌은 항상 비밀의 전통을 가지고 있었다. 하지만 장미목 상자 안에 들어 있는 석조 원통은 명백히 다른 무엇이었다. 시온의 쐐기돌, 만일 두 사람이 들고 있는 것이 정말 시온의 쐐기돌이라면, 이것은 랭던이 상상하던 것과는 판이했다.

랭던은 시인했다.

"시온의 쐐기돌은 내 전공이 아니오. 성배에 대한 내 관심사는 기본적으로 상징에 관련된 거요. 그래서 나는 실제로 성배를 찾을 수 있는 방법에 관련된 많은 전설들이나 학문을 무시하는 경향이 있었소."

소피의 눈썹이 활처럼 휘었다.

"성배를 찾아요?"

랭던은 마지못해 고개를 끄덕이고 다음에 꺼낼 말을 신중하게 골랐다.

"소피, 시온의 전설에 따르면, 쐐기돌은 암호화된 지도라고 하오······ 성배를 감춘 장소를 알려주는 지도."

소피는 멍한 표정이었다.

"그럼 당신은 이게 그거라고 생각하는 거예요?"

랭던은 무슨 말을 해야 할지 몰랐다. 그 자신조차 이 얘기는 믿기 어려웠다. 하지만 쐐기돌이라는 것이 그가 내릴 수 있는 유일한 논리적 결론이었다.

'장미의 표식 아래 숨겨진 암호화된 돌.'

크립텍스가 시온 수도회의 그랜드 마스터이던 레오나르도 다 빈치에 의해서 디자인되었다는 것은 이 물건이 진짜 시온의 쐐기돌이라는 것을 알려주는 또 하나의 단서로 빛나고 있었다.

'이전 그랜드 마스터의 청사진····· 이것이 다른 시온의 회원에 의해서 수백년이 지난 지금 생명을 얻어 태어났다.'

그 관계는 놓치기 어려울 정도로 뚜렷했다.

지난 10년 동안, 역사가들은 프랑스의 모든 교회 안에서 쐐기돌을 찾아 헤맸다. 성배를 쫓는 사람들은 이중 의미를 가진 시온의 역사에 너무 익숙한 나머지, 클레 드 부트가 실제로 건축에서 쓰이는 쐐기돌이라고 생각했다. 그래서 암호가 새겨진 쐐기돌이 어떤 교회의 둥근 천장에 끼워져 있을 것이라고 믿었던 것이다.

'장미의 표식 아래에.'

건축에서 장미는 전혀 부족하지 않았다. 장미 창, 장미 문양의 돋을새김, 그리고 물론 오판(五瓣) 장식도 흔했다. 다섯 개의 꽃잎 모양을 한 건축물 장식들이 쐐기돌 바로 위에 있는 천장 중앙에서 보이는 경우는 다반사였다. 문제의 쐐기돌이 숨겨진 장소는 지독히 간단했다. 성배의 위치를 알려주는 지도는 교회 안에서 무시되기 일쑤인 천장 높은 곳에 자리를 잡고, 그 아래를 왔다 갔다 하는 맹목적인 인간들을 조롱하고 있는 것이다.

"이 크립텍스가 쐐기돌일 리는 없어요. 이것은 그렇게 오래되어 보이지 않아요. 나는 할아버지가 이것을 만들었다고 확신해요. 고대 성배전설의 일부일 수는 없어요."

소피는 주장했다.

몸에서 흥분의 물결이 이는 것을 느끼며 랭던은 대꾸했다.

"사실, 쐐기돌은 지난 이삼십 년 전 어느 때인가 시온이 만든 것이라는 말이 있소."

소피의 눈은 불신으로 반짝거렸다.

"하지만 만일 이 크립텍스가 성배의 숨겨진 장소를 알려주는 것이라면, 왜 할아버지는 이걸 나에게 주려고 했을까요? 나는 이것을 어떻게 여는지, 이것을 가지고 무엇을 해야 하는지도 모르는데요. 심지어 성배가 무엇인지조차 모르잖아요!"

랭던은 그녀가 옳다는 것을 가슴이 시리도록 깨달았다. 그는 아직 성배의 본성에 대해 소피에게 설명할 기회를 갖지 못했다. 그 이야기는 좀더 기다려야만 할 것 같았다. 두 사람은 쐐기돌에만 신경을 써야 했다.

'만일 이게 정말로 그것이라면…….'

방탄 타이어 소리를 배경으로, 랭던은 소피에게 쐐기돌에 대해 알고 있는 모든 것을 재빨리 설명했다. 단언하건대, 지난 수백년 동안 시온의 가장 큰 비밀은 성배의 위치였다. 이 비밀은 결코 기록되어서는 안 되는 것이었다. 보안을 이유로, 비밀은 은밀한 의식에서 새로 선출된 각각의 집사에게 구두로 전해졌다. 하지만 지난 세기 어느 시점에서 구두 전송을 바꿔야 한다는 의견이 표면에 떠오르기 시작했다. 아마 새로운 전자장치들의 도청 능력 때문이었을 것이다. 그래서 시온은 성배가 숨겨진 신성한 장소에 대해서 다시는 말하지 않기로 맹세했다.

"그럼 그들은 어떻게 비밀을 전했을까요?"

소피가 물었다.

"그래서 쐐기돌이 등장하게 된 거요. 조직의 고위층 멤버 네 사람 중 한 명이 죽으면, 나머지 세 사람은 하위 계층에서 한 사람을 골라 집사로 승격시키는 거요. 그리고 성배가 어디에 숨겨져 있는지를 새로 선출된 집사에게 말하는 것보다, 신참이 그럴 가치가 있다고 스스로를 증명하는 시험을 맡겼던 것 같소."

소피는 이 말에 당황해하는 것 같았다. 랭던은 갑자기 소피의 할아버지가 그녀를 위해 보물찾기 게임을 어떻게 이용했는지를 떠올렸다. *자질 검증.* 말하자면 쐐기돌도 비슷한 개념이었다. 이런 시험은 비밀 단체에서는 매우 흔한 일이었다. 가장 잘 알려진 것이 프리메이슨 조직이다. 더 높은 계층으로 올라가는 멤버들은 자신들이 비밀을 지킬 수 있음을 증명해야 했고, 자신들이 가치 있다는 것을 보여주기 위해 오랜 시간 여러 가지 시험과 의식을 거쳐야만 했다. 프리메이슨 조직의 32번째 순위 안으로 들어가기 위해서는 점점 혹독해지는 시험을 통과해야만 하는 것이다.

"그럼 이 쐐기돌은 자질 검증인 셈이군요. 만일 새로 선출된 시온의 집사가 이것을 열 수 있다면, 자기가 손에 들고 있는 정보만큼 스스로 가치 있다는 것을 증명해 보인다는 거죠?"

랭던은 고개를 끄덕였다.

"당신이 이런 일에 익숙하다는 것을 잊고 있었소."

"할아버지뿐만이 아니에요. 암호표기법에서 우리는 이걸 '자기승인 언어'라고 불러요. 즉, 당신이 그것을 풀어낼 정도로 영리하다면, 거기에 씌어 있는 것을 알 자격이 당신에게 있다는 거죠."

랭던은 잠시 망설였다.

"소피, 이것이 진짜 쐐기돌이라면, 당신 할아버지가 이것에 접근할 수 있었다는 얘기이고, 그것은 할아버지가 시온 수도회 안에서 예외적으로 힘있는 사람이었다는 것이오. 소니에르 씨는 가장 높은 네 사람 중 한 명이었던 것이 틀림없소."

소피는 한숨을 쉬었다.

"할아버지는 어떤 비밀단체의 영향력 있는 분이었어요. 확실해요. 그것이 시온 수도회라는 걸 지금 알게 된 것뿐이에요."

랭던은 주춤했다.

"할아버지가 비밀단체에 들어가 있는 것을 알고 있었다?"

"십 년 전에 내가 봐서는 안 될 것을 보고 말았어요. 그때부터 우리는 서로 얘기하지 않았고요. 할아버지는 조직의 고위층 회원일 뿐만 아니라…… 제일 우두머리였다고 난 믿어요."

랭던은 소피가 방금 한 말을 믿을 수가 없었다.

"그랜드 마스터라고? 하지만…… 당신이 그걸 알 수는 없었을 텐데?"

"얘기하지 않는 것이 좋겠어요."

고통스러운 표정을 지으며 소피는 시선을 돌려 버렸다.

랭던은 충격의 침묵 속에 앉아 있었다.

'자크 소니에르? 그랜드 마스터?'

만일 이게 사실이라면, 모든 것이 완벽하게 들어맞았다. 결국 예전의 그랜드 마스터들도 예술적 영혼을 가진 공인으로 드러났었다. 몇 년 전에 파리 국립 도서관에서 발견된 기밀 서류에 그 증거가 있었다.

시온을 연구하는 모든 역사가들과 성배 추종자들은 그 서류를 읽었다. 넘버 4° lm¹ 249 아래의 목록에 나온 기록들은 많은 전문가들에 의해서 검증되었고, 역사가들이 오랫동안 의심해 오던 것을 단정적으로 확인시켜 주었다. 시온의 그랜드 마스터들은 레오나르도 다 빈치를 포함해 보티첼리, 아이작 뉴턴 경, 빅토르 위고 그리고 최근 사람으로는 저명한 파리 예술가 장 콕토가 있었다.

'자크 소니에르가 아니란 법이 있는가?'

오늘 밤 소니에르와 만나기로 했다는 것을 깨닫자 랭던의 의심은 커졌다.

'시온의 그랜드 마스터가 나와의 만남을 주선했다. 왜? 예술에 얽힌 잡담이나 하려고?'

그런 이유는 아니었을 것이다. 랭던의 본능이 옳다면, 결국 시온의 그랜드 마스터는 조직의 전설인 쐐기돌을 손녀에게 건네주고, 동시에 로버트 랭던을 찾으라고 요구한 셈이었다.

'말도 안 돼!'

랭던의 상상은 소니에르의 행동을 설명해 주는 상황과 맞지 않았다. 소니에르가 자신의 죽음에 두려움을 느꼈다 하더라도, 조직에는 비밀을 보유한 사람이 세 사람이나 더 있다. 그래서 조직의 보안을 지킬 수 있는 것이다. 왜 소니에르는 손녀에게 쐐기돌을 건네는 엄청난 위험을 감수했던 것일까? 특히 두 사람의 관계가 좋지 않을 때에 말이다. 그리고 이방인인 자신을 왜 결부시킨 것일까?

'퍼즐 조각 하나가 어디에선가 빠졌어.'

랭던은 생각했다.

그 답은 분명히 기다려야 나올 것이다. 속도를 줄이는 엔진소리에 두 사람은 고개를 들었다. 타이어 밑에서 자갈들이 뭉개지는 소리가 났다.

'베르네가 왜 벌써 차를 세우는 거지?'

랭던은 의아했다. 베르네는 두 사람을 시 외곽으로 안전하게 데려가겠다고 말했었다. 트럭이 점차 속도를 늦추고 기어가더니, 매우 울퉁불퉁한 지역에 멈춰 섰다. 소피는 랭던에게 불안한 시선을 던졌다. 그리고 크립텍스 상자를 서둘러 닫고 잠갔다. 랭던은 다시 재킷으로 상자를 감쌌다.

트럭은 정지했지만, 엔진 소리는 계속해서 낮게 돌아가고 있었다. 화물칸 뒤의 자물쇠를 푸는 소리가 났다. 문이 열렸을 때, 트럭이 길에서 벗어나 울창한 숲에 정차되어 있는 것을 보고 랭던은 놀랐다. 베르네가 눈을 이상하게 빛내며 안으로 고개를 들이밀었다. 베르네의 손에는 권총이 들려 있었다.

"미안합니다. 난 정말이지 어쩔 수가 없군요."

49

권총을 들고 있는 앙드레 베르네는 서툴러 보였다. 하지만 그의 눈빛은 확신으로 가득 차 있어서, 랭던은 그를 시험해 보는 것은 현명한 방법이 아니라는 생각이 들었다.

트럭 안의 두 사람에게 총을 겨누면서 베르네는 말했다.

"이렇게 할 수밖에 없습니다. 상자를 내려놓으십시오."

소피는 상자를 가슴에 꼭 껴안았다.

"할아버지와 당신은 서로 친구라고 했잖아요."

"난 당신 할아버지의 자산을 보호할 의무가 있습니다. 그래서 지금 이런 행동을 하고 있는 겁니다. 이제 상자를 바닥에 놓으십시오."

"할아버지가 내게 이걸 넘겼다고요!"

소피가 소리쳤다.

"어서 시키는 대로 해요."

총을 들어 올리며 베르네가 명령했다.

소피는 상자를 발 밑에 내려놓았다.

랭던은 총신이 자기 쪽으로 움직이는 것을 지켜보았다.

"랭던 씨, 상자를 내 쪽으로 가지고 오시오. 그리고 난 망설이지 않고 당신을 쏠 수 있다는 것을 명심하시오."

랭던은 불신에 찬 눈으로 은행가를 응시했다.

"왜 이런 짓을 하는 겁니까?"

야무진 목소리로 베르네가 말을 잡아챘다.

"왜라고 생각합니까? 내 고객의 자산을 보호하기 위해서요."

"지금 당신의 고객은 우리라고요."

소피가 대답했다.

베르네의 얼굴이 기묘하게 일그러지며 차갑게 변했다.

"느뵈 양, 오늘 밤에 당신이 어떻게 그 열쇠와 계좌번호를 갖게 되었는지 난 잘 모릅니다. 하지만 이 사건에 네 사람이 연관되어 있는 것은 분명합니다. 당신들의 범죄가 얼마나 무거운 것인지를 미리 알았더라면, 당신들이 은행을 떠날 수 있도록 결코 돕지 않았을 겁니다."

"내가 말했잖아요. 할아버지의 죽음과 우리는 아무런 상관도 없다고요!"

소피가 외쳤다.

베르네가 랭던을 쳐다보았다.

"라디오에서 자크 소니에르 씨뿐만 아니라 다른 세 사람의 살해 사건의 용의자로 당신들을 지목하고 있는데도 말입니까?"

"뭐요!"

랭던은 비틀거렸다.

'살해당한 사람이 세 사람 더?'

자신이 주요 용의자로 몰린 사실보다 이 우연의 숫자가 랭던을 더 강하게 흔들었다. 우연의 일치로는 보이지 않았다.

'혹시 세 명의 집사들?'

랭던의 눈이 장미목 상자로 쏠렸다.

'만일 집사들이 모두 살해당했다면, 소니에르에게는 선택의 여지가 없었다. 그는 쐐기돌을 누군가에게 전해야만 했을 거야.'

"내가 당신들을 인도하면 경찰이 밝혀내겠지요. 나는 이미 우리 은행을 너무 깊이 관여시켰습니다."

소피는 베르네를 노려보았다.

"당신은 분명히 우릴 넘길 의도가 없어요. 우리를 데리고 다시 은행으로 갈 수도 있었으니까. 하지만 당신은 우리를 이런 곳으로 데려와서 총을 겨누고 있어요."

"당신 할아버지는 오직 한 가지 이유로 나를 고용했습니다. 그것은 재산을 안전하고 은밀하게 보관하기 위해서였어요. 그 상자에 든 것이 무엇이든지 간에, 그 물건이 경찰 조사에서 증거품의 목록이 되게 할 수는 없습니다. 랭던 씨, 상자를 내게 가져와요."

소피가 머리를 흔들었다.

"그러지 말아요."

총이 폭발하고, 탄환이 랭던의 머리 위에 있는 벽을 찧었다. 그 진동으로 화물칸이 흔들리고, 탄피가 바닥으로 땡그랑 떨어졌다.

'젠장!'

랭던은 얼어붙었다.

베르네는 더욱 차분한 목소리로 말했다.

"랭던 씨, 상자를 드시오."

랭던은 상자를 들어 올렸다.

"이제 그걸 내게 가져오십시오."

베르네는 트럭 범퍼 뒤에 서서 정확하게 랭던을 조준했다.

랭던은 손에 상자를 들고, 화물칸의 열린 문으로 다가갔다.

'뭔가 방법을 찾아야만 해! 시온의 쐐기돌을 건네는 중이란 말이다!'

문으로 다가가면서, 랭던은 자신이 베르네보다 훨씬 위에 있다는 것을 깨달았다. 이 점을 어떻게 이용할까 고민하기 시작했다. 베르네의 총은 들어올려지긴 했지만 랭던의 무릎 높이밖에 오지 않았다.

'발차기를 하면 어떨까?'

랭던이 가까이 가자, 베르네는 위험한 낌새를 눈치 채기라도 했는지 몇 걸음 뒤로 물러섰다. 랭던과의 거리는 2미터 정도 되어 보였다. 너무 멀었다.

베르네가 명령했다.

"상자를 문 앞에 두시오."

기회를 잡지 못한 랭던은 무릎을 꿇고 장미목 상자를 화물칸 가장자리에 내려놓았다.

"이제 일어서요."

일어서려던 순간 랭던은 멈칫했다. 그리고 곁눈질로 작은 총알 탄피가 트럭의 문턱, 정교하게 파인 홈 옆에 떨어져 있는 것을 보았다.

"일어나요. 상자에서 떨어지시오."

랭던은 금속으로 된 문턱을 살피며 좀더 머뭇거리다가 일어섰다. 일어서면서 랭던은 탄피를 폭이 좁은 문턱의 홈으로 밀어넣었다. 그리고는 뒷걸음질쳤다.

"안쪽 벽으로 가서 돌아서시오."

랭던은 그대로 따랐다.

베르네는 자기 심장이 무섭게 뛰는 것을 느낄 수 있었다. 오른손에 총을 들고, 왼손을 상자에 뻗었다. 하지만 상자가 지나치게 무거웠다.

'두 손이 필요하군.'

두 사람을 쳐다보면서 베르네는 위험을 계산했다. 두 사람 모두 화물칸 맨 안쪽에서 베르네에게 얼굴을 돌리고 서 있었다. 베르네는 마음을 정했다. 재빨리 권총을 트럭 범퍼에 내려놓고 두 손으로 상자를 들어올려 땅에 놓았다. 그리고 즉시 총을 다시 잡고 화물칸 안쪽을 겨눴다. 두 사람 모두 움직인 것 같지는 않았다.

'완벽하군.'

이제 남은 일은 화물칸의 문을 닫고 잠그는 일뿐이었다. 상자를 땅에 내려놓은 베르네는 금속 문을 닫으려고 빗장에 손을 뻗었다. 문을 쿵 소리나게 닫고, 재빨리 빗장을 왼쪽으로 찔러 넣었다. 빗장은 몇 센티미터 미끄러져 들어가더니 더 이상 들어가지 않았다.

'왜 이러지?'

다시 밀어 보았지만, 역시 완전히 들어가지 않았다. 문짝이 제대로 맞지 않았다.

'문이 완전히 닫히지 않은 모양이군.'

당혹감을 느끼며, 베르네는 문을 어깨로 밀었다. 하지만 문은 움직이지 않았다.

'문이 뭔가에 걸렸어!'

베르네가 어깨 전체로 문을 밀어 보려고 몸을 던지는 순간 문이 바깥으로 벌컥 열리면서 베르네의 얼굴을 쳤다. 땅바닥에 고꾸라져 뒤로 구르면서 베르네는 코가 부서지는 듯한 통증을 느꼈다. 총은 어디론가 날아가 버리고 코에서는 뜨거운 피가 흐르고 있었다.

로버트 랭던은 땅바닥을 차고 있었다. 베르네는 일어나려고 애를 썼지만, 시야가 흐려져 아무것도 볼 수가 없었다. 베르네는 뒤로 다시 고꾸라졌다. 소피 느뵈가 소리치고 있었다. 잠시 후 베르네는 자기 머리 위로 먼지와 트럭의 배기가스가 구름처럼 몰려드는 것을 느꼈다. 자갈을 뭉개는 타이어 소리를 들으며 일어선 베르네는 트럭의 굵은 바퀴가 방향을 잃고 이리저리 돌아가는 것을 볼 수 있었다. 트럭의 앞 범퍼가 나무와 부딪히는 소리가 났다. 엔진이 시끄러운 소리를 냈고 나무는 휘어져 버렸다. 트럭의 앞 범퍼도 반이나 떨어져 나갔다. 장갑 트럭이 범퍼를 매달고 갈지자로 멀어져 갔다. 마침내 트럭이 포장도로로 올라서자, 매달린 범퍼가 도로 바닥에 부딪혀 불꽃을 튀기면서 밤을 밝혔다. 트럭은 속력을 내어 사라졌다.

베르네는 트럭이 주차되어 있던 땅으로 시선을 돌렸다. 희미한 달빛 아래엔 아무것도 남아 있지 않았다.

나무상자는 가버린 것이다.

50

간돌포 성을 출발한 피아트는 알반 언덕을 따라 계곡 아래로 이어진 꾸불꾸불한 길을 내려왔다. 뒷좌석에 앉은 아링가로사는 무릎에 놓인 가방 안의 채권 무게를 즐기며 웃고 있었다. 그리고 스승과 자신이 교환하기까지 시간이 얼마나 걸릴지 궁금해했다.

'이천만 유로.'

이 금액으로 보다 가치 있는 아링가로사의 힘을 사게 될 것이다.

자동차가 로마를 향해 다시 속력을 높일 때, 아링가로사는 왜 스승에게서 아직도 연락이 없는지 다시 궁금해지기 시작했다. 사제복 주머니에서 휴대 전화기를 꺼내 들고, 아링가로사는 전화기의 수신 감도를 살펴보았다. 수신 감도는 극히 낮았다.

리어 뷰 미러로 주교를 흘끗 쳐다보며 운전사가 말했다.

"여기서는 통화가 잘 안 될 겁니다. 오 분 정도 지나면 산을 벗어날 테니, 그때쯤에는 통화가 가능할 겁니다."

"고맙소."

아링가로사는 갑자기 걱정이 밀려오는 것을 느꼈다.

'산에서는 통화가 안 된다?'

어쩌면 스승은 자기에게 여러 번 전화를 걸었는지도 모른다. 어쩌면 일이 아주 잘못되었는지도 모른다.

아링가로사는 재빨리 전화기의 음성사서함을 조회해 보았다. 아무것도 없었다. 그러고 난 뒤에야, 스승은 절대로 기록을 남길 사람이 아니라는 것을 깨달았다. 스승은 극도로 신중을 기하는 사람이었다. 현대 사회에서 공공연히 말하고 다니는 것이 얼마나 위험한가를 스승보다 더 잘 이해하고 있는 사람은 없는 듯했다. 스승이 수집한 놀라운 비밀 정보들 모두 전자 도청장치의 역할이 컸다.

'이런 이유로 스승은 신중에 신중을 기하는 사람이지.'

신중을 위한 스승의 규정은 아링가로사에게 어떤 연락처를 주는 것도 삼갔다.

"내 쪽에서 접촉을 시도할 것이오."

스승은 아링가로사에게 이렇게 말했다.

"그러니 전화기를 항상 가까이 두고 있으시오."

이제 아링가로사는 자기 전화기가 제대로 작동하지 않았을지도 모른다는 걱정이 들기 시작했다. 만일 반복해서 전화를 걸었는데 응답이 없었다면, 스승이 어떻게 생각할지 두려웠다.

'스승은 뭔가 잘못되었다고 생각할 것이다. 아니면 내가 채권을 가져오는 데 실패했다고 생각할지도 모른다.'

주교는 땀을 흘리기 시작했다.

'아니면 더 나쁜 상황…… 내가 돈을 가지고 튀었다고 생각할 수도 있다.'

51

시속 60킬로미터로 달리는데도, 장갑 트럭에 흔들흔들 매달린 앞 범퍼가 한적한 시골 도로를 시끄럽게 긁어대며 트럭 후드까지 불꽃을 튀겼다.

'길에서 벗어나야만 해.'

랭던은 생각했다.

지금 어디로 향하고 있는지 랭던은 전혀 알 수가 없었다. 단지 달릴 뿐이었다. 더욱이 트럭의 한쪽 헤드라이트는 도로 중앙을 비추지도 못하고, 길 옆의 숲을 비스듬히 비추고 있었다. 분명히 장갑 트럭의 장갑이란 말은 뒤쪽 화물칸을 의미하는 것이지 트럭 앞부분을 의미하는 것이 아니었다.

소피는 보조석에 앉아, 무릎 위에 있는 장미목 상자를 멍한 눈으로 보고 있었다.

"괜찮소?"

랭던이 물었다.

소피는 안정되지 않은 모습이었다.

"그 사람 말을 믿어요?"

"살해된 사람이 세 명 더 있다는 얘기 말이오? 물론이오. 그 사건은 많은 의문에 답을 해주고 있으니까. 파슈가 나를 잡으려고 열심인 것만큼이나. 당신 할아버지가 왜 그렇게 필사적으로 쐐기돌을 건네려고 했느냐 하는 문제 말이오."

"그게 아니라, 베르네가 자기네 은행을 보호하려고 했다는 말 말이에요."

랭던은 소피를 슬쩍 보았다.

"그게 아니면?"

"베르네가 자기를 위해서 쐐기돌을 가지려는 것이었다면."

랭던은 그 점에 대해서는 생각해 보지도 못했다.

"베르네가 어떻게 상자 안에 든 물건을 알았겠소?"

"그 사람의 은행에서 상자를 보관했잖아요. 그리고 그는 할아버지를 알고 있었어요. 어쩌면 다른 것도 더 알고 있을지 모르죠. 자기를 위해 성배를 갖기로 결심했는지도 모르잖아요."

랭던은 머리를 저었다. 베르네는 그런 사람으로는 보이지 않았다.

"내 경험으로는, 세상 사람들은 오직 두 가지 이유로 성배를 쫓고 있소. 한쪽은 너무 순진해서, 오랜 세월 동안 잃어버린 그리스도의 잔을 자기들이 찾아 헤맨다고 믿는 거요……"

"다른 쪽은요?"

"다른 하나는 진실을 알고 있고, 그 진실 때문에 위협을 받는 사람들이오. 역사적으로 많은 단체들이 성배를 파괴할 목적으로 성배를 쫓았던 것을 볼 수 있소."

두 사람 사이의 침묵이 바닥을 긁는 범퍼 소리를 더 강조했다. 몇 킬로미터는 족히 달려왔을 것이다. 랭던은 트럭 앞쪽에서 피어나는 불꽃들을 보며, 이대로 계속 가다간 위험하다는 생각이 들었다. 혹시 다른 차가 지나가기라도 하면, 분명 이상하게 여길 것이다. 랭던은 마음을 정했다.

"범퍼를 구부릴 수 있는지 좀 살펴봐야겠소."

도로 가에 차를 세웠다.

마침내 모든 것이 조용해졌다.

트럭 앞으로 걸어가는 랭던은 극도로 예민해져 있었다. 오늘 밤 자신을 겨눈 또 하나의 총구를 대면한 일은 가쁜 숨을 내쉬게 만들었다. 차가운 밤공기를 깊이 들이마시며 정신을 차리려고 노력했다. 사냥감이 되었다는 중압감과 함께 랭던은 책임의 무게를 느끼기 시작했다. 그와 소피는 오랜 세월 수수께끼였던 성배의 행방을 알려주는 암호화된 물건을 실제로 들고 있는 것인지도 몰랐다.

지금 지고 있는 부담이 그리 크지 않다 해도, 랭던은 쐐기돌을 시온에 돌려줄 수 있는 방법을 찾을 가능성이 이제 증발해 버렸다는 것을 깨달았다. 살해된 세 사람이 더 있다는 것은 절박한 암시나 다름없었다.

'시온에 구멍이 뚫렸다. 누군가 조직을 배신한 것이다.'

시온은 감시당하고 있으며, 그 안에 두더지가 있는 것이 분명했다. 왜 소니에르가 소피와 랭던에게 쐐기돌을 넘기려고 했는지 설명하는 부분이다. 조직 밖의 사람들, 소니에르가 알기에 더럽혀지지 않은 사람들을 찾았던 것이다.

'쐐기돌을 시온에 돌려주는 일은 쉽지 않겠군.'

랭던이 시온 멤버를 찾아낼 아이디어를 가졌다고 해도, 쐐기돌을 받으려고 나온 사람이 바로 적군일 수도 있었다. 그들이 원하든 원치 않든, 쐐기돌은 소피와 랭던의 손에 당분간 있어야 할 것 같았다.

트럭 앞부분은 랭던의 상상보다 심했다. 왼쪽 헤드라이트는 완전히 맛이 갔고, 오른쪽 전구는 소켓에서 빠져나와 흔들거리며 간신히 매달려 있었다. 집어넣어 보았지만 다시 떨어져 버렸다. 범퍼가 끊어질 정도로 파손돼 있었다. 한 번 세게 차면 완전히 떨어져 나갈 것 같았다.

범퍼를 발로 차면서, 랭던은 조금 전에 소피와 나누던 대화를 떠올렸다.

"할아버지는 내게 전화 메시지를 남겼어요. 내 가족에 대한 진실을 말해 줄 필요가 있다고 하셨어요."

그 말을 들었을 때는 아무런 의미도 없어 보였다. 하지만 시온 수도회가 결부되어 있다는 것을 알고 있는 지금은 새로운 가능성이 솟아오르는 것 같았다.

범퍼가 굉음과 함께 떨어져 나갔다. 랭던은 숨을 골랐다. 적어도 이제 트럭은 7월 4일*의 폭죽처럼 불꽃을 튀기지는 않을 터였다. 어디로 가야 할지를 걱정하며, 랭던은 범퍼를 숲에다 던져 버렸다. 크립텍스를 어떻게 여는지, 소니에르가 왜 그들에게 크립텍스를 주었는지, 랭던과 소피는 도무지 알 수가 없었다. 불행히도 그들의 생존은 바로이 질문들에 대한 답을 얻느냐 얻지 못하느냐에 달려 있는 듯했다.(7월 4일 : 미국 독립 기념일.)

'도움이 필요해. 전문적인 도움이.'

랭던은 결정했다.

성배와 시온 수도회의 세계에서 그것은 오직 한 사람을 의미했다. 물론 이 발상은 소피에게 달려 있었다.

장갑 트럭 안에서 랭던이 돌아오기를 기다리며, 소피는 무릎 위에 놓인 장미목 상자의 무게를 느끼고 있었다. 그녀는 화가 났다.

'할아버지는 왜 이걸 나에게 주었을까?'

이걸 가지고 뭘 해야 하는지 그녀는 전혀 알 수가 없었다.

'소피, 생각하는 거야! 머리를 쓰라고. 할아버지는 너에게 뭔가를 말하려고 하는 거야!'

상자를 열어 크립텍스의 다이얼을 보았다.

'자질 검증.'

소피는 이 작품에서 할아버지의 손길을 느낄 수 있었다.

'쐐기돌은 그럴 가치가 있는 사람들만이 따라갈 수 있는 지도란다.'

할아버지가 자기 마음에 대고 말하는 것 같았다.

상자에서 크립텍스를 꺼내들고, 소피는 손가락으로 다이얼을 만지작거렸다.

'다섯 글자.'

그녀는 다이얼을 하나씩 차례로 돌렸다. 다이얼은 부드럽게 돌아갔다. 소피는 자기가 고른 철자들을 원통의 양쪽 끝에 있는 놋쇠 화살표 모양에 맞춰서 정렬시켰다. 소피는 터무니없다는 것을 알고 있었지만, 어쨌든 다이얼들은 다섯 철자로 된 단어를 만들어 냈다.

성배(G-R-A-I-L).

소피는 원통의 양쪽 끝을 잡고 부드럽게 잡아당겼다. 그리고 천천히 힘을 가했다. 크립텍스는 꿈쩍도 하지 않았다. 소피는 안에서 식초가 출렁거리는 소리를 듣고, 잡아당기던 짓을 멈췄다. 그리고 다시 시도했다.

빈치(V-I-N-C-I).

역시 움직이지 않았다.

부트(V-O-U-T-E).

마찬가지였다. 크립텍스는 굳건히 닫혀 있었다.

얼굴을 찡그리며, 소피는 크립텍스를 상자 안에 넣고 뚜껑을 닫았다. 밖에 있는 랭던을 바라보며, 그가 자기와 함께 있는 것이 고마웠다.

'P.S. 로버트 랭던을 찾아라.'

할아버지가 그를 포함시킨 이유는 이제 분명했다. 소피는 할아버지의 의도를 파악할 준비가 되어 있지 않기 때문에 그녀의 안내자로 로버트 랭던을 부른 것이다. 그녀의 교육을 감독할 가정교사처럼 말이다. 랭던에겐 안된 일이지만, 지금 그는 교사 이상의 존재이다. 브쥐 파슈의 목표물이 된 것이다…… 그리고 성배를 차지하려는 보이지 않는 어떤 세력도 그들을 목표로 하고 있었다.

'성배가 무엇이든 상관없어.'

진실을 찾아내는 것이 자기 목숨만큼이나 값어치가 있을지 소피는
의아했다.

트럭이 훨씬 시원스럽게 달리자 랭던은 기분이 좋아졌다.

"베르사유로 가는 길을 알고 있소?"

소피는 랭던을 쳐다보았다.

"관광하려요?"

"아니오. 계획이 있소. 베르사유 근처에 유명한 역사가 한 명이 살
고 있소. 거기가 어딘지 정확히 기억할 수는 없지만, 가보면 찾을 수
있을 거요. 그 사람 집에 몇 번 가본 적이 있으니까. 그 사람 이름은
레이 티빙이오. 영국 왕립 사학자협회의 전 회원이기도 하고."

"그런 사람이 파리에 살고 있나요?"

"티빙의 삶에 있어 열정의 대상은 성배였소. 약 십오 년 전 시온의
쐐기돌에 관한 얘기가 표면으로 나왔을 때, 쐐기돌을 찾을 희망으로
교회를 뒤지려고 프랑스로 이사했지요. 성배와 쐐기돌에 관한 책도
몇 권 펴냈소. 아마 그 사람이라면 크립텍스를 어떻게 열고, 무엇을
해야 할지 도와줄 것이오."

소피의 눈동자는 걱정스러움을 담고 있었다.

"그 사람을 신뢰할 수 있어요?"

"무엇에 대해서 그를 신뢰한단 말이오? 그가 우리의 정보를 훔치지
않을 거다?"

"그리고 우리를 경찰에 넘기지 않는다."

"우리가 경찰에 쫓기고 있다는 것을 그에게 말하지 않을 작정이오. 우
리가 이 문제를 해결할 때까지는 그가 우리를 돌봐주길 바라고 있소."

"로버트, 프랑스에 있는 모든 텔레비전이 우리 얼굴을 내보냈으리
라는 것을 모르겠어요? 브쥐 파슈는 자기 이익을 위해서라면 항상 미

디어를 이용하는 사람이에요. 파슈가 눈치 채지 않게 우리가 돌아다니는 것은 불가능하다는 말이에요."

'훌륭하군. 프랑스 텔레비전의 첫 출연이 파리의 지명수배자라니.'

적어도 조나스 파우크만은 기뻐할 것이다. 랭던이 뉴스거리를 만들어 낼 때마다 그의 책 판매는 껑충 뛰어오를 테니까.

"그 사람, 정말 괜찮은 친구예요?"

티빙이 이런 시간에 텔레비전을 보는 사람인지 랭던은 의심스러웠다. 하지만 소피의 질문은 고려할 만한 가치가 있었다. 랭던의 본능은 티빙이 전적으로 믿을 만한 사람이라고 말하고 있었다. 이상적인 피난처가 될 것이다. 티빙이 이 상황을 고려해 본다면, 가능한 한 두 사람을 도와줄 것 같았다. 랭던에게 신세를 갚기 위해서뿐만 아니라, 티빙 스스로 성배 연구가이기 때문이다. 그리고 소피의 할아버지가 시온 수도회의 진짜 그랜드 마스터라는 얘기를 듣게 되면, 이 문제를 풀 수 있도록 돕는다는 생각에 침을 흘릴지도 몰랐다.

"티빙은 강력한 조력자가 될 거요."

랭던이 말했다.

'당신이 그에게 얼마만큼 얘기하느냐에 달려 있긴 하지만.'

"파슈는 아마 우릴 신고하면 금전적인 보상을 제공한다고 할 거예요."

랭던은 소리내어 웃었다.

"날 믿어요. 돈이라면 이 사람의 관심사 밖에 있는 거니까."

레이 티빙은 소규모 국가와 맞먹을 정도로 부유한 사람이었다. 영국 최초의 랭커스터 공작의 후손인 티빙은 고전적인 방식으로 돈을 벌었다. 즉 대단한 상속을 받은 것이다. 파리 외곽에 있는 그의 집은 두 개의 호수를 가지고 있는 17세기의 성이었다.

랭던은 몇 년 전 영국 방송사인 BBC의 주선으로 티빙을 만났다. 티빙은 텔레비전 시청자들에게 성배에 관한 놀라운 역사를 제공한다는 역사 다큐멘터리 기획서를 가지고 BBC를 찾아갔다. BBC 제작자들은 티빙의 뜨거운 전제와 그의 연구, 경력을 모두 좋아했지만, 티빙의 개념들이 일반인들이 삼키기에는 너무 충격적이지 않을까 우려했다. 자칫하면 일류 방송사의 명성을 훼손할 수도 있다고 본 것이다. 티빙의 제안에 따라, BBC는 프로그램의 신뢰성 문제를 높이기 위해 세계 도처에서 존경받는 역사학자들을 카메오로 초빙하기로 했다. 초빙된 사람들은 그들 자신의 연구와 함께 성배의 놀라운 본성을 풀기 위해 서로 협력했다. 랭던도 그 중 한 사람이었다.

BBC는 촬영을 위해 랭던을 티빙의 파리 저택으로 보냈다. 랭던은 티빙의 멋스러운 화실에서 카메라 앞에 앉아 성배 이야기를 티빙과 공유했다. 또 다른 성배 이야기를 듣는 데 대한 자신의 불신을 시인하고, 그 뒤에는 성배 이야기가 진실이라고 믿게 된 수십 년 동안의 연구들을 설명했다. 결국 랭던은 자기 연구의 일부를 제안하기도 했다. 논쟁의 소지가 있는 주장들을 강력하게 뒷받침해 주는 일련의 기호학적인 연관들이었다.

이 프로그램이 영국에서 방송되었을 때, 프로그램의 조화로운 출연진과 문서화된 증거들에도 불구하고, 프로그램의 전제는 보편적인 기독교 사고방식과 심하게 부딪혀 즉시 격렬한 적개심을 불러일으키고 말았다. 이 프로그램은 미국에서는 방송되지 못했다. 하지만 그 반향은 대서양을 건너 메아리쳤다. 방송되고 얼마 지나지 않아서, 랭던은 오랜 친구로부터 엽서를 한 장 받았다. 필라델피아의 가톨릭 주교였다. 엽서에는 간단히 이렇게 적혀 있었다.

'로버트, 자네는?'

"로버트, 그 사람을 신뢰할 수 있다고 확신해요?"

"물론이오. 우리는 동료이고, 그는 돈을 필요로 하지 않는 사람이오. 그리고 그는 프랑스 당국을 경멸하는 것 같았습니다. 그가 유적지를 샀다는 이유로 프랑스 정부가 터무니없는 세금을 매겼다고 했어요. 티빙이 파슈에게 협력할 것 같지는 않소."

소피는 어두운 길을 응시했다.

"그 사람에게 어디까지 얘기할 거예요?"

랭던은 태평스러워 보였다.

"날 믿어요. 레이 티빙은 시온 수도회와 성배에 대해서 지상에 있는 어느 누구보다도 많이 알고 있는 사람이오."

소피는 랭던을 흘끔 보았다.

"내 할아버지보다도?"

"내 말은 조직 바깥에 있는 사람들을 뜻하는 거요."

"티빙이 조직의 일원이 아니라고 어떻게 알 수 있죠?"

"티빙은 성배의 진실을 알리는 데 전 생애를 보내고 있소. 시온의 맹세는 성배의 존재를 숨겨야 하는 것이지."

"내게는 이해의 투쟁으로 들리는군요."

랭던은 소피의 걱정을 이해했다. 소피가 크립텍스 안에 무엇이 들어 있는지, 그걸 가지고 무엇을 하는지 비록 알고 있지는 않다 하더라도, 소니에르는 크립텍스를 그녀에게 준 것이다. 전혀 낯선 사람을 관련시키는 일에 소피가 주저하는 것은 당연했다. 잠자고 있는 정보를 생각하면, 본능이 어쩌면 좋은 것일 수도 있었다.

"쐐기돌에 대해서 즉시 말할 필요는 없어요. 아니면 아예 말하지 않아도 되고. 그의 저택은 우리가 숨어서 생각할 장소를 제공해 줄 거요. 우리가 티빙에게 성배에 대해서 얘기를 나누고 싶을 때쯤에는 할아버지가 왜 당신에게 이걸 주었는지 당신이 이유를 찾게 될지도 모르오."

"우리에게 준 거예요."

소피가 랭던의 말을 고쳤다.

랭던은 미약한 자존심이 살아나는 것을 느꼈다. 그리고 다시 한 번 소니에르가 왜 자신을 포함시켰는지 궁금했다.

"티빙 씨가 어디에 사는지 더 아는 거 없어요?"

"그의 저택은 빌레트 성이라고 불리오."

소피는 믿을 수 없다는 표정으로 돌아보았다.

"빌레트 성?"

"그래요."

"좋은 친구를 두었군요."

"그곳을 알고 있소?"

"지나간 적이 있어요. 그곳은 성 구역 안에 있어요. 여기서 이십 분 정도 걸려요."

랭던은 눈살을 찌푸렸다.

"그렇게 멀리?"

"그래요. 성배가 정말 무엇인지 내게 설명해 줄 수 있는 충분한 시간은 되겠네요."

랭던은 말을 멈췄다. 그리고 미소를 지었다.

"티빙의 집에서 얘기해 주겠소. 그와 나는 전설의 다른 부분들에 각각 전문이오. 우리 두 사람 사이에서 당신은 완벽한 이야기를 들을 수 있을 거요. 게다가 성배는 티빙의 삶이오. 레이 티빙으로부터 성배에 관한 이야기를 듣는 것은 아인슈타인에게 상대성 이론을 직접 듣는 것과 같아요."

"티빙 씨가 늦은 밤의 방문객들을 귀찮아하지 않기를 바라야겠군요."

"원칙대로라면, 그는 레이 티빙 경이오."

랭던도 딱 한 번 실수한 적이 있었다.

"그 사람 꽤나 걸물이오. 몇 년 전에 요크 성에 관한 방대한 역사를 저술한 뒤 여왕으로부터 기사 작위를 받았어요."

소피가 고개를 들었다.

"지금 농담하는 거죠, 그렇죠? 지금 기사를 찾아가는 중이라고요?"

랭던은 쑥스러운 미소를 지었다.

"우리는 성배 원정길에 있는 거요, 소피. 기사보다 우리를 더 잘 도울 사람이 누가 있겠소?"

52

　75만 평방미터에 달하는 빌레트 성의 영지는 파리에서 북서쪽으로 25분 정도 떨어진 베르사유 근교에 있다. 1668년 오플레 백작을 위해서 프랑수아 망사르가 디자인한 빌레트 성은 프랑스에서 가장 중요한 유적지 성들 가운데 하나다. 르노트르가 디자인한 두 개의 직사각형 호수와 정원들이 있는 빌레트 성은 대저택이라기보다는 수수한 성의 분위기를 풍겼다. 이 영지는 '작은 베르사유'라고도 알려져 있다.

　랭던은 장갑 트럭을 영지의 문 앞에 덜컹거리며 세웠다. 문 뒤로는 긴 진입로가 이어져 있었다. 보안문 너머로 멀리 목초지 위에 서 있는 레이 티빙의 저택이 보였다. 문에는 '사유지, 진입 금지'라는 영어 안내판이 붙어 있었다.

　자기가 영국인이라는 것을 알리기라도 하려는 듯이 티빙은 안내판만 영어로 적어 놓은 것이 아니었다. 저택 출입문에 붙은 인터콤 시스템도 오른쪽에 설치되어 있었다. 영국을 제외한 모든 유럽 국가에서 자동차의 오른쪽은 운전석이 아니라 보조석이다.

　소피는 잘못 달린 인터콤을 보고 이상하다는 표정을 지었다.

　"만약 보조석에 사람을 태우지 않고 오면 어떻게 해요?"

"묻지 말아요. 그는 자기 나라 식으로 하는 것을 좋아하니까."

랭던은 이미 티빙에게 이 문제에 대해 물어본 적이 있었다.

소피가 창문을 내렸다.

"로버트, 당신이 얘기하는 것이 좋겠어요."

랭던은 몸을 일으켜, 인터콤 버튼을 누르기 위해 소피 앞으로 몸을 내밀었다. 유혹하는 듯한 소피의 향수가 랭던의 코끝에 스쳤다. 랭던은 그들이 얼마나 가까이 있는지 깨달았다. 작은 스피커에서 신호가 울리는 동안 그는 불편한 자세로 기다렸다.

마침내 인터콤이 지직거리더니, 성난 듯한 어조의 프랑스 말이 튀어나왔다.

"빌레트 성입니다. 누구십니까?"

"로버트 랭던이라고 합니다. 레이 티빙 경의 친구입니다. 그분의 도움이 필요해서 왔습니다."

랭던은 소피의 무릎을 피해 몸을 지탱하며 소리를 질렀다.

"주인님은 주무십니다. 저도 마찬가지였습니다. 용건이 무엇입니까?"

"사적인 문제입니다만, 그분의 가장 큰 관심사입니다."

"아침에 다시 찾아오면 주인님께서 반가워하실 것 같군요."

랭던은 체중을 옮겼다.

"매우 중요한 것입니다."

"레이 경은 주무시고 계십니다. 손님이 친구라면 그분 건강이 안 좋다는 것을 알고 있을 텐데요."

레이 티빙은 어릴 적에 소아마비를 앓았다. 지금은 더 악화되어 다리 교정기를 차고, 목발에 의지해 걸어다니고 있었다. 하지만 랭던이 마지막으로 방문했을 때, 레이는 활기차고 생생한 모습이어서 쇠약한 사람으로 보이지는 않았다.

"제발 부탁입니다만, 경에게 성배에 관한 새로운 정보를 알아냈다고 전해 주십쇼. 아침까지 기다릴 수 없는 정보입니다."

긴 침묵이 흘렀다.

시끄럽게 흔들거리는 트럭 안에서 랭던과 소피는 기다렸다.

1분 정도 지났을 때, 인터콤 저편에서 메마르고 가벼운 목소리가 흘러나왔다.

"이 사람아, 자넨 하버드 표준시간으로 움직이고 있구먼."

심한 영국 억양이 누구의 목소리인지 깨닫고 랭던은 활짝 웃었다.

"레이 경, 이런 불쾌한 시간에 깨워서 정말 미안합니다."

"집사가 그러는데, 자네가 파리에 있을 뿐만 아니라 성배에 대해서 말하고 싶어한다고?"

"그래야 당신을 침대에서 불러낼 수 있을 것 같았습니다."

"그건 그러네."

"오랜 친구를 위해서 문을 열어주시겠습니까?"

"진실을 좇는 자들은 친구 이상이지, 그들은 형제야."

티빙이 익살을 좋아한다는 것을 알고 있는 랭던은 소피에게로 눈동자를 굴렸다.

"물론 나는 문을 열어줄 거네. 하지만 먼저 자네의 마음이 진실한가를 확인해야겠어. 자네의 명예에 대한 시험일세. 세 가지 질문에 대답하게나."

랭던은 신음하면서 소피에게 속삭였다.

"내 말이 무슨 뜻인지 알겠죠. 아까 말했듯이, 이 분은 괴짜요."

"첫째 질문일세. 커피를 마실 텐가, 차를 마실 텐가?"

티빙의 목소리는 우렁찼다.

랭던은 무조건 커피만 마시는 미국인들에 대한 티빙의 감정을 알고 있었다.

"차, 얼 그레이."

"좋아, 두 번째 질문. 우유를 넣을까, 설탕을 넣을까?"

랭던은 망설였다. 그러자 소피가 랭던의 귀에 대고 속삭였다.

"우유. 영국인들은 우유를 넣는다고 생각해요."

"우유."

침묵.

"설탕?"

티빙은 아무런 대꾸도 하지 않았다.

'잠깐만!'

랭던은 자신이 마지막으로 방문했을 때, 쓰디쓴 음료를 마신 것이 기억났다. 그래서 이 질문은 함정이란 것을 깨달았다. 랭던은 소리쳤다.

"레몬! 레몬을 넣은 얼 그레이 차!"

"잘했네."

티빙의 목소리는 매우 즐거운 것처럼 들렸다.

"마지막으로 가장 어려운 것을 물어봐야겠네."

티빙은 잠시 말을 멈추더니, 엄숙한 어조로 얘기했다.

"헨리에서 하버드 보트 팀이 옥스퍼드 팀을 마지막으로 앞지른 것이 어느 해였는가?"

랭던은 알지 못했다. 하지만 그런 질문을 받은 데에는 오직 한 가지 이유만을 상상할 수 있었다.

"그런 불상사는 결코 일어난 적이 없다고 확신합니다."

문이 열렸다.

"자네의 마음은 진실하군. 친구여, 들어오게나."

53

전화선을 통해 은행장의 목소리를 확인한 취리히 금고은행의 야간 매니저는 그제야 마음이 놓였다.

"베르네 씨, 어딜 가신 겁니까? 경찰이 와 있습니다. 모두가 지점장님을 기다리고 있습니다!"

"작은 문제가 생겼네. 당장 자네의 도움이 필요하네."

풀죽은 목소리로 은행장은 말했다.

'작은 문제가 아니라 아주 심각한 문제지.'

매니저는 생각했다. 경찰이 은행 전체를 에워싸고, 은행이 요구한 수색 영장을 경찰 반장이 직접 들고 나타날 것이라고 위협하고 있었다.

"어떻게 도와드릴까요?"

"삼 번 장갑차이네. 그걸 찾아주게."

혼란스러움을 느끼며, 매니저는 운송 수송표를 살폈다.

"그 트럭은 여기 있는데요. 아래층 적하장에 있습니다."

"아닐세. 경찰이 추적하고 있는 두 사람에게 도둑맞았네."

"뭐라고요? 어떻게 그들이 몰고 나갈 수 있었죠?"

"전화로 구체적인 얘기는 할 수가 없네. 하지만 은행으로서는 지금 극도로 불행한 상황을 맞고 있어."

"제가 어떻게 하기를 바라십니까?"

"트럭의 비상 자동 무선 레이더를 작동시키게."

야간 매니저의 눈동자가 방을 가로질러 로잭 통제상자로 향했다. 많은 장갑차들처럼 은행의 트럭들에도 각각 무선으로 통제되는 발신장치가 장착되어 있었다. 이 발신장치는 은행에서 원격으로 작동시킬 수 있었다. 매니저는 예전에 딱 한 번 트럭 탈취 사건이 일어났을 때, 이 비상 시스템을 사용해 본 적이 있었다. 시스템은 결함 없이 작동했다. 트럭의 위치를 파악해 내고, 자동으로 프랑스 경찰에 연락되도록 만들어진 시스템이었다. 하지만 오늘 밤 지점장은 보다 더 신중함을 바라는 듯한 인상을 풍겼다.

"지점장님, 제가 로잭 시스템을 작동시키면, 동시에 자동무선 레이더가 당국에도 연락이 닿는다는 점을 알고 계시겠죠."

베르네는 몇 초 동안 침묵을 지켰다.

"그래, 알고 있네. 어쨌든 내가 지시한 대로 하게. 삼 번 트럭이네. 전화를 끊지 않고 기다릴 테니, 트럭의 정확한 위치를 파악하는 대로 내게 알려주게."

"곧 알려 드리겠습니다."

장갑 트럭은 40킬로미터 떨어진 곳에 있었다. 30초 정도가 지난 후, 장갑 트럭 밑에 숨겨진 조그마한 자동 무선 레이더가 깜박거리기 시작했다.

54

랭던과 소피는 포플러가 양쪽에 늘어서 있는 빌레트 성의 진입로로 트럭을 몰았다. 소피는 벌써 근육이 풀어지는 듯한 느낌이 들었다. 길에서 벗어나게 된 것은 구원이었다. 좋은 성품을 가진 외국인이 소유한 사유지보다 더 안전한 장소를 찾기란 어려울 거라고 소피는 생각했다.

두 사람이 곡선으로 이어진 진입로를 돌아가자, 빌레트 성이 오른쪽 시야에 나타났다. 60미터 정도 높이의 3층짜리 잿빛 석조건물은 외부에 설치된 조명기구의 불빛을 받고 있었다. 건물의 정면은 풍경화 같은 정원과 유리 같은 연못과는 판이한 대비를 보이며 우악스럽게 서 있었다.

건물 안에서 불이 켜졌다.

정문으로 가지 않고, 랭던은 상록수들 옆에 마련된 주차장소로 차를 끌고 갔다.

"길에 두어서 일부러 눈에 띄게 할 필요는 없소. 그렇지 않으면 우리가 왜 부서진 장갑차를 타고 나타났는지 레이가 의아하게 생각할 거요."

소피는 고개를 끄덕였다.

"크립텍스는 어떻게 할 거예요? 차에 두고 갈 수는 없어요. 하지만 레이가 본다면 무엇인지 알고 싶어할 텐데."

"걱정하지 말아요."

재킷을 벗고 트럭 밖으로 나가면서 랭던이 말했다. 그는 상자를 트위드 재킷으로 감싸서 아기처럼 팔에 안았다.

소피는 믿음직스럽지 못하다는 표정을 지었다.

"이상해요."

"티빙은 절대로 현관문에서 인사하지 않소. 안으로 들여서 인사하는 것을 좋아하지. 그가 우리와 만나기 전에, 이걸 숨길 장소를 찾을 수 있을 거요. 그리고 그를 만나기 전에 미리 경고해 둘 일이 있소. 레이 경은 사람들이 종종…… 약간 이상하다고 생각할 정도로 유머 감각을 지닌 사람이오."

오늘 밤 벌어진 일들만큼이나 이상한 일이 또 있을까 소피는 의심스러웠다.

현관으로 이르는 길에는 조약돌이 깔려 있고, 참나무와 벚나무를 깎아서 만든 문에는 포도 송이만한 놋쇠 딱딱이가 달려 있었다. 소피가 문을 두드리기 위해 딱딱이를 잡으려고 하는데 문이 안으로 활짝 열렸다.

깔끔하고 우아한 모습의 집사가 그들 앞에 서 있었다. 하얀 타이와 턱시도를 매만지는 것으로 보아 방금 전에 차려입은 듯했다. 쉰 살가량 되어 보이는 집사는 세련된 용모와 근엄한 표정으로 보아 두 사람의 방문을 반가워하지 않는 것이 분명했다.

"레이 경은 곧 내려오실 겁니다. 지금 옷을 갈아입고 계십니다. 잠옷 차림으로 손님들을 만나는 것을 좋아하지 않으시죠. 외투를 받아 드릴까요?"

집사는 심한 프랑스 억양을 쓰고 있었다. 집사는 랭던의 팔에 뭉쳐져 있는 트위드 재킷을 쏘아보았다.

"고맙습니다만, 전 괜찮습니다."

"그러십니까? 그럼 이쪽으로."

집사는 호화로운 대리석 응접실을 지나 고상하게 꾸며진 화실로 두 사람을 안내했다. 화실은 술이 달린 빅토리아 양식의 램프로 방을 밝히고 있었다. 파이프 담배 연기와 찻잎, 조리한 버찌, 석조건축물의 흙 냄새 등이 어우러진 방은 고풍스럽고 당당한 분위기를 풍겼다. 안쪽 벽에는 번쩍거리는 두 벌의 쇠미늘 갑옷 사이로 황소라도 구울 수 있을 듯한 거대한 벽난로가 자리잡고 있었다. 집사는 벽난로로 걸어가서 무릎을 꿇고, 성냥을 그어 미리 쌓아둔 참나무 장작 밑에 불을 붙였다. 불은 금방 피어올랐다.

집사는 옷을 바로잡으며 일어섰다.

"집처럼 편히 계시라고 주인님께서 말씀하셨습니다."

집사는 랭던과 소피를 남겨 두고 방을 떠났다.

소피는 난로 주위에 있는 골동품들 중 어디에 앉아야 할지 알 수가 없었다. 르네상스 식의 벨벳 침대의자가 있었고, 소박한 독수리 발톱 모양의 흔들의자도 있었다. 비잔틴 사원에서 가져온 듯한 긴 석조 의자도 두 개나 됐다.

벨벳 침대의자로 걸어간 랭던은 외투로 감쌌던 상자를 꺼내 의자 밑에 깊숙이 밀어 넣었다. 그런 뒤 재킷을 털어 다시 입었다. 옷깃을 매만지고 소피에게 미소를 지으면서, 랭던은 상자를 숨겨 놓은 의자 위에 바로앉았다.

'침대의자라면 괜찮겠군.'

랭던 옆에 앉으면서 소피는 생각했다.

소피는 피어나는 불길을 바라보며 온기를 즐기고 있자니, 할아버지가 이 방을 마음에 들어했을 거라는 생각이 스치고 지나갔다. 어두운 목재로 이루어진 벽은 거장들의 그림으로 꾸며져 있었는데, 그 중 한 점은 소피도 알아볼 수 있었다. 바로 푸생의 작품이었다. 푸생은 할아버지가 두 번째로 좋아한 화가였다. 벽난로 위의 선반에는 이시스의 하얀 석고 흉상이 방을 굽어보고 있었다.

벽난로 안에는 괴수의 머리통 모양을 한 석조 가고일* 한 쌍이 장작 받침쇠 역할을 하고 있었는데, 위협적인 목구멍을 드러내며 입을 크게 벌리고 있었다.(가고일 : 고딕 건축에서 괴수의 머리 모양을 한 지붕의 홈통 주둥이.)

어렸을 때 가고일은 항상 그녀를 무섭게 했다. 폭풍우가 치던 날, 할아버지가 노트르담 대성당의 꼭대기로 데려가서 그녀의 공포를 치료해 줄 때까지는 그랬다.

"이 어리석은 창조물을 좀 보거라."

할아버지는 가고일의 주둥이가 물로 가득 차서 빗물을 게워내는 모습을 가리켰다.

"이 가고일의 목구멍에서 나는 우스운 소리가 들리니?"

괴수의 목구멍으로 꾸룩꾸룩 넘어가는 물 소리는 트림 소리 같았다. 소피는 웃으면서 고개를 끄덕였다.

"이놈은 지금 가글이를 하고 있단다. 그래서 이놈의 어리석은 이름도 가고일이란다."

그 뒤로 소피는 가고일이 무섭지 않았다.

즐거운 추억이 소피에게 슬픔을 불러일으켰다. 살인이라는 현실이 그녀를 다시 사로잡았다.

'할아버지는 떠났다.'

소피는 의자 밑에 있는 크립텍스를 떠올리고, 레이 티빙이 그것을 열 수 있는 아이디어를 가지고 있을지 궁금했다.

'아니면 우리가 그에게 물어볼 수도 있지.'

소피에게 남긴 할아버지의 마지막 말은 로버트 랭던을 찾으라는 지시였다. 다른 사람에 대해서는 아무 얘기도 없었다.

'우리는 숨을 곳이 필요했어.'

랭던의 판단을 믿기로 결심하면서 소피는 생각했다.

그들 뒤에서 목소리가 울려퍼졌다.

"로버트! 아가씨와 여행하는 중이었군."

랭던이 일어섰다. 소피도 벌떡 일어섰다. 목소리는 2층에서 뱀처럼 휘어져 내려오는 계단 위 어둠에서 들려오고 있었다. 계단 위에서 어떤 형체가 어렴풋이 움직이는 것이 보였다.

"안녕하십니까? 레이 경, 이쪽은 소피 느뵈 양입니다."

"영광이오."

티빙은 빛 속으로 들어왔다.

"저희를 안으로 들여주셔서 고맙습니다. 너무 늦은 시간에 찾아와서 죄송합니다."

소피는 발에 교정기를 차고, 목발을 짚은 남자의 모습을 제대로 볼 수 있었다. 남자는 한 번에 한 계단씩 내려오고 있었다.

"아주 늦었지요, 아가씨. 하지만 이른 시간이기도 하오. *아가씨는 미국인이 아니죠?*"

티빙은 웃었다.

소피는 고개를 저었다.

"파리지엥입니다."

"아가씨의 영어는 탁월하군."

"고맙습니다. 로열 홀로웨이에서 공부했어요."

"음, 그랬구먼. 내가 길 하나 아래에 있는 옥스포드에서 공부했다는 것을 로버트가 이미 얘기했겠지요. 물론, 안전을 위해 하버드에도 지원했었지."

어둠을 절름거리며 내려온 티빙은 랭던에게 익살스러운 미소를 지어 보였다. 계단을 다 내려온 집주인의 모습은 기사 작위를 받은 가수 엘턴 존보다 더 나을 것이 없어 보였다. 레이 티빙은 포동포동한 붉은 얼굴에 부스스한 붉은 머리, 말할 때마다 반짝거리는 쾌활한 갈색 눈을 가지고 있었다. 주름진 바지와 페이즐리 조끼 밑에 넉넉한 실크 셔츠를 입었는데, 알루미늄 교정기가 다리에 연결되어 있음에도 꼿꼿한 위엄을 갖추고 있었다. 티빙의 풍채는 의식적인 노력의 결과라기보다는 고귀한 조상으로부터 물려받은 부산물 같았다.

티빙은 랭던에게 손을 뻗어 악수를 청했다.

"로버트, 자넨 살이 더 빠진 것 같군."

랭던은 싱긋 웃었다.

"경은 좀 느신 것 같군요."

불룩한 배를 두드리며 티빙은 호탕하게 웃었다.

"한 방 맞았구먼. 요즘 나의 유일한 세속적인 즐거움은 요리라네."

소피를 향해 돌아선 티빙은 그녀의 손을 잡고 가볍게 머리를 숙였다. 그녀의 손가락 위에 티빙의 숨결이 가볍게 느껴졌다. 티빙이 그녀를 쳐다보았다.

"우리 숙녀님."

소피는 뒤로 물러서야 하는지, 그대로 있어야 하는지 알 수가 없어 랭던을 응시했다.

문에서 그들을 맞이했던 집사가 차를 가지고 들어와, 화로 앞에 있는 탁자에 내려놓았다.

"이쪽은 레미 르갈뤼데크일세."

호리호리한 집사는 고개를 숙인 뒤 다시 사라졌다.

"레미는 리옹 사람이지. 하지만 소스는 제법 잘 만들어."

재수없는 질병이라도 되는 양 티빙은 속삭였다.

랭던은 즐거운 표정이었다.

"모든 것을 영국에서 가져오신 줄 알았는데요?"

"천만에, 아니야! 영국 요리사들이 만든 음식은 프랑스 세금 징수원에게만 먹이고 싶네."

티빙은 소피를 슬쩍 쳐다보았다.

"미안해요, 느뵈 양. 내가 프랑스에 대해 싫어하는 것은 정치와 축구 열기, 단 두 가지뿐이라오. 당신네 정부가 내 돈을 훔쳐가고 있고, 최근에는 당신네 축구 팀이 우리를 깔아뭉갰으니까."

소피는 편안한 미소를 던졌다.

티빙은 그녀를 잠시 살펴보다가 랭던을 돌아보았다.

"무슨 일이 있었군. 두 사람 모두 지쳐 보여."

랭던은 고개를 끄덕였다.

"우린 꽤 흥미로운 밤을 보냈습니다, 레이 경."

"의심의 여지가 없군. 자네가 성배에 대해 말하면서, 예고도 없이 한밤중에 내 집 문 앞에 나타났으니. 말해 보게, 정말로 성배에 관한 일인가, 아니면 한밤중에 나를 깨울 일이 오직 그 주제라는 것을 알고 있었기 때문에 그냥 해본 얘긴가?"

'둘 모두겠네요.'

의자 밑에 숨긴 크립텍스를 떠올리며 소피는 생각했다.

"레이 경, 우린 당신에게 시온 수도회에 관한 것을 얘기하고 싶습니다."

랭던이 말했다.

티빙의 덥수룩한 눈썹이 활처럼 휘었다.

"그들은 파수꾼들이지. 그럼 정말로 성배에 관한 얘기로구먼. 정보를 가지고 왔다고 말했을 텐데? 새로운 것인가, 랭던?"

"아마도요. 하지만 확신할 수는 없습니다. 먼저 경에게서 어떤 정보를 얻을 수 있다면, 더 좋은 생각이 날 것도 같습니다."

티빙이 손가락을 흔들었다.

"교활한 미국인이로구먼. 주고받기 게임을 하자는 얘기군. 좋아, 내가 먼저 하도록 하지. 물어보고 싶은 것이 뭔가?"

랭던은 한숨을 쉬었다.

"느뵈 양에게 성배의 본성에 관해서 충분히 설명해 주시면 정말 고맙겠습니다."

티빙은 얼어맞은 표정이었다.

"이 숙녀분은 모르고 있나?"

랭던은 머리를 끄덕였다.

티빙의 얼굴에 피어오르던 미소가 점점 야비하게 변해 갔다.

"로버트, 자네 내게 처녀를 데려온 겐가?"

소피를 흘끗 보며 랭던은 주춤했다.

"소피, 처녀란 말은 성배 광신자들이 진짜 성배 이야기에 대해 한 번도 들어본 적이 없는 사람을 묘사할 때 쓰는 용어요."

티빙은 소피를 열성적으로 돌아보았다.

"얼마나 알고 있소, 아가씨?"

소피는 재빨리 랭던이 설명해 준 것을 대충 얘기했다. 시온 수도회와 성당 기사단, 상그리엘에 얽힌 문서들, 그리고 많은 사람들이 잔이 아니고…… 더 강력한 무엇이라고 주장하는 성배.

티빙은 랭던에게 괘씸하다는 표정을 날렸다.

"그게 다야? 로버트, 난 자네가 신사인 줄 알았는데. 이 숙녀분에게서 절정을 빼앗아 버렸군그려."

"압니다. 저는 아마 레이 경과 제가……"

랭던은 꼴사나운 은유를 지나치게 입 밖으로 내지 않도록 결심한 것이 분명했다.

티빙은 이미 반짝이는 시선으로 소피를 가둬 놓고 있었다.

"아가씨는 성배 처녀로구먼. 날 믿게나. 첫경험은 결코 잊지 못할 걸세."

55

랭던 옆, 침대의자에 앉아 소피는 차를 마시며 빵을 집어 먹었다. 몸이 카페인과 음식을 환영하는 기분이었다. 벽난로 앞을 서툴게 지나가던 레이 티빙의 다리 교정기가 삐걱거리는 소리를 냈다.

티빙이 엄숙한 목소리로 입을 열었다.

"성배. 대부분의 사람들은 오직 그것이 어디에 있는가 하고 내게 묻는다오. 하지만 그 질문엔 결코 대답할 수가 없소."

티빙은 돌아서서 곧바로 소피를 쳐다보았다.

"하지만…… 그것보다 적절한 질문은 이것이오. 성배란 무엇인가?"

소피는 자기 옆에 있는 두 남자 사이에서 학문적인 열기가 피어오르는 것을 느낄 수 있었다.

티빙은 말을 이어 갔다.

"성배를 완전히 이해하기 위해서는, 먼저 성경을 이해해야만 하오. 신약성서에 대해서 얼마나 알고 있소?"

소피는 어깨를 으쓱했다.

"잘은 모릅니다. 저는 레오나르도 다 빈치를 숭배하는 사람의 손에 키워졌거든요."

티빙은 놀라면서도 즐거운 모습이었다.

"눈뜬 영혼이로군. 훌륭해! 그럼 아가씨는 레오나르도가 성배의 비밀을 지키던 파수꾼들 중 한 명이었다는 것을 알고 있겠구먼. 그리고 그가 작품 안에 단서를 숨겼다는 것도."

"예, 로버트가 그렇게 얘기해 주었어요."

"그리고 신약성서에 대한 다 빈치의 견해도?"

"그건 잘 모르겠는데요."

티빙의 눈동자가 즐겁게 빛나더니, 건너편에 있는 책장을 가리켰다.

"로버트, 수고 좀 해주겠나? 제일 아래 칸에 《레오나르도의 이야기》라는 책이 있네."

랭던은 커다란 예술서적을 찾아가지고 와서, 그들 사이에 있는 탁자 위에 놓았다. 티빙은 책을 소피에게 향하도록 돌리고, 무거워 보이는 표지를 젖혔다. 그리고 표지 뒤에 있는 여러 인용구를 가리켰다.

"논쟁과 고찰에 대해 다 빈치가 공책에 적어 놓았던 것들이오."

티빙은 특별히 한 구절을 짚었다.

"이 인용구가 우리의 토론에 적절할 거라고 보네."

소피는 그 구절을 읽었다.

어리석은 대중을 속이려고,
많은 사람들이 허위로 이루어진 기적과 망상이라는 거래를 만들어냈다.
— 레오나르도 다 빈치

"여기 또 다른 구절이 있네."

다른 인용구를 가리키며 티빙이 말했다.

맹목적인 무지가 우리를 잘못 인도한다.

오! 가엾은 인간들이여, 눈을 떠라!

　- 레오나르도 다 빈치

소피는 약간의 냉기를 느꼈다.

"다 빈치가 성서에 대해서 얘기하고 있는 건가요?"

티빙은 고개를 끄덕였다.

"성서에 대한 레오나르도의 감정은 곧장 성배와 연관되어 있어요. 사실 다 빈치는 진짜 성배를 그렸지. 잠시 후에 보여줄 걸세. 먼저 성서에 대한 이야기를 하도록 하지."

티빙이 미소를 지었다.

"성서에 대해 자네가 알 필요가 있는 모든 것은 위대한 성전 박사인 마틴 퍼시가 모은 것일세."

티빙은 헛기침을 한 뒤 말을 이었다.

"성서는 하늘에서 팩스로 도착한 것이 아니야."

"네?"

"성서는 인간의 작품이란 말일세, 신의 작품이 아니고. 성서는 구름에서 기적적으로 떨어진 것이 아니야. 격동의 시기에 인간들이 만들어 낸 역사적인 기록이지. 그리고 그것은 수도 없는 변형과 첨가, 개정 작업을 거치며 진화해 온 것이라네. 역사는 결코 신뢰할 만한 판본이 아니야."

"그렇군요."

"예수 그리스도는 놀랄 만한 영향력을 지녔던 역사적인 인물이지. 아마 이 세상이 지켜본 사람들 중에 가장 수수께끼 같고 영감을 불어넣는 지도자였을 거야. 예언의 메시아로서, 예수는 왕들을 쓰러뜨리고 수백만 사람들을 고무시켰지. 그리고 새로운 철학을 찾아냈어. 솔로몬 왕과 다윗 왕의 피를 이어받은 후손으로서, 예수는 자신이 유대인들의 왕이고 그 왕관을 요구하는 것은 정당하다는 주장을 펼쳤지.

당연히 그의 삶은 전국을 누비며 그를 추종하던 수천 명의 인간들에 의해서 기록되었어요."

티빙은 말을 멈추고 차를 한 모금 마셨다. 그리고 찻잔을 벽난로 선반 위에 놓았다.

"그 당시 여든 개 이상의 복음서들이 있었던 것으로 생각되고 있지. 하지만 오직 몇 개만이 신약성서 안에 포함되도록 뽑혔다네. 마태, 마가, 누가, 요한 복음 등이 거기에 속하지."

"누가 어떤 복음서를 고른 거지요?"

소피가 물었다.

티빙의 열정이 튀어나왔다.

"아하! 그게 기독교의 기본적인 아이러니야! 오늘날 우리가 알고 있는 성서는 이교도였던 로마 황제 콘스탄티누스 대제가 짜맞춘 것이거든."

"콘스탄티누스 대제는 기독교인이었던 걸로 알고 있는데요."

소피가 말했다.

티빙은 비웃었다.

"글쎄, 콘스탄티누스는 평생 동안 이교도였지. 그러다가 자기가 죽은 침대에서 세례를 받았어. 너무 허약해서 저항할 힘도 없었을 때 말이야. 콘스탄티누스 대제 시절 로마의 공식 종교는 태양숭배였네. 무적 태양에게 제사를 올리고 그랬지. 콘스탄티누스는 우두머리 사제였어. 하지만 불행하게도 새로운 종교의 소용돌이가 로마를 휘어잡았네. 예수가 십자가 처형을 당한 지 삼백 년이 지난 후에, 그 추종자들이 기하급수적으로 늘어난 거야. 기독교와 이교도는 전쟁을 시작했고, 그 투쟁이 격화되어 로마를 둘로 가르자는 위협적인 발언까지 나왔지. 콘스탄티누스 대제는 어떤 조치를 취해야만 했어. 325년에 그는 단일 종교하에 로마를 통합한다는 결정을 내렸지. 바로 기독교였다네."

소피는 놀랐다.

"왜 이교도인 황제가 공식 종교로 기독교를 골랐을까요?"

티빙은 너털웃음을 터뜨렸다.

"그는 매우 뛰어난 비즈니스맨이었다오. 황제는 기독교가 상승세에 있다는 것을 보고, 그저 우세한 말로 갈아탄 것뿐이야. 역사가들은 콘스탄티누스가 태양숭배라는 이교도에서 기독교로 개종한 것을 보고, 그의 영민함에 아직도 감탄하고 있지. 이교도의 상징과 날짜, 여러 종교의식들을 자라나는 기독교 전통에 섞어 버린 거야. 양쪽 모두에게 받아들여질 수 있는 잡종 종교를 만들어 낸 거지."

랭던이 말했다.

"모습의 변형. 기독교적인 상징들에 남아 있는 이교도의 흔적은 부정할 수 없는 사실이오. 태양을 나타내는 이집트 식의 얇은 원반은 가톨릭 성인들의 후광이 되었소. 이시스가 아들 호루스를 안고 돌보는 그림문자는 성모 마리아가 아기 예수를 안고 있는 현대적인 이미지의 청사진이 되었고. 가톨릭 의식에서 필요한 모든 요소, 주교관, 성찬대, 영송가, 성체 배령, 신이 먹은 것을 흉내낸 행위, 이것들은 초기 신비로운 이교도 행사에서 따온 것이었소."

티빙이 신음소리를 냈다.

"기호학자가 기독교의 상징에 대해서 말하게 하지는 말자고. 기독교에 있는 것은 다 원래 기독교의 것이 아니오. 기독교가 도래하기 전의 신, 미트라는 '신의 아들' 또는 '세상의 빛'이라고 불렸어요. 미트라는 12월 25일에 태어났고, 죽어서는 암석 무덤에 묻혔소. 그리고 사흘 후에 부활했지. 그런데 12월 25일은 오시리스*와 아도니스, 디오니소스의 생일이기도 하오. 새로 태어난 크리슈나*는 황금과 유향과 몰약을 선물받았지. 심지어 기독교의 주일이라는 것도 이교도에서 훔쳐온 것이라오."(오시리스 : 고대 이집트의 저승을 지배하고, 죽은 사람을 심판하는 신. 크리슈나 : 힌두교의 신 이름.)

"무슨 뜻이에요?"

랭던이 입을 열었다.

"원래 기독교는 유대교 안식일인 토요일을 기념했소. 하지만 콘스탄티누스 대제가 그날을 이교도의 태양숭배일과 일치시키기 위해 옮겨 버린 거요. 지금까지 많은 사람들은 이교도의 태양숭배일, 즉 선데이(Sun-day)에 참석하는 줄은 꿈에도 모르고, 일요일 아침마다 예배를 드리러 교회에 가고 있죠."

소피는 머리가 어지러웠다.

"그럼 이 모든 것이 성배와 관련 있다는 말인가요?"

"그래요. 내 말을 놓치지 말아요. 종교들을 섞으면서, 황제는 새로운 기독교 전통을 강화시킬 필요가 있다고 보았어요. 그래서 '니케아 공의회'라고 알려진 교파를 초월한 그 유명한 회의를 소집했던 거라오."

소피는 니케아 공의회에 대해서는 오직 니케아 신경(信經)의 탄생지로만 알고 있었다.

"이 의회에서 기독교의 많은 부분들이 토론되고 투표에 부쳐졌소. 부활절 날짜와 주교의 역할, 종교 성사의 행정적인 체계, 그리고 물론 예수의 '신성'까지."

"이해하지 못하겠어요. 예수의 신성이라니요?"

티빙은 나지막이 말했다.

"아가씨, 그때까지 역사에서 예수는 추종자들에게 그저 한 사람의 예언자일 뿐이었다오…… 위대하고 힘있는 사람이었지만, 그래도 결국 '인간'일 뿐이었지. 죽음을 면할 수 없는."

"신의 아들이 아니고요?"

"그래요. 신의 아들이라는 예수의 위상 수립은 니케아 공의회에서 공식적으로 제기되고 '투표'에 부쳐진 거였다오."

"잠깐만요. 지금 예수의 신성이 투표의 결과라고 말하는 거예요?"

"비밀 투표에 가까운 거였소. 그럼에도 불구하고, 예수가 신성을 가졌다는 위상 수립은 로마 제국을 단일화하는 데도, 또 새로운 바티칸의 권력을 다지는 데도 중요한 일이었어요. 예수가 신의 아들이라고 공식적으로 승인함으로써, 콘스탄티누스 대제는 예수를 인간 세계의 범주를 뛰어넘어서 존재하는 신으로, 그의 힘을 결코 도전받을 수 없는 존재로 변모시킨 거요. 이 일은 기독교에 대한 이교도의 도전을 막았을 뿐만 아니라, 그리스도의 추종자들조차 신성한 채널을 통해서만 자신들이 구원될 수 있다고 믿게 만들었소. 그 신성한 채널이란 바로 로마 가톨릭 교회였지."

소피는 랭던을 응시했다. 랭던은 맞다는 표시로 부드럽게 고개를 끄덕였다.

티빙은 계속했다.

"이것은 모두 권력에 관련된 일이었지. 메시아로서의 그리스도는 교회의 기능과 유지에 필수적인 거였소. 많은 학자들은 초기 교회가 문자 그대로 예수의 원래 추종자들에게서 예수를 훔쳤을 뿐만 아니라, 예수의 인간적인 메시지를 없앴다고 주장하고 있어요. 그리고 교회가 신성이라는 뚫을 수 없는 장막을 펼쳐서 자기들의 힘을 넓히는 데 사용했다고 보고 있지요. 이 주제에 관해서는 나도 여러 책에서 기술한 적이 있소."

"매일 독실한 기독교인들에게서 항의 편지를 받으셨겠군요?"

"그들이 왜 그러겠소? 교육받은 기독교인들 대다수는 믿음의 역사를 알고 있어요. 예수는 정말로 위대하고 훌륭한 인간이었소. 콘스탄티누스 대제가 은밀하게 행한 정치적인 수법도 예수의 삶의 위대함을 손상시키지는 못했어요. 누구도 그리스도가 가짜라고 얘기하지 않아요. 또 그가 세상으로 걸어와 더 나은 삶을 살 수 있도록 수백만 명을 고무시켰다는 사실을 부인하지도 않아요. 우리가 말하고자 하는 전부는 콘스탄티누스 대제가 예수의 잠재적인 영향력과 중요성을 이용했다는 것이오. 그렇게 함으로써 황제는 오늘날 우리가 알고 있는 기독교의 얼굴을 형성한 거요."

소피는 자기 앞에 놓인 예술서적을 바라보며, 다 빈치가 그렸다는 성배 그림을 빨리 보고 싶었다.

티빙은 빠른 어조로 말했다.

"왜곡은 이거라오. 예수가 죽은 지 사백 년이나 지나서 그의 위치를 승격시켰기 때문에, 유한한 인간으로서 예수의 삶을 연대기로 기록한 문서들이 이미 수천 개나 존재했다는 거요. 역사를 다시 쓰기 위해서는 대담한 조치가 필요하다는 것을 콘스탄티누스는 알고 있었소. 이 같은 배경에서 기독교 역사의 가장 심오한 순간이 튀어나오게 되는 거요. 콘스탄티누스는 새로운 성서 제작을 의뢰하고, 재정적으로 뒷받침했소. 그리스도의 인간적인 특성을 얘기하는 복음서들은 빼버리고, 그를 신처럼 묘사한 복음서만을 골라 아름답게 윤색했지요. 초기 복음서들은 금지되거나, 모아서 불태워졌소."

랭던이 덧붙였다.

"흥미로운 기록 하나는 콘스탄티누스의 버전 외에 금지된 복음을 선택한 사람들은 이단자로 간주되었다는 겁니다. 이단(heretic)이란 단어는 이 시점의 역사에서 나온 말인 셈이죠. 하이레티쿠스(haereticus)라는 라틴어는 '선택'을 의미해요. 그러니까 그리스도에 대한 오리지널 이야기를 '선택'한 사람들이 세계 최초의 이단자가 되었던 거요."

티빙이 말을 받았다.

"역사가에게는 다행스럽게도, 콘스탄티누스 대제가 뿌리를 뽑으려고 했던 복음서들 일부가 가까스로 살아남았지. 후딘 사막에 있는 쿰란 근처 동굴에 숨겨진 사해의 두루마리가 1950년대에 발견되었소. 1945년에는 나그함마디에서 콥트어로 씌어진 콥트 두루마리가 발견되었고. 이 두루마리들은 진짜 성배 이야기뿐만 아니라, 매우 인간적인 용어로 그리스도의 행적을 얘기하고 있어요. 물론 거짓 정보의 전통을 지키려는 바티칸은 이 두루마리를 공개하는 것을 강력히 막고 있소. 왜 바티칸은 그러지 않으면 안 되는 것일까? 현대 성서는 정치적인 의제를 내건 인간들에 의해서 편집되고 꾸며진, 역사적인 허구와 편견임을 두루마리들이 극명하게 밝히고 있기 때문이라오. 인간인 예수 그리스도를 신격화해서, 자기네들의 권력 바탕을 굳히기 위해 그리스도의 영향력을 이용하려는 사람들 말이오."

랭던이 끼어들었다.

"하지만 이런 문서를 감추려는 현대 교회의 욕구는 그리스도에 대한 자기네의 견해를 충실히 믿는 마음에서 비롯된 것임을 기억하는 것도 중요해요. 바티칸은 성서와 상반된 이런 문서들이 허위 증언이라고 진실로 믿는 신앙심 깊은 사람들로 이루어진 조직입니다."

소피의 앞에 있는 의자에 편안한 자세로 앉으며 티빙은 껄껄 웃었다.

"보다시피, 우리 교수님은 로마 교회에 대해서 나보다는 더 인자한 마음을 가지고 있어. 하지만, 현대 성직자들이 성서와 상반된 내용을 가진 문서들을 허위 증언으로 믿는다는 랭던 교수의 지적은 옳아요. 이해할 만한 일이오. 콘스탄티누스의 성서는 오랜 시간 동안 그네들의 진실이었으니까. 주입하는 사람보다 주입을 더 강하게 받는 사람은 없는 법이라오."

랭던이 말했다.

"레이 경의 말은 우리 아버지들의 신을 우리가 숭배하고 있다는 얘기요."

티빙이 끼어들었다.

"내가 말하려는 것은, 그리스도에 대해서 우리 아버지들이 우리에게 가르친 거의 모든 것이 가짜라는 거요. 성배에 대한 얘기도 마찬가지요."

소피는 앞에 놓인 다 빈치의 인용구를 다시 쳐다보았다.

맹목적인 무지가 우리를 잘못 인도한다.

오! 가엾은 인간들이여, 눈을 떠라!

티빙은 책을 펼쳐 양면에 가득히 들어찬 그림을 보여주었다.

"마지막으로, 성배를 그린 다 빈치의 그림을 보여주기 전에, 이걸 먼저 보았으면 싶소. 이 프레스코 벽화를 알 거라고 생각하오만?"

'지금 농담하는 거겠지?'

소피는 가장 유명한 프레스코 벽화를 응시했다. 〈최후의 만찬〉. 밀라노 근처 그라체의 산타마리아 벽에 있는 다 빈치의 전설적인 그림이었다. 부식하고 있는 이 프레스코 벽화는 자신을 배반할 제자의 이름을 부르려는 순간의 예수와 그의 열두 제자들을 그린 것이었다.

"예, 이 벽화를 알아요."

"그럼 작은 게임을 하나 해볼까? 괜찮다면 눈을 감아요."

불확실한 마음으로 소피는 눈을 감았다.

"예수는 어디에 앉아 있소?"

티빙이 물었다.

"중앙에요."

"좋아요. 그와 그의 제자들이 자르고 먹는 음식은 무엇이오?"

"빵."

분명히 빵이다.

"훌륭해요. 그럼 마시는 것은?"

"포도주. 그들은 포도주를 마시고 있어요."

"대단해요. 마지막 질문이오. 탁자 위에 얼마나 많은 포도주 잔이 있소?"

이 질문이 함정이라는 것을 깨달으며, 소피는 잠시 멈칫했다.

'저녁 식사 후에 예수는 포도주 잔을 들어서, 그것을 제자들과 나누어 마신다.'

"한 개. 하나의 잔이요."

소피는 말했다.

'그리스도의 잔. 성배.'

"예수는 포도주 잔 하나를 돌렸어요. 현대 기독교인들이 성찬식에서 그렇게 하듯이 말이죠."

티빙은 한숨을 쉬었다.

"눈을 떠요."

소피는 눈을 떴다. 티빙은 능글맞게 웃고 있었다. 그림을 내려다본 소피는 놀랐다. 그리스도를 포함해서 탁자에 앉은 모두가 잔을 가지고 있었다. 열세 개의 컵. 더구나 컵들은 작고 대도 없으며, 유리로 만든 것이었다. 멋진 잔은 그림에 없었다. 성배는 없는 것이다.

티빙의 눈동자가 반짝거렸다.

"성서와 일반적인 성배 이야기에서 성배가 출현하는 이 순간을 경축한다는 것을 생각해 볼 때, 약간 이상하다고 생각되지 않소? 기이하게도 다 빈치는 그리스도의 잔을 그리는 것을 잊은 것 같소이다."

"예술 사학자들도 분명 이 점을 눈치 챘겠지요?"

"대부분의 학자들은 보지 못하거나, 보더라도 그냥 무시해 버리기 일쑤인 예외적인 것을 다 빈치가 이 안에 집어넣었다는 것을 알게 되면, 아가씨는 충격을 받을 거요. 사실 이 프레스코 벽화는 성배의 비밀을 푸는 열쇠 그 자체요. 다 빈치는 〈최후의 만찬〉에 열쇠를 공개적으로 드러내 놓고 있소."

소피는 그림을 열심히 조사했다.

"이 그림이 성배가 진짜로 무엇인지 말해 준다는 건가요?"

티빙은 속삭였다.

"무엇이 아니고, 누구냐는 것이오. 성배는 물건이 아니오. 사실 그것은…… '사람'이오."

56

소피는 꽤 오랫동안 티빙을 응시하다가 랭던을 돌아보았다.

"성배가 사람이라고요?"

랭던은 고개를 끄덕였다.

"사실, 여자입니다."

멍한 소피의 얼굴을 보며, 랭던은 소피가 혼란스러워한다는 것을 알아차렸다. 랭던은 이런 얘기를 처음 들었을 때 자신이 보였던 반응을 회상했다. 성배 뒤에 숨은 상징을 이해하고 나서야, 여성과의 연관성이 명확하게 마음에 와 닿았었다.

티빙도 분명히 같은 생각이 든 모양이다.

"로버트, 이제 기호학자가 나서서 정리할 시점인 것 같은데?"

티빙은 탁자 끝으로 가서 종이 한 장을 집어 랭던 앞에 놓았다.

랭던은 안 주머니에서 펜을 꺼내 들었다.

"소피, 남성과 여성을 나타내는 현대 기호들을 잘 알고 있소?"

랭던은 보편화된 상징인 ♂와 우를 그렸다.

"물론이에요."

소피가 말했다.

랭던은 차분한 목소리로 말을 이었다.

"이 기호들은 남자와 여자를 나타내는 본래 기호들이 아니오. 많은 사람들은 남자의 기호가 창과 방패 모양에서 기인했고, 여자의 기호는 미를 반영하는 거울을 본떴다고 생각해요. 사실 이 기호들은 화성인 마르스와 금성인 비너스를 나타내는 고대 천문학의 상징에서 유래된 것들이오. 본래의 상징들은 훨씬 단순해요."

랭던은 종이 위에 다른 기호를 그렸다.

랭던이 소피에게 말했다.

"이 기호가 남자를 나타내는 본래 기호요. 가장 기본적인 남근상이오."

"꽤나 직설적이군요."

소피가 말했다.

"보이는 대로, 그렇구먼."

티빙이 끼어들었다.

랭던은 계속했다.

"이 기호는 공식적으로 '칼날'이라고 부릅니다. 그리고 공격과 남자다움을 대표하지요. 사실 이 남근 기호는 현대 미국 군인들의 군복에서도 볼 수 있소. 계급을 나타내는 상징으로 말이오."

티빙이 빙그레 웃었다.

"정말이구먼. 남근을 더 많이 가진 놈일수록 계급이 더 높지. 남자들은 항상 애들이라니까."

랭던은 주춤했다.

"여자의 상징으로 넘어가면, 상상할 수 있을지도 모르겠지만 정확히 반대 모양입니다."

랭던은 종이에 다른 기호를 그렸다.

"이 기호는 '잔'이라고 불려요."

소피는 놀란 표정으로 쳐다보았다.

랭던은 소피가 연관을 짓고 있다는 것을 느낄 수 있었다. 랭던은 소피를 똑바로 바라보았다.

"잔은 컵이라든가 담는 용기를 흉내낸 거요. 이 상징은 여성스러움과 여자다움, 다산의 의미와 상통하는 겁니다. 소피는 전설의 성배가 잔, 즉 컵이라고 했소. 하지만 성배를 잔으로 묘사한 것은 성배의 본질을 보호하기 위한 우화에 불과해요. 말하자면 더 중요한 뭔가를 가리기 위한 은유로써 전설에서 잔을 사용한 겁니다."

"여자."

소피가 말했다.

랭던은 웃었다.

"맞아요. 잔이라는 것은 문자 그대로 여성스러움을 나타내는 고대 상징이고, 성배는 신성한 여성, 신성한 여신을 나타내는 것이오. 바로 교회가 제거하고 삭제시킨 개념들입니다. 여성의 힘과 생명을 창조하는 여성의 능력은 한때 매우 신성한 것이었소. 하지만 이런 개념은 남성적인 교회의 성장에 위협이 되었어요. 결국 신성한 여성은 악마화되고 불결하다고 여겨졌소. 이브가 사과를 먹고 인류를 타락시켰다는 '원죄'의 개념을 창조한 것은 신이 아니라 인간이었던 거요. 생명을 주는 신성한 존재였던 여자가 이제 적이 된 겁니다."

티빙이 끼어들었다.

"내가 몇 마디 덧붙여야겠네. 생명을 출산하는 자로서의 여성의 개념은 고대 종교의 기본이었네. 출산은 신비롭고 강력한 일이었지. 슬프게도 기독교 철학은 엄연한 생물학적인 진실을 무시하고, 남자를 창조자로 만들어 여자의 창조적인 힘을 퇴색시키기로 결정해 버렸어요. 창세기를 보면 여자는 남자의 갈비뼈로 만들어졌다고 되어 있소. 여자는 남자의 곁가지가 된 거라오. 거기에다 죄 많은 몸이었지. 분명히 창세기는 여신 종말의 시작이었던 거요."

랭던이 말했다.

"잔은 잃어버린 여신을 상징하는 겁니다. 기독교가 꾸준히 자랄 때, 오랜 역사를 가진 이교도의 종교는 쉽게 죽지 않았어요. 잃어버린 성배를 찾는 기사들의 원정 전설은 사실 잃어버린 신성한 여성을 찾기 위한 금지된 탐험 이야기였던 거요. 교회는 여자들을 정복하고, 여신을 추방하고, 비신도들을 불에 태워 죽이고, 신성한 여성을 숭배하는 이교도를 금했지요. 이런 교회로부터 자신들을 보호하려던 방책으로, 기사들은 '성배를 찾는 중'이라는 암호를 사용했던 겁니다."

소피는 머리를 저었다.

"미안해요. 당신이 성배가 사람이라고 말했을 때, 난 그게 진짜 사람을 의미하는 것으로 생각했어요."

"그래요."

랭던이 말했다.

티빙이 불쑥 말했다.

"그리고 그냥 보통 사람이 아니라오. 아주 강력한 비밀을 가진 여자지. 만일 그게 공개되면, 기독교의 기초를 송두리째 뒤엎을 정도로 아주 위협적인 인물이야!"

소피는 어안이 벙벙했다.

"역사적으로 유명한 여자인가요?"

"상당히."

티빙은 알루미늄 목발들을 모아서 방 아래쪽을 가리켰다.

"친구여, 서재로 자리를 옮기자고. 내게 다 빈치의 그림을 아가씨에게 보여줄 수 있는 영광을 주게나."

　방 두 칸 너머 부엌에서는 집사 레미 르갈뤼데크가 텔레비전 앞에 조용히 앉아 있었다. 방송국에서는 남자와 여자의 사진을 내보내고 있었다. 자신이 방금 전에 차를 갖다준 두 사람이었다.

〈2권에서 계속〉

옮긴이 **양선아**

이화여자대학교 신문방송학과 졸업, 고려대학교 경영대학원 졸업,
필라델피아 아트 인스티튜트에서 수업한 후 현재 전문 번역가로 활동 중이다.

다 빈치 코드 1

초판 1쇄 발행 2004년 7월 5일
초판 6쇄 발행 2004년 7월 10일

지은이 댄 브라운
옮긴이 양선아

펴낸이 타히르 후세인
펴낸곳 베텔스만 코리아㈜
등록번호 제22-1581호
등록일자 1999년 7월 2일
주소 서울시 서초구 서초2동 1337-31 산학재단빌딩 9층
대표전화 3415-1900
팩스 3415-1901
이메일 book@bertelsmann.co.kr
기획편집 채영희 유은영 이선나 이화진 이진영 송미경
디자인 김세라
제작 이재욱
마케팅 용상철
관리 박태경 왕은숙

책임교정 이현미

ISBN 89-5759-051-X 04840
ISBN 89-5759-050-1 04840 (세트)
값 7,800원 *잘못 만들어진 책은 교환해 드립니다.